KB051856

동창생

동창생

지은이 | 주은영
펴낸이 | 이형기
펴낸곳 | 도서출판 가하

초판인쇄 | 2012년 11월 1일
 1판 2쇄 | 2013년 1월 11일
출판등록 | 2008년 10월 15일 제 318-2008-00100호

주 소 | 서울 영등포구 당산동5가 33-1 한강포스빌 1209호
전 화 | 02-2631-2846
팩 스 | 02-2631-1846
www.ixbook.co.kr

ISBN 978-89-6647-424-0   03810

값 9,000원

contents

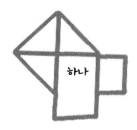

하나

여자 나이 서른셋. 누구는 인생이 활짝 피는 나이라 하고 누구는 노처녀라고 한다. 그렇다면 난 어디쯤일까.

"뭐야?"

거울 앞에서 스킨을 바르던 수정의 입에서 외마디 소리가 흘러나왔다. 못 볼 것 보았다는 표정의 수정이 거울에 코를 박을 듯 바짝 다가서서 화장대 위를 더듬어 안경을 찾아 얼굴에 걸쳤다. 그러자 불그스름하게 보이던 것들이 아주 선명하게 보였다. 얼굴이 이 지경인 걸 보면 인생이 활짝 핀 것이 아니라 노처녀다.

"어떻게 해……."

수정은 울상을 지으며 얼굴을 매만졌다.

어젯밤에 붙였던 팩 때문에 얼굴에 붉은 꽃이 피었다. 팩을 붙이고 얼마 지나지 않아 따끔거리기 시작해 바로 떼어내고 열심히 씻어냈건만 결국 오늘 이 지경이다. 나이 먹는 것도 서러운데 피부까지 말썽이라니 문득 서글퍼졌다.

수정은 입술을 삐죽거리며 아끼던 영양크림을 듬뿍 덜어내 얼굴에 한참을 비볐다. 손가락 끝에 이리 밀리고 저리 밀리는 모양새를 보니 피부의 탄력도 예전만 못하다. 정말이지 우중충하고 우울하기 짝이 없다. 그런데 날씨는 '햇볕은 쨍쨍, 모래알은 반짝'거릴 만큼 화창하기만 하다. 부케 받는 일만 아니라면 결혼식이고 뭐고 그냥 하루 종일 집에 처박혀 지내고 싶은 심정이었다.

"에휴."

영양크림이 피부에 모두 스며들도록 꼼꼼하게 비비던 수정은 십 리만큼이나 나온 입술을 구겨 넣으며 톡톡톡 가볍게 두드렸다.

오늘은 중학교 때부터 붙어 다니던 단짝 친구 미선의 결혼식이다. 중학교를 졸업하고 벌써 16년이 흘렀다. 졸업과 동시에 친구들은 모두 뿔뿔이 흩어졌고, 20대 마지막을 보내던 때에 동창을 찾아주는 사이트를 통해 다시 모일 수 있었다. 그렇게 만난 친구들과 지금까지도 꾸준히 만남을 이어오고 있는데, 미선은 그 사이트에서 신랑감까지 만났다. 친구들을 찾으려던 것이 아니라 결혼을 목적으로 동창을 찾은 것이었냐는 친구들의 놀림도 있었지만 그건 모두 부러움에서 묻어나는 질투다.

뚱한 얼굴로 한참 화장을 하던 수정의 입가에 피식 미소가 서렸다. 문득 첫 오프라인 모임이 떠올랐다.

느릿하게 아지랑이가 피어오르던 봄날이었다. 그날도 오늘처럼 햇살이 쨍쨍하게 내리쬐었다. 오랫동안 소식을 모르고 지내던 친구들을 만나게 된다는 긴장감에 잠을 설쳤더니 눈 주변이 뻑뻑하게 아팠다. 미선은 소풍을 떠나는 어린아이처럼 들뜬 목소리로 종알종알 수다를 떨었지만 수정은 그렇지 못했다.

동창생

"아무도 기억 못 하면 어쩌지?"

빠른 속도로 지나가는 창밖의 풍경을 멍하니 보고 있던 수정이 걱정스러운 목소리로 묻자 미선이 피식 웃었다.

"누가? 애들이?"

"아니, 내가."

"에이, 설마."

농담하지 말라는 듯 미선이 옆구리를 팔꿈치로 쿡 찔렀다. 수정은 어색한 미소를 지었다.

친구들을 만나게 되는 날을 손꼽아 기다리면서 깊숙한 곳에 넣어놓았던 사진과 졸업앨범을 꺼내 친구들의 얼굴을 확인하고 또 확인했다. 하지만 희미해질 대로 희미해진 기억 속에서 어렵사리 찾아낸 친구들이 정작 지금은 어떻게 변했을지 알 수 없는 노릇이었다. 게다가 사람 얼굴을 정확하게 기억하지 못해 종종 애를 먹었던 그녀로서는 그 걱정이 과한 것도 아니었다.

그러나 그런 걱정은 기우였다. '야아!' 하는 감탄사와 함께 마주하게 된 친구들은 쉽게 가까워졌다. 바로 엊그제 만났던 친구들처럼 친근하고 편했다. 아마도 이것이 '동창생'이라는 관계의 묘미이자 매력일지도…….

그 관계는 사회 친구들 사이에서 느끼는 편안함과는 또 다른 것이었다. 가끔은 흐트러진 모습을 보여도, 억지스러운 투정을 부려도 다 받아줄 것 같은 막연한 믿음과 신뢰감이 존재하는 관계였다. 다양한 연령, 계층의 사람들 앞에서 완벽한 모습으로 강의를 해야 하는 그녀에게 동창생이란 존재는 위안이고 안식이었다.

그렇게 동창들과 새로운 인연을 엮어가고 있는 사이 친구들은
하나 둘 제 짝을 만나 결혼을 했고, 이제 남은 건 백수정 그녀 혼
자뿐이었다.

　　나이 서른셋. 남자에게는 이르지만 여자에게는 늦은 나이. 어
느덧 친구들의 관심사는 홀로 미혼인 백수정에게 몰려 있었다.
남자들을 향해 '너희도 아직 장가 안 갔잖아!'라고 따져보았지만
별 소용이 없었다. 뒤따라오는 말은 어정쩡한 연애는 그만 때려
치우고 빨리 시집이나 가버리라는 잔소리뿐이었다. 그래서였는
지도 모른다. 부케를 받으라는 미선의 부탁을 거절하지 못한 것
은.

　　부케가 무엇인가. 남자가 구혼을 할 때 건넨 꽃다발이 지금의
부케가 되고 여자가 허락의 의미로 그 꽃다발에서 한 송이를 뽑
아 남자에게 건네준 것이 부토니아의 유래라는 거창한 의미를
따지고자 함이 아니다. 지금 그녀가 생각하는 부케의 중요한 의
미는 신부의 부케를 받을 사람이 결혼을 앞둔 신부의 가장 친한
친구라는 것이다. 미선이 그녀에게 부케를 부탁한 것도 그런 의
미였다.

　　"아직은 그럴 단계가 아니야."

　　힘없이 흘러나온 변명이 빈말은 아니었다.

　　'내 사전에 외로움은 없다. 화려한 솔로!'를 외치며 20대를 보
내고 막연한 두려움으로 삼십 대를 맞이하게 되었을 때 수정은
진성을 만났다. 그를 만나 벌써 2년. 둘 다 서른을 넘기며 만났
으니 결혼에 대한 생각이 전혀 없는 것은 아니었지만 한 번도 진
지하게 대화를 나누어본 적이 없었다. 그런데 부케부터 받으라

동창생

고 하니, 아무리 친한 친구의 부탁이라 해도 난감할 수밖에 없었다.

"한두 살 어린애도 아니고, 그 나이에 그 정도 만났으면 이제 슬슬 결혼 생각 할 때도 됐잖아."

미선은 자신이 건넨 청첩장만 만지작거리는 친구가 한심하다는 듯 말했다.

"그래두……."

"그래두는 무슨. 내 결혼식 핑계로 남친한테 제대로 의사 표시해. 요즘은 여자가 먼저 대시도 하고 청혼도 하고 그러는 거야. 넌 21세기를 살면서 어쩜 그렇게 구닥다리 같니?"

"그런 게 아니라니까 그러네."

"어휴, 됐어. 하여튼 그날 남친 무조건 데리고 와. 데리고 와서 친구들에게 소개도 하고 그러면 생각을 안 하던 사람도 생각을 하게 되겠지."

미선이 다 필요 없다는 듯 손을 휘휘 저으며 막무가내 식으로 말했다.

그러고 보니 수정은 그와 만나면서 한 번도 친구들에게 소개를 해본 적이 없다. 그건 그도 마찬가지였다. 처음에는 둘만 만나는 것이 좋아서 딱히 친구들까지는 생각하지 못했던 것 같고, 그렇게 익숙해지다 보니 친구들에게 소개할 때를 어영부영 놓치게 된 것이다. 일부러 그랬던 것도 아니고, 어쩌다 보니 그렇게 된 것인데 미선의 말을 듣고 보니 어쩐지 억울하다는 생각도 들었다.

심란한 얼굴로 청첩장을 확인하니 결혼식이 그와 만난 지 2주년이 되는 날이었다. 수정은 기념일에 예민하지 않은 편이었다. 둔하다고 하는 편이 맞을지도 모른다. 여자들이 보통 자잘한 기념일 챙기길 좋아하는 반면 수정은 모르고 지나치는 경우가 허다했다. '난 동시에 두 가지는 못 하겠어.'라는 푸념을 친구들에게 늘어놓을 정도로 제 일은 열정적으로 파고드는 반면 연애사는 소홀해지는 것이 장점이자 단점이었다.

그런 그녀의 빈틈을 그가 메워주었다. 그와 만나고 100일이 되었을 때, 장미꽃 100송이를 회사로 보내며 시작되는 사랑을 자축했다. 가끔 남자 교육생들에게 꽃 선물을 받기도 했지만 내 남자에게는 생전 처음 받아보는 장미꽃이었다. 그것도 무려 100송이나. 레이스 리본으로 장식된 바구니에 몽우리가 싱싱한 새빨간 장미꽃은 화려하지 않았지만 아름답고 매력적이었다. 딱히 날짜를 세고 있지 않던 그녀는 그날 얼마나 감동을 받았는지 모른다.

그리고 시간이 흘러 그와 만난 지 1년이 되는 날이 다가왔다. 하지만, 하늘의 장난이라는 한탄이라도 하고 싶은 일이 생겼다. 그와의 1주년을 앞두고 그녀가 연수원에 입소를 하게 된 것이다. 석 달 전부터 계획되어 있던 모 기업의 장기 프로젝트로 전 사원을 대상으로 하는 서비스 교육이었다.

연수원에 들어가기 전에 그를 만나 1주년에 따로 지내게 된 것이 서운하다며 투덜거렸지만, 막상 교육이 시작되면서는 그의 일은 까맣게 잊어버릴 정도로 업무에 집중했다. 교육 기간 중에는 사적인 통화도 오래 하지 못했었다. 그는 사무적인 목소리로 통화하는 그녀에게 투덜거리면서도 너그럽게 이해해주었다. 그와 통화할 때마다 연수원에서 나가면 정말 잘해주어야겠다는 다짐을 스스로 할 정도였다.

그러던 어느 날, 연수원 근처까지 왔다는 그의 연락을 받았다. 다행히 일과가 끝난 후라 부랴부랴 그를 만나러 나갔었다. 교육 후반부에 접어들어서인지 심신이 많이 지친 터라 조금이라도 쉬고 싶었지만, 자신을 보기 위해 멀리 용인까지 와준 그가 고맙고 행복해서 서둘러 그를 만나러 나갔다.

늦은 밤, 그녀를 만난 그가 내민 건 은빛으로 반짝거리는 앙증맞은 디자인의 손목시계였다. 뜻밖에도 그가 선물을 준비해 연수원까지 찾아온 것이다.

"사실은 반지로 하고 싶었는데 강의 때문에 액세서리는 안 한다고 하길래……."

그가 손목에 채워주는 시계를 보며 얼마나 펑펑 울었었는지…….

수정은 착잡한 얼굴로 제 손목에 채워져 있는 은빛의 손목시계를 만지작거렸다. 이번 기념일은 그보다 먼저 챙길 생각이었다. 그에게 줄 선물로 거금을 들여 손목시계도 미리부터 구입을 해놓았다. 게다가 이번 기념일은 평일이 아닌 토요일이다. 그와의 데이트를 상상하며 한껏 기대에 부풀어 있었는데 미선의 결혼식과 겹치고 말았다.

"네가 부케 받는 걸로 하는 거다. 알았지?"

그녀와 헤어지며 미선이 신신당부했다.

사실 부케를 받으라는 미선의 부탁만 없었다면 두 번 고민도 하지 않고 진성과의 데이트를 선택했을 것이다. 결혼식에 참석하지 않은 원망이야 한동안 들을 테지만, 결혼 좀 하라며 잔소리를 하던 쪽은 친구들이었으니 모르는 척 과감하게 남자를 택할 생각이었다.

하지만 미선의 말을 듣고 보니 오히려 좋은 기회라는 생각이 들었다. 뜻 깊은 날 친구의 결혼식에 함께 참석해 친구들에게 소개를 하고, 두 사람의 미래에 대해 진지하게 대화할 수 있는 그런 기회 말이다. 미선과 헤어지고 콩닥콩닥거리는 마음으로 그에게 전화를 걸었는데 뜻하지 않은 대답을 듣고 말았다.

"그날은 토익 준비 해야 할 것 같은데……."

그의 회사는 매 분기 인사고과에 토익시험 결과를 포함시키고 있었다. 한 번 시험을 보면 2년 동안 성적이 유효했는데 작년에 시험을 보지 않았기 때문에 이번엔 시험을 봐야 한다는 것이었다.

"우리 그날 2주년이야. 알아?"

그 말을 하는데 묵직한 것이 울컥 올라왔다.

"당연히 알고 있지."

"그런데 어쩜 그래? 물론 회사 일이 더 중요하다는 것쯤 나도 알아. 하지만 그날은 좀 다르잖아. 내 친구 결혼식이야 그렇다 치더라도 우리 2주년 기념일인데……."

"그 다음날이 시험이잖아."

그래도 그렇지! 라고 아이처럼 생떼라도 쓰고 싶은 심정이었다. 얼마나 화가 나는지 코끝이 찡, 하니 아파왔다. 서운해서 당장이라도 울음이 터져 나올 것 같은데 그가 달래듯 부드러운 목소리로 말했다.

동창생

"대신 다음날 시험 끝나고 만나자. 내가 근사한 데 가서 저녁 사 줄게."

누구보다 일을 중요시하는 그녀이기에 그의 사정을 이해 못 하는 건 아니었다. 실업자는 줄어들 기미가 없고 회사 내의 경쟁은 치열해지고 있는 요즘, 아무리 기념일이 중요해도 무작정 자신의 청을 들어줘야 한다고 우길 수도 없는 노릇이었다.

수정은 결국 체념할 수밖에 없었다. 연인과의 달콤한 만남이냐, 우정 깊은 친구의 결혼식이냐를 두고 저울질 한 번 해보지 못한 채 수정은 미선의 결혼식에 오고야 말았다.

"혹시 저녁에 깜짝 놀라게 해주려는 거 아닐까?"

결혼식장 입구에 서서 지루하고 잘 들리지도 않는 주례사를 건성으로 듣고 있는 그녀에게 경선이 작게 속삭였다.

작년의 그는 깜짝 선물처럼 나타나 시계를 건네며 1주년을 함께 자축했다. 사랑한다는 말과 함께. 그렇다면 이번에도 거창한 이벤트는 아니어도 무언가 놀랄 만한 일을 준비하고 있는 건 아닐까, 경선 때문인지 덩달아 기대를 하게 되었다. 하지만 그에게는 별다른 기미가 느껴지지 않았다. 결혼식장에 도착했다는 그녀의 전화에도 그는 담담하기만 했었다.

수정은 팔에 걸어놓은 가방을 조심스럽게 쓸었다. 무슨 미련인지 몰라도 그의 선물을 가지고 나와버렸다. 그와 만나기로 약속을 한 것도 아니면서 말이다. 수정은 속으로 한숨을 흘리며 아무렴 어떠냐는 듯 어깨를 으쓱거리며 중얼거렸다.

"몰라."

경선이 다시 속삭였다.

"만약 오늘 아무런 이벤트도 없으면 그 남자 다시 생각해봐."

심드렁한 얼굴로 팔짱을 끼고 있던 수정이 고개를 푹 숙였다.

아……, 이런 조언 정말 싫어. 이런 관심도 싫어.

차라리 결혼식에 오지 말 걸 그랬다. 만나는 친구들마다 하나같이 첫인사가 '남자친구는?'이었다. 이미 짝을 만나 결혼을 하게 되는 친구보다 나 홀로 미혼인 그녀의 연인을 기대했던 모양인지, 혼자 왔다는 대답에 다들 아쉽다는 듯 입맛을 다셨다.

그런 친구들에게 자신이 차마 토익에 밀렸다는 말을 할 수가 없었다. 계속 입을 다물고 있었어야 했는데, 답답한 마음에 경선에게 사연을 털어놓은 것이 후회막급이다. 이제 와서 무를 수도 없고 수정은 속으로 괴로운 신음만 흘렸다.

"아무리 밥줄이 걸려 있는 시험이어도 그렇지, 그거 가산점 받아봐야 얼마나 받는다고. 우리 신랑 회사도 고과에 토익 점수 포함되어 있다고 하는데 비중이 그리 크지도 않대. 인정 못 받는 애들이나 그 몇 점 안 되는 점수 챙기는 거지. 다른 데서 점수 따봐, 토익이 무슨 상관이래?"

수정은 경선의 입을 틀어막고 싶었다. 저 수다가 제 남편 자랑인지, 내 남자친구 흉을 보는 것인지 수정은 도통 알 수가 없다.

"그리고, 토익 시험이 1년에 한 번만 치르는 국가고시도 아니고, 이번이 아니면 다음 회차에 시험을 보면 되지 굳이 내일 꼭 봐야겠다는 건 또 뭐야? 이렇게 고과 닥쳐서 시험을 볼 게 아니라 미리미리 봐두면 날짜도 여유롭고 좀 좋아? 그 정도 스케줄 관리도 제대로 못 해서 어떻게 성공하려고 그래?"

동창생

"조용히 좀 해!"

경선의 이야기가 자꾸 길어지자 수정은 그녀의 옆구리를 팔꿈치로 아프게 쿡 찌르며 인상을 썼다. 그제야 경선은 '아니, 뭐, 내 말은 그냥 그렇다고.'라는 말을 중얼거리며 미안한 얼굴로 시선을 돌렸다. 친구의 잔소리에 지친 수정은 뚱한 표정으로 신랑 신부 뒷모습을 뚫어져라 쳐다보았다.

"쟤, 김현호 아니니?"

한동안 조용하던 경선이 그녀의 팔을 잡고 흔들며 모기만 한 목소리로 물었다. 잠시 조용해진 틈을 타 정신을 딴 세상에 보내놓고 있던 수정이 눈을 깜빡이며 쳐다보자 경선이 손가락으로 어딘가를 가리켰다. 그곳에는 수정만큼 결혼식에 관심 없는 친구들이 삼삼오오 모여 잡담을 나누고 있었다. 그중에 이제 막 도착을 했는지 몇 사람과 악수를 하며 가볍게 인사를 나누는 한 남자가 눈에 들어왔다. 식장이 너무 어두운데다 렌즈를 끼지 않아 남자의 얼굴이 제대로 보이지 않았지만 큰 키에 다부진 몸을 가졌다는 건 알 수 있었다.

"김현호?"

"그래, 김현호."

경선이 잔뜩 기대하는 얼굴로 쳐다보았지만 딱히 생각나는 사람이 없었다. 이름도 평범한 것 같고, 얼굴을 보면 알 수 있으려나 싶었지만 굳이 찾아가서 '넌 누구냐?' 이렇게 물어볼 수도 없는 노릇이었다. 수정은 관심 없다는 듯 그에게서 고개를 돌려버렸다.

"기억 안 나."

"어머, 기억 안 나?"

마치 큰 잘못이라도 저지른 것처럼 되묻는 경선을 보며 수정이 말했다.

"내가 애들을 다 어떻게 기억해. 너도 처음엔 미선이 못 알아 봤잖아."

"그래도 쟨 모르면 안 되지."

"왜?"

"쟤가 학교에서 인기가 얼마나 많았는데."

인기 많았던 남학생이라면 그녀의 기억 속에 딱 한 명뿐이다. 1년 선배였던 이주환. 경선의 말이 계속 이어졌다. 경선은 심각한 얼굴로 손가락까지 꼽으며 말했다.

"키 크지, 잘생겼지, 집도 잘살아서 여자애들이 얼마나 좋아했다고. 2학년 때 미국으로 이민을 가기는 했지만, 1학년 때는 같은 반이었어."

"아아, 그래?"

"아아, 그래? 너 정말 기억 안 나?"

자신의 말까지 따라 하며 경선이 계속 귀찮게 물어대자 짜증이 난 수정이 시큰둥하게 말했다.

"영어는 잘하겠네."

망할 놈의 영어. 아주 잠깐 잊고 있던 진성 생각에 기분이 다시 우울해지고 말았다.

경쾌한 결혼행진곡과 함께 신랑신부가 퇴장을 시작했다. 하객들의 박수를 받으며 버진 로드를 걸어 나오는 두 사람은 행복해

동창생

보였다. 진성 때문에 마음이 많이 상하긴 했지만 계속 뚱해 있을
순 없는 일, 수정은 친구들과 함께 폭죽을 터뜨리며 미선의 결혼
을 축하해주었다.

　이어 시작된 기념촬영. 순서를 기다리는 동안 오랜만에 만난
친구들은 인사를 주고받으며 안부를 확인했다. 예식 중간에 도
착한 친구들도 있어서 그 시간은 마치 만남의 광장에 모여든 사
람들처럼 복잡하고 소란스러웠다. 그녀 역시 뒤늦게 합류한 친
구들과 인사를 나누며 슬쩍슬쩍 사람들 사이를 두리번거렸다.
아무리 찾아도 김현호라고 불리던 훤칠한 남자의 모습이 보이지
않았다.

　"김현호가 누구야?"

　수정은 자신이 못 찾는 건가 싶어 옆에 있는 경선의 옆구리를
찌르며 물었다.

　"아, 맞다."

　이제야 생각난 듯 경선이 손뼉을 한 번 치더니 까치발까지 하
고서 주변을 살폈다. 그러나 자기도 못 찾겠는지 아쉽다는 표정
을 지으며 그녀에게 말했다.

　"없다. 벌써 갔나 봐."

　"그렇군."

　"금방 갈 줄 알았으면 아까 가서 인사라도 할걸."

　경선은 상당히 아쉬운 모양이었다. 그건 다른 의미에서는 수정
도 마찬가지였다. 그를 기억하지 못하는 것이 엄청난 범죄인 양
굴기에 억울해서라도 그를 기억해낼 작정이었다. 시시콜콜한 것
까지 다 캐물어서 말이다. 그런데 그는 바람과 함께 사라져버렸

다. 김빠지게.

"이어서 신랑신부 친구분들의 사진 촬영이 있겠습니다."

직원의 안내 방송에 친구들이 앞으로 우르르 몰려나갔다. 신랑까지 같은 학교 출신이니 결혼식은 동창회가 될 것이라는 예상대로 순식간에 동문회가 되고 말았다. 얼마나 요란스러웠으면 회사 동료들이 선뜻 나오지 못할 정도였다. 여기저기서 '어머'가 남발하고, 이름을 확인하느라 난리법석이었다. 그 와중에도 촬영을 준비하는 직원들의 손길은 바쁘기만 했다.

"앞으로 나오세요."

이산가족 찾기 상봉을 하고 있는 사람들을 무심한 눈으로 지켜보고 있던 그녀의 손을 직원이 잡아끌었다.

"왜요?"

진성의 일로 예민해질 대로 예민해진 그녀가 전투적으로 물었지만 직원은 이런 일에 이골이 난 표정으로 짧게 대답했다.

"스커트 입으셨잖아요."

다짜고짜 그녀를 앞에 세운 직원은 다른 목표를 향해 손을 뻗었다. 뒤쪽에 숨어 있던 여자들이 갈고리 같은 직원의 손에 붙잡혀 질질 끌려나왔다. 그녀야 얼떨결에 바로 끌려나와 멀뚱히 서 있었지만 다른 친구들은 안 나가겠다고 버티고 있었다. 그 모습이 우스웠는지 곳곳에서 왁자지껄 웃음이 터져 나왔다.

"혼자 왔어?"

우아한 웨딩드레스를 입은 미선이 상체를 기울이며 그녀에게 속삭였다. 한바탕 소동을 심드렁한 얼굴로 보고 있던 수정이 미선에게로 몸을 돌렸다.

동창생

"응."

"왜?"

미선 역시 실망한 얼굴로 물었다.

"그냥……, 집에 일이 좀 있대."

"아쉽네."

이제는 아쉬운지 아닌지도 잘 모르겠다.

"백수정?"

제 이름에 수정이 고개를 번쩍 들고 소리 나는 쪽을 바라보았다. 신랑 친구 쪽으로 걸어가던 남자가 반가운 기색으로 그녀를 바라보고 있었다.

"주환 오빠?"

"수정이 맞구나?"

남자가 반갑게 웃으며 다가왔지만 사진기사가 빨리 서라고 재촉을 하는 바람에 그는 그대로 신랑 친구들 쪽으로 가버렸다.

이주환. 그녀의 기억 속에 홀로 남아 있는 인기 많은 남학생. 생각지도 못한 사람을 만나게 된 수정은 어리둥절한 마음으로 어깨 너머를 힐끔거렸다.

친구들에게 파묻힌 그는 홀로 돋보였다. 큰 키는 여전했고, 눈가에 잡히는 잔주름들도 여전했다. 깔끔하게 정돈된 헤어스타일이나 몸에 꼭 맞는 슈트까지 자연스럽게 그와 녹아들어 중후한 분위기가 흘렀다. 전형적인 엘리트 코스의 샐러리맨이랄까? 결코 가볍게 보이지 않는 모습이었다. 좀 다르게 표현하자면 묵직하게 느껴지는 무게감에 선뜻 다가가기 힘든 뭐 그런 것?

"좀 더 붙으세요!"

카메라 렌즈를 보던 촬영 기사가 큰 소리로 말하자 대기하고 있던 직원이 어딘가에서 툭 뛰어 나오더니 벌어진 틈을 메꾸기 시작했다. 잠시 후, 신랑신부 경계가 무너진 하객들과 요란스럽게 사진 촬영이 시작되었다.

　　두 번의 촬영이 끝나고 부케를 던지는 차례가 되었다. 미혼인 친구가 그녀뿐이라는 이유만으로 부케를 받아야 하는 이 상황이 썩 내키지는 않았지만 어쩔 수 없었다. 미선과 약속도 했고, 미혼이기도 하니까.

　　수정은 엉뚱한 곳으로 날아가는 부케를 혼신의 힘을 다해 받으며 생각했다. 올해는 기필코 결혼을 할 것이라고…….

　　식은땀까지 흘리며 부케 받는 사진까지 찍고 나니 온몸에서 힘이 쫙 빠져버렸다. 촬영이 끝나고 수정은 가방을 챙기며 전화기를 꺼내 통화내역을 확인했다.

　　'어휴, 이게 다 최경선 때문이야.'

　　부재중 전화는커녕 스팸 메시지 하나 없는 전화기를 가방에 아무렇게나 쑤셔 넣으며 경선을 원망했다. 경선이 했던 말이 자꾸 기대심을 갖게 했다. 차라리 그런 말을 듣지 않았다면 좋았을 것을……. 연락이 없을 것이라는 걸 뻔히 알면서도 '혹시' 하는 마음에 자꾸 기대를 하게 된다.

　　결혼식이 모두 끝나고 공항으로 떠나는 신혼부부를 배웅하고 나니 주차장엔 휑한 바람이 불어왔다. 아직 봄이라 하기에는 날씨가 많이 쌀쌀했다. 수정은 서늘한 팔뚝을 손으로 쓸어내리며 저들끼리 모여 두런두런 대화를 나누고 있는 친구들을 돌아보았다.

동창생

"미선이가 피로연 못 했다고 돈 주던데?"

친구 하나가 봉투를 흔들어 보이자 모여 있던 친구들의 눈동자가 초롱초롱 빛을 내기 시작했다.

"그럼 오랜만에 만났는데 어디 가서 한잔 하자."

"이 대낮에?"

"대낮이면 어떠냐. 이른 저녁 먹으면서 한잔 하면 되지."

"그래, 그러자."

친구들은 뒤풀이를 논의하고 있었지만 수정은 먼 곳을 바라보며 딴 생각을 하고 있었다.

가방에 넣어 가지고 온 선물이 자꾸 신경 쓰였다. 여기서부터 그의 집까지 택시를 타고 20분 정도면 갈 수 있다. 택시비야 좀 깨지겠지만 2주년인 오늘을 그냥 이대로 보내야 하는 것이 못 견디게 싫었다. 그 역시 미안했는지 오늘따라 문자 메시지에 온 정성을 쏟아서 보냈다. 미안하다는 둥, 사랑한다는 둥. 문자 100개보다 잠깐 얼굴 보는 것이 더 좋은데 그는 나올 생각은 전혀 없는 모양이었다. 짜증이 밀려왔다. 이런 투정은 부려본 적도 없는데…….

이유를 알 수 없는 불안과 초조함에 괴로웠다. 속도 답답하고 입술은 바짝바짝 말랐다. 이상하게 예감도 좋지 못하다. 그를 만나지 못한다는 것이 이리도 조바심 낼 일이었던가 싶어 수정은 쓴웃음을 지었다. 이런 자신이 너무 낯설었다.

수정은 바람에 나부끼는 머리카락을 신경질적으로 손에 쥐었다. 평상시와 다르게 구불구불 볼륨을 넣은 긴 머리카락이 거추장스럽게 느껴졌다.

"수정아, 가자."

상념에 빠져 있던 그녀의 팔을 경선이 붙잡았다. 정신을 차리
고 보니 다른 친구들은 벌써 앞장서서 어딘가로 향하고 있었다.
뒤풀이를 어떻게 할 것인지 정한 모양이었다.

"나 그냥 집에 갈래."

"왜?"

"피곤해."

"피곤 같은 소리 하고 있네. 남친 때문에 그러는 거잖아."

귀신같은 최경선. 모든 것이 짜증스러워 뒤풀이고 뭐고 다 귀
찮았다.

"남친 내일 만나기로 했다면서? 이따가 저녁때 결혼식 안 온
애들도 부르자고 했어. 지난달에 모임 없었잖아. 그러니까 오늘
은 그냥 싹 잊고 애들이랑 거하게 놀아."

우쭈쭈, 엉덩이까지 두드릴 기세였다. 수정은 결국 부케를 든
채 경선의 손에 붙잡혀 결혼식장을 나섰다.

못 이기는 척 따라가는 이유가 꼭 경선이 우쭈쭈쭈, 달래주어
서는 아니다. 경선이라도 따라가지 않으면 그를 만나겠다고 당
장 택시를 타게 될 것 같아서다. 내일 저녁에 만나기로 약속을
해놓고 집까지 찾아가게 되면 얼마나 볼썽사납겠나. 그렇게 나
타난 자신을 보며 그가 질리기라도 하면 곤란했다.

그래, 오늘은 그냥 잊고 내일 마음껏 투정, 심술을 부리자.

수정은 그렇게 스스로를 달랬다.

1차는 간단하게 저녁식사를 했고, 본격적인 모임은 2차에서 이

루어졌다. 늘어나는 술병만큼 친구들이 하나 둘 모여들기 시작했다. 두 달 만에 만나는 친구들이 반갑기는 했지만 그녀의 마음 한편은 여전히 진성으로 가득했다. 신경 쓰지 말자, 쓰지 말자 계속 다짐해보아도 마인드 컨트롤이 쉽지 않았다.

서비스 강사를 하면서 제일 중요한 부분이 마인드 컨트롤이다. 어떤 사람도 1년 365일이 마냥 행복하고 즐거울 수는 없다. 사회 생활을 하는 사람들이라면 제 기분에 연연하지 않고 이성적으로 업무를 수행할 것이다. 그녀도 다를 바는 없지만, 서비스 교육을 해야 하는 만큼 마인드 컨트롤이 누구보다 중요하다. 강사의 기분이 교육생들에게 그대로 전달되기 때문이다. 힘든 일이 있어도, 슬픈 일이 있어도 무조건 웃어야 하는 광대와 다를 바 없지만 그녀는 누구보다 이 일에 애착을 가지고 있다.

서비스 강사를 시작한 지 벌써 10년이 되어가기에 감정 조절이라면 언제나 자신이 있는 그녀였지만, 오늘따라 감정이 제멋대로 날뛰려고 했다. 남자 때문에 흔들리는 자신이 난감하고 당혹스러웠다.

드르륵.

답답한 마음에 한숨을 푹 내쉬고 있을 때 가방에서 진동소리가 들렸다. 왠지 진성일 것 같은 생각이 들었던 수정은 급하게 가방을 뒤져 전화기를 꺼냈다.

[자기야, 나 오늘은 피곤해서 일찍 자려고 해. 재밌게 놀고 우리 내일 통화하자. 사랑해.]

고작 9시에 벌써 잔다니. 겨우 붙잡고 있던 이성의 끈이 툭, 하고 끊기는 기분이었다. 갑자기 화가 치민 그녀가 통화버튼을 눌러 전화를 걸었지만 그의 전화는 꺼져 있었다.

'하!'

너무 어이가 없어서 욕지거리가 올라오려고 했다. 공부를 해야 한다며 저녁에 잠깐도 시간을 못 내겠다던 그가 이 시간에 벌써 자겠다고 문자를 보냈다. 게다가 마치 그녀에게 전화가 올 것이라는 걸 예상이라도 한 듯 전화까지 꺼놓았다.

부아가 치밀었다. 지금껏 이런 경우는 한 번도 없었다. 내일 시험을 위해, 그래, 일찌감치 잠을 잘 수는 있다. 컨디션 조절을 위해. 하지만 뒤를 이은 그의 행동이 납득되지 않았다.

2년을 만나면서 전화기를 꺼놓은 적은 이번이 처음이다. 물론 업무 중에는 서로 종종 전화기를 꺼놓기도 했었다. 하지만 그 외에는 한 번도 없다. 자겠다는 사람에게 전화를 걸어 일부러 깨우는 것처럼 배려 없는 행동도 없으니까. 그런데 오늘, 다른 날도 아닌 2주년 기념일인 오늘 과감하게 전화를 꺼놓다니. 고작 2년 만에 권태기가 찾아온 것일까 싶은 회의감이 밀려왔다. 그를 향해 속 좁게 굴고 있다는 걸 뻔히 알면서도 그의 태도에 울컥 화가 치밀었다.

"백수정."

옆에 있던 경선이 옆구리를 쿡 찌르자 잔뜩 굳은 표정의 수정이 얼굴을 들었다.

"왜 그래? 무슨 일 있어?"

"……아니야."

수정은 억지웃음도 짓지 못한 채 휴대전화를 숨기듯 급히 가방 속에 넣었다.

동창생

"남친 연락…….""

"한잔 줘."

눈치 빠른 경선의 말을 재빠르게 자른 수정이 잔을 들자 건너편에 있던 강진이 술잔을 채웠다. 강진은 중학교 1학년 때 같은 반으로 반장이었다. 그녀가 그대로 입 안에 털어 넣자 강진이 의외라는 목소리로 말했다.

"백수정이 갑자기 전투적으로 변한 것 같아."

수정은 이글이글 불타오르는 눈으로 빈 잔을 채우라 명령하고는 씩씩거리며 술을 다시 들이켰다.

오늘은 그냥 확! 취해버리는 거다. 그렇게 작정을 하고 마신 술은 수정을 금세 집어삼켜버렸다. 3차 장소인 호프집까지 오는 동안 그녀의 손에 들려 있던 부케는 이미 어딘가로 사라져버렸고 열세 명이나 되던 인원도 반 정도로 줄어 있었다.

"김현호 이 인간, 오긴 온대?"

맥주를 벌컥벌컥 들이켜던 수정은 입술을 손등으로 쓱 닦으며 그 말을 꺼낸 친구를 쳐다보았다. 아까 경선에게 듣고 두 번째로 듣는 이름이었다.

"현호 온다고 했어?"

경선이 신난 목소리로 묻자 휴대전화를 만지작거리고 있던 강진이 고개를 끄덕였다. 예식장에서 사라졌던 그가 이곳으로 올 모양이었다.

"귀국하고 친구들 모임은 처음이라는데 오겠지."

"미국에서 아주 나온 거래?"

테이블에 몸을 바짝 붙인 경선이 호기심이 가득한 목소리로 물었다.

"그런 것 같아."

"아까 제대로 인사도 못 해서 아쉬웠거든. 잘됐다. 그치?"

경선이 옆구리를 쿡 찔렀지만 수정은 별 관심이 없었다. 지금 그녀에게 중요한 인물은 김현호가 아니라 강진성이었다. 그녀가 어깨를 들썩이며 시큰둥한 반응을 보이자 경선은 얄밉게 한 번 흘겨보고는 친구들과 김현호에 대한 토론을 벌이기 시작했다. 수정은 감자튀김을 먹으며 예식장에서 경선이 했던 말을 되짚었다.

1학년 때 같은 반이었고 2학년이 되고 얼마 안 돼 부모님과 미국으로 갔다고 했다. 1학년 때 같은 반이었지만 딱히 기억나는 것이 없는 걸 보면 그는 그녀의 관심 밖에 있던 인물임에 틀림없다.

경선이야 그가 인기가 많았으니 당연히 그녀도 알고 있어야 한다는 식이었지만, 인기 있다고 다 알아야 한다면 세상 사람들은 연예인은 다 알고 있어야 할 것이다. 게다가 그때라면 한창 첫 번째 열병을 앓고 있을 때였다. 대상은 바로 예식장에서 우연히 마주친 이주환. 그녀의 기억 속에 유일하게 남아 있는 키 크고 잘생긴 남학생.

수정은 당시 걸스카우트 입단식에서 만난 보이스카우트 1년 선배인 주환에게 홀딱 빠져 있었기 때문에 다른 남자는 눈에 들어오지도 않았었다. 아무리 공부를 잘하고 키가 크고 잘생겼어도, 게다가 집까지 부자라 해도 수정의 관심을 받을 수는 없었다.

'그런데 이제 와서 기억을 하라고?'

수정은 술잔을 기울이며 코웃음을 쳤다.

"너 오늘 너무 무리하는 거 아니야?"

말은 그렇게 하면서도 경선은 수정 대신 생맥주를 추가로 주문했다.

네 의도가 심히 의심스럽구나.

게슴츠레한 눈으로 입맛을 쩝쩝 다시며 멍하니 앉아 있는데 테이블 주변이 어수선해지기 시작했다.

"야아! 김현호!"

격한 반가움을 표출하는 강진의 목소리에 수정이 고개를 들었다. 청바지에 베이지색 캐주얼 재킷을 입은 남자가 손을 흔들며 다가오고 있었다. 수정은 미간을 잔뜩 좁힌 채 그를 지켜보았다. 그가 테이블에 오기도 전에 친구들이 죄다 벌떡벌떡 일어나며 수선을 떨었다. 수정만 바로 코앞까지 다가온 그를 멀뚱멀뚱 올려다보고 있었다. 친구들과 인사를 나누며 악수를 하던 그가 이제야 보았다는 듯 고개를 숙여 그녀를 굽어보았다.

"오랜만이다, 백수정."

"으, 응."

흐리멍덩한 눈으로 그를 바라보고 있던 그녀의 눈동자가 휘둥그레졌다. 어정쩡한 얼굴로 올려다보고 있는 그녀의 어깨를 가볍게 두드린 그가 옆자리에 앉았다.

이 자리는 언제부터 비어 있었던 걸까. 얼마나 당황했는지 인사하는 것도 잊어버렸다.

"현호야. 얘, 네 기억 전혀 안 난대."

어느새 건너편으로 자리를 옮긴 경선이 얄밉게 고자질을 했다. 기억 못 하는 것이 무슨 그리도 큰 죄라고 저러는지, 수정이 입술을 삐죽거렸다.

"기억 안 날 수도 있지 뭐. 대신 내가 기억하잖아."

그가 호탕하게 웃으며 강진이 내민 술을 받았다.

'쳇.'

진성의 일로 잔뜩 약이 올라 있던 수정은 애꿎은 현호를 향해 입술을 삐죽거리고는 맥주를 다시 벌컥벌컥 들이켰다.

정신이 알딸딸해지기 시작했다. 수정은 반쯤 빈 맥주잔을 보며 오늘 얼마나 마셨는지 속으로 셈을 시작했다. 소주 석 잔. 여기 와서 맥주 500짜리 두 잔. 그리고 이것까지 하면 석 잔.

갑자기 으스스 추워졌다. 수정은 양손으로 제 몸을 감싸 안으며 오소소 소름이 돋은 팔을 쓰다듬었다. 아직 겨울바람이 남아 있는 초봄이라지만 호프집은 사람들이 뿜어내는 다양한 열기로 후끈 달아올라 있었다. 그럼에도 으슬으슬 오한이 나는 건 알코올을 거부하는 몸이 이젠 좀 작작 마시라고 경고하는 것이리라.

"그만 마셔야겠다."

반이나 남은 맥주잔을 아쉬운 눈길로 바라보며 수정이 혼잣말로 중얼거렸다. 수정은 가시지 않는 오한을 몰아내기 위해 팔뚝을 비벼대며 게슴츠레한 눈으로 주변을 둘러보았다.

'응? 뭐지?'

무심코 지나치던 그녀의 시선이 한 곳에 고정되었다. 무리하게 마신 술 때문에 정신이 오락가락해서 처음엔 잘못 본 줄 알았다.

잠시 후 그녀의 눈동자가 순식간에 커다래졌다. 보고도 믿을 수 없어 앞으로 몸을 쭉 빼고는 미간을 잔뜩 찡그렸다.

'젠장, 렌즈 끼고 올걸.'

수정은 손등으로 눈을 마구 비빈 후 다시 눈에 힘을 주고 한참을 쳐다보았다. 진성처럼 생긴 남자가 여우같은 얼굴을 한 여자와 마주 앉아 시시덕거리고 있었다. 아니, 그렇게 보이는 것이 아니라 분명 시시덕거리고 있었다!

"저 인간이 왜…….."

수정의 중얼거림에 현호의 시선이 그녀의 시선을 좇았다. 그곳에서는 한 쌍의 남녀가 이마를 맞대고 다정하게 대화를 나누고 있었다. 평범한 연인들이었다. 그들을 물끄러미 지켜보고 있던 현호가 수정에게로 시선을 돌리며 물었다.

"누군데? 아는 사람이야?"

"아니…….., 잠깐만…….."

호기심을 드러내는 그가 달갑지 않았던 수정은 조용히 하라는 듯 그의 팔을 꽉 잡으며 입술을 지그시 깨물었다.

믿을 수 없는 광경을 목격했다. 비록 시력이 나빠서, 그리고 취했기 때문에 모든 사물이 흐릿하고 뚜렷하진 않았지만 지금 저 곳에 있는 남자는 그녀의 연인 강진성이 맞았다.

"말도 안 돼."

몇 번을 확인해도 진성이었다. 정말 말도 안 되는 일이 벌어지고 있었다. 밤 11시가 훌쩍 지난 시간. 진성이라면 지금 이불 속에서 쿨쿨 잠을 자고 있어야 한다. 그런데 여자와 술을 마시고 있다니. 여자의 손을 잡고 너무나 사랑스럽다는 눈길로 바라보는 그를 보고 있자니 어깨가 부들부들 떨려왔다. 덜덜 떨리는 손을 주체하지 못해 주먹을 꽉 쥐었다.

"차였네."

"뭐라고?"

수정의 공허한 시선이 무심한 표정으로 맥주를 마시고 있는 현호에게로 향했다. 무슨 일이 벌어졌는지 깨닫기도 전에 신랄한 목소리가 그녀의 혼란스러운 머릿속을 재빨리 정리해버렸다.

"너, 차였다고."

여전히 정신을 차리지 못하고 있는 수정을 향해 그가 느릿한 목소리로 말을 이었다.

"그냥 물러날 거야?"

"뭐?"

"그냥 물러나기에는 억울하지 않아? 시원하게 패주고 끝내든가, 아니면 바보처럼 조용히 물러나든가."

수정은 지금 패닉 상태였다. 결혼까지 생각하고 있는 남자가 2주년 기념일에 거짓말을 하고 다른 여자와 다정하게 술을 마시고 있는데 제정신일 리가 없었다.

그런 그녀를 갑자기 나타난 김현호가 자극하고 있었다. 아무리 동창이라지만 얼굴은커녕 이름도 기억나지 않는 낯선 남자는 차였다는 말로 가슴에 비수를 꽂으며 빈정거리는데 어이없게도 패줄까 말까를 두고 잠시 고민에 빠졌다. 아프게 깨물던 아랫입술을 놓으며 수정이 괴로움이 가득한 목소리로 말했다.

"패…… 주고 싶어."

"잘 생각했어."

그가 턱을 괴고 있던 긴 팔을 뻗어 기특하다는 듯 그녀의 어깨를 툭툭 두드리더니 자리에서 일어났다.

"어디 가?"

현호가 자리에서 일어나자 다른 것에 정신이 팔려 있던 친구들이 모두들 고개를 들었다. 그러나 그는 아무런 대답 없이 멍하니 앉아 있는 수정을 일으켜 세웠다. 그에게 팔을 붙잡혀 억지로 자리에서 일어난 그녀는 비틀거리는 걸음으로 그를 따랐다. 처음엔 다른 친구들처럼 그가 어디를 가는 것인지 잘 몰랐는데 따라가다 보니 알게 되었다. 그가 지금 진성에게로 가고 있음을.

그를 따라가는 수정의 발걸음이 점점 무거워졌다. 진성의 얼굴을 직접 확인하는 것이 수정은 두려웠다. 차라리 술에 취해 헛것을 본 것이라면 얼마나 좋을까. 수정은 일렁이는 눈물을 애써 참으며 제 앞을 막고 있는 단단하고 넓은 등을 응시했다. 진성과의 거리가 점점 가까워지고 있었지만 얼굴을 내밀 용기가 없었다. 그라는 걸 확인한 순간 댐이 무너지듯 눈물부터 쏟아지게 될까 봐 입술을 사리 물 뿐이었다.

잠시 후 그의 걸음이 멈추었다. 따라가던 수정은 그의 등에 바짝 붙어 섰다.

"실례합니다."

그의 목소리는 낮았지만 시끄러운 음악소리 속에서도 또렷하게 들려왔다. 수정은 숨을 죽인 채 그의 등에 숨어서 부들부들 떨리는 손을 말아 쥐었다. 그녀의 떨림을 알았을까. 맞잡고 있는 그의 손에 힘이 바짝 들어갔다. 진성의 대답은 너른 등에 막혀 잘 들리지 않았지만 현호의 목소리는 똑똑히 들렸다.

"백수정 씨 모릅니까?"

"수정이……."

진성의 목소리를 듣는 순간 수정은 잡고 있던 손을 강하게 뿌리치고는 있는 힘껏 도망쳤다. 진성이었는지 아니면 친구들이었는지 누군가 제 이름을 부르는 소리를 들었지만 수정은 좁은 테이블 사이를 지나쳐 차가운 밤바람이 불어오는 밖으로 뛰쳐나갔다.

화창하던 날씨가 어두워지고 이젠 반짝반짝 별이 보였다. 이 서울 땅 위에 말이다. 신기하다. 그런데 저게 정말 별일까?

하늘을 올려다보던 수정은 코를 훌쩍이며 눈을 한 번 비볐다.

아, 역시 별이 아니라 달이야. 젠장.

"그만 울어."

바람을 실은 낮고 부드러운 목소리에 고개를 돌리니 무릎에 턱을 괴고 앉은 현호가 심드렁한 표정으로 쳐다보고 있었다.

"그런 놈한테는 눈물이 아깝다."

"……."

"내 주먹도 아깝고."

그는 깍지 낀 손을 앞으로 쭉 뻗었다가 기지개를 펴듯 위로 쭉 올렸다. 그리고 등받이에 팔을 올리고는 하늘을 올려다보았다.

수정은 품에 안고 있는 티슈 곽에서 휴지를 하나 뽑아 코를 풀고는 꼬물꼬물 뭉쳐서 검은색 봉지 안에 넣었다. 볼록한 봉지를 보니 티슈는 바닥을 드러내고 있을 것이다.

안을 힐끗 확인하고 한 번 흔들어본 수정은 티슈 곽을 다시 품

동창생

에 안고 한숨을 푹 내쉬었다. 술기운은 멀리 떠나가고 끔찍했던 기억이 그 자리를 메꿨다.

아까 호프집에서 밖으로 나오기 무섭게 누군가에게 손목을 붙잡혔다. 화들짝 놀라 뒤를 돌아보니 당황한 얼굴의 진성이 서 있었다. 믿고 싶지 않은 광경이었다. 제발 꿈이길 바라던 일은 결국 현실이었던 것이다. 설령 자신이 목격한 것이 사실이라 해도 눈으로까지 확인하고 싶지는 않았는데……. 바보처럼 들리겠지만 잔인한 현실에서 도망치고 싶었는지도 모른다. 그런데 그가 버젓이 눈앞에 있었다.

"수정아……, 아야!"

그의 입에서 말이 떨어지기 무섭게 수정은 그의 정강이를 발로 힘껏 찼다. 악에 받칠 대로 받친 수정은 사람들이 구경하고 있다는 것도 모른 채 큰 소리로 엉엉 울며 아픈 발을 주무르는 그에게 주먹을 휘둘렀다.

"나쁜 놈! 네가 나한테 어떻게 이래. 어떻게!"

"수정아! 잠깐만……, 아야!"

한참 옥신각신하며 그를 때리고 있을 때 호프집에서 친구들이 몰려나왔다. 그와 함께 있던 여자도 놀란 얼굴로 따라 나왔다.

"수정아, 진정해."

경선이 다급히 그녀를 말렸지만 현호가 중간에 끼어들었다.

"실컷 패게 그냥 둬."

그 소리에 발끈한 진성이 '넌 뭐야?'라며 눈에 불을 켜고 덤벼들었다. 그 뒤로는 남자들의 싸움이었다. 정확히 말하면 그가 현호에게 일방적으로 맞았다. 턱을 강타당한 그는 그대로 바닥에 나뒹굴었고, 함께 있던 여자가 일으켜 세우자 수정이 다시 덤볐다.

그 뒤는 일이 어떻게 수습되었는지 잘 모른다. 경선에게 안겨한참을 울다 보니 그는 여자와 함께 사라졌고, 지금은 이렇게 정체를 알 수 없는 어느 건물의 옥상 위에 현호와 함께 있었다.

"넌 남자 복이 없는 거냐, 남자 보는 눈이 없는 거냐?"

현호의 핀잔에 눈 끝을 날카롭게 세운 수정이 그를 쫙 째려보았다. 고맙다는 인사라도 하려고 했던 마음을 그가 말 한 마디로 뻥 차버렸다.

흥, 인사 안 하고 만다. 제 발로 찬 거니까 됐어. 뚱한 얼굴로 휴지를 뽑는데 그의 시큰둥한 목소리가 이어졌다.

"옛날에도 똑같이 당했잖아. 이주환 선배한테."

그 말을 들은 그녀의 눈은 더 가늘어지고 눈빛은 싸늘해졌다. 생각하고 싶지도 않은 기억을 그가 끄집어낸 것이다. 그 일을 아는 사람이 몇 없는데 그는 어떻게 알고 있는지 궁금했지만, 애써못 들은 척 시선을 돌려버렸다. 이제 와서 그 일을 거론하고 싶지는 않았다.

"1학년 때 같은 반이었다면서?"

수정이 화제를 다른 곳으로 돌렸다.

"정말 전혀 기억 안 나는 모양이구나?"

그가 놀리듯 되묻자 수정은 콜록 기침을 한 번 하고는 변명처럼 말했다.

"아, 안 날 수도 있지! 중학생 때면 도대체 몇 년 전인데. 그걸, 그걸 다 기억하냐?"

동창생

"훗."

그가 피식 웃어넘기자 차가운 초봄의 밤바람으로 겨우 식힌 얼굴에서 다시 열이 올라왔다. 수정은 포기했다는 표정을 지으며 말했다.

"그런데 그 선배 얘기는 어떻게 알아? 2학년 때 일인데."

"좋아했던 남자는 기억해도 같은 반 친구는 기억 못 하나 보네."

현호가 재밌다는 표정으로 다시 빈정거렸다.

뭐 이런 거지 깽깽이 같은 놈이!

"스토커냐!"

자꾸 놀리는 현호 때문에 화가 난 수정이 버럭 소리를 질렀다. 그러자 현호가 하늘을 올려다보며 큰 소리로 웃기 시작했다.

'하여튼 남자들이란 하나같이 다 재수 없어.'

괜한 억지를 부리며 티슈를 뽑아내던 수정의 귀가 맑게 퍼지는 그의 웃음소리에 쫑긋거렸다. 눈을 반쯤 감고 웃는 그의 옆얼굴이 어쩐지 낯익다는 생각이 들었다. 그런데도 딱히 떠오르는 기억이 없었다. 이유가 뭘까? 잠시 생각을 하던 수정은 속으로 '아하!'를 외치며 자기만의 결론을 내렸다.

"너 성형했구나?"

"풋! 뭐?"

"그런 게 아니라면 이렇게 기억 안 날 리가 없잖아."

"언제는 너무 오래전 일이라서 그렇다며?"

"그것도 그렇고!"

따지고 드는 그가 얄미워 미간을 잔뜩 좁히며 짜증을 부렸지만 그는 보기 좋은 얼굴로 빙긋 웃었다.

"잘 생각해봐. 기억 날 테니까."

"……."

수정이 멀뚱멀뚱 쳐다보기만 하자 현호가 자리에서 일어나며 말했다.

"그래도 기억 안 나면 네 머리가 나쁜 거고."

"에잇!"

발끈한 수정이 안고 있던 티슈 곽을 휘둘렀지만 그는 이미 성큼성큼 걸어가버렸다. 기억 안 나는 이유가 있었다. 저리도 정 안 가는 말을 해대는 것을 보아하니 싫어했기 때문일 것이다.

"빨리 와. 집에 가야지."

그가 큰 소리로 부르자 수정은 주섬주섬 자리를 털고 일어났다. 삐그덕, 소리가 들려 문 쪽을 쳐다보니 그가 문 앞에서 기다리고 있었다.

달빛을 받아서일까? 그의 키가 더 커 보이고 얼굴에선 묘한 분위기가 흘러넘쳤다. 잘생겨서 인기 많았다던 말이 거짓말은 아니었나 보다.

'흥, 잘나긴 했네.'

콧방귀를 뀌며 천천히 걸어가고 있는데 '나 먼저 간다!'라는 말과 함께 그가 문 안으로 들어가버렸다.

"뭐, 저런 나……!"

나쁜 놈, 이라고 욕을 해주려고 했는데 안에서 현호의 얼굴이 빼꼼 나왔다.

"다 들린다."

동창생

오늘은 정말 남자들 때문에 속이 열두 번도 더 뒤집히는 날이다.

집에 돌아온 것은 새벽 2시가 훌쩍 넘은 시각이었다. 잠들어 계실 부모님이 혹시라도 깰까 싶어 조심스럽게 현관문을 열던 수정은 컴컴한 거실에서 TV를 보고 있는 사람을 보고는 제자리에서 펄쩍 뛰어오르며 기겁을 했다.

"못 볼 거라도 봤니?"

어머니의 목소리를 확인한 수정이 땅이 꺼져라 안도의 한숨을 쉬었다.

"아이, 엄마. 간 떨어질 뻔했잖아요."

"간 떨어질 일이 뭐가 있다고 그래? 엄마 몰래 무슨 죄라도 지었니?"

어머니가 고상한 목소리로 농담을 했다. 수정은 '죄는 무슨…….'이라고 중얼거리며 신발을 벗고 거실로 들어갔다.

"그래도 일찍 들어왔네?"

어둑한 거실에 걸려 있는 벽시계를 보며 어머니가 말했다.

"엄마는. 누가 들으면 내가 맨날 늦게 들어오는 줄 알겠다."

수정이 밉지 않은 목소리로 투덜거렸다. 어머니는 시큰둥한 얼굴로 TV 채널을 돌렸다. 시시콜콜한 홈쇼핑 광고를 지나 19금 표시가 선명한 화면에서 리모컨 조작이 멈추었다.

"제발 좀 늦게 들어와라."

"네?"

"그렇게 맨날 일찍 들어와서 언제 시집갈래?"

"허!"

어이가 없어 그녀의 입이 벌어졌다.

"엄마는 뭐, 내가 맨날 뭐, 늦게 오고, 막 외박이라도 하고 그 랬으면 좋겠어요?"

"연애를 해야 시집을 가지."

조금 전까지도 아무런 기미가 없던 화면의 남녀가 농도 짙은 키스를 하기 시작했다. 그 소리에 흠칫 놀란 사람은 어머니가 아 니라 그녀였다.

"엄마는 왜 그런 걸 보고 그래요?"

수정은 민망함을 감추기 위해 부러 퉁명스럽게 말하며 제 방으 로 향했다.

"남자 좀 데려와."

방으로 들어가려는 그녀의 뒤에 대고 어머니가 시니컬한 목소 리로 요구했다. 수정은 들은 척도 하지 않고 등 뒤로 문을 닫고 는 주르륵 바닥에 주저앉았다.

연애, 그리고 결혼. 그게 다 뭐라고……. 진성을 만나게 되면 결혼을 상의하고 조만간 부모님에게 소개도 시킬 계획이었는데 모든 것이 수포로 돌아갔다.

부모님은 딸이 교제중이라는 걸 이미 알고 있는 눈치였다. 밤 마다 장시간의 통화를 하고 주말이면 꽃단장을 하고 나가는 딸 을 보며 그렇게 생각 안 할 부모는 없을 것이다.

지금껏 결혼을 재촉해본 적이 없는 어머니가 남자친구 운운하 는 걸 보면 다 알고 있으니 이젠 좀 데려오라는 사인이나 마찬가 지다. 그런데 있다고도 한 적 없는 남자친구를 없다고 해야 하는

동창생

형국이 되어버렸다.

　방에 불도 켜지 않고 멍하니 창밖을 내다보고 있던 수정은 희미하게 흘러들어오는 달빛에 의지해 가방에서 자그마한 상자를 꺼냈다. 그에게 주려고 사놓았던 시계. 리본을 풀고 융으로 뒤덮인 상자의 뚜껑을 열자 어둠 속에서도 빛을 뽐내는 고급 손목시계가 모습을 드러냈다.

　"하아……."

　실망이 가득한 한숨과 함께 그녀의 어깨가 아래로 축 늘어졌다. 잠시 후 그녀의 볼을 타고 눈물이 흘러내렸다. 수정은 무릎을 끌어당겨 품에 안았다.

　아직도 흘릴 눈물이 남았다니, 어처구니가 없다.

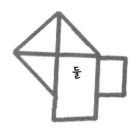

둘

일주일의 첫날인 월요일. 마음만큼이나 구질구질하게 비가 내린다. 아무렇지 않은 척 출근을 했지만 창밖을 내다보는 수정의 눈동자는 우울함이 가득하다. 저도 모르게 긴 한숨을 흘린 수정은 파워포인트 화면이 열려 있는 노트북으로 시선을 돌렸다. 리모컨의 플레이 버튼을 누르자 멈추었던 화면이 바뀌었다.

어제는 종일 집에서 빈둥거렸다. 그러나 마음은 편하지 않았다. 아침 일찍부터 그의 전화가 걸려왔지만 받지 않았고, 약속시간과 장소를 확인하는 문자가 들어왔지만 어떠한 답신도 보내지 않았다. 만나서 얘기하자는 그의 간청이 있었지만 당장은 그를 볼 마음이 없다. 친구들로부터 안부를 묻는 연락도 간간이 들어왔지만 심연에 빠져 있는 돌처럼 꿈쩍도 하지 않았다.

띠링.

익숙한 소리에 모니터에서 시선을 뗀 수정이 휴대전화를 건너보았다. 또 그의 문자다. 수정은 휴대전화를 외면해버렸다. 보지 않아도 뻔하다.

오해야. 설명할게. 만나자. 사랑해.

지겹도록 이어지는 네 마디였다. 그날 그의 행동은 오해라는 변명으로는 설명이 되지 않는 일이었다. 여자친구의 부탁은 거절한 사람이 전화를 꺼놓고 술집에서 다른 여자와 다정하게 앉아 있는 것을 보았는데 어느 여자가 너그럽게 이해하고 용서할 수 있겠냐 말이다. 그것도 2주년 기념일에!

책상 위에 올려놓은 양쪽 주먹을 꽉 쥐었다 놓은 수정은 휴대전화를 집어 들었다. 일 때문에 전화기를 꺼놓을 수는 없지만, 극단의 조치는 취해야 했다. 길게 심호흡을 한 번 한 그녀는 그의 전화번호를 수신거부 목록에 추가하고 스팸 번호로도 등록했다. 이제야 좀 속이 시원해지는 기분이 들었다.

수정은 휴대전화를 내려놓고 책상 위에 있는 교육 자료를 뒤적거렸다. 오늘은 출강이 있는 날이어서 이제 슬슬 준비를 끝내고 나가야 했다.

수정은 미래 아카데미의 CS(Customer Satisfaction) 전임 강사다. 미래 아카데미는 기업체로부터 서비스 교육을 의뢰받아 교육 프로그램을 개발하고 직접 지도하는 사업을 하고 있다. 단기적으로 서비스 기본 교육을 하는 경우도 있지만 계약을 통해 기업의 서비스 교육 및 관리를 장기적으로 진행하기도 한다.

그녀가 출강을 가게 된 교육은 한국요리 전문점 '미(味)푸드'의 점장과 매니저들을 대상으로 하는 서비스 기본 교육이다. 아직 체계적인 서비스 교육을 도입하지 않은 업체로 이번 서비스 교육이 처음이라 했다. 오늘 교육 만족도가 높으면 장기 프로젝트도 체결할 수 있는 중요한 교육이다.

자료를 모두 챙기고 마지막으로 화장을 점검하던 수정은 얼굴을 찌푸렸다. 잠도 못 자고 술까지 마셨더니 피부가 엉망이었다. 아무리 서른을 넘겼다지만 이젠 정말 피부가 감당이 안 된다.

투덜투덜 거리며 화장을 고치고 있는데 진동소리가 들렸다. 발신자를 확인하니 모르는 번호였다. 이 일을 하지 않았다면 모르는 번호로 걸려오는 전화를 무시했을 테지만 지금은 절대 그럴 수가 없다. 소중한 클라이언트일 수도 있으니까.

수정은 전화기를 들고 목을 가다듬은 후 통화 버튼을 눌렀다.

"미래 아카데미 백수정입니다."

— 목소리에 웬 힘을 그렇게 줘?

헉, 이게 무슨 말이야?

수정은 너무 놀라 입을 벌린 채 눈을 깜빡이다 전화기의 발신자를 확인하고 침착한 목소리로 웃으며 말했다.

"실례지만 누구십니까?"

— 김현호.

댕, 하는 소리가 어딘가에서 들려왔다. 수정은 웃던 얼굴을 구기며 작은 소리로 성질을 부렸다.

"너 진짜 스토커냐?"

— 뭐야. 목소리가 왜 180도로 바뀌어?

수정은 부글부글 끓는 속을 달래며 주먹을 불끈 쥐었다.

"내 전화번호 어떻게 알았어?"

— 네 전화번호가 국가 기밀이었어?

"자꾸 약 올릴 거야?"

— 내가 약을 왜 올려? 사실 그대로 말했을 뿐인데.

동창생

뻔뻔한 대답에 기가 막혀버린 수정이 냉랭한 목소리로 말했다.

"나 지금 바빠. 용건만 말해."

― 바쁘기는 나도 마찬가지야.

야! 라고 소리를 지를 뻔했다. 수정은 급속도로 올라가는 혈압을 심호흡으로 가다듬고 어금니를 앙다물며 차갑게 말했다.

"바쁘니까 용건만 간단히 하세요."

― 그 바보 같은 남자친구는 어떻게 됐는지 궁금해서.

울컥 화가 치밀었다. 그의 말이 마치 자신에게로 향하는 비난으로 들렸다. 바보 같은 남자를 만난 바보 같은 여자. 그는 지난번에도 비슷한 말을 했었다. 남자 보는 눈이 없는 거냐고.

"신경 꺼."

― 신경 끌 건데 혹시 몰라서 전화했어. 옛날처럼 깨끗하게 못 잊고 허덕거릴까 봐.

또 옛날 얘기를 끄집어내는 그였다. 도대체 어디까지 알고 있다는 말이야?

"내 일이니까 신경 좀 끄시라구요!"

기껏 큰 소리로 경고를 했건만 전화는 이미 끊겨버렸다.

'사악한 변태 같으니라고!'

화가 나 입술을 씰룩거리던 수정은 그의 번호에도 수신거부를 걸어놓고 자리에서 일어났다.

자, 이제 방긋방긋 웃으며 예쁘고 상냥한 선생님이 되어보자고!

서비스 강사라는 일이 역시 천직(天職)인가 보다. 일하러 갈 생각을 하니 금세 기분이 좋아지고 힘이 불끈 솟는 걸 보면 말이

다. 수정은 동료 강사들에게 다녀오겠다는 인사를 하고 씩씩하
게 사무실을 나섰다.

　단아한 디자인의 파스텔 톤 스커트 정장과 낮은 굽의 구두. 핑
크빛이 감도는 화사한 화장을 하고 윤기 흐르는 긴 머리카락은
정성스럽게 말아 올려 깔끔하게 마무리했다. 귓불에 반짝이는
작은 큐빅 귀고리가 그녀의 유일한 액세서리다. 하지만 충분히
여성스럽고 조용하며 한편으로는 활동적으로 보인다.
　'완벽해.'
　수정은 엘리베이터 문에 비치는 제 모습에 흡족한 미소를 지
으며 기합을 넣듯 크게 심호흡을 했다. 눈을 살포시 감은 그녀는
오늘 해야 할 일을 차분히 정리했다.
　인사과의 교육담당자인 민 대리를 만나 잠시 이야기를 나누고
교육실로 가게 될 것이다. 그리고 서비스 교육이라고는 생전 처
음 받는다는 각 지점의 점장과 매니저들을 대상으로 두 시간 동
안 서비스 마인드와 기본예절을 강의할 예정이다. 세 시간의 강
의가 끝나면 귀사(歸社)가 아닌 바로 퇴근이다. 그것도 무려 5시
에!
　생각만 해도 히죽히죽 미소가 삐져나온다. 참 별 대수롭지 않
은 일에 기분이 좋아지지만 강의를 앞둔 지금은 너무 좋은 타이
밍이다. 세상이 무너질 것 같은 일이 있어도 많은 사람들 앞에서
웃으며 친절을 부르짖어야 하는 그녀에게는 이런 사소한 즐거움
이 감사하다. 죽을 것처럼 마음이 안 좋은데 웃으며 강의를 해야
할 때만큼 괴로운 건 없으니까. 그러다 문득 진성의 일이 떠오르

동창생

자 엘리베이터에 비치는 수정의 미간이 찡긋 좁아들었다. 누가 변덕쟁이 아니랄까 봐 불끈 화가 치밀었다. 수정은 주먹을 움켜 쥐고는 부르르 떨었다.

'감히 내 컨디션을 엉망으로 만들어놓다니!'

토요일의 사건을 떠올리며 구시렁거리고 있을 때 땡, 소리와 함께 엘리베이터의 문이 스르륵 열렸다. 그 즉시 수정의 얼굴엔 샤랄라 미소가 드리워졌다. 이것이 그녀의 장점이라면 장점이다. 수정은 가벼운 몸놀림으로 안으로 들어가 인사과가 있는 5층을 누르고 문이 닫히길 기다렸다.

다다다다다. 스윽!

문이 거의 닫힐 때쯤 '어디선가 누군가'의 황급한 발자국소리와 함께 깔끔한 슬라이딩 소리가 들렸다. 저 정도면 10점 만점에 10점이다.

"우차."

우렁찬 기합소리와 함께 문틈 사이에 커다란 손이 불쑥 들어오더니 닫히지 못한 문이 스르륵 열렸다. 마치 슈퍼맨의 손이 문을 열듯 은색의 문이 양쪽으로 벌어지고 미안한 표정의 한 남자가 시야에 들어왔다. 청바지에 캐주얼 재킷을 걸치고 셔츠와 넥타이가 반쯤 풀린 남자와 눈이 마주친 순간 수정의 입이 쩍 벌어졌다.

"너 뭐야!"

"어이쿠, 깜짝이야."

남자는 과장되다 싶을 정도로 놀란 표정을 지었다.

서비스 강사로서 가장 중요한 덕목은 온몸으로 표현하는 친절함에 있다. 말만 잘한다고 유능한 서비스 강사가 될 수 있는 것이 아니다. 서 있는 자세와 맑은 미소가 담긴 얼굴, 상냥한 목소리와 절제된 손짓, 발짓, 몸짓이 타인에게 모범이 되어야 하는 것이다.

그러나 벽에 바짝 붙어 남자를 향해 손가락질을 하고 있는 수정은 자신의 본분을 깨끗이 망각하고 있었다. 길거리에서 악당이라도 만난 듯 얼굴을 잔뜩 일그러뜨린 채 분에 겨워 부들부들 떠는 모습은 한마디로 전혀 서비스 강사다운 모습이 아니었다. 지금의 그녀를 사수(師授)가 보게 된다면 당장이라도 불호령이 떨어질 것이 뻔했다.

"너…… 너……, 여기 왜 있어?"

"왜 있긴. 우리 회사니까 있지."

엘리베이터에 올라탄 현호가 당연한 걸 묻는다는 듯 닫힘 버튼을 눌렀다.

"말도 안 돼, 말도 안 돼."

노트북과 교육 자료가 잔뜩 들어 있는 커다란 가방을 품에 안은 수정은 실성한 사람처럼 중얼거렸다. 원수는 외나무다리에서 만난다더니 진정 원수가 틀림없다. 안절부절못하고 엘리베이터 안을 서성이는 그녀를 흥미롭게 보고 있던 그가 물었다.

"넌 여기 무슨 일이야?"

"남이사."

"참, 비밀도 많아. 그래봐야 나한테 다 들키면서."

밉살스럽게 대꾸하는 그를 쏘아보던 수정은 그냥 무시하자 싶어 고개를 홱 돌려버렸다. 목적지가 점점 가까워오는 것을 확인한 수정은 품고 있던 가방을 내리고 흐트러진 옷을 매만졌다.

이런 마음을 먹으면 안 되지만, 이번 교육이 마지막이었으면 좋겠다는 생각이 든다. 여기서 그를 또 만나게 되는 날에는 머리털이 남아나지 않을 것이다. 자신의 바람과는 반대로 만약 미푸드와의 계약이 성사가 된다면 무슨 수를 써서라도 이 회사는 절대 맡지 않으리라!

속으로 강렬한 의지를 불태우는 사이 목적지에서 문이 열렸다. 어깨를 펴고 당당하게 5층에서 내리는데 등 뒤에서 그의 얄미운 목소리가 들려왔다.

"블라우스 단추 하나 풀렸다."

"어머."

그의 말이 끝남과 동시에 가슴팍을 손으로 가린 수정은 벽 쪽으로 몸을 돌리고 부랴부랴 단추를 확인했다. 그러나 너무도 예쁘게 꿰여 있는 단추.

저놈에게 또 당한 것이다! 유치한 변태 같으니라고! 약을 올리듯 엘리베이터 문은 닫혔고 유치한 변태의 모습도 사라졌다.

"가만 안 둘 거야!"

닫힌 엘리베이터 앞에서 수정은 분노한 목소리로 중얼거리며 주먹을 부르르 떨었다.

서비스 기본 교육은 전문 강사들에게 쉬운 강의일 수도 있지만 한편으로는 많이 어렵고 까다로운 강의다. 오히려 많은 연구를 해야 하는 서비스 마인드 강화 교육이 더 쉬울 수도 있다.

서비스직에 근무하는 사람들은 기본적으로 자신들이 친절해야 한다는 걸 안다. 그러나 쉽게 실천하지 못한다. 왜? 나도 나가면 고객이니까!

사람들은 웃는 것과 격식을 차려 인사하는 것을 쑥스러워하고 부담스러워한다. 게다가 처음으로 접하는 사람들은 이런 기본 교육을 유치하다고 생각해 강사를 무시하기도 한다.

모두 성인이기 때문에 적당한 동기 유발이 없으면 유치원생들에게 인사를 가르치는 것보다 훨씬 어렵다. 그렇기에 한발 물러서서 '어디 한 번 해봐.'라는 시선으로 보고 있는 사람들의 마음을 열게 하는 첫 도입이 중요하다.

서비스 교육은 지식을 전파하는 일방적인 교육이 아니라서 강사와 교육생 간의 호흡이 정말 중요하다. 처음엔 그들을 많이 웃게 만들어야 한다. 그래야 기대감이 생기고 끝까지 강사에게 집중할 수 있기 때문이다. 따분하기 그지없는 서비스 교육은 좋은 효과를 만들어낼 수 없다. 방법이야 여러 가지가 있겠지만 결론적으론 능수능란한 코미디언이 되어야 한다는 것?

그렇게 사람들을 한바탕 웃게 만든 수정은 자연스럽게 본격적인 훈련으로 들어갔다.

"여러분, 거울 준비해 오시라고 했는데 가져오셨나요?"

그녀의 상큼한 목소리에 교육장이 웅성거리기 시작했다. 여자들이야 대부분 거울 하나쯤은 가지고 있겠지만 남자는 그러기 쉽지 않기 때문이다. 그걸 모르지 않는 수정이었기에 민 대리에게 미리 준비를 시켜놓았다.

작은 거울들이 직원들 손에 들린 것을 확인한 수정이 말했다.

"재미있는 일, 즐거운 일이 생길 때 웃는 건 누구나 할 수 있습니다. 하지만 우리는 고객들이 편하고 즐겁게 식사할 수 있도록 도와야 하는 사람들이죠. 그러니 언제 어느 때라도 친절하게 웃을 수 있는 준비를 해둬야 합니다. 오전에 한 번쯤은 꼭 거울 보시죠?"

"네!"

사람들의 우렁찬 대답이 들리자 수정은 신이 난 목소리로 말을 이었다.

"그때 딱 30초만 시간을 할애하시면 예쁘고 자연스러운 미소를 쟁취할 수 있습니다. 아무리 목소리가 예뻐도 얼굴이 웃지 않으면 친절하게 들리지 않습니다. 콜센터 직원들의 책상엔 커다란 거울이 하나씩 있어요. 고객을 바로 앞에서 대하듯 웃으면서 상담을 하자는 의미입니다. 콜센터에 전화들 많이 해보셨을 거예요. 상담사들 목소리 다 예쁘잖아요. 하지만 여러분은 아실 겁니다. 이 상담사가 웃고 있는지 일을 억지로 하는지 말이에요. 그만큼 목소리에는 그 사람의 생각과 표정이 그대로 담기기 마련입니다."

사람들이 공감한다는 듯 고개를 끄덕였다.

"자, 그럼 내 목소리의 포인트가 되어줄 눈썹을 움직여보겠습니다."

눈을 동그랗게 뜬 수정이 눈썹을 위로 쑥 올리자 듬성듬성 웃음소리가 작게 들려왔다.

"표정이 풍부하고 살아 있다는 말은 눈썹이 움직이기 때문에 하는 말이에요. 여러분들이 거울을 보시면서 직접 해보세요. 자, 인사 한 번 해볼까요? 안녕하십니까?"

그녀의 지시에 따라 사람들이 거울을 보며 '안녕하십니까?'를 따라했다. 군데군데 키득키득 거리는 소리도 들리고 심각한 표정으로 거울에 얼굴을 묻고 있는 사람들도 있었다.

그렇게 사람들과 거울을 보며 표정 연습을 하고 있는데 뒷문이 조용히 열렸다. 한창 교육이 진행 중일 때 이런 일이 생기면 교육의 흐름이 끊기기 때문에 신경이 예민해질 수밖에 없는데, 이런! 유치한 변태 김현호가 나타났다. 우리 회사라고 하더니 저놈도 교육을 받으러 온 모양이었다.

뒤에 있던 민 대리와 꾸벅 인사를 나눈 그가 거울을 받아 제일 뒷좌석에 앉자 수정은 보이지 않게 눈썹을 꿈틀거렸다.

'너 잘 걸렸다.'

사람들에게 개별적으로 연습할 시간을 주었던 수정이 박수를 치며 사람들의 시선을 모았다.

"자, 여러분. 멋쟁이 남성분이 들어오셨어요."

제일 뒤를 보고 있는 수정의 시선을 따라 사람들이 호기심 가득한 얼굴로 뒤를 돌아보았다. 뻔히 자기를 가리키는 줄 알면 조금은 민망한 표정도 짓고 그래야 하는데 그는 뻔뻔한 얼굴로 웃으며 앉아 있었다.

'뻔뻔한 변태 같으니라고.'

김현호는 좋겠다. 별명이 많아서. 그를 향해 사악한 미소를 짓던 수정은 그를 앞으로 불러내기로 마음먹었다.

"선생님, 잠깐 앞으로 나와서 저 좀 도와주시겠어요?"

"그러시죠."

혼내주려고 부르는데 그는 오히려 능청스러운 웃음을 지으며 태연하게 자리에서 일어났다. 생글생글 언제나 미소를 잃지 않는 그녀의 속은 부글부글 끓어올랐다. 그가 앞으로 나오는 동안 수정이 방긋 웃으며 직원들을 향해 말했다.

"우리 선생님은 참 야성적이시네요. 넥타이랑 셔츠도 저렇게 많이 풀어헤치시고."

그녀의 말에 고개를 숙여 넥타이를 내려다보던 그가 피식 웃더니 능글맞게 말했다.

"제가 넥타이 매는 게 서툴러서요."

"아하."

이건 감탄사가 아니다. 어이가 없어서 그냥 저도 모르게 흘러나온 말이다.

"자, 그럼……."

"강사 선상님이 매주면 되겠고만."

맨 앞에 앉아 있는 나이 지긋한 여점장이 한마디 툭 던지자 그 옆에 있던 점장도 한 수 거들었다.

"그러게요. 예쁜 선생님이 매주면 총각 얼굴이 훤해지겠네."

히익! 유치한 변태 골려먹으려고 유치한 짓 했다가 엄한 일에 휘말려버렸다.

"하하하. 저도 넥타이는 잘 못 매요. 그것보다 지금은 연습을……."

당황한 그녀가 어색하게 웃으며 말을 돌렸지만 여기저기서 그의 넥타이를 매주라고 성화였다. 게다가 이 뻔뻔한 변태는 마치 넥타이를 매달라는 사람처럼 뒷짐까지 지고 턱을 치켜세운 채 서 있었다.

"매주세요!"

"에이, 그냥 매줍시다."

"넥타이 못 맨다잖아요."

"매도 선상님이 더 잘 매겠지."

그녀의 거짓말을 믿지 않는 사람들이 계속 매주라고 성화를 부리자 수정은 어쩔 수 없이 '하하하하.' 공허한 웃음을 흘리며 그의 앞에 섰다.

'그래, 빨리 매주고 말자.'

이럴 땐 서비스 강사라는 직업이 정말 싫다. 그냥 성질대로 어퍼컷을 한 대 날려주면 속이 시원하겠는데 그러지도 못하니 손이 다 근질근질했다.

흠, 하고 마른기침을 한 번 한 수정이 다소 경직된 얼굴로 그의 목에 손을 뻗었다. 그녀는 그의 몸에 손가락이 닿지 않도록 신경을 잔뜩 곤두세우고는 넥타이를 풀었다. 앞에 불려 나온 그보다 더 긴장한 그녀가 넥타이를 풀고는 교육생들을 향해 어색하게 웃었다.

양손에 쥔 넥타이를 그의 목에 두르려던 그녀의 손이 허공에서 멈칫거렸다. 어렵사리 넥타이를 푸는 것까지는 성공했으나 다음이 문제였다. 넥타이를 매려면 가슴께까지 풀려 있는 셔츠를 잠가야 했다. 도대체 무슨 자신감으로 셔츠를 이렇게까지 풀어헤치고 다니는 걸까. 그나마 넥타이가 걸려 있을 때는 몰랐는데 휑하니 아무것도 남아 있지 않은 그의 가슴은 감히 눈 두기가 민망했다.

수정은 시선을 피하며 바짝 긴장한 목소리로 말했다.

동창생

"선생님, 단추를 좀 잠가주세요."

"네."

이럴 땐 말도 참 잘 들어.

장난기 가득한 얼굴의 그가 씨익 웃더니 단추를 빠르게 채웠다. 제 할 일을 끝낸 그가 다시 뒷짐을 지고 그녀를 물끄러미 바라보았다.

'내가 다시는 여기 오나 봐라.'

다시 부른다는 보장도 없는데 속으로 그 말을 계속 되뇌었다.

넥타이의 길이를 맞춰 둘을 교차시키고 긴 쪽을 한 번 휙 두르는 동안 사람들의 웅성거림이 잦아들기 시작했다. 이게 무슨 대단한 구경거리라고 죄다 여길 보고 있는 모양이었다.

빨리 빨리, 라는 생각을 하고는 있는데 손이 말을 듣지 않았다. 그녀의 눈높이보다 높은 그의 목덜미 때문에 팔도 아프고 손등을 간질이는 그의 콧바람도 신경 쓰였다.

겨우 적당한 크기의 매듭을 만들고 셔츠 깃에 맞춰 넥타이를 조일 수 있었다. 문득 능글맞게 웃고 있는 그의 목을 확 졸라버리고 싶은 유혹에 빠졌다. 그런데 누군가 그녀가 정말 목을 졸라버릴 것 같았나 보다. 걸쭉한 목소리가 그녀의 손짓을 막았다.

"두 분 너무 잘 어울리시는데요?"

그러더니 호들갑스러운 목소리가 뒤를 이었다.

"꼭 신혼부부 같아."

"호호호. 선남선녀가 따로 없네."

수정은 그의 목에서 얼른 손을 떼고 교육생들을 향해 어색하게 웃었다. 속으로는 울며 이렇게 소리를 질렀다.

다시는 아줌마들 교육하는 데 가나 봐라!

"고생 많으셨습니다."

녹초가 되어 앉아 있는 그녀에게 민 대리가 차가운 음료수를 건네며 좋은 목소리로 위로했다. 수정은 남아 있는 힘을 탈탈 털어 웃어 보이며 컵을 들어 얌전히 한 모금 삼켰다.

정말 고생했다. 사악하고 뻔뻔하고 유치한 변태 골려주려다가 자기가 당한 꼴이 되어버렸다. 그런데 더 어이없는 건 기껏 힘들게 넥타이를 매줬는데 얼마 앉아 있지도 않고 바쁘다며 쌩하니 교육실을 나가버린 것이다. 멍하니 닭 쫓던 개 지붕 쳐다보는 꼴로 뒷문을 쳐다보고 있어야 했다. 그 후 처녀총각만 보면 무조건 연결부터 하고 보려는 아주머니들의 수다에 허우적거리다 10분이라는 시간을 그냥 흘려보냈다.

삼천포로 빠진 사람들을 잘 달래서 제 길로 가게 하는 것도 서비스 강사의 자질 중 하나다. 아무리 시간이 급하고 교육이 의도치 않은 방향으로 흘러간다 해도 정색을 하며 분위기를 전환해서는 안 된다. 한 마디로 임기응변에도 능숙해야 한다는 말이다. 그렇지 않으면 이런 돌발 상황에 의해 교육과정이 모두 틀어질 수도 있기 때문이다. 서비스 강사의 자질이 어찌 되었든, 결론은 지금 수정은 피곤하다.

"사장님께서 차 한잔 하자고 하시던데요?"

"사장님이요?"

"네."

앞에서 누군가를 지도한다는 것이 언제나 힘들고 어렵지만, 오늘은 특히나 힘들었다. 며칠 전에는 남자친구의 배신을 알게 되었고, 오늘은 반갑지 않은 녀석과 두 번이나 마주쳤다. 교육실에 불쑥 나타난 그 때문에 교육생들에게 한참을 시달리고 말이다. 강의가 끝나는 순간 온몸에 힘이 다 빠져나가는 걸 느꼈다. 바로 퇴근이라는 것이 얼마나 다행스럽던지.

그런데 그녀를 보자고 한다. 오늘 첫 인연을 맺은 회사의 사장님이……. 거절할 수도 없는 상황이었다.

"알겠습니다."

수정은 투철한 직업의식을 발휘하여 친절하게 대답했다.

'미향(味香)'이라는 한식당을 운영하는 '미(味)푸드'는 그리 큰 회사가 아니다. 본사는 오래된 7층짜리 건물을 사용하고 있고 본점을 포함해 모두 10개의 점포를 운영하고 있다. 양념과 밑반찬을 생산하는 공장은 천안에 있다고 했다.

창업주인 김철민 전(前) 사장은 오래전에 미국으로 이민을 갔고 최근 그의 아들이 사장으로 취임하기 전까진 김철민 전 사장의 동생이 운영했었다고 한다. 김철민 전 사장의 아들 이름은…… 김, 현, 호라고 한다!

수정은 커다란 책상에서 일어나는 현호를 보며 속으로 비명을 질러댔다.

넌 정말 스토커가 분명해!

수정은 지금 미스코리아들이 느낀다는 입술 경련을 몸소 체험 중이다. 무릎 위에 가지런히 모은 손가락 마디마디마다 힘이 들어가고 어깨가 묵직하게 아파왔다. 웃고 있는 얼굴의 광대뼈 역시 뻐근해지고 매끄럽게 올라간 입꼬리에는 작은 경련이 일어나려고 했다.

소파 맞은편에 앉아 싱글싱글 웃고 있는 그는 너무도 뻔뻔하고 능청스러웠다. 그녀를 안내한 민 대리가 사무실로 돌아가고 따라 들어온 비서가 차를 두고 갈 때까지도 그는 전혀 모르는 사람처럼 굴었다. 그녀 역시 상냥한 여우의 탈을 뒤집어쓰고 앉아 있었지만 당장이라도 자리를 박차고서 도망치고 싶은 마음이 간절했다.

함께 졸업을 하지는 않았지만, 엄연히 중학교 동창이다. 설령 자신은 그를 탐탁지 않게 생각하더라도 친구들은 모두 그를 좋아한다. 그렇다면 그와의 만남을 피할 방법은 전혀 없다.

그래도 당분간은 마주치고 싶지 않았는데……. 수정은 속으로 한탄을 했다.

남자친구에게 처절하게 배신당하는 꼴을 한 번도 아니고 두 번이나 보이고 말았으니 그와 이렇게 마주치는 것이 괴롭다. 물론 처음의 배신을 그가 목격했는지 아닌지는 확실하지 않다. 봤다고 하니 믿을 수밖에 없는 이상한 처지도 짜증이 나는데 최근의 일도 그가 알고 있으니 영 찝찝하고 싫다. 게다가 매너 없이 그 일로 사람을 놀려먹기나 하고. 그것도 모자라 전화까지 해서 사람 속을 뒤집고 단추 떨어졌다고 뻥이나 치고! 전생에 원수지간이었던 것이 분명하다.

수정은 무릎 위에 가지런히 올려놓은 손을 말아 쥐며 속으로 이를 바득바득 갈았다.

"오늘 고생 많으셨습니다, 강사님."

동창생

저 가증스러운 표정과 목소리! 생각은 그리 하면서도 수정은 방긋 웃으며 예의를 차려 대답했다.

"별말씀을요. 제가 도움이 되었길 바랍니다."

"하하하. 큰 도움이 될 것 같습니다."

"그렇게 생각해주시니 감사합니다."

서로 뻔히 아는 사이이면서 이렇게 오글거리는 대화를 하고 있으려니 수정은 좀이 쑤시는 것 같았다. 도대체 무슨 속셈인 걸까.

"교육 재밌더라."

"네?"

갑자기 바뀐 말투에 수정의 미간이 순식간에 찌그러졌다.

"덕분에 넥타이도 제대로 매고."

그가 넥타이 매듭을 매만지며 짓궂은 표정으로 중얼거리자 꾸역꾸역 참고 있던 그녀의 분노가 드디어 폭발했다.

"자꾸 장난 할래?"

"누가 장난이래?"

"진지함은 쌈이라도 싸 먹었어? 사람 골려먹는 게 취미야?"

"오, CS 강사님의 입이 상당히 걸쭉하시군요?"

"이!"

뾰족하게 솟은 가시처럼 확 쏘아붙이려던 수정은 눈을 질끈 감으며 속을 달랬다.

'후우, 후우.'

속으로 여러 번의 심호흡을 반복하던 수정은 살포시 눈을 뜨고 현호를 바라보며 생긋 웃었다.

"이제 전 그만 가봐도 되겠죠, 싸장님?"

얼굴은 웃고 있지만 잇새로 흘러나오는 그녀의 목소리는 살벌했다.

"오늘 술 한잔 어때?"

다리를 꼬고 소파 등받이에 느긋하게 기대앉은 그가 진지한 얼굴로 권했다. 미간을 좁힌 수정은 경계를 늦추지 않고 말했다.

"무슨 수작이야?"

"홋, 수작은 무슨. 무려 19년 만에 만났는데 제대로 대화도 못 나눴잖아. 오늘은 느긋하게 회포나 풀자, 뭐 이런 거?"

"안 돼."

1초도 생각하지 않고 단번에 거절했지만 그는 전혀 당황하지 않았다. 이미 모든 것을 예상이라도 한 사람처럼 여유로운 표정으로 그녀를 바라볼 뿐이었다.

"왜?"

"난 지금 퇴근이야."

"그럼 나도 지금 퇴근하지 뭐."

뭐 이런 거머리 같은 놈이! 눈을 가늘게 뜬 수정이 그를 흘겨보았다.

"아무리 사장이라지만 너무 제멋대로 일하는 거 아니야?"

"아직은 아니야."

"뭐?"

"내일이 정식 취임일이거든."

그는 싱글싱글 미소를 지어 보였다.

수정은 단정하게 말아 올린 머리카락을 죄다 쥐어뜯고 싶은 심정이었다. 어떻게 된 게 그에게서 벗어날 구멍이 없다.

그런 그녀의 마음을 아는 듯 그가 훨씬 부드러워진 목소리로 말했다.

"안 놀릴게."

미심쩍다는 듯 그녀의 한쪽 눈썹이 매섭게 올라갔다. 잠시 뜸을 들이듯 그의 얼굴을 살피던 그녀가 낮은 목소리로 입을 열었다.

"만약에……."

"만약에?"

"옛날 얘기 들추면 확 엎어버린다."

그녀가 정말 밥상이라도 엎는 사람처럼 허공에서 양손을 허우적거렸다. 현호는 터져 나오려는 웃음을 억지로 눌러 참아야 했다. 그녀는 모를 것이다. 진지한 그 표정이 얼마나 귀여운지. 손을 뻗어 머리라도 쓰다듬어주고 싶은 심정이었다.

그는 짐짓 무게를 잡으며 알았다는 표시로 고개를 주억거렸다. 작은 주먹을 불끈 쥐며 입술을 씰룩이던 그녀가 콧방귀를 한 번 뀌더니 경계의 시선을 거두지 않은 채 팔짱을 끼었다.

그렇게 그녀와의 협상을 끝낸 그가 잠깐 기다려달라며 비서를 호출했다. 책상으로 돌아간 그는 비서와 함께 몇 가지 일을 처리하기 시작했다. 수정은 얌전히 소파에 앉아 그가 하는 일을 훔쳐보았다.

"일정을 조금만 더 타이트하게 잡아주세요."

"지금도 충분히 무리한 일정이라고 생각하는데요."

"여기서 일정이 밀려버리면 신규점 오픈 일정이 빠듯할 것 같아요."

비서가 내민 서류를 가리키며 그가 진지한 목소리로 말했다.

"그럼 간담회 일정을 아예 미루는 건 어떠세요?"

"사장인데 직원들과 제대로 된 인사는 해야죠. 그러지 말고 이 날 부매니저 간담회 시간을 조금 조정하면 되지 않을까요?"

비서를 향해 고개를 든 그의 얼굴에 여유로운 미소가 서려 있었다. 사무실 가득 퍼지는 낮고 힘 있는 목소리가 생소하게 느껴졌다. 그의 목소리에는 언제나 짓궂음이 가득했다. 바람 따라 유랑을 하는 김삿갓 같기도 하고, 꿈에 젖어 사는 몽상가 같기도 했는데 지금의 그는 능수능란한 사업가였다.

미지근해진 커피를 홀짝이며 두 사람의 모습을 힐끔거리던 수정의 눈동자가 그의 손을 따라 목으로 내려갔다. 그는 꽉 조이는 넥타이가 불편하기라도 한 듯, 기다란 손가락으로 넥타이를 풀고 셔츠 단추도 두 개나 풀었다.

멍하니 그를 보고 있던 수정은 흠칫 놀라 허리를 세우고 얼른 시선을 돌렸다. 커피잔을 탁자에 내려놓은 수정은 이유도 없이 벌렁거리는 심장을 어루만지듯 단정하게 올려 빗은 앞머리를 손으로 쓸었다.

교육실에서 그의 넥타이를 맬 때 사실은 뛰쳐나가고 싶었다. 사람들의 호기심이야 서비스 강사를 하는 내내 받아왔던 것이지만 이번은 좀 달랐다. 숨죽인 채 바라보는 사람들의 시선보다 반쯤 감은 눈으로 지그시 내려다보던 그의 시선이 온몸을 바짝 긴장시켰다. 교육실에서 얼마나 긴장을 했던지 손가락 마디마디가 뻐근하게 아팠다. 어쩌면 남자와 그렇게까지 가까이 서본 적이 없어서인지도 모른다. 수정은 두 눈을 질끈 감고 고개를 빠르게 저었다.

그건 아니다. 지금껏 만났던 남자가 그가 유일했던 것도 아니고, 진성과는 연인으로 포옹도 해보고 키스도 했으니까. 수정은 감았던 눈을 슬그머니 뜨고는 입술을 지그시 깨물었다. 맞잡은 손에도 힘이 들어갔다.

'나쁜 놈.'

잠시 잊고 있던 진성의 일이 떠올랐다.

그의 번호를 스팸번호로 등록해놓은 것이 더 치명적이었다. 귀찮도록 울려대던 알림음이 조용해진 것은 맞지만, 마음마저 조용해진 것은 아니었다. 궁금증은 더 커지고 말았다. 그동안 그에게서 연락이 또 오지는 않았는지, 왔다면 어떤 내용들로 왔을까 궁금해서 심장이 쪼그라들 것 같았다.

교육이 끝나고 습관처럼 휴대전화를 확인하던 그녀는 결국 스팸함을 열어보고야 말았다. 스팸 등록 이후 몇 개의 문자가 더 들어와 있었다. 지금까지 받았던 것과 별반 다르지 않은 내용이었다.

그날의 불안감이 지금의 사태를 미리 알려준 것이었을까? 그래서 평소와 다르게 마음 한구석이 불편하고 신경이 예민해졌던 것일까? 그날을 다시 떠올리자 머리가 지끈거리며 아파왔다.

달칵.

조용히 닫히는 문소리가 복잡하게 얽혀 있던 머릿속을 일시정지 시켰다. 고개를 들고 보니 그가 재킷을 걸치고 있었다.

"설마 존 건 아니지?"

"설마요."

새침한 표정과 다르게 수정은 친절한 목소리로 대답했다. 옆자리에 두었던 가방을 챙겨들고 자리에서 일어나는데 눈앞에 커다란 손이 불쑥 나타났다.

"뭐?"

"들어줄게."

수정은 순간 당황했다.

"괜찮아."

"……"

어울리지 않게 양 볼을 붉힌 수정이 가방을 반대편으로 가져가며 거절했지만 길을 막고 선 그는 미동도 하지 않은 채였다. 수정은 그의 시선을 회피하며 말했다.

"됐어. 회사 사람들도 있는데 민망해."

"민망할 것도 많다."

그는 그녀의 손에서 가방을 가져가더니 휑하니 집무실을 나가버렸다. 허둥대며 그를 따라 나가던 수정은 자리에 서 있는 비서에게 꾸벅 인사를 하고는 서둘러 사장실을 빠져나갔다.

그는 이미 복도 중간쯤 걸어가고 있었다. 커다란 키에 넓은 어깨와 긴 다리. 그의 몸매는 아주 바람직하기 그지없었다. 게다가 넥타이를 맬 때 슬쩍 보았던 그의 얼굴은 모델 뺨칠 정도로 반듯하고 매끄러웠다. 남자들에게 흔히 보이는 수염 자국도 전혀 보이질 않았고 입술은 생기 있어 보였다.

'저놈도 애인이 있겠지?'

갑자기 궁금해져버렸다. 문득 결혼식장에서 경선이 했던 말이 떠올랐다.

"키 크지, 잘생겼지, 집도 잘살아서 여자애들이 얼마나 좋아했다고."

공부까지 잘했다고 하지만 확인할 길이 없고, 나머지는 인정해야 할 듯싶었다. 키 크고 잘생긴데다 규모가 크진 않아도 어엿한 회사의 오너. 그런 그가 애인이 없다면 정말 이상한 것이다. 어쩌면 결혼 상대자가 이미 있을지도 모른다.

애인은 어떤 사람일까?

그와 마찬가지로 키가 크고 미인이며 번듯한 집안에서 곱게 자란 여성스러운 사람이 그려졌다. 그에 비해 그녀는 지극히 평범한 사람이었다. 작은 키는 아니지만 늘씬하게 뻗은 몸매도 아니고, 서비스 강사라는 직업 때문에 친절하고 상냥하며 여성스럽게 보이지만 그저 겉모습에 지나지 않는다. 배경도 평범하기는 마찬가지였지만 불만을 가져본 적이 없으니 그건 비교 대상이 아니다.

'아……, 내가 지금 뭐 하는 거야?'

말도 안 되는 비교를 하고 있는 자신을 깨달은 그녀가 제 머리를 한 대 콩, 쥐어박았다. 누가 비교를 하라고 했나, 이게 다 무슨 짓인가 싶었다. 게다가 지금 그녀가 집중해야 하는 사람은 김현호가 아니라 강진성이었다. 엄청난 일이 터지긴 했지만 깔끔하게 마무리를 지은 것도 아니니 현재는 오로지 자신과 강진성의 일에만 집중해야 했다.

"어서 오시죠, 백수정 강사님."

저만치 앞서 걷던 그가 엘리베이터 앞에서 그녀를 불렀다. 그제야 어지러운 상념에서 완전히 빠져나온 수정은 씩씩하게 그를 향해 걸었다.

동창생

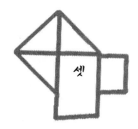

셋

　술 한잔 하자며 그가 데려간 곳은 사람들로 북적거리는 삼겹살
집이다. 삼겹살이 싫은 건 아니었지만 조금은 분위기 잡는 곳으
로 데려갈 줄 알았는데, 그도 이런 곳을 좋아하는 평범한 남자인
가 보다.

　"왜?"

　너무 빤히 쳐다보고 있었던 모양이다.

　"뭐가?"

　수정이 무슨 소리냐는 표정으로 뻔뻔하게 대답했다.

　"삼겹살 싫어해?"

　"무슨 그런 섭섭한 소리를. 없어서 못 먹지."

　비장한 얼굴의 그녀를 보며 그가 가볍게 웃었다.

　"밥도 먹고 술도 마시고. 삼겹살집만큼 좋은 곳은 없지."

　"……."

　수정이 별 대꾸가 없자 물수건으로 손을 닦던 그가 말을 이었
다.

"미국에 있을 때 제일 먹고 싶었던 게 삼겹살이었거든."

"그래도 거기선 스테이크나 바비큐 같은 거 많이 먹잖아."

"난 한국 사람이니까."

"……."

"스테이크나 바비큐도 가끔 먹는 건 괜찮은데 자주 먹으면 질려. 그런데 삼겹살은 아무리 먹어도 안 질리거든."

"어이쿠, 그렇게 질리도록 먹어보셨어요?"

그녀가 삐죽거리며 되묻자 그가 고개까지 젖히며 큰 소리로 웃었다. 아주 민망할 정도로……

"너 은근히 귀여운 거 알아?"

"뭐, 뭐라니?"

물수건으로 손을 닦고 있던 수정이 기겁을 하며 말까지 더듬었다. 어렸을 때부터 예쁘다는 말보다 귀엽다는 말을 더 좋아하던 그녀였다. 그러나 지금은 그런 말을 듣는 것이 상당히 부담스럽다. 보통의 사람들이라면 어려 보인다는 말이 칭찬일 수도 있었지만 서비스 강사에게는 오히려 단점이자 약점이 되는 말이었다.

20대 중반부터 이 일을 시작한 그녀는 교육생들에게 어리다는 약점을 보이지 않기 위해 일부러 나이 많은 척해왔다. 가벼워 보이는 복장도 언제나 경계의 대상이었다. 화장, 헤어스타일과 복장까지. 심지어 사복을 입을 때도 청바지와 운동화는 멀리하며 지내왔다. 복장이 편해지면 몸가짐도 가벼워지기 때문에 친구들을 만날 때도 언제나 조심해야 했다.

처음 서비스 강사 양성 과정을 수강할 때 귀에 딱지가 지도록

동창생

듣던 말이 있다.

"잠을 잘 때도 내가 서비스 강사라는 걸 잊어서는 안 됩니다."

그 말은 곧 머리부터 발끝까지 서비스 강사로서 품위를 잃지 말라는 주문이었다. 그런 주문을 가끔 잊고 사는 것이 문제이지 만. 그래도 귀엽다는 소리를 들으면 기분은 좋다.

"미국에서 언제 들어왔어?"

수정은 화제를 돌리기 위해 부러 그에게 질문을 던졌다.

"미선이 결혼식 전날 들어왔어."

그가 수저를 놓아주며 대답했다.

"결혼식 있는 건 어떻게 알고? 얘기 들어보니까 한참 한국에 없었다고 하는 것 같던데."

"친구 녀석 몇 명하고는 계속 연락하고 지냈었어."

"누구?"

"강진이랑 대영이. 결혼식에 애들 많이 온다고 하길래 겸사겸 사 갔던 거야."

"그랬구나."

반찬과 술이 먼저 나오자 그가 잔에 술을 따라주었다. 쫄쫄쫄 작은 잔에 채워지는 소주를 보자 미간에 저절로 주름이 잡혔다. 소주 냄새가 코끝을 찡, 하고 울렸다.

수정은 술을 좋아하는 편이 아니었다. 취향을 떠나 술을 마시 면 몸이 못 견뎠다. 마시는 즉시 얼굴은 물론이고 온몸이 열 때 문에 홍당무처럼 변하고, 이어지는 오한은 덤이었다. 조금 더 무 리를 하면 졸음이 밀려와서 감당하기 어려워진다. 몸은 그래도 굳이 취향을 논한다면 소주보다는 맥주를 선호하는 편이다.

그래도 오늘은 소주를 마셔봐야겠다. 오래된 친구와 소주잔을 기울인다는 말에 동참하기 위해서 말이다. 비록 그와의 추억이 그다지 없지만 이렇게 오랜만에 만나서도 편할 수 있다는 걸 보면 친구가 맞을 것이다.

수정은 테이블에 양 팔을 올려 턱까지 괴고는 그를 흥미롭게 바라보았다. 그는 고기를 참 잘 구웠다. 기다란 삼겹살을 먹기 좋은 크기로 자르고 노릇노릇 타지 않고 맛나게 구웠다. 게다가 쌈도 맛있게 잘 싼다. 지금도 작은 쌈을 하나 만들더니 그녀에게 내밀었다.

"아."

"아."

수정은 그가 시키는 대로 입을 벌렸다. 그러자 그가 동그랗게만 쌈을 입 안에 쏙 밀어 넣어주었다. 오물오물 씹자 촉촉한 상추와 매콤한 파 채, 그리고 뜨겁고 고소한 삼겹살의 육즙이 환상적으로 뒤섞여 들었다. 특별할 것 없는 속이지만 어째 그가 싸주니까 더 맛난 것 같았다.

"그런데 넌 왜 나한테 쌈을 싸주는 거야?"

"네가 하도 배고픈 얼굴로 쳐다보길래."

"배 안 고픈데?"

"벌써 다 먹었으니까 지금은 안 고프지."

"아까도 배 안 고팠어."

"그래서 밥 한 공기 다 비웠어?"

그의 말에 수정이 눈을 휘둥그레 뜨자 그가 제 앞에 있던 밥공기 두 개를 들어 보였다. 정말 깨끗하게 비운 밥그릇에 어이가

동창생

없었다.

"네가 다 먹어놓고 왜 내가 다 먹었다고 뻥 치냐?"

그녀가 정색하며 극구 부인하자 현호는 그렇다고 하자며 웃고 말았다. 그의 그런 태도에 괜히 또 약이 오른 수정은 앞에 있던 술잔을 입에 털어 넣었다.

"네가 자꾸 술을 마시니까 계속 밥 먹이는 거잖아."

그의 말에 수정이 고개를 갸우뚱거렸다.

"빈속에 마시면 더 금방 취한다는 상식 정도는 알고 있어야 지."

"술 얼마 안 마셨잖아."

해롱해롱 정신이 없으면서도 수정은 아니라고 우겼다.

"네 주량 넘은 것 같아."

"아니야."

"맞아. 딱 봐도 너 술 못 마시는데 뭐."

"쳇."

모르는 것 없는 그에게 또 하나를 들키고 말았다. 그러고 보니 머리가 아팠다. 얼굴에 열도 오르는 것 같고, 오한까지 밀려왔 다. 양 볼을 감싸고 긴 한숨을 흘리는데 그가 돌돌 말린 물수건 을 건넸다. 새하얀 물수건을 멍하니 보고 있던 수정이 천천히 고 개를 들어 히죽 웃고 있는 그를 바라보았다.

"네 여자친구는 좋겠다."

"왜?"

"그냥 그럴 것 같아."

"……."

건네받은 물수건을 적당한 크기로 접어서 열이 나는 얼굴에 살짝살짝 갖다 댔다. 후끈거리다 못해 홀라당 다 타버릴 것 같았는데 사막의 오아시스만큼이나 차가운 물수건이 감사했다.

　"이렇게 아무 여자한테나 잘해주면 여자친구가 샘내지 않아?"

　"네가 아무 여자였어?"

　"우씨. 그 말이 아니잖아."

　"홋. 남 걱정 말고 너나 잘하세요."

　치사하게……. 수정은 속으로 투덜거렸다. 잊고 있던 진성의 일이 떠올랐다.

　"너도 남자잖아?"

　눈이 반쯤 감긴 수정이 생뚱맞은 말을 꺼내자 현호의 얼굴에 묘한 웃음이 걸렸다.

　"그런데?"

　"양다리 걸치는 심보가 뭐야?"

　"안 걸쳐봐서 모르겠는데?"

　"누가 네 얘기 해? 남자로서 얘길 해보란 말이야, 남자로서."

　얼큰하게 술에 취한 수정이 숟가락으로 테이블을 탁탁 치자 현호가 얼른 그녀의 손에서 숟가락을 빼앗았다.

　"남자만 양다리 걸친다는 편견은 버려."

　"흥."

　콧방귀를 뀌는 수정의 양 볼이 볼록해졌다.

　"그리고 그런 건 양다리 걸친 사람한테 물어봐야지."

　"듣고 싶지 않은 말을 듣게 될 것 같아."

　수정은 금세 시무룩해졌다.

동창생

"그럼 물어보지 마."

"그런데 궁금해."

"……."

우울한 수정의 눈동자가 조명을 받아 아른거렸다.

"나한테 무슨 문제라도 있는 걸까?"

"왜 네 탓을 해?"

시무룩한 얼굴로 불판만 내려다보고 있는 그녀를 보며 그가 작게 한숨을 쉬었다.

"다른 남자들하고는 어땠는데?"

그 질문에 수정이 입술을 쭉 내밀며 뾰로통한 표정을 지어 보였다.

"혹시 중학교 때 이주환 선배 이후로 그놈이 처음이야?"

수정은 설마 아니지? 하는 표정으로 바라보고 있는 그의 시선을 힐끔거리며 피해버렸다. 수정은 어깨를 으쓱거리며 대수롭지 않다는 목소리로 말했다.

"그럼 안 돼?"

"안 되는 건 아니지만……, 그냥 조금 의외네. 우리 나이가 벌써 서른셋인데. 그동안 그 남자가 처음이었다니."

"내가 좀 많이 순진해."

입술을 삐죽이던 수정이 옆에 있던 물 컵을 들어 물을 마셨다.

"혹시 남자 경험도 없냐?"

"풋!!"

입에서 탈출한 물줄기가 불판을 식히고 현호의 셔츠까지 적시고 말았다. 현호가 물수건으로 셔츠에 묻은 물을 털어내며 말했다.

"이럴 필요는 없잖아."

"누, 누가, 그런 쓸데없는 말을 하래?"

"쯧쯧."

"어휴, 술이 다 깨네."

"그럼 이제 나가자."

셔츠의 물기를 대충 닦아낸 그가 재킷을 들고 일어나자 수정도 얼른 따라 일어났다. 수정은 길 잃은 어린양처럼 그의 뒤를 졸졸 졸 따라갔다. 카운터에 선 그가 카드를 꺼내 계산을 하는 동안 수정은 마름모꼴 모양의 새하얀 박하사탕을 발견했다. 뻘쭘한 표정으로 사탕을 하나 입에 넣은 수정은 카드 전표에 사인을 하는 그를 힐끔 쳐다보았다.

"자."

그녀의 말에 카드를 지갑에 넣던 그가 물끄러미 바라보더니 입을 벌렸다. 수정은 얼른 사탕을 입에 넣어주었다. 그건 그에게 미안해서 내미는 화해의 선물 같은 것이었다. 선물이라고 하기에는 조금 볼품없지만.

"저번에 그 옥상 있잖아."

밖에서 대리 운전기사를 기다리고 있는 사이 수정이 운을 뗐다.

"옥상?"

"응. 미선이 결혼식 날 갔었던 옥상."

"……."

"우리 거기 또 가자."

동창생

현호는 어리둥절한 표정으로 수정을 바라보았다. 아까부터 오돌오돌 떨면서 무슨 옥상 타령인지 싶어서였다.

"갑자기 왜?"

"그냥. 거긴 달이 잘 보이더라고."

수정이 하늘을 올려다보며 말하자 현호도 그녀를 따라 하늘을 올려다보았다. 비가 그친 지 얼마 되지 않아 구름이 잔뜩 낀 것이 어째 달은 못 볼 것 같았다.

"그런데 거기가 어딘 줄 알고 가자고 해?"

여전히 하늘을 올려다보던 현호가 마찬가지로 하늘을 보고 있는 수정에게 물었다.

"어딘데?"

"우리 집 옥상인데?"

"어?"

그제야 그녀의 시선이 아래로 떨어졌다.

"정확히 말하면 내가 사는 오피스텔의 옥상."

"……."

"그래도 갈 거야?"

그 역시 시선을 아래로 떨어뜨리며 물었다. 수정은 해맑은 얼굴로 고개를 끄덕였다.

오피스텔에 도착한 현호는 수정을 위해 따뜻한 커피와 작은 방석, 무릎담요를 챙겨 그녀를 데리고 옥상으로 올라갔다.

"으앗!"

옥상에 발을 내딛던 수정의 입에서 외마디 비명이 흘러나오자 현호가 그녀의 팔을 반사적으로 붙잡았다. 어두운 옥상 입구에서 발이 걸려 넘어지는가 싶었는데 다행스럽게도 그건 아니었다. 어깨를 잔뜩 움츠린 그녀가 제 팔을 쓸어내며 찡그린 얼굴로 말했다.

"추워."

"그럼 내려갈까?"

"아니. 잠깐 바람 쐬고 내려가자."

괜찮다며 몸을 돌리는 수정을 현호가 붙잡았다. 그녀의 눈에는 의아함이 가득했다. 그는 묵묵히 재킷을 벗어 그녀의 어깨에 걸쳐주었다.

"괜찮아."

수정이 재킷을 벗으려고 했지만 현호는 재킷의 단추를 채우고 소매를 묶어버렸다. 졸지에 포박당한 꼴이 되어버린 그녀가 불만 가득한 얼굴로 그를 쏘아보았다.

발그레한 볼에 바람이 잔뜩 들어간 것이 딱 심술 난 일곱 살짜리 꼬마였다. 볼록 올라온 볼을 꼬집어주고 싶은 마음이 들었지만 현호는 웃는 것으로 대신하고 그녀를 돌려세웠다. 희미한 가로등이 비치는 옥상을 가로지르는 그의 뒤를 수정이 종종걸음으로 따랐다. 그 모습은 마치 작은 펭귄이 주인을 따라가는 것 같았다.

옥상은 난간을 따라 작은 화단이 늘어서 있고 중앙엔 키 작은 나무들이 있었다. 그가 이 오피스텔로 결정하게 된 가장 큰 이유는 옥상의 작은 정원 때문이었다. 삭막한 도시 속에서 풀냄새를 맡으며 사색에 빠질 수 있는 공간이 있다는 것이 꽤 매력적이었다.

동창생

"여기 앉자."

주변 건물들을 피해 하늘이 가장 잘 보이는 곳을 택한 현호가 물기를 축축하게 머금은 의자 위에 작은 방석을 깔며 말했다. 멀뚱멀뚱 보고만 있던 수정이 쪼로록 달려와 의자에 앉았다. 그녀의 무릎 위에 담요를 덮어준 후 현호도 옆에 앉았다. 몸을 조금 녹일까 싶어 들고 왔던 커피를 종이컵에 따르던 현호는 무언가 꼬물거리는 것에 시선을 돌렸다. 수정이 재킷 소매를 풀려고 꼼지락거리고 있었다. 현호는 보온병과 컵을 옆에 내려놓고 재킷을 풀어주었다.

"팔 껴."

재킷 앞섶을 활짝 펴고 말하자 수정이 기어들어가는 목소리로 '이젠 괜찮아.'라고 말했다. 그러나 현호는 그녀의 팔을 억지로 재킷 소매에 끼워 넣고 다시 단추를 꼼꼼하게 채웠다. 수정은 현호가 건네준 커피를 홀짝이며 씁쓸한 눈빛으로 하늘을 올려다보았다. 등받이에 몸을 기대며 수정이 아쉬운 목소리로 중얼거렸다.

"날씨가 흐려서 달이 잘 안 보인다."

"그러게."

"나……, 미선이 결혼식 날 주환 오빠 봤다."

수정과 마찬가지로 하늘을 물끄러미 올려다보고 있던 현호의 얼굴에 섬뜩한 것이 스쳐 지나갔다. 이내 표정을 가다듬은 그가 심드렁한 목소리로 말했다.

"너 찬 그 이주환?"

"말을 해도 꼬옥……."

수정이 눈을 흘기며 쳐다보자 현호는 손바닥을 들어 보이며 항복했다. 밉다는 듯 그를 쏘아보던 그녀가 눈을 돌리며 풀이 죽은 목소리로 말했다.

　"주환 오빠가 신랑 친구라는 말은 들어서 알고 있었는데 막상 결혼식에서 만나니까 조금은 반갑더라고."

　"뭐 좋은 사이라고 반가워?"

　그가 작은 목소리로 구시렁거렸지만 수정은 못 들은 척 말을 이었다.

　"나중에 생각하니까 상황이 너무 웃긴 거야. 남친이랑 싸우게 될 날 첫사랑을 다시 만나게 되는 꼴이라니……. 기분이 참 묘하더라."

　하늘을 멍하니 바라보는 그녀가 다소 우울한 목소리로 중얼거렸다. 그녀에게 말은 안 했지만 기분이 묘한 건 그도 마찬가지였다. 그녀가 남자에게 차이는 꼴을 두 번이나 보다니.

　"그래서 얘기 좀 나눠봤어?"

　"사진 찍을 때 봐서 인사만 겨우 했어. 사진 찍고 부케 받고 어쩌고 하느라 까먹었지 뭐. 나중에 생각나서 보니까 벌써 갔나 보더라고."

　"아쉬운가 보다?"

　"글쎄?"

　수정은 고개를 갸우뚱거렸다. 뜬금없이 그 생각이 왜 나는지 수정도 잘 이해가 되지 않았다.

　어렸을 적 쓰디쓴 풋사랑의 아픔을 느끼게 해준 사람이 아닌가. 오래전 일이라 조금 덜하지만, 그날을 떠올리면 가슴 한 귀

퉁이가 여전히 따끔거린다. 그보다 먼저 알아보았다면 모르는
척 자리를 피했을지도 모른다. 그런데 그는 달랐다. 언제 그런
일이 있었냐는 듯, 오래된 친구를 부르듯 그렇게 말을 걸었다.
그날은 정말 이상한 날임에 틀림없다.

"설마 그 선배를 다시 만나라는 하늘의 뜻인가 봐, 뭐 이런 말
하려는 건 아니지?"

현호의 목소리는 날이 선 듯 날카로웠다. 수정은 그의 그런 반
응에 별 관심도 없는 듯 콧방귀를 뀌며 대답했다.

"웃긴다. 내가 그런 마음 쓸 정신이 어디 있어. 강진성 그 인간
하나만으로도 복잡한데."

"쯧쯧. 만나도 어디서 그런 놈들만 만나서는……."

"시끄러워."

이를 앙다문 수정이 주먹으로 허벅지를 아프게 내려치자 현호
가 '아야!' 비명을 지르며 아프다고 엄살을 부렸다. 그러거나 말
거나 수정은 아랑곳하지 않고 혼잣말처럼 중얼거렸다.

"이럴 줄 알았으면 부케 안 받는 건데……."

"미선이 부케 네가 받았어?"

"응."

수정은 침울한 얼굴로 고개를 끄덕였다.

부케는 도대체 왜 받았을까! 싫다고 끝까지 거절하지 못한 것
이 두고두고 후회가 되었다. 어쩌면 부케를 받으면 정말 결혼을
하게 될지도 모른다는 순진한 기대를 했는지도 모르겠다. 그런
데 누가 알았겠는가. 부케를 받던 날, 연인의 외도를 목격하게
될 것이라고! 그것도 친구들이 보고 있는 자리에서 그 난리를 피

우며 망신을 톡톡히 당했다.

그때의 일은 생각하면 할수록 창피하고 속이 상했다. 부케 받고 시집가라던 미선의 말에 덩달아 들떠 부케를 받기로 한 자신의 경솔함에 화도 났다. 이게 다 무슨 꼴인가 말이다. 마치 결혼에 목매달던 사람처럼 처참한 꼴로 뭉개진 자존심 때문에 속이 부글부글 끓어올랐다. 할 수만 있다면 한창 달콤한 여행에 빠져있는 미선을 찾아가 책임지라고 하소연이라도 하고 싶은 심정이었다.

하지만 그 일이 미선의 책임도, 부케의 책임도 아니라는 건 그녀 스스로가 더 잘 알고 있다. 다만 지금은 어딘가에 책임을 지우고 싶은 거다. 그래야 숨 막히는 배신의 괴로움 속에서 벗어날 수 있을 것 같으니까.

"그런데 너 어쩌냐?"

"뭘?"

현호의 말에 수정이 툴툴거렸다.

"부케 받고 6개월 이내에 시집 못 가면 평생 혼자 산다면서?"

"윽!"

수정이 한 대 맞은 사람처럼 배를 움켜잡으며 외마디 소리를 내더니 고개를 휙 돌리며 현호를 쏘아보았다. 수정은 날렵하게 손을 뻗어 그의 멱살을 꽉 움켜잡았다. 당황한 그의 눈동자가 휘둥그레졌다.

"뭐 이런 나쁜 놈이 다 있냐, 엉? 악담을 해도 아주 그냥 그렇게 아름답게 하시지? 앙?"

"큭. 야, 야. 손 놓고 말 해."

동창생

멱살을 붙잡힌 그가 그녀의 손목을 움켜잡으며 컥컥 신음을 내뱉었다.

"아주 그냥 아픈 데만 콕콕 찔러대지? 응? 네가 그러고도 친구냐? 친구야?"

술을 마셔 용감해진 수정은 상대가 남자라는 걸 망각한 상태였다. 하지만 어디에라도 화풀이를 하고 싶은 그녀의 마음을 알고 있는 듯 그는 한껏 약한 소리를 했다.

"미안, 미안. 걱정돼서 하는 소리잖아."

"내가 시집을 가든 말든 네가 왜 걱정하는데?"

몸까지 일으킨 수정이 눈을 번쩍이며 이를 갈자 현호는 과장되게 겁먹은 표정을 지으며 항복했다.

"미안. 정말 미안. 순수하게 아주 진심으로 나는 걱정돼서 한 소리였어. 부케가 어쩌고 결혼이 어쩌고 하는 얘기도 애들한테 주워들은 말이야. 남자인 내가 그런 말을 또 어디서 들었겠냐."

"한 번 만 더 그런 식으로 약 올려라. 응?"

"절대 안 그래, 절대."

양 손을 번쩍 든 현호가 죽는 시늉을 하자 수정은 멱살을 거칠게 놓아주고는 흥, 소리까지 내며 자리에 털썩 앉았다.

수정은 짜증이 밀려왔다. 마냥 축복해주어야 하는 친구의 결혼식에 자꾸 원망만 쌓였다. 만약 결혼식이 없었다면 어땠을까. 점심이라도 먹자고 그에게 떼를 써보았다면 어땠을까. 말도 안 되는 후회들이 점점 늘어가고 있었다. 사실 결혼식이 문제는 아니었는데도 말이다.

"그런 말에 뭐 하러 신경 써."

어깨를 축 늘어뜨린 채 발끝을 내려다보고 있는데 그가 낮은 목소리로 말을 꺼냈다.

"나는 남자라 여자들 사이에서 그 부케가 어떤 의미를 가지는지 잘 모르겠지만, 곧 결혼하게 될 친구가 무사히 백년가약을 맺을 수 있길 바라는 마음에 신부가 주는 거 아닐까? 부케 받고 6개월 이내에 결혼 못하면 영영 시집 못 간다는 그 말은 어쩌면 악담이 아니라 축복의 마음을 담은 걸지도 몰라. 헤어지지 말고 꼬옥 결혼하길 바라는 친구의 마음 같은 거 말이야."

그의 말처럼 미선도 그런 마음이었을 거다. 친구가 연애에 종지부를 찍고 자신처럼 행복한 결혼을 하기 바라는 그런 마음. 하지만 그녀의 후회는 부케를 받고 안 받고의 문제가 아니었다. 이렇게 될 줄 알았다면 부케를 받지도 않았겠지만, 부케를 받은 날 연인에게 차인 꼴이 너무 우스워서 그러는 것이다. 부케라도 받지 않았다면 속이 덜 쓰렸을 텐데, 자존심이라도 챙겼을 텐데 하는 후회였다.

한편으로는 아예 결혼식에 참석하지 않았으면 어땠을까 하는 후회도 든다. 설령 그를 만나지 않더라도 친구들 앞에서 꼴사나운 장면을 보이지 않아도 됐을 테니까. 하지만 그런 생각을 하고 있는 자신이 너무 초라하고 불쌍하다. 그 장면을 목격하지 않았다고 해서 그가 외도한 사실이 거짓말처럼 사라지는 것도 아닌데.

"부케 때문이 아니야."

수정의 시무룩한 대답에 현호가 말했다.

"그 인간이랑 결혼을 약속한 것도 아니었다면서?"

동창생

"……."

"까짓것, 영 찜찜하면 6개월 이내에 결혼하면 되겠네."

그 말이 하도 어이가 없어서 수정은 코웃음을 치고 말았다. 이제는 그와 싸우고 싶은 마음도 없었다.

"너무 의기소침해 있지 마. 안 어울려."

현호가 어깨를 토닥였지만 수정은 속을 알 수 없는 표정으로 하늘만 하염없이 올려다보았다.

현호는 문득 19년 전의 일을 떠올렸다. 두 사람이 다닌 중학교는 건물이 모두 두 동이 있었다. 한 동은 마지막 층이 강당이었지만 한 동은 일반 건물이어서 옥상이 있었다. 옥상이 출입금지 지역은 아니었지만 그곳에 올라가는 학생들은 거의 없었다. 그 덕에 옥상은 그만의 휴게실이나 다름없었다.

5층짜리 나지막한 건물의 꼭대기가 좋아봐야 얼마나 좋았게냐마는 그곳에서 하늘을 올려다보면 구름이 금방이라도 손에 닿을 듯 보였었다. 멍하니 앉아 하늘을 보기도 하고, 난간에 기대어 운동장에서 뛰어다니는 아이들을 보며 사색에 빠지기도 했었다. 바람이 따뜻한 날에는 점심식사 후 달콤한 낮잠을 즐기기에도 좋았다.

그곳에서 그는 수정을 처음 보았다. 아니 처음이라는 말은 조금 억지다. 1학년 땐 같은 반이었으니까 2학년이 되어서 처음 보았다는 말이 정확하다. 지금이야 수정이 작은 편이 아니지만 그때는 자그마한 꼬마 같았다. 동그란 얼굴에 양 볼을 감싸는 단발머리는 얼핏 보면 촌스러웠지만 수정에게 아주 잘 어울렸다.

그날 수정은 옥상 구석에 몸을 숨기고 있는 현호를 발견하지 못하고 화가 난 듯 씩씩거리며 옥상을 서성였다. 손목을 들어 시간을 확인하며 옥상 입구를 수없이 바라보았다. 옥상 구석에서 그녀를 지켜보던 현호도 시간을 확인하기는 마찬가지였다. 점심시간이 끝나가던 시간이었다.

"오빠!"

난데없이 들려오는 외마디 소리에 시계를 보고 있던 현호의 시선이 수정에게로 향했다. 언제 왔는지 학교에서 인기 많기로 소문난 이주환 선배가 함께 있었다. 안 그래도 수정이 왜 이곳에서 서성이고 있는지 궁금했는데 그 선배까지 나타나자 현호의 호기심은 더욱 커졌다.

"어제 서희랑 같이 있었다면서?"

"누가 그래?"

격앙된 목소리의 수정과 달리 그 선배의 목소리는 차분했다.

"거짓말할 생각 하지 마. 어제 미선이가 오빠가 서희랑 손 붙잡고 가는 거 다 봤어!"

"아아, 그거?"

선배가 아무렇지 않은 목소리로 대꾸하며 손가락으로 제 머리를 긁적이자 수정의 얼굴이 심각하게 일그러졌다.

"제대로 설명을 해봐. 어제 나한테는 공부한다고 했잖아."

"공부한 거 맞아."

"그럼 서희는 뭔데?"

"도서관에서 만났어."

"그, 그게…… 지금…….."

"어제 서희랑 같이 공부했거든."

동창생

그 후로 수정의 눈물 섞인 원망과 반성의 기미도 없는 선배의 뻔뻔한 변명이 오고갔다. 결론은 이미 그 선배는 서희라는 여자애를 만나왔고 수정은 그걸 몰랐던 것이다.

두 사람의 이별 전쟁을 보며 서희라는 여자애를 떠올려보았다. 확실히 외모적으로 보자면 서희가 훨씬 예뻤다. 그렇다고 수정이 못났다거나 그런 건 아니다. 수정에게는 엉뚱한 귀여움이 있었다. 양 볼을 꼬집어주고 싶은 유혹을 불러일으키는 그런 귀여움 말이다. 그런 것도 모르는 선배는 눈이 삔 것이 분명했다.

그날 수정은 5교시 수업에 들어가지 않고 옥상에서 서럽게 울었다. 그 역시 수업을 빠진 채 우는 그녀를 마냥 바라보았다. 숨까지 몰아쉬며 하염없이 울던 그녀의 모습이 그의 머릿속에 그대로 남아 있다. 그런데 비슷한 일이 또 벌어지다니……. 당사자인 그녀도 그렇겠지만 그도 기가 막히긴 마찬가지였다.

툭.

작은 소리가 옥상에 낮게 깔렸다. 놀라 고개를 돌리고 보니 수정이 고개를 푹 숙이고 꾸벅꾸벅 졸고 있었다. 춥다더니 잠은 오는가 보다.

현호는 바닥에 뒹굴고 있는 빈 종이컵을 집어 쓰레기통에 버리고 수정을 깨웠다.

"수정아."

"으응?"

어깨를 흔들자 수정이 무거운 머리를 들고 눈을 비볐다.

"이제 가자. 집에 데려다 줄게."

"아……, 그래. 집에 가야지."

제 얼굴만큼이나 자그마한 손으로 입을 가리며 길게 하품을 하던 수정이 눈꼬리에 걸린 눈물을 닦아냈다. 수정이 일어날 수 있도록 팔꿈치를 잡았는데 아니나 다를까, 몸을 일으킨 그녀가 크게 비틀거렸다.

"앗!"

짧은 비명을 지르며 비틀거리는 수정의 허리를 재빨리 감은 현호가 제 쪽으로 강하게 끌어당겼다. 수정 역시 갑작스러운 일에 놀란 듯 그의 팔을 움켜잡았다.

그 후 두 사람은 아무 말이 없었다. 넥타이를 매줄 때보다 훨씬 가까워진 두 사람 사이로 누구의 것인지도 모를 두근거림이 흘러나왔다. 무덤덤한 표정의 그와 달리 갑자기 벌어진 일에 당황한 그녀의 눈빛은 크게 요동쳤다. 그 어색한 침묵을 깬 건 수정이었다.

"집에 가자, 집에 가자."

그에게서 물러난 수정이 횡설수설하며 주변을 두리번거리더니 후다닥 뛰어 옥상을 벗어났다. 그런 그녀의 모습을 보고 있던 현호의 입에 피식 웃음이 서렸다.

서비스 강사라면 어떤 일이 있어도 당황하거나 흔들려서는 안 된다. 그런 모습이 비치는 순간, 교육생은 강사를 신뢰하지 않게 되고 그 분위기가 퍼지면 교육은 한 마디로 최악이 되어버린다.

서비스 강사를 시작하고 2년 정도 되었을 때다. 모 기업체의 의뢰로 미래 아카데미 강사들이 대거 연수원에 입소한 적이 있었다. 교육담당실에서 여유롭게 커피를 마시며 교육 자료를 검

동창생

토하고 당당하게 교육실로 올라갔다. 3박4일의 합숙 교육을 받는 직원들이었는데, 그녀도 함께 합숙을 하고 있었기 때문에 직원들과는 많이 친숙해져 있었다. 그중에 그녀를 좋아한다며 호감을 표현하는 남직원이 한 명 있었는데 공교롭게도 그녀가 맡은 교육실에 그가 포함되어 있었다.

그래도 그녀는 능숙하게 교육을 잘 풀어갔다. 그 남직원과 관련된 짓궂은 농담들이 가끔 툭툭 튀어나오기는 했지만 여유롭게 대처하며 무사히 1교시를 끝냈다. 10분의 휴식 시간을 알려주고 교육담당실로 내려와 지친 몸을 의자에 묻었다. 무언가 잘못되었다는 걸 인지한 건 대략 5분 정도가 흘렀을 때였다.

같은 시간에 교육을 마치기로 한 강사들이 아무도 내려오지 않는 것이었다. 그녀는 의아한 얼굴로 교육실을 모니터링 할 수 있는 TV를 켰다. 각 교육실에서는 강사들이 아직도 열띤 강의를 진행 중이었다.

화들짝 놀란 얼굴로 시간표와 시계를 확인한 그녀는 온몸에서 식은땀이 흐르는 것을 느꼈다. 시간 계산을 잘못한 것이었다. 낭패였다. 엄청난 실수였지만 그녀는 태연한 얼굴로 교육실의 문을 열었다. 다음 강사를 기다리고 있던 직원들이 놀란 얼굴로 바라보는 건 당연한 일이었다. 그녀는 시치미를 뚝 떼며 교육실로 들어가 교탁 앞에 섰다.

"깜짝 놀라셨죠? 많이 피곤해하시는 것 같아서 잠시 휴식 시간을 가졌어요. 아직 교육이 남았으니 조금만 힘내세요."

이런 말을 하며 남은 교육을 진행했다. 그녀의 실수를 눈치 챈 직원은 아무도 없었다. 교육은 잘 마무리가 되었지만 지금 생각해도 등골이 오싹해지는 실수가 아닐 수 없다. 가장 기본 중에 기본인 시간을 실수하다니, 정말 있을 수 없는 일이었다. 그런 어이없는 실수에도 차분하고 태연하게 처리하던 그녀의 얼굴에 당혹감이 스쳤다. 얼굴이 사색이 되는 것도 모자라 콧등에 잔주름이 잡히고 입술 끝이 미묘하게 끌려 올라갔다.

"미푸드에…… 저더러……."

"응. 왜? 무슨 문제 있어?"

교육1팀장인 채유라 팀장이 궁금하다는 표정으로 되물었다.

수정은 문제라면 백 가지도 꼽을 수 있을 것 같았다. 그중 가장 중요한 문제는 미푸드의 대표인 김현호 사장이 동창이라는 것에 있었다. 어떤 사람들은 그만큼 좋은 관계가 어디 있냐며 의아하게 생각할지 몰라도 그녀에게는 최악의 관계였다. 지금 생각해도 아프기 그지없는 첫사랑의 기억을 그가 알고 있다는 것만으로도 경악하겠는데 진성과의 일도 알고 있지 않은가 말이다.

동창생이라는 말에 제일 먼저 떠오르는 것이 있다면 색 바랜 추억일 것이다. 막연하고 아련하게 떠오르는 친구들의 개구진 모습에 절로 미소가 걸리는 그런 추억 말이다.

수정에게도 그런 추억이 있다. 고무줄을 끊고 도망가는 남자아이를 끝까지 따라가 살갗이 까지도록 꼬집었던 일도, 짝을 괴롭혔다는 이유로 남자아이의 등에 있는 가방을 잡고 휘둘러 바닥에 내동댕이쳤던 일도 그녀에겐 모두 추억이다. 당한 남자아이들은 어떻게 생각할지 몰라도.

시간은 흘렀어도 학교라는 한울타리 안에서 같은 시간을 함께

동창생

했을 친구들을 만난다는 것은 흥미롭고 신나는 일이다. 그렇기에 '너 몇 반이었어?'라는 질문을 시작으로 오랜 시간의 강을 단숨에 넘을 수 있는지도 모른다.

한 달 전에 만났던 사람들도 잊고 사는 세상에 10년 전, 20년 전의 사람을 기억해내는 것은 다소 어려운 일이다. 그럼에도 동창이라는 이름으로 만나게 되면 낯선 사람에 대한 경계가 일순간에 무너져버린다. 비록 기억이 희미해졌어도, 심지어 학교 다닐 땐 모르고 지내던 친구들도 순식간에 가까워진다.

하지만 김현호는 다르다!

"꼭 가야 하나요?"

"당연하지. 설마 지난번 교육 한 번으로 미푸드와의 관계가 끝났다고 생각하는 건 아니지?"

"……."

끝내고 싶어요! 라고 외치고 싶다.

수정은 풀이 죽은 모습으로 시선을 내렸다. 미푸드와는 영영 끝나길 바랐다. 만약 미푸드와 미래 아카데미의 파트너 관계가 지속되더라도 자신은 빠지고 싶었다. 그런데 미푸드 사장 취임식에 참석하라는 말이 어째 영원히 벗을 수 없는 올무를 채우는 것처럼 느껴졌다.

"어제 교육 좋았다고 인사팀 반응이 좋아. 정기 서비스 교육 프로그램을 우리가 맡을 수도 있는 절호의 기회야. 그러니까 나랑 같이 참석하자고."

"다른 강사님이……."

"무슨 소리야? 어제 출강은 백 강사였잖아."

채 팀장의 엄한 목소리에 어깨를 잔뜩 움츠린 수정이 눈을 힐끔거렸다.

'이럴 줄 알았으면 대충 하는 건데!'

지금 수정은 서비스 강사가 된 후 처음으로 후회하고 있다. 열정을 다한 자신의 강의에 대해…….

수정은 채 팀장과 함께 취임식이 진행된다는 스카이 호텔의 연회장에 도착했다. 입구엔 여러 곳에서 보낸 축하 화환이 줄지어 서 있었다. 그중에 미래 아카데미에서 보낸 축하 화환도 있었다. '미래 아카데미'라는 리본이 달린 화환을 본 그녀는 반가운 마음으로 리본을 다정하게 쓰다듬었다. 김현호라면 경기를 할 것 같던 그녀도 뜨겁게 샘솟는 애사심은 어쩔 수 없었다.

제 자식을 보듯 흐뭇한 얼굴로 화환을 보고 있는 그녀의 어깨를 채 팀장이 가볍게 두드렸다.

"백 강사, 가자."

"아, 네."

깜짝 놀란 수정이 얼른 몸을 돌리고 채 팀장의 뒤를 따랐다. 그런데 자리에 앉기도 전에 어딘가 낯이 익은 여성이 다가오더니 공손히 인사를 했다. 친절과 친숙함이 몸에 밴 두 사람도 자연스럽게 그녀에게 인사를 했다.

"사장님께서 백수정 강사님을 잠깐 뵙자고 하세요."

그 말을 듣고서야 수정은 그녀가 현호의 비서라는 걸 알아챘다.

"왜요?"

수정이 다소 당황한 목소리로 물으며 채 팀장에게 어색한 미소를 흘렸다. 비서는 공손한 미소를 지으며 이유는 모르겠다고 했다.

'내가 여기 온 건 어떻게 알고!'

울고 싶다. 도대체 그 인간이 모르는 건 무엇일까. 이제는 김현호라는 남자가 두려워지기 시작했다. 그런 그녀의 사정을 알리 없는 채 팀장이 상냥한 목소리로 다녀오라고 했다. 수정은 마지못해 자리에서 일어나며 속으로 중얼거렸다.

'저 도망갈지도 몰라요.'

비서가 그녀를 데려간 곳은 연회장 강단 옆에 붙은 작은 대기실 앞이었다.

"사장님은 안에 계십니다."

"같이 안 들어가세요?"

수정의 질문에 비서는 웃으며 고개를 젓더니 가볍게 인사를 하고 그녀에게서 멀어졌다. 불쌍한 표정으로 비서의 뒷모습을 보고 있던 수정은 엄지손톱을 잘근잘근 씹다 힘없이 노크를 했다.

"네."

수정은 안에서 들리는 그의 낮은 목소리에 심호흡을 크게 한 번 하고는 씩씩하게 문을 열었다. 대기실 한쪽에 화장대 같은 것이 있었고 벽 쪽엔 두 명이 앉을 수 있는 소파가 놓여 있었다. 그는 와이셔츠 차림으로 등을 돌린 채 거울 앞에 서 있었다. 거울로 그녀를 확인한 그가 히죽 웃더니 손을 들어 보였다.

"왜 불렀어?"

수정이 퉁명스럽게 물었지만 돌아서는 그의 얼굴은 한없이 부드러웠다.

"왜 불렀을까?"

"내가 그걸 어떻게 알아?"

수정은 능청스럽게 되묻는 그가 얄미워 톡 쏘아붙였다. 현호는 화장대에 기대서서는 팔짱을 끼고 여유로운 표정으로 그녀를 바라보았다.

"넥타이 좀 매줘."

"뭐?"

순간 그녀의 미간이 보기 흉하게 일그러졌다. 어처구니없는 그의 요구에 할 말을 잃고 말았다.

"나보다 네가 넥타이를 더 잘 매더라고."

"지금 나 놀리는 거지?"

수정의 목소리에 억눌린 분노가 담겼지만 현호는 눈썹 하나 끔쩍하지 않았다.

"내가 너를 왜 놀려?"

"그럼 무슨 수작이야? 그리고 내가 여기 온 건 어떻게 알았어? 우리 회사에 스파이 심어놨냐?"

수정이 씩씩거리자 현호가 의미심장한 얼굴로 턱을 문지르며 말했다.

"너…… 은근히 공주병 있구나?"

"뭐?"

잔뜩 성이 난 수정의 입에서 새된 목소리가 흘러나왔다.

"그게 아니면 수작은 뭐고, 스파이는 또 뭐냐?"

이 인간이 진짜! 분노한 그녀가 입술을 자근자근 씹는 사이 그

동창생

가 말을 이었다.

"아까 연회장 들어오면서 너 온 거 봤거든. 넥타이 때문에 머리가 좀 아팠는데 네가 좀 도와줬으면 해서."

"비서한테 해달라고 하면 되잖아."

"아무리 비서라도 넥타이까지 매달라고 하는 건 좀 그렇잖아?"

"그럼 난 뭔데?"

"친구."

작은 대기실을 가득 채우는 그의 낮고 그윽한 목소리가 친근하게 느껴졌다. 그의 얼토당토아니한 핑계조차도 믿고 싶을 정도로 말이다. 저리 다정하게 나오면 화를 낼 수가 없다. 비록 불편한 일을 공유하고 있는 그이지만 친구라고 하는 그에게 예민하게 반응하는 건 좀 우습게 느껴졌다.

눈을 가늘게 뜨고 입술을 지그시 깨물던 수정은 짧은 콧바람을 밖으로 몰아내며 천천히 그에게로 다가갔다. 팔짱을 푼 그가 옆에 놓아두었던 넥타이를 내밀었다.

넥타이를 손에 쥔 수정은 저도 모르게 마른침을 꿀꺽 삼키고 말았다. 넥타이를 매려면 그에게 조금 더 다가가야 했지만 그랬다간 걸터앉아 있는 그의 다리 사이에 끼게 될 판이었다.

어떻게 해야 하나 망설이고 있는데 그런 그녀의 마음을 알아챈 듯 그가 몸을 일으키더니 똑바로 섰다. 그의 키가 크다는 건 알고 있었지만 정면으로 마주하고 보니 그의 목이 산꼭대기에 걸려 있는 듯 까마득하게 느껴졌다.

저 목에 넥타이를 칭칭 감아버리고 싶다!

당장이라도 상상 속의 일을 실행할 사람처럼 넥타이를 꼭 쥐었는데 그의 기다란 목이 아래로 쑥 내려왔다. 뒷짐을 진 그가 다리를 옆으로 벌려 그녀의 키에 제 몸을 맞춘 것이다. 그의 그런 행동에 피식 웃음이 새어나왔지만 금세 얼굴을 굳히며 심각한 표정으로 셔츠 깃을 세우고 넥타이를 둘렀다.

"전화 왜 안 받았어?"

"어?"

그의 목울대가 울리는 걸 본 수정이 당황한 얼굴로 그의 얼굴을 올려다보았다가 바로 시선을 떨어뜨렸다. 그에게서 상큼한 레몬향이 나는 것 같은 착각이 들었다.

"어제 집에 잘 들어갔나 확인하려고 전화도 하고 메시지도 보냈는데 잠잠하시더라고."

"아……, 어제 일찍 잤어."

"……그랬군."

"……."

그는 어설픈 거짓말을 믿는 듯했다. 슬쩍 그에게 미안한 마음이 생겼다.

그의 전화번호는 진성의 전화번호와 함께 수신거부 목록과 스팸번호 목록에서 동고동락하고 있다. 그렇다고 당장 전화번호를 빼고 싶은 마음은 없다. 아무리 동창이더라도 좋지 않은 기억을 공유하고 있는 그와는 당분간 엮이고 싶지 않기 때문이다. 안 그래도 지금 충분히 엮이고 있는 것 같지만.

위태로운 침묵과 함께 넥타이가 모두 매어졌다. 그녀가 넥타이의 매듭과 셔츠 깃을 단정하게 마무리한 후 물러나자 그가 고맙다는 인사를 하고는 몸을 돌려 거울을 확인했다. 문득 주변을 두

동창생

리번거리던 수정은 소파에 놓여 있던 그의 재킷을 집어 들었다. 수정은 그가 편하게 입을 수 있도록 재킷을 펼쳐 보였다. 그녀를 물끄러미 굽어보던 그가 말없이 팔을 꿰고 재킷을 입었다.

그를 제대로 대면한 건 어제가 처음이긴 하지만 짙은 회색 슈트를 입은 그의 모습이 너무 낯설었다. 장난꾸러기 같던 그가 이제야 과묵한 사업가처럼 보였다. 몸에 꼭 맞는 슈트가 그의 어깨를 더욱 넓고 다부져 보이게 했다. 어렸을 때는 어느 쪽에 더 가까웠을까? 개구쟁이? 아니면 진중한 모습의 모범생? 기억에 없는 그의 과거가 궁금해지기 시작했다.

"내가 널 왜 기억 못 할까?"

그녀의 돌발질문에 손목시계를 들여다보고 있던 그가 어리둥절한 표정으로 바라보더니 이내 싱긋 웃었다.

"글쎄? 그때는 이주환 선배밖에 안 보였나 보지 뭐."

"뭐?"

그녀가 날카로운 목소리로 되묻자 그의 얼굴에 웃음이 조금 더 짙어졌다. 맞는 지적이었지만 듣고 보니 놀리는 것처럼 느껴졌다.

"나도 기억 못 하는 친구들 많아. 그리고 학교 다닐 때 같은 반이었던 애들을 다 기억하는 사람이 있긴 하나?"

그럼 처음부터 그렇게 말을 할 것이지 왜 엉뚱한 말은 해서 기분을 상하게 하는지 모르겠다. 수정은 치밀어 오르는 분노에 주먹이라도 뻗고 싶었지만 행사를 앞둔 사람 얼굴에 멍을 만들어 줄 수 없으니 꾹 참으며 말했다.

"내가 너 기억 못 한다니까 경선이가 이상한 얼굴로 쳐다보더라."

"후후후. 그래?"

그가 가볍게 웃으며 그녀의 어깨를 토닥이더니 대기실 문을 향해 걸었다. 그의 상큼한 스킨 향에 취해 있던 수정이 정신을 차리고는 종종 걸음으로 그의 뒤를 따랐다.

"취임식 시작하는 거야?"

"응."

"사장 취임 축하해."

대기실 문을 열어놓고 그녀가 먼저 나가길 기다리던 그가 예의 다정한 얼굴로 웃으며 달콤하게 속삭였다.

"축하주 사."

공식 취임 행사가 끝나고 간단히 다과회가 진행되는 동안 강단에서는 내빈들과 기념 촬영이 이루어졌다. 미푸드의 이사진과 10개 점포의 점장들에 이어 기타 친분이 있는 내빈들이 시끌벅적하게 사진을 찍고 있었다.

'언제 끝나나……'

수정은 무료한 표정으로 사람들을 둘러보았다. 조금 전까지도 함께 있던 채 팀장은 타 기업체에서 온 관계자들과 명함을 교환하고 있었다. 회사로 빨리 돌아가고 싶은 마음에 한숨만 내쉬고 있을 때 한 그룹의 사람들이 막 사진 촬영을 끝내고 우르르 몰려 내려왔다.

"어머, 선상님!"

"앗!"

동창생

호들갑스러운 아주머니들의 목소리에 수정은 어깨를 움찔하고 말았다. 이 목소리를 다시는 듣지 말자고 그렇게 빌었는데. 이럴 순 없어! 비명이라도 지르고 싶었지만 수정은 활짝 웃으며 몸을 돌렸다.

"안녕하세요? 여기서 뵙네요."

"우리 예쁜 선생님이시네."

여점장 몇몇이 수정을 에워싸며 한마디씩을 쏟아 부었다. 어제 교육실에서 현호의 넥타이를 매게 만들었던 장본인들이었다.

"세상에, 우린 어제 그 잘생긴 총각이 새로 오신 사장님인 것도 몰랐잖아요."

"하하하. 그러셨어요?"

"선생님은 알고 계셨죠?"

펄쩍 뛸 소리에 그녀의 눈동자가 휘둥그레졌다. 알고 있었다면 무슨 수를 써서라도 교육에서 빠졌을 것이다.

"설마요. 저도 몰랐는걸요."

수정은 침착한 얼굴로 웃으며 대답했다.

"그래요? 그나저나 선생님, 우리 사장님 어때요?"

"맞네, 맞네. 선생님 애인 없으면 우리 사장님 만나보는 건 어때요? 키 크지, 잘생겼지, 배경도 좋지, 우리 예쁜 선생님이랑 천생연분인 것 같은데……."

점장들의 말에 기겁을 한 수정이 고개는 물론이고 손까지 저어 댔다.

"아니요. 호호호. 점장님, 전 애인이 있어요."

"엥? 정말요?"

곱게 머리를 말아 올린 점장이 아쉬운 표정으로 쳐다보았지만 다른 점장이 옆구리를 쿡 찌르며 말했다.

"그게 무슨 상관이야. 지금 애인이랑 결혼한다는 보장 있나?"

헉! 어떻게 아셨어요? 수정은 기절할 것 같았다.

"맞아, 맞아. 여자든 남자든 결혼 전에는 많이 만나봐야 하는 거야."

"그럼! 그래야 제대로 된 사람 만나서 행복하게 살지."

모여 있던 사람들도 맞는 말이라며 계속 맞장구를 쳐댔다. 수정은 속으로 비명을 질렀다.

'결혼했다고 할걸!'

수다스러운 여점장들 틈바구니에서 수정은 그저 웃을 수밖에 없었다.

만약 미푸드와 파트너십을 맺게 된다면 이런 상황들이 계속 이어질 것이 뻔하다. 참 난감하기 그지없는 상황이지만 그렇다고 미푸드와 계약 못하게 해달라고 기도를 할 수도 없는 노릇이다. 다들 그냥 빨리들 가셨으면 좋겠다, 이런 생각을 하고 있을 때 옆에 찰싹 붙어 있던 점장이 갑자기 팔을 잡아끌었다.

"여기까지 왔는데 우리 사장님이랑 사진 한 장 찍어요."

"네? 저기, 점장님!"

"그래, 사진 찍어, 찍어."

안 끌려가려고 바동대는 수정의 등을 다른 점장이 밀어댔다. 수정은 사색이 된 얼굴로 채 팀장을 바라보았지만 채 팀장은 그저 재밌다는 표정으로 웃고 있을 뿐이었다.

"팀장님, 살려주세요."

동창생

애타게 채 팀장을 불렀지만 우악스러운 점장에게 팔이 붙잡힌 수정은 결국 강단까지 끌려 올라갔다. 마침 사진 촬영이 끝난 사람들이 강단을 내려가고 그 혼자 남아 있었다.

"사장님, 우리 선상님하고 사진 한 장 박아요."

"점장님, 전 그냥 잠시……."

수정이 안 된다고 고개를 저으며 그에게 애원의 눈빛을 보냈지만 김현호가 이런 기회를 놓칠 위인이 아니었다.

"같이 찍으시죠, 강사님."

그의 뻔뻔한 권유에 신이 난 점장들이 그녀를 그의 옆으로 강하게 밀었다. 그 힘을 이기지 못한 그녀는 비틀거리는 몸을 주체하지 못하고 쓰러지듯 그에게 몸을 기울이고 말았다.

"엄마야."

후다닥 몸을 바로 하고 선 그녀의 반응 속도는 어쩌면 박태환보다 빨랐을지도 모른다. 수정은 아무 일도 없었다는 듯 몸을 바로 하고 서서 그를 힐끔 쳐다보았다. 뒷짐을 지고 선 그의 얼굴에는 웃음이 완연했다. 금방이라도 녹아내릴 듯 바라보고 있는 그와 눈이 마주친 수정은 저도 모르게 얼굴을 붉게 물들이고 말았다.

10년 가까이 강사 활동을 하면서 여러 가지 일을 겪었다. 한눈에 반했다며 교육기간 내내 그녀에게 추파를 던지던 남자도 있었고 심지어 회사로 꽃을 보낸 남자도 있었다. 한 관공서에서 교육을 했을 때는 며느리 삼고 싶다며 아들 대신 구애를 하던 점잖은 사무관도 있었다. 그럴 때마다 능수능란하게 빠져나가고는 했는데 지금은 천하의 백수정이 어쩔 줄 몰라 절절매고 있다.

왜 이리 정신을 못 차리는지 스스로도 납득이 되질 않았다. 하여튼 김현호와 엮인 이후 무엇 하나 제대로 돌아가는 것이 없는 것 같다.

"죄송합니다. 전 이만……."

입술이 바짝 마른 그녀가 도망을 가려고 몸을 돌렸지만 그에게 팔목을 잡히고 말았다.

"어딜 갑니까?"

미치고 팔딱 뛸 노릇이었다. 미쳤냐는 표정으로 쳐다보아도 아무런 소용이 없었다. 한바탕 소동이 끝나고 점장들이 우르르 아래로 내려가자 그녀를 옆에 세운 그가 사진 기사에게 말했다.

"찍읍시다."

그 말이 떨어짐과 동시에 셔터 소리가 빠르게 지나갔다. 이번엔 그녀의 커다란 눈동자가 카메라 기사에게로 향했다. 사진 찍는다는 말도 없이 셔터를 눌러대는 얄미운 사진 기사가 마치 김현호의 분신처럼 느껴졌다.

"선생님, 붙어요, 붙어."

아래에서 두 사람을 지켜보던 점장이 양손바닥을 마주하며 붙으라는 사인을 보내더니 웃으라는 주문까지 했다. 일이 이렇게 되고 보니 수정도 어쩔 수 없어 양손을 앞에 가지런히 모으고 몸을 바로 하고 섰다.

"자, 찍습니다."

우렁찬 사진 기사의 말에 환하게 웃는 수정의 어깨 위로 따뜻한 팔이 올라왔다.

찰칵, 찰칵, 찰칵.

빠르게 이어지는 셔터 소리와 함께 수정의 모든 것이 카메라에 담겼다. 정면을 바라보고 선 두 사람의 모습, 어깨로 올라온 팔에 놀란 얼굴로 그를 바라보는 모습, 그런 그녀를 지그시 바라보는 그의 부드러운 미소도 카메라에 고스란히 남겨졌다.

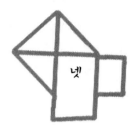

넷

그윽한 재즈가 흘러나오는 바(bar)로 들어간 수정은 현호를 찾기 위해 주변을 두리번거렸다. 취임식이 끝난 다음 날인 오늘, 불쑥 회사로 전화가 걸려 와서 심장이 떨어지는 줄 알았다. 그의 번호는 여전히 수신거부 목록에 있었고 그녀와 통화가 되질 않으니 회사로 전화를 건 것이었다.

"너 정말 스토커 같아."

낮게 으르렁거리는 그녀의 반응에도 그는 그저 웃기만 했다.

— 네가 전화를 안 받으니까 그렇잖아.

"바쁘니까 안 받았지."

— 그럼 나중에라도 네가 전화를 하면 되잖아.

그의 질책에 뜨끔하여 수정은 입술을 꾹 다물었다.

"전화는 왜 했어?"

— 술 사라고.

"내가 술을 왜 사?"

— 취임 선물로 술 사기로 했잖아.

그의 뻔뻔한 요구에 수정은 입을 쩍 벌리고 말았다.

"내가 언제 술 사준다고 그랬는데?"

— 어제 찍은 사진도 나왔어.

결국 수정은 사진을 주겠다는 말에 혹해서 약속 장소로 나오고 말았다. 불만이 가득한 얼굴로 바를 탐색하던 수정은 스탠드 의자에 앉아 직원과 대화를 나누고 있는 현호를 발견했다. 그의 앞엔 이미 위스키 한 병이 놓여 있었다.

"누가 이렇게 비싼 술 마시래?"

"왔어?"

심술 난 표정의 수정이 옆자리에 앉자 테이블에 몸을 기대고 있던 현호가 고개를 삐딱하게 숙이고 반갑게 아는 체를 했다. 뾰로통한 얼굴로 메뉴판을 대충 훑어보던 수정이 직원에게 주문을 했다.

"언니, 전 오렌지 주스 주세요."

주문을 받은 직원이 자리를 뜨자 수정이 말했다.

"사진 줘."

그녀의 요구에 현호는 옆에 놓아두었던 커다란 서류가방에서 꺼낸 작은 봉투를 내밀었다. 무심한 얼굴로 사진을 보기 시작하던 수정의 눈이 점점 휘둥그레졌다. 제대로 포즈도 잡기 전에 사진이 찍혔다는 건 알고 있었지만 그 외에 찍는지도 몰랐던 사진들이 꽤 많았다. 심지어 점장들에게 떠밀려 그의 품에 안기다시피 한 사진도 있었다. 스토커로 모자라 이제는 파파라치까지 고용했나 싶은 생각이 들었다.

"무슨 사진을 이렇게나……."

"그날 사진 찍어준 사람이 내 친구거든. 재밌어서 여러 장 찍었대."

어쩜지! 유유상종이라더니, 하는 짓이 똑같다.

속으로는 구시렁거리면서도 아무 말 없이 사진을 끝까지 다 본 수정은 봉투를 가방에 넣었다. 직원이 주고 간 주스의 빨대를 입에 물며 수정이 말했다.

"그냥 파일로 보내주면 되지 굳이 현상까지 왜 했어?"

"난 현상한 사진이 좋아. 넘기는 재미도 있고 옛날 생각도 나고."

"하긴……. 스냅사진으로 보면 어쩐지 추억도 더 진해지는 것 같아. 손에 잡히는 물건이라서 그런가? 화면으로 보면 그냥 남의 사진 보는 것 같은 기분이 들 때도 있거든."

"흐응."

감상에 젖어 멍하니 테이블 끝을 바라보며 중얼거리던 수정이 그의 의미심장한 맞장구에 흠칫거렸다. 그와 잠시 눈이 마주쳤지만 수정은 모르는 척 시선을 피하며 퉁명스레 물었다.

"일은 어때?"

"아직 정신없지 뭐. 본사 일은 이번 주면 다 마무리가 될 것 같은데 가장 큰 일이 남았어. 점포 순회."

"그렇구나."

수정은 여전히 테이블 끝을 바라보며 고개를 끄덕였다. 새콤한 오렌지 주스를 멍하니 빨아먹고 있던 수정은 그가 자신을 빤히 쳐다보는 것을 느꼈다. 그는 바에 턱을 괴고는 여전히 의미를 알 수 없는 눈빛으로 바라보고 있었다. 기분이 또 이상해졌다. 저리도 지그시 바라보는 이유를 알 수 없었던 수정은 어떻게 해야 할지 몰라 주스만 열심히 빨아댔다.

후루룩. 후룩.

시끄러운 소리가 나는 것이 주스가 점점 바닥을 드러내기 시작한 모양이다. 어떻게 하지? 어떻게 하지? 주스가 아닌 얼음물이 올라오기 시작하자 초조해지고 민망해지기 시작했다. 차라리 말을 해라, 말을…… 이라고 생각하고 있는데 그가 부드러운 목소리로 물었다.

"그 남자랑은 어떻게 할 건데?"

그건 말고!

수정은 다 마셔버린 주스 글라스를 바에 올렸다. 뭐라고 대답하지? 잠시 망설이고 있는 사이 그의 두 번째 질문이 날아들었다. 이번엔 아주 진지한 목소리로 물었다.

"고민 중인 거야?"

"……."

수정은 딱히 대답을 할 수 없었다. 불쾌한 일을 공유하게 된 김현호 때문에 생각이 조금 흐트러지긴 했지만 강진성과의 일은 그녀에게 여전히 어려운 숙제로 남아 있었다.

지금도 그날을 생각하면 화가 나고, 진성에게 실망스럽고, 그런 그를 사랑한 자신이 한심하다. 교제를 시작한 지 2주년이 되는 날, 여자친구의 부탁은 거절한 채 거짓말까지 해가며 다른 여자를 만난 남자라니, 생각하면 할수록 치가 떨린다.

그런데도 막상 강진성이라는 남자를 생각하면 마음이 자꾸 흔들린다. 지금까지 알고 있던 그는 분명 다정한 남자였고, 성실

한 남자였다. 좀 더 세심하게 챙기지 못한 자신이 미안할 정도로 그에게 받은 것이 많았다. 그래서 지금의 상황이 잘 납득이 되지 않는다. 심지어 그의 변명이라도 듣고 싶은 유혹에 시달린다. 만약 그날 그래야 했을 타당한 이유가 있다면 용서하고 싶은 마음도 있다. 정말 피치 못할 사정이 있었을 거라는 자기 위안도 포함된다. 이런 것을 두고 미련이라 하겠지?

"더 생각할 것도 없어. 그런 남자는 애초에 그른 거야."

현호가 심드렁한 목소리로 딱 잘라 말하자 수정이 우울한 목소리로 대답했다.

"사랑은 저금통 같은 거야. 2년 동안 그 사람 만나면서 사랑이라는 걸 착실히 차곡차곡 적금 붓듯이 쌓았어. 이번 일로 갑자기 많은 금액이 빠져나가긴 했지만 내 저금통엔 아직도 잔고가 남아 있는걸."

"……."

"다 비워야 할지, 다시 채워야 할지는 만나서 사정을 들어봐야 아는 거 아닐까?"

수정은 마치 그에게 양해라도 구하는 듯 자신 없이 물었다. 경선도 현호와 똑같은 말을 했었다. 그런 남자는 연락도 하지 말고 그냥 끝내버리라고.

사춘기 시절의 쓰디쓴 풋사랑의 실패 이후 철이 너무 빨리 들어버렸는지, 남자를 멀리하며 자신의 목적만을 위해 달려온 그녀였다. 그런 그녀가 인생의 전환점이라 할 수 있는 서른을 찍으면서 만난 남자다. 처음으로 가슴 두근거림도 느꼈고 뜨겁고 달콤한 키스도 나누었다. 그런데 어떻게 단 한 번의 사건으로 그리

동창생

쉽게 잊으라 할 수 있는지 수정은 마음이 무거웠다.

"그나마 남아 있는 잔고, 보이스 피싱으로 날리지나 마."

수정의 얼굴을 빤히 바라보고 있던 현호가 진지한 목소리로 말했다.

그의 엉뚱한 말에 웃어야 할지 말아야 할지 혼돈스러워 수정은 멀뚱멀뚱 그의 얼굴을 바라보았다. 그런 그녀의 어깨를 토닥이던 현호가 싱긋 웃으며 말했다.

"잔고 비면 말해. 내가 채워줄게."

앗, 잠깐. 이 말은 무슨 뜻이지? 이런 말을 대수롭지 않게 던지는 남자는 어떻게 해야 한다고 했더라? 경선이 말대로라면 흐, 흑심이 있다는 말인데. 에이, 설마.

바짝 긴장한 얼굴로 쳐다보고 있는 그녀의 어깨 위로 그의 팔이 올라왔다. 웃음기를 거둔 그가 상체를 기울이며 심각한 목소리로 말했다.

"내가 더 좋은 남자 소개시켜줄게."

"……우, 웃기시네."

에라이! 엉뚱한 착각에 빠져 있던 수정은 제 어깨에 올라와 있는 그의 팔을 거칠게 뿌리쳤다.

"언니, 맥주 오백이요!"

그녀의 씩씩한 주문이 뭐가 그리 재미있는지 제 술잔에 술을 따르는 그의 입가에 걸려 있던 미소가 더 짙어졌다.

맥주잔이 앞에 놓이자 수정은 벌컥벌컥 숨도 안 쉬고 들이켰다. 그래봐야 반 잔 겨우 마실 뿐이지만. 과장된 목소리로 '캬!'까지 외쳐주고는 그의 앞에 있는 마른안주 접시를 제 앞으로 끌어와 진미포 하나를 입에 넣고 씹었다.

이 인간만 만나면 기분이 이상해지고 술이 당긴다. 아우, 도대체 왜!

"그렇게 급하게 마시다 한 번에 훅, 가는 수가 있다."

남은 맥주를 꿀꺽꿀꺽 한꺼번에 마셔버리자 그가 장난기 가득한 목소리로 경고했다. 수정은 얄밉다는 듯 그를 흘겨보고는 주섬주섬 가방을 챙겼다.

이 녀석과 계속 있으면 화만 더 날 것 같아 집에 가야 할 듯싶었다.

휘청.

순간, 자리에서 일어나던 그녀의 몸이 크게 흔들렸다.

"어라?"

"에헤."

예상치 못한 취기에 당장이라도 쓰러질 것 같던 그녀의 팔을 그가 잽싸게 낚아챘다. 그러면서 그녀의 가방은 바닥에 곤두박질쳤다. 오, 스피드 최강. 엘리베이터 문이 닫힐 때도 최고의 속도로 달려오더니 이번에도 그의 행동은 재빨랐다. 그는 그녀를 똑바로 세우고 바닥에 나뒹굴고 있는 가방을 집어 들어 먼지를 털었다.

"잠을 못 자서 그런가 봐."

수정은 변명처럼 중얼거렸다.

"잠 설칠 정도의 남자는 아니라고 본다."

"……."

술 사라며 불러놓고 어느새 계산을 하고 있는 그를 보면서 수

동창생

정은 입도 벙긋하지 않았다.

그의 말에 조금 민망해졌다. 그가 걱정하는 것처럼—걱정이 맞다면—오로지 강진성만 생각하며 잠을 설쳤던 건 아니다. 이상하게도 강진성을 생각하면 김현호도 함께 생각났다. 그러다 보면 어느새 중학교 시절, 이주환에게 보기 좋게 차이던 때로 돌아가 있다. 그 후 이어지는 건 김현호에 대한 분노다. 평생 묻어두고 싶은 첫사랑의 실패를 그가 알고 있는 것도 싫고, 친구들 앞에서 망신을 당하던 날에 그가 있었던 것도 싫다. 그 후 그와 사사건건 엮이면서 틈만 나면 속을 박박 긁어대는 그를 어찌해야 할까 고민하다 보면 강진성이라는 남자 따위 그냥 다 싹 잊어버리고 만다. 김현호를 만나게 된 이후 이상한 것투성이다.

"가자."

"어?"

팔꿈치에 닿는 낯선 손길에 수정은 어깨를 흠칫 떨었다. 필요 없다며 손을 뿌리쳐야 함에도 꼼짝도 할 수 없어 무기력하게 그를 따라 바를 나섰다.

"옷 좀 더 입고 다녀라."

거리에서 택시를 기다리는데 그가 수정에게 핀잔을 주었다.

"무슨 소리야?"

"술만 마시면 오돌오돌 떨잖아."

"충분히 많이 입었거든?"

수정이 토라진 목소리로 대답했다.

'술만 마시면 추운 걸 어쩌라고. 흥.'

좀처럼 제 말을 듣지 않는 몸뚱어리를 팔로 감싼 수정은 오지 않는 택시를 계속 원망했다. 레이저라도 나올 것 같은 눈으로 차가 오는 방향을 무섭게 노려보고 있던 수정이 빈 택시를 발견하고는 번쩍 손을 들었다.

"간다."

뒤도 돌아보지 않고 뒷좌석에 몸을 싣던 수정은 강한 힘에 떠밀려 반대편까지 튕겨 들어갔다. 놀라 돌아보니 옆 좌석에 올라탄 그가 문을 닫고 있었다.

"아저씨, 보라매공원 정문이요."

마치 자기 집에라도 가는 사람처럼 태연하게 목적지를 읊어대는 그를 보며 수정은 입을 쩍 벌렸다.

"뭐야?"

"아무리 그래도 이 시간에 여자 혼자 보내는 건 정말 매너 없는 짓 아니냐?"

"나한테는 매너 안 챙겨도 되거든?"

"자주독립심이 아주 투철하셔."

이거 원, 기사 아저씨가 두 눈을 시퍼렇게 뜨고 있는데 남세스럽게 싸울 수도 없고 수정은 결국 구석에 몸을 웅크리고 앉는 것으로 반항했다.

"남자친구가 신사구먼."

뭐라는 거예요? 아저씨 말에 수정의 눈이 도끼눈이 되었다.

"호호호. 아저씨, 무슨 그런 섭섭한 말씀을……. 남자친구 아니에요."

수정은 투철한 직업의식을 최대한 끌어 올려 상냥한 목소리로 아저씨의 오해를 바로잡았다.

"허허허허. 그 총각이 여자였나?"

어머, 아저씨! 농담도 꼭 김현호처럼 하시네요!

수정은 뜨악한 얼굴로 아저씨의 뒤통수를 쏘아보았다.

쿡.

수정은 좋다고 헤헤거리고 있는 그의 옆구리를 손가락이 아프도록 찔렀다. 눈이 마주친 수정이 아까 택시를 탐색하던 레이저를 발사하자 아프다는 엄살도 부리지 못한 그는 반대편 구석으로 피난을 갔다.

"잘 생각해."

집 앞에 도착했을 때 그녀의 뒤에 대고 그가 한 말이다. 뒤돌아 선 수정은 귀찮다는 표정을 지으며 어서 가라고 손짓을 했다.

"빨리 가. 너랑 더 있다간 꿈자리까지 뒤숭숭할 것 같아."

"훗. 간다."

가볍게 웃어 보인 그가 손을 들어 보이고는 왔던 길을 되돌아갔다. 수정은 그가 보이지 않을 때까지 한참을 그대로 서 있었다.

저 남자의 정체, 당최 모르겠다.

"수정아!"

얼마나 씩씩한 목소리로 이름을 부르는지 흠칫 놀란 수정은 저도 모르게 휙휙 주변을 둘러보았다. 숍 한가운데에 마구 손을 흔들며 앉아 있는 경선이 눈에 보였다.

아무리 이름이 예쁘다지만 사람들이 다 쳐다볼 정도로 격하게 외쳐주시면 괴롭단 말이지.

수정은 서비스 강사라는 제 본분을 잊지 않고 친절하고 다정하게 웃으며 속으로 이를 갈았다.

"일찍 왔구나?"

"응. 일찍 와서 우아하게 차를 마시며 너를 기다렸어."

"호호호. 잘했어."

조금 전의 너는 우아하지 않았어.

"현호랑 어떻게 됐어?"

커피를 사 들고 자리에 앉기 무섭게 경선이 몸을 바짝 들이밀며 물었다. 저돌적으로 다가오는 경선 때문에 상체를 있는 대로 뒤로 뺀 채 멀뚱멀뚱 바라보고 있던 수정이 입을 열었다.

"뭐가 어떻게 돼?"

"아니, 왜, 그날 현호랑 둘이 같이 갔잖아. 아니지, 울고 있는 널 현호가 챙겨 간 건가? 하여튼 그날 어떻게 됐냐니까?"

경선은 호기심이 가득한 눈으로 뚫어져라 쳐다보았다. 긴히 할 이야기가 있다더니 이 이야기였나 싶어 수정은 잠시 뚱한 얼굴로 경선을 바라보았다. 이야기를 당장 내놓아, 라는 표정으로 깜빡깜빡 속눈썹을 휘날리는 친구가 조금 얄미웠다.

진성을 두고 '그딴 놈 그만 만나!'를 외치며 당사자도 아직 정하지 않은 이별을 경선이 마음대로 결정 지어버렸다. 경선의 주장대로라면 자신은 '그딴 놈'과의 이별을 한 지 고작 일주일도 되지 않는다. 그런 친구에게 이별에 대한 위로는 고사하고 창피한 상황에서 만난 '딴 놈'과의 '어떤 일'을 기대하는 친구라니……

어이가 없어서 수정은 코웃음이 절로 나왔다. 생각 같아서는 '네가 친구냐?'라고 톡, 쏘아붙이고 싶었지만 수정은 어깨를 으쓱거리며 우아하게 커피를 마셨다.

"애들이 다 궁금해해."

"뭘?"

수정은 바로 도끼눈을 하고는 경선을 쏘아보았다.

"그렇잖아. 19년 만에 나타난 애가 실연당해서 펑펑 울고 있는 너를 당연하다는 듯 데려갔으니 얼마나 궁금하겠어?"

"뭘 또 당연하다는 듯 데려가. 그리고 나 실연당한 거 아니거든?"

"그거든 저거든. 어디 그뿐이야? 현호는 그 남자한테 주먹까지 휘둘렀잖아. 그러니 애들이 안 궁금하고 배기니? 애들 사이에 말들이 얼마나 많은데."

"어휴."

일이 이상하게 꼬여가는 것 같다. 남자친구가 2주년 기념일에 거짓말을 하고 딴 여자를 만나고 있었다는 것도 충격인데, 자기만 모르고 다 아는 남자 동창이 남자친구에게 주먹을 휘둘렀다. 나중엔 어이없게도 회사 클라이언트로 만나게 된 이 기구한 인연을 어찌 설명하리오. 만약 일 때문에 그를 또 만났다고 하면 친구들 사이에서는 두 사람이 결혼식이라도 치르게 될지 모른다. 생각만 해도 식은땀이 주룩 흘러내린다.

"아무 일도 없었어, 아무 일도. 눈이 퉁퉁 붓도록 울다가 헤어졌어. 됐어?"

"에이, 설마."

경선은 믿지 않는 듯 눈까지 게슴츠레 뜨고는 그녀의 옆구리를 쿡 찔렀다. 아니, 도대체 뭘 기대하는 거야?

"그렇게 궁금하면 현호한테 직접 물어보든가. 아, 맞다. 현호한테 내 전화번호 알려준 사람은 누구야?"

"몰라."

며칠 전에도 뛰어난 성능을 입증한 레이저로 얼굴의 주근깨를 지져버릴 듯 노려보자 경선은 새침한 얼굴로 대답을 회피하며 커피를 마셨다. 이번엔 정말 우아하게. 수정은 속이 터져서 뜨거운 커피에 얼음이라도 동동 띄우고 싶었다.

물론 동창이니까 다른 친구의 연락처를 알려줄 수는 있다. 그러나 그건 어디까지나 그 당사자들이 서로에게 호의가 있을 때 허용되는 것이지, 그녀처럼 민망하고 창피한 상황이라면 숨기고 싶은 비밀이 되는 것이다. 친구들이야 속사정을 모르고 한 일일 테지만 속에서 천불이 올라오려고 했다. 수정은 화를 웃음으로 꾹 눌러 참으며 경선을 지그시 바라보았다.

"내가 현호를 기억 못 하면 안 된다고 했던 건 뭐야?"

수정은 '나는 너를 해치지 않아.'라는 메시지를 듬뿍 담은 눈빛으로 경선을 부드럽게 응시하며 다정하게 물었다. 경선의 표정은 딱 이랬다. 세상에, 너 아직도 생각 안 나니?

"현호가 너 좋아했잖아."

가끔 이런 경우가 있다. 시끌벅적하던 장소가 아주 잠깐 일순간에 조용해지는 아주 짧고도 기이하고 신기한 순간 말이다. 누군가 제일 앞에서 입 다물라는 수신호를 한 것도 아닌데 마치 미리 짠 사람들처럼 동시에 입을 다물어버리는 그런 순간.

"뭐어?"

그 순간에 격앙된 목소리로 나 홀로 고함을 지르다시피 한 불

동창생

쌍한 백수정. 고요함 속에서 외로운 늑대처럼 비명을 질러버린 수정은 제 얼굴에 불길이 붙는 걸 느꼈다. 그 짧은 순간의 침묵을 깨버린 무시무시한 소리에 커피숍의 사람들이 죄다 그녀에게로 시선을 쏟아 붓고 있었다.

웅성웅성.

사람들의 대화가 시작되기까지 고작 몇 초 걸리지 않았을 것이다. 그건 수정도 안다. 그런데 그 수초의 시간이 마치 수백 년을 뛰어넘는 것 같은 기분을 맛보았다.

그나저나, 지금 경선이 하는 말이 다 뭐란 말인가.

호기심 많고 감수성 풍부한 시기의 학교에는 재미난 소문이 종종 떠돈다. 누가 누구를 좋아한다든지, 누가 누구를 좋아했는데 차였느니 하는 시시콜콜한 이야기들 말이다. 그런데 신기하게도 수정은 주환과 교제를 한다는 소문이 나질 않았었다. 한 번쯤은 찌르고 사라지는 뜬소문들조차 거쳐 간 적이 없건만, 무려 19년이나 흐른 지금 전혀 엉뚱한 사람과의 스캔들을 듣게 되다니. 맞다, 이건 진정 스캔들이다. 너무 어이가 없어서 자꾸 헛웃음이 흘러나왔다.

"뭘 그렇게 놀라?"

당혹감에 휩싸인 수정과 달리 경선은 담담했다.

"현호가 날 좋아했다고 누가 그래?"

"뭘 누가 그래. 애들은 다 알고 있는 사실인데."

"뭐?"

수정은 제 입을 틀어막았다. 저도 모르게 또 소리를 지를 뻔했다. 또 자신만 빼고 다 알고 있단다. 수정은 스스로에게 물었다.

19년 전 그 학교를 다닌 사람은 도대체 누구냐고…….

"너 엄청 이상하다. 정말 몰랐어?"

"무슨 그런 말도 안 되는 농담을……, 하하하."

아닌 척 태연하게 말하고 있었지만 너무 놀라고 긴장한 탓에 목소리가 염소마냥 가늘게 떨렸다.

"말도 안 되긴 뭐가 안 돼. 너만 몰랐지 다른 애들은 다 알고 있었다니까? 그렇지 않으면 애들이 그날을 왜 궁금해해?"

듣고 보니 그랬다. 한두 살 어린아이들도 아니고 남녀가 함께 있다는 것만으로 무턱대고 핑크빛 화학반응을 기대하지는 않을 것이다. 게다가 편하디편한 동창생 아닌가 말이다. 누군가 그랬다. 동창은 군대 전우라고. 그런데 이 말을 누가 했더라? 갑자기 머리가 지끈거렸다.

수정은 지금까지 들은 이야기들을 차근차근 정리했다. 예쁘지도 않고 얼굴만 동그란 계집아이를 좋아하는 남자아이가 있었다. 19년이 흐른 어느 날 우연히 그 여자아이를 만난 남자아이는 좋아하던 아이를 위해 정의의 주먹을 날린다. 그 남자아이는 대성통곡을 하는 아이를 달래더니 그 아이와 함께 단둘이 사라졌다. 이 정도 스토리라면 호기심이 충분히 생길 법도 하겠다 여겨졌다.

'이런 식으로 수긍하면 안 돼!'

얼른 정신을 챙긴 수정은 생글생글 웃으며 커피 잔을 들었다.

"나만 모르고 너희는 다 아는 짝사랑이었다, 뭐 이 소리야? 그런 얘기 재미없으니까 더 이상 하지 마. 나는 전혀 모르는 얘기야."

동창생

"야, 상식적으로 생각해봐."

이야기를 끝내고 싶었는데 경선이 적극적인 태도로 목소리를 가다듬자 수정은 심기가 불편해졌다.

"아무리 친구라지만 어느 남자가 그렇게 주먹을 날려주냐? 너네 그날 자그마치 19년 만에 처음 만난 거잖아. 넌 현호 기억도 안 난다면서? 그런데도 감이 안 와? 걔가 널 아직도 좋아한다는 말이잖아. 그날 온 남자애들도 다 그러더만. 마음이 없으면 그런 미친 짓 절대 안 한다고."

"좀 말이 되는 소리를 해. 나는 모르는 진한 우정이 걔한테는 있었나 보지. 걔한테 여자친구라도 있으면 어쩌려고 자꾸 이상한 소리 하고 그래."

"여자친구 없대."

신이 난 표정으로 경선이 눈동자를 반짝거리는 통에 그만 좀 하라고 버럭 소리를 지를 뻔했다. 진성과의 일을 어떻게 하면 좋을지 몰라 상의라도 좀 하려고 겸사겸사 만난 건데 머리만 더 복잡하고 지끈거린다.

"자꾸 이상한 소리 할 거면 여기서 그냥 찢어져. 머리가 너무 아파서 밥 먹을 기분이 아니야."

당장이라도 일어날 듯 가방을 챙겨들자 경선도 주섬주섬 짐을 챙겼다. 그리고 해맑은 목소리로 말했다.

"그래, 밥이나 먹으러 가자."

수정은 웃어야 하는지 화를 내야 하는지 도통 알 수 없었다. 경선은 그녀의 팔을 툭툭 치며 먼저 일어나서 움직였다. 에휴, 하는 한숨이 절로 나왔지만 수정도 경선의 뒤를 따라 나섰다. 지금은 상의할 사람이 필요하니까…….

"그냥 끝내라니까?"

밥을 먹으며 수정의 고민을 듣던 경선이 매몰차게 말했다.

"정말로 후배일 수도 있잖아."

"그날 같이 있던 여자 반응을 보고도 모르겠어?"

"……."

제 남자가 다치기라도 할까 싶어 수정의 팔을 쥐어뜯을 듯 잡아떼던 여자의 적극적인 방어. 그냥 후배라는 말에 '오빠!'라는 외마디를 외치며 격분하던 여자. 그때의 일을 다시금 떠올리던 수정이 침울한 표정으로 스파게티를 만 포크를 빙글빙글 돌렸다.

"너 그놈한테 집착 부리고 그랬냐?"

강진성은 어느덧 경선에겐 '그놈'이 되어버렸다.

"내 일도 바빠 죽겠는데 그럴 시간이 어디 있어?"

"그래도 잘 생각해봐. 혹시 그놈한테 수시로 전화 걸어서 귀찮게 하거나, 친구들 만나면 의심을 한다거나, 휴대전화 뒤지고 막 그랬던 적은 없는지…….

잠시 기억을 더듬었다. 두 사람은 일하는 시간은 철저히 일에 집중했다. 간단히 메시지만 주고받았을 뿐 점심시간조차 통화를 하지 않을 정도로 공과 사를 완벽히 구분했다. 처음 만났을 때는 틈만 나면 전화통을 붙잡고 있었지만 그 일이 업무에 지장을 준다는 것을 깨닫고는 서로 합의를 했다. 업무 시간에 사적인 통화는 자제하자고. 일은 두 사람에게 중요한 미래였기 때문이다.

그 외 회식이나 친구들을 만나는 것도 마찬가지였다. 연인이

동창생

생겼다 해서 친구들에게 소홀하게 굴진 말자는 것이 두 사람의 공통된 마음이었다. 그것이 잘 지켜지려면 서로에 대한 신뢰가 전제되어야 했다. 수정은 사랑하는 만큼 그를 믿었다. 절대로 한눈을 팔 사람이 아니라고 말이다.

수정은 단호한 얼굴로 '그런 적 없어.'라며 고개를 저었다.

"그놈 말처럼 정말 별 관계 아닌 후배라면 널 속일 이유가 없잖아."

"미안해서 그럴 수도 있잖아."

"미안하긴 뭐가 미안해?"

"그날이 2주년 기념일이었고, 내가 결혼식에 같이 가자고 했는데 거절을 했으니까 후배 만나러 나간다는 말을 하는 게 미안했을지도 모르지."

"야, 그게 더 말이 안 되는 거지. 여자친구 만나는 건 뒤로 미뤘으면서 후배는 왜 만나냐? 그것도 여자 후배를 오밤중에 술집에서."

확 짜증이 밀려왔다.

"넌 아무래도 그놈을 그냥 어영부영 용서해줄 모양이다?"

"그런 거 아니야."

빙글빙글 돌리던 포크를 놓으며 수정이 기운 없이 대답했다.

"아니긴 뭐가 아니야. 가만히 보니 이미 용서하기로 마음먹고 미리 알아서 핑곗거리 찾아놓은 사람 같고만."

"……."

아니라고 부정도 못 하고 수정은 물만 들이켰다.

"그딴 놈 버리고 현호 만나."

김현호라는 이름은 피로회복제인가 보다. 이름만 들어도 혈압이 오르고 전투력이 상승하는 걸 보면. 수정은 들은 척도 하지 않고 놓았던 포크를 들고 입에 스파게티를 우겨넣었다.

"네가 하는 말이 마치 뭐처럼 들리는 줄 알아?"

스파게티를 한입 가득 담은 수정이 웅얼거리자 경선이 인상을 썼다.

"결혼한 유부녀한테 바람피우라고 꼬드기는 것처럼 들려."

"그놈이랑 한 이불을 덮었던 적도 없으면서 유부녀 타령은."

테이블에 턱을 괸 경선이 심드렁한 표정으로 말했다.

수정은 먹던 스파게티가 목구멍에 턱, 막히는 걸 느꼈다. 숨이 막혀 얼굴이 새빨갛게 달아오르자 급히 물을 들이켰다. 입 안에 있던 것을 억지로 목구멍으로 밀어 넣고는 누군가 이 엄청난 이야기를 듣진 않았을까 걱정되어 주변을 둘러보았다.

"야, 최경선."

"왜요, 백수정 씨."

"자꾸 이럴래?"

"내가 뭘요."

경선은 약 올리기로 작정을 한 모양이었다. 결혼을 하면 이런 이야기들이 쉬운 것일까? 그럼 아무렇지도 않게 남자 경험도 없냐고 물었던 김현호는 뭐지?

수정은 혼란스러웠다.

"네가 아직 순진하다는 건 알겠는데 모르는 척은 하지 말자. 우리 나이가 몇인데 그런 얘기에 놀라서 호들갑이야?"

경선의 핀잔이 이어졌다. 우리 나이가 몇이긴요. 서른셋이지.

동창생

우울해진다.

"아아아. 알았어. 이제 그만하자."

"현호는 뭐 너희 둘이 눈이 맞아야 하는 문제니까 그렇다 치고, 그놈은 그냥 차버려. 다시 생각하고 자시고 할 것도 없어."

"……생각 좀 해보고."

"더한 일 당하고 울지나 마."

누가 저한테 피해 줄까 저러나 싶어 수정은 괜히 접시에 화풀이를 했다.

경선에게 시달리다 집에 돌아온 수정은 옷도 갈아입지 못하고 그대로 침대에 벌러덩 누워버렸다. 입에선 '어휴' 하는 한숨이 절로 나왔다.

경선의 말대로 어쩌면 강진성을 용서하고 싶은지도 모른다. 2년을 만나면서 서로 마음 상하게 한 적도 없었고, 심각하게 싸운 적도 없었다. 그와는 두터운 신뢰가 존재했다. 그 신뢰라는 놈은 그에게 면죄부를 주고 싶어 한다. 만약, 정말 만약 그가 말하는 것이 진실이라면? 자신의 의심이 잘못된 의심이라면? 그래서 용서했는데 속은 것이 맞다면?

"으아아악!"

그녀의 입에서 비명이 터져 나왔다.

"무슨 일이야?"

놀란 어머니가 문을 벌컥 열고 들어오자 수정은 화들짝 놀라 침대에서 발딱 일어났다.

"아니에요."

"사람 깜짝 놀라게 하고 있어."

어머니가 슬쩍 눈을 흘기더니 문을 닫고 나갔다. 닫힌 문을 바라보던 수정은 어깨를 축 늘어뜨렸다. 머리만 더 복잡해졌다.

"아……, 어떻게 하지?"

천장을 올려다보며 긴 한숨을 흘리던 수정은 바닥에 나뒹굴고 있는 가방으로 시선을 옮겼다. 아랫입술을 깨물며 잠시 망설이던 수정은 엉거주춤 침대 끝으로 기어가 가방을 낚아챘다. 그리고는 과감하게 전화를 걸었다.

— 어쩐 일이야?

벨이 몇 번 울리지도 않았는데 그의 목소리가 들려오자 저도 모르게 온몸에 힘이 바짝 들어갔다. 정말이지, 김현호는 피로회복제가 맞는가 보다. 정신이 번쩍 난다.

"뭐 해?"

— 무슨 일인데?

그는 다짜고짜 용무부터 물어왔다.

수정은 시원스럽게 대답하지 못했다. 사실 그에게 무슨 이야기를 듣겠다고 전화를 한 것인지도 헷갈렸다. 그에게 고민을 털어놔 봐야 경선과 똑같은 말을 할 텐데 말이다. 괜한 짓을 하는 것 같아 수정은 전화를 끊기로 했다.

"그냥……, 어제 잘 들어갔나 해서."

— 차암 일찍도 물어보셔.

"밖이야?"

그냥 끊자니 이상해서 넌지시 물었다. 수화기 건너편이 어수선했다.

— 오늘 본점 회식이야.

"아……, 그렇구나. 그럼 끊을게. 술 많이 드셔."

— 훗. 알았다.

그렇게 통화는 끝났다.

"에라, 모르겠다."

전화기를 아무렇게 내려놓은 수정은 다시 뒤로 벌러덩 누워 천장을 올려다보았다.

일단 그딴 놈 강진성이 무슨 말을 하나 들어보기라도 하자. 결정은 그때 해도 늦지 않을 것이다. 그렇게 마음을 정하고 나자 그나마 편해지는 기분이 들었다.

드디어 그를 만나기로 한 토요일. 외출 준비를 끝낸 수정은 강의에 들어가기 전처럼 거울 앞에 서서 제 모습을 점검했다.

지난 밤 현호와의 짧은 통화를 끝낸 후 진성에게 전화를 걸었었다. 그녀의 전화 한 통으로 모든 것이 해결되었다고 생각했는지 그의 목소리에서 안도감 같은 것을 느꼈다. 수정은 만나서 얘기하자며 단호하게 전화를 끊었지만 오늘이 오기까지 초조하기만 했다. 그래서 아침 일찍부터 부산을 떨었는지도…….

수정은 그날 보았던 여자보다 어려 보이기 위해, 더 예뻐 보이기 위해 옷도 사고 미용실에서 머리도 했다. 별것 아닌 것으로 비교당하는 것이 싫어서였지만 자신은 없었다. 어쩌면 자기위안 혹은 자기만족을 위해 그렇게 했는지도 모른다.

약속 장소로 나가는 버스 안에서 창밖을 내다보고 있던 수정은 긴 한숨을 흘리며 손에 쥐고 있는 휴대전화를 내려다보았다. 뭐라 한소리 들을 것이 뻔한데도 조금 전 현호에게 메시지를 보냈다.

[나 오빠 만나러 가.]

약간의 시간이 흐르고 지잉, 하는 소리와 함께 현호로부터 답신이 들어왔다.

[기어이 만나는구나.]

[궁금하면 직접 물어보라면서?]

열심히 메시지를 보내자 다시 답신이 들어왔다.

[그런 걸 들어서 뭐 하려고? 이미 끝났는데.]

현호의 답신에 수정은 울컥했다.

[못됐어.]

그 메시지 이후 그에게선 더 이상 어떤 답신도 들어오질 않았다. 초조한 마음으로 휴대전화와 창밖을 확인하는 사이 버스가 목적지에 도착했다.

버스에서 내려 진성이 기다리고 있는 카페로 가는 동안 몇 번이나 발을 헛디뎠는지 모른다. 강사 콘테스트 때도 이렇게 떨지 않았었는데 지금은 어찌나 떨리는지 머리가 아찔할 지경이었다. 콧등에 고이는 식은땀을 무의식적으로 닦아낸 수정은 길게 심호흡을 했다.

카페 문을 열고 안으로 들어가자 귓가에 은은한 멜로디의 음악이 들려왔다. 밝은 햇빛이 쏟아져 들어오는 카페 안. 무겁고 우울하기 짝이 없는 그녀의 마음과는 정반대의 분위기였다.

등 뒤로 문을 닫은 수정은 초조한 눈빛으로 카페 안을 둘러보았다. 바로 창가 쪽에서 손을 흔들고 있는 진성을 발견했다. 수정은 저도 모르게 인상을 쓰고 말았다. 조금이라도 풀이 죽어 있거나 미안한 표정으로 앉아 있을 줄 알았던 그가 활짝 웃고 있었다. 게다가 오랜만에 만난 친구를 반기는 사람처럼 손까지 흔들고 있었다. 한껏 풀이 죽어 있을 거라는 생각을 하지는 않았지만 어쩐지 그의 태도는 실망스럽기 짝이 없었다.

"아직도 화 많이 났어?"

묵묵히 자리에 앉아 테이블만 내려다보고 있는 그녀의 눈치를 살피며 그가 물었다. 수정은 딱히 대답을 하지 않았다. 주문한 커피가 나오고 대화를 할 수 있는 시간이 되자 그의 입에서는 투정부터 흘러나왔다.

"그날 얼마나 놀랐는지 몰라. 상황 설명도 듣지 않고 무작정 때리기부터 하면 어떻게 해."

그 말에 기가 찼지만 수정은 침착하게 되물었다.

"오빠는 어떻게 그 말부터 해?"

"그날 당황하기는 나도 마찬가지였다는 걸 말하는 거야. 그리고 그날 나랑 붙었던 인간은 뭐야?"

그가 불만 섞인 목소리로 물었다.

"친구야."

"친구? 도대체 얼마나 가까운 친구 사이길래 남의 연애사에 끼어들어서 주먹질이래? 일 더 키우고 싶지 않아서 참았지, 안 그랬다면 그 인간은 바로 경찰서 행이었어."

수정의 한쪽 눈썹이 꿈틀거렸다.

"지금 나랑 그런 거 따지려고 계속 만나자고 했던 거야?"

"신경질 나잖아. 남의 일에 끼어들어서 헛소리나 지껄이다니."

"헛소리 아니었어. 걔가 그런 말 하지 않았더라도 속 풀릴 때

까지 오빠 때려줄 참이었으니까. 치료비라도 필요해? 그럼 나한
테 말해. 내가 줄 테니까."

"……."

그가 입술을 삐죽이더니 딴청을 피우며 담배에 불을 붙였다.

"담배 꺼."

"……."

"나 목에 담배 연기 치명적이라는 거 알잖아."

"젠장."

불을 붙이던 그가 험한 소리를 중얼거리며 담배와 라이터를 테
이블에 거칠게 내려놓았다.

"하아. 이제 말해봐. 나한테 무슨 말을 하고 싶었는지."

마땅찮다는 얼굴로 그녀의 눈치를 살피던 그가 투정 섞인 목소
리로 변명을 시작했다.

대학 후배고 오랜만에 밥이나 먹자고 연락이 와서 잠깐 나갔다
는 것이 이야기의 요점이었다. 그러면서 절대로 이상한 관계는
아니라며 믿어달라고 했다. 솔직히 믿고 싶었다. 조금만 더 미안
한 척을 했다면 말이다. 억울하다는 생각을 해서인지 몰라도 그
는 너무도 당당하고 떳떳했다. 그녀에게 미안한 것이라고는 눈
곱만큼도 없었다.

2주년 기념일에 토익을 핑계로 그녀를 만나지 않았던 것도, 결
혼식에 함께 참석해주지 않은 것도, 심지어 거짓말까지 하고 후
배라는 여자를 만난 것도 그는 전혀 아무렇지 않은 일이었다. 수
정은 그가 진심으로 사과해주길 원했지 기억하고 싶지도 않은
그 일에 대한 구차한 변명을 들으려고 했던 것이 아니었다. 어째

동창생

서 그런 간단한 일도 이 남자는 모른다는 것인지 그를 만난 2년이라는 시간이 참 허무하게 느껴지는 순간이었다.

경선이나 현호에게 잔소리를 들으면서도 그가 진심으로 사과할 것이라 믿고 용서해주리라 마음먹었었는데 그와 대화를 하면 할수록 마음은 점점 더 답답하게 막혀왔다.

"알았어."

그의 기나긴 변명에 지친 수정은 마지못해 알았다며 그의 변명을 중단시켰다. 그 말을 그는 화해의 사인으로 알아들었는지 환한 얼굴로 그녀의 팔을 잡아끌었다.

"가자. 내가 맛있는 거 사줄게."

옛날 같았으면 '내가 돼지인 줄 알아?'라며 곱살스럽게 톡 쏘아붙였을 테지만 수정은 말없이 그의 손에 끌려 카페를 나왔다. 식사를 하는 내내 그는 전혀 다른 사람이 되어 있었다. 고작 30분 전까지만 해도 두 사람 사이에 엄청난 균열을 일으킬 수 있는 사건에 대해 토론하고 있었다는 사실을 까맣게 잊은 사람처럼 보였다. 이 상황을 심각하게 생각하는 사람은 그녀 혼자였던 모양이다.

식사 후 거리를 걸을 때 어깨에 드리워진 그의 팔이, 허리에 감기는 그의 손이 너무 낯설었다. 생전 처음 보는 사람과 붙어 있는 것처럼 모든 것이 불편하고 부담스러웠다. 얼굴은 웃고 있었지만 마음은 울고 있었다. 금이 간 신뢰가 사과라는 것으로 채워지지 않으니 그 틈은 점점 더 벌어지는 것만 같았다.

그런 그녀의 마음을 알았는지 그의 입에서 엉뚱한 말이 흘러나왔다.

"언제까지 그러고 있을 거야?"

그가 잡고 있던 손을 매몰차게 놓으며 물었다. 갑자기 찬바람이 부는 그의 목소리에 수정이 어리둥절한 표정으로 쳐다보았다.

"무슨 말이야?"

"도대체 언제까지 그렇게 속 좁게 굴 거냐고."

그의 뻔뻔한 태도에 놀란 수정은 할 말을 잃고 말았다. 그와 만나 이제 고작 세 시간이 흘렀다. 그를 용서해주고 싶은 마음이야 있었지만 세 시간은 너무 짧은 시간이 아닌가? 당황스럽기 짝이 없었지만 수정은 침착한 얼굴로 말했다.

"오빠야말로 무슨 소리야?"

"너는 물론이고 웬 그지 같은 놈한테도 얻어맞아줬고, 일주일 동안 내가 사과도 했어. 오늘도 너한테 온갖 아양을 다 떨고 있는데 이젠 그만해도 되잖아. 언제까지 그렇게 뚱한 표정으로 있을 건데? 사람 짜증 나게."

"허!"

순간 온몸에 경련이 일었다. 뭐 이런 개 코딱지 같은 놈이! 속으론 이렇게 욕을 하고 있으면서도 이상하게 입 밖으로 그 말을 꺼내지 못하고 있었다.

그의 길고도 반복적인 변명에 지쳐서 알았다고 했을 뿐, 그의 잘못을 용서한 것은 아니었다. 화해는 더더욱 아니었다. 그러나 그는 그녀의 대답을 화해로 이해했다. 많이 양보해서 서로 화해를 했다 치더라도 그의 요구는 무리한 것이었다.

어떻게 사람 마음이 순식간에 변할 수 있는지, 아무리 서비스

동창생

강사로 감정 조절에 일가견이 있다지만 개인적인 일까지는 그 훈련의 성과가 미치지 않았다. 생각의 차이라 치부할 수도 있지만, 먼저 잘못을 한 그의 태도는 이해가 되질 않았다.

수정은 부들부들 떨리는 입술을 억지로 열었다.

"우리가 언제 화해라도 했어?"

"그럼……."

잔뜩 짜증이 난 얼굴로 입을 여는 그에게 손바닥을 들어 보이며 수정이 말을 이었다.

"그래, 화해했다고 치자. 그런데 지금 시간이 얼마가 지났다고 그래? 하루가 지났어, 일주일이 지났어? 이제 고작 세 시간이야. 어떻게 그 시간 동안 내 화가 다 풀리길 바라? 어떻게 단 몇 시간 만에 내가 예전처럼 오빠에게 웃어주길 바라는 건데?"

"일주일은 왜 포함 안 하는데? 그동안 너한테 연락하고 빌고 그랬잖아. 남자가 자존심을 그만큼 죽였으면 됐지 너야말로 더 이상 뭘 바라는데? 너 너무 독한 거 아니냐?"

그가 허리에 팔까지 올리고 씩씩거리며 격하게 항의했다. 순간 하늘이 핑 돌았다. 결국은 그녀가 잘못하고 있다는 질책이었다. 자기는 할 만큼 다 했다는 투정이었다.

뭐라 대꾸를 해야 하는데도 수정은 충격이 너무 커 입도 벙긋하지 못했고, 그의 말만 이어졌다.

"사실 네가 이러는 것도 너무 웃기고 이해 안 돼. 너랑 나랑 잠을 잔 사이도 아니고 고작 입술 몇 번 줘놓고 너무 심하잖아?"

무슨 기준이 이렇지? 수정은 덜덜 떨리는 손을 맞잡으며 겨우 입을 열었다.

"지금…… 말 다했어?"

"못 했어. 여자가 귀찮게 하는 것도 싫지만 넌 너무 무심해. 그렇다고 애교가 많기를 하나. 둔하기는 또 어찌나 그리도 둔한지 이젠 질렸어. 그리고 네가 정말 무슨 고귀한 여자라도 되는 줄 아나 본데 꿈 깨셔. 솔직히 순진한 척 굴길래 적당히 맞춰준 거지, 넌 안고 싶은 마음도 안 생기는 여자니까."

"강…… 진성…….."

"아……, 됐어. 어차피 그 여자랑 길게 갈 것도 아니었지만 너랑도 이제 그만 됐어."

귀찮다는 듯 손을 휘휘 저어대던 그가 그대로 몸을 돌려 멀어졌다. 모든 것이 일시 정지를 한 가운데 그만이 움직여 점점 작아졌다.

뽀얀 수증기가 수면 위로 모락모락 피어올랐다. 욕조에 팔을 걸고 멍하니 천장을 올려다보는 그의 눈동자에는 나른함이 가득했다. 뜨거운 물에 몸을 담그니 일주일간의 피로가 한꺼번에 물러나는 기분이 들었다. 어제 너무 늦게까지 술을 마셔서 온몸이 찌뿌듯했다. 아까 수정에게서 문자라도 오지 않았다면 오늘은 종일 잠자는 것으로 때울 뻔했다.

'어떻게 되어가나?'

순간 그의 입에서 실소가 터져 나왔다. 무얼 기다리고 있는 걸까. 그녀가 그놈과 확실하게 끝내길? 아니면 그녀의 바람대로 그놈과 잘 화해하는 걸? 어느 쪽이든 가식적이긴 마찬가지다.

현호는 욕조에서 몸을 일으켰다. 답도 없는 고민을 했더니 머

동창생

리가 아파왔다. 샤워를 끝내고 밖으로 나온 그는 휴대전화에서 울리는 짧은 알림 소리에 소파로 걸음을 옮겼다. 부재중 전화도 남아 있고 메시지도 들어왔는데 모두 수정이었다.

[나쁜 놈! 전화 왜 안 받아!]

그 메시지가 가장 최근 것이었다.

"뭐야, 뜬금없이."

혼잣말로 중얼거리며 메시지를 확인하던 현호의 입가에 씁쓸함이 걸렸다.

"그러게 가지 말라니까. 쯧."

그는 투덜거리면서 그녀에게 전화를 걸었다. 그런데 항상 그렇듯 그녀가 전화를 받지 않았다. 연달아 세 번 정도 전화를 걸었더니 슬슬 신경질이 나려고 했다. 말리는데도 고집부리고 나가더니 결국 못 볼 꼴 보게 된 것도, 이렇게까지 전화를 안 받는 것도 다 마음에 들지 않았다.

"도대체 어디 있는 거야?"

상냥한 목소리의 기계음을 들은 후 전화를 끊은 그는 머리카락을 헝클어뜨리며 낮게 중얼거렸다. 흠뻑 젖은 머리를 말릴 시간 따위는 없었다. 간단히 외출 준비를 끝낸 그는 자동차 키를 챙겼다. 신촌에서 만난다고 했으니 일단 그쪽으로 가볼 참이었다. 가는 동안 연락이 되면 다행이고 말이다.

막 현관을 나섰을 때 수정에게서 전화가 걸려왔다. 현호는 통화버튼을 누르고 다짜고짜 한소리 했다.

"전화를 왜 안 받아?"

— 흑.

수화기에서 그녀의 울음소리가 들렸다.

"울어?"

— 어엉. 친구야, 나 속상해.

일단은 연락이 되었으니 마음은 놓였지만 이젠 목 놓아 울고 있는 것이 마음 쓰였다. 사실 크게 혼이라도 내주고 싶은 심정이었지만 실연을 당하고 우는 친구에게 그럴 순 없었다.

현호는 현관문을 닫고 엘리베이터로 향하면서 말했다.

"어디야? 데리러 갈게."

— 옥상…… 가려고 했는데…… 흑…… 문이 안 열려.

"옥상을 왜 가!"

문득 무서운 생각이 들었던 그가 버럭 소리를 질렀다. 그러자 그녀의 울음소리가 더욱 커졌다.

— 어어엉. 문 열어줘.

"어딘데?"

— 여기 1층.

막 문이 열린 엘리베이터에 오른 그가 1층을 누르며 물었다.

"여기가 어딘……데? 혹시 여기 오피스텔 말하는 거야?"

— 흑. 엉엉.

대답도 하지 않은 수정이 통곡하기 시작했다.

1층으로 내려간 현호는 로비 출입구 앞에서 쪼그리고 앉아 울고 있는 수정을 발견했다. 그가 거주하는 오피스텔은 출입카드가 없으면 건물로 아예 들어올 수가 없다. 그에게 전화를 걸었지만 욕실에 있던 그가 전화를 받을 리 만무했고, 집이 몇 호인지도 모르니 인터폰을 할 수도 없었을 것이다.

현호는 한숨을 쉬며 울고 있는 수정을 내려다보았다. 수정은 마치 비를 잔뜩 맞은 길 잃은 아기고양이 같았다. 작은 어깨를 들썩이며 꺼이꺼이 숨이 넘어갈 듯 우는 그녀를 지나가던 사람들이 힐끔거렸다. 그는 쪼그리고 앉아 있는 그녀 앞에 마찬가지로 몸을 숙여 쪼그리고 앉았다.

"그만 울어."

그가 머리를 쓰다듬자 훌쩍이던 그녀가 고개를 들고 그를 바라보았다. 눈에는 눈물이 가득하고 얼굴은 빨갛게 달아올라 있었다. 그녀의 표정에서 비참함 같은 것을 읽어낸 그는 저도 모르게 미간을 좁혔다.

말 안 듣고 그놈을 만난 것도 모자라 옥상 타령을 하며 식겁하게 만들었으니 꿀밤이라도 한 대 때려줘야 할 것 같은데 너무도 서글피 운다. 마음 약해지게.

"계속 울면 옥상 안 데려간다."

"치, 사해."

아랫입술을 쑥 내민 수정이 투덜거렸다. 현호는 손수건을 꺼내 수정의 손에 쥐여주며 편의점엘 다녀오겠다고 했다. 그러자 수정이 불안한 눈동자를 굴리며 그를 붙잡았다.

"같이 가."

"그 얼굴로?"

"힝."

그 말에 인상을 찌푸린 수정이 얼굴을 무릎에 다시 파묻어버리자 그가 피식 웃었다.

"금방 다녀올게."

“응.”

얌전히 기다리라는 말을 남겨놓고 편의점에 다녀 온 그의 손엔 작은 생수병 하나가 들려 있었다.

“가자.”

현호가 수정에게 손을 내밀었다. 내민 손을 잠시 보고 있던 수정이 그의 손을 잡고 자리에서 일어났다. 그러나 수정은 제대로 서지 못하고 비틀거리며 현호의 팔에 매달렸다.

“발 저려.”

앓는 소리를 하던 수정이 검지 끝에 침을 묻히더니 열심히 코 끝을 찍었다. 그 모습에 현호는 끝내 큰 소리로 웃어버렸다.

“왜 웃어?”

수정이 불만 섞인 목소리로 물었지만 현호는 그녀의 손을 꼭 잡기만 할 뿐 대답을 하지 않았다. 웃겨서 웃었다고 하면 주먹이 날아올 테니까.

늦은 오후의 옥상은 평온하고 따뜻했다. 옥상에 도착하자 수정은 현호의 손을 놓고 난간으로 바삐 걸어갔다. 현호 역시 그녀의 뒤를 바삐 따랐다.

옥상은 실연을 당해 절망에 빠진 사람에게는 위험한 장소다. 수정이 그런 경솔한 행동을 할 사람이 아니라는 막연한 믿음은 있었지만 그래도 모르는 일이었다. 사람의 감정이라는 것이 가끔은 컨트롤하기 힘든 지경까지 치닫는 경우가 있으니 말이다.

수정이 난간에 거의 도착했을 즈음 현호가 다급히 그녀를 불러 세웠다.

“거기 가지 말고 여기 앉아.”

동창생

수정이 몸을 돌려 현호를 바라보더니 알았다는 듯 고개를 끄덕이고는 얌전히 그가 가리킨 의자에 앉았다. 현호는 들고 있던 생수의 뚜껑을 따서 수정에게 내밀었다. 한 모금 겨우 넘긴 수정은 어깨를 축 늘어뜨린 채 앞으로 쭉 뻗은 제 발끝만 멍하니 바라보았다.

"나한테 문제가 있었나 봐."

우울하기 그지없는 목소리로 수정이 말했다.

"무슨 헛소리야?"

"나한테 만족 못 하니까 다른 여자를 만난 거잖아."

"엉뚱한 소리 하지 마. 너한테 만족하지 않았어도 그렇지, 관계를 유지할 생각이 없다면 떳떳하고 깔끔하게 정리를 했어야지. 그게 뭐야, 사람 등 뒤에서 헛수작이나 부리고. 그건 예의가 아니야. 그런 인간은 상종할 가치도 없어. 그러니까 계속 속 끓이지 말고 잊어버려."

현호는 19년 전의 일이 떠올라 그 말을 하는 내내 속이 시큰거렸다.

자신이 잘못하고도 떳떳하고 당당하던 잘난 선배와 자기가 실수한 것이 있다면 알려달라며 울던 꼬마. 그 선배는 어땠는지 몰라도 그 꼬마는 진심으로 선배를 좋아했었다. 너무 좋아해서 선배의 배신을 믿을 수 없었을 것이다. 어느 누가 자신이 좋아하던, 사랑하던 사람의 배신을 쉽게 받아들일 수 있겠는가 말이다.

현호는 여전히 우울하기 그지없는 얼굴로 앉아 있는 수정의 옆에 앉았다.

"나한테는 엄청 큰일인데……, 나더러 빨리 화 안 푼다고 오히려 화냈어."

"지랄하네."

현호의 격한 말에 수정이 잠시 흠칫하더니 슬슬 그의 눈치를 살피며 다음 말을 이었다.

"그리고 무심하고 애교도 없고 둔해서 질렸대."

"머저리 같은 놈."

"우리가 언제 잠…… 이라도 잤냐면서…… 유난 떤……."

"미친 새끼."

"흡!"

딸꾹질 소리에 돌아보니 눈을 동그랗게 뜬 그녀가 손으로 입을 가리고는 딸꾹질을 억지로 참고 있었다. 그는 말없이 그녀에게 생수병을 내밀었다. 딸꾹질을 하며 물을 마시는 사이 그녀의 눈에선 또다시 눈물이 흘러내렸다. 바보같이 울어줄 가치도 없는 놈 때문에 말이다. 속이 상한 그는 엉뚱한 말을 그녀에게 꺼냈다.

"휴대전화 줘봐."

"왜?"

"빨리."

"남의 사생활을 왜 보려고 그래?"

말은 그렇게 했지만 수정은 주섬주섬 휴대전화를 꺼내 그의 손에 들려주었다. 휴대전화를 받아 든 현호는 자기 휴대전화를 꺼내 전화를 걸었다. 순간 수정은 아차 싶은 생각을 했다.

아니나 다를까, 현호가 두 대의 휴대전화를 수정에게 들어 보였다.

동창생

"이래놓고 나더러 전화 안 받는다고 성질을 내고 싶었어?"

열심히 전화를 걸고 있는 현호의 휴대전화와 달리 열심히 수신 거부 메시지를 보이고 있는 수정의 휴대전화. 수정이 얼른 시선을 피해버리자 전화 걸기를 끊은 현호는 비밀번호를 물어본 후 몇 번의 터치로 수신거부 설정을 풀어 수정에게 전화기를 건네주었다.

"통장은 다 비운 거야?"

딸꾹.

제 목에서 터져 나오는 딸꾹질에 수정은 얼른 입을 손으로 막았다.

통장과 딸꾹질은 무슨 연관이 있을까. 눈을 동그랗게 뜨고 딸꾹질만 하고 있는 그녀를 물끄러미 바라보던 그의 입가에 피식 웃음이 걸렸다.

"밥이나 먹으러 가자. 난 아직 한 끼도 안 먹었다."

딸꾹.

"술 한잔 하든가."

딸꾹.

"넌 대답을 딸꾹질로 하냐?"

딸꾹.

끝내주는 타이밍이다.

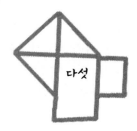

다섯

시간이 흐르고 맑던 하늘에 보슬비가 내리기 시작했다. 그 비가 어찌나 처량하던지 입에선 절로 한숨이 나왔다. 차인 것도 모자라 구질구질하게 비라니……

멍한 눈으로 창밖을 내다보던 수정은 소주를 입에 털어 넣었다.

"캬아!"

눈을 질끈 감은 수정이 추임새를 넣자 현호는 고개를 저으며 한숨을 쉬었다. 백수정은 술에 무르익어가고 있었다. 아직 저녁 6시밖에 안 되었는데 말이다.

"야……, 김현호."

수정이 빈 술잔을 흔들어 보였다. 술잔은 이미 만취 상태가 된 그녀의 눈동자처럼 비틀비틀 허공을 떠다녔다. 지금까지 다섯 잔. 주량이 어느 정도인지 알 수 없지만 상태를 보아 잘 마시는 축에 들어가는 것 같지는 않았다.

"어허. 김현호."

눈을 부릅뜬 수정이 호통을 치며 술잔을 들이밀었다. 그 모습이 어찌나 어이가 없던지 코웃음이 절로 나왔다.

"그만 마셔."

"딱 한 잔만."

수정이 이번엔 윙크까지 하며 검지를 펴 보였다.

"아까부터 계속 딱 한 잔이었거든?"

"아앙."

"흐흠!"

겉으로 내색은 하지 않았지만 현호는 심장이 철렁 내려앉는 줄 알았다. 아무리 술기운이라지만 그녀가 날리는 눈웃음과 비음 섞인 앙탈은 그의 심장을 두근거리게 만들었다. 뒤이어 기분 나쁜 것이 뭉클 올라왔다.

그놈은 눈이 삐었나? 백수정이 애교가 없다고? 저게 애교가 아니면 뭐지? 이주환도 그렇고 강진성도 그렇고 다들 보는 눈들이 없다.

"그놈한테도 그렇게 말했어?"

"응? 뭐가?"

그의 말이 무슨 말인지 몰라 수정이 늘어진 목소리로 되물었다. 무방비 상태의 수정은 상당히 유혹적이었다. 당장 손을 뻗어 취하고 싶을 만큼 말이다. 현호는 갑작스레 흔들리는 제 마음을 단속이라도 하듯 굳은 목소리로 말했다.

"아니다. 됐다."

"아앙. 그게 뭐야."

"자꾸 그러지 마."

"뭐가?"

양쪽 볼을 새빨갛게 물들인 수정이 순진한 얼굴로 물었다. 자꾸 그러면 키스하고 싶어진다는 말을 어찌 하라는 것인지……. 현호는 괜한 짜증에 수정의 손에 들려 있던 소주잔을 빼앗았다.

"아, 몰라. 하여튼 그만 마셔. 술도 잘 못 마시면서……."

"지금 나 혼내는 거야?"

빈손이 된 수정이 아랫입술을 쭉 내밀었다. 온갖 상처는 혼자다 받은 표정이다. 상처를 받긴 했지. 바보 같은 남자한테 어이없이 차였으니까.

그녀의 동그란 눈동자에 차차 고이기 시작하는 물기를 본 현호가 미간을 좁히며 한쪽 관자놀이를 꾹 눌렀다. 속에서 부글부글열이 올라오려고 했다.

"혼내는 거 아니야."

"혼내는 거잖아. 가지 말라고 했는데 꾸역꾸역 가서는 보기 좋게 차이고 왔다며 혼내는 거잖아."

화가 난 건 맞지만 그렇다고 그녀를 혼내겠다는 것은 아니다. 사랑하던 남자에게 배신을 당한 것도 모자라 입에 담기에도 민망한 말까지 들은 그녀에게 어찌 그럴 수 있단 말인가. 그녀가아픈 것에 화가 나고 눈물짓는 그녀 때문에 속이 상하는 거다.

현호는 한숨을 쉬며 다소 누그러진 목소리로 말했다.

"그런 게 아니야."

"넌 몰라. 내가 지금 얼마나 비참한지, 얼마나 마음이 아픈지……."

그러더니 굵은 눈물을 뚝뚝 흘렸다.

동창생

"나쁜 새끼……."

수정이 눈물을 닦아내며 중얼거리자 현호는 입술 끝을 올리며 피식 웃었다.

"나 들으라고 하는 소리냐?"

"아니야."

"뭘 아니야. 욕이 아주 입에 착착 감기는구만."

"아니라구!"

수정이 빽 소리를 지르자 사람들이 힐끔힐끔 두 사람을 쳐다보았다. 고개를 숙인 채 눈물을 참고 있는 그녀를 말없이 바라보던 현호는 마지못해 술잔을 내밀었다.

"자."

고개를 든 수정이 빈 잔을 빤히 바라보더니 손등으로 눈물을 한 번 닦아내고는 받아들었다.

"급하게 마시지 말고 천천히 마셔. 술도 약한 애가 무슨 술을 그렇게 급하게 마셔? 그러다가 한 번에 훅, 가는 수가 있다."

수정은 졸졸졸 흘러내리는 물줄기를 빤히 쳐다보았다. 술잔이 채워지자 그의 말은 상큼하게 무시한 그녀가 술잔을 한 번에 비워냈다. 예의 '캬!' 소리를 내며…….

잘 구워진 삼겹살 하나를 입에 넣은 수정은 말없이 고기를 굽고 있는 현호의 얼굴을 빤히 쳐다보았다. 그녀의 시선을 느낀 그가 고개를 들었다.

"있잖아……."

"뭐가?"

시큰둥하게 대답한 그는 다시 고기 굽기에 열중했다.

"나랑 잘래?"

툭!

그의 손에서 낙하한 집게는 불판에 부딪치더니 식탁 위로 떨어졌다. 아주 잠깐의 침묵이 흐르고 정신을 가다듬은 현호는 짐짓 아무렇지 않은 표정을 지으며 떨어뜨린 집게를 집어 들었다.

"취했구나?"

"아니."

"취한 사람은 취했다고 안 해."

"그게 뭔데 경선이도 그런 말을 하는 걸까?"

동문서답 같은 말이 이어졌다.

수정은 자기가 얼마나 엄청난 말을 내뱉었는지 모르는 듯했다. 지금 이 상황을 두고 대략난감이라고 하는 것일 테지만 현호는 침착하게 고기를 구웠다. 아주 열심히.

"경선이는 한 이불 덮은 사이도 아닌데 그딴 놈 차버리라 하고, 그놈은 같이 잠을 잔 사이도 아닌데 자길 너무 닦달한다 그러고……."

"……."

"아, 정말. 그게 뭐냐고. 같이 안 잔 사이는 막 버리고 버림받고 그래도 되는 거야? 응? 같이 안 잔 사이는 남자한테 화 낼 자격도 없는 거냐고오!"

현호는 수정의 입을 틀어막아버리고 싶었다. 그런 이야기쯤 대수롭지 않게 나눌 수 있을 만큼 나이도 적당히 먹었고, 오랜 시간도 뛰어넘을 수 있는 뜻 깊은 동창생이라지만 사람들이 많이 모인 공공장소에서 잠자리에 대한 토론까지 공개적으로 벌이고

동창생

싶지는 않았다.

"그게 처음이 어렵지, 뭐 어렵나? 그래, 내가 자준다, 자줘!"

힐끔거리던 몇 사람이 키득거리기 시작하자 현호는 자리에서
벌떡 일어났다. 저 입을 틀어막지 못한다면 자리를 피해야 하는
것이다. 현호는 수정을 일으켜 세우기 위해 팔을 붙잡았다.

"일어나. 가자."

"안 가!"

"자자면서?"

현호가 귀에 대고 속삭이자 수정이 눈을 반짝거렸다. 호기심이
가득한 눈동자다. 현호는 미소 뒤에서 이를 바득바득 갈았다.

'자긴 뭘 자. 넌 귀가야.'

현호는 술에 취해 흐느적거리는 그녀를 일으켜 세우며 속으로
중얼거렸다. 수정은 카운터까지 질질 끌려갔다. 현호가 계산을
하는 동안에는 그에게 몸의 대부분을 기대고 있었다.

"어? 비다."

밖으로 나온 수정이 허공에 손바닥을 펴 보이며 중얼거렸다.
보슬비는 어느덧 굵은 빗줄기로 변해 있었다. 현호는 수정을 벽
에 기대 세웠다. 비가 올 줄 몰랐기 때문에 우산은 당연히 없었
다. 다행히 집 근처 식당으로 온 것이니 빨리 걸어가면 비는 그
리 많이 맞지 않아도 될 듯싶었다. 현호는 재킷을 벗어 그녀의
머리부터 뒤집어씌우고 가방을 대신 들었다.

"괜찮아."

반쯤 감긴 눈으로 수정이 재킷을 벗으려 했다.

"집 가까우니까 조금만 참아."

"헤헤……, 뛸까?"

그러더니 재킷을 벗어 손에 든 수정이 거리로 뛰쳐나갔다. 그
것도 집과는 반대방향으로…….

"백수정!"

당황한 현호가 수정을 잡기 위해 따라 뛰었다.

"꺄아!"

술에 취한 그녀는 자기가 하얀 백사장이라도 뛰고 있는 줄 아
는 모양이다. 뒤따라오는 그를 보더니 비명을 질러대며 속도를
높여 뛰는 모양새가 딱 그랬다. 더불어 들고 있던 재킷을 빙빙
돌려가면서.

기분이 날아갈 것 같은 수정과는 반대로 현호는 죽을 맛이었
다. 어제 회식에서 과음을 한 탓에 오늘은 술 한모금도 입에 대
지 않은 것이 뼈에 사무칠 정도로 후회스러웠다. 천진난만하게
뛰어가는 그녀만큼 취했다면 지금 이 순간이 창피하지는 않을
테니까!

"추우워."

엘리베이터 안에서 오돌오돌 떠는 수정을 보며 현호는 혀를 찼
다. 들고 있던 그의 재킷을 빙글빙글 휘두르며 거리를 10분이나
뛰어다녔다. 있는 비 없는 비 다 맞았으니 추울 법도 하다. 지금
이 한여름도 아니고 아직은 밤바람이 차가운 초봄이니까.

"휴."

낮게 한숨을 쉬던 현호는 덜덜 떨고 있는 그녀의 어깨를 품에
안았다. 길거리를 뛰어 다니느라 진을 다 뺐는지 수정은 거부하

동창생

지 않았다. 위험스럽게 오히려 그의 품을 파고들었다.

현호는 길게 한숨을 쉬었다. 도대체 이게 다 무슨 짓인지……. 거리의 사람들은 미친 남녀 한 쌍을 보았다고 생각했을지도 모른다. 안 가겠다고 버티는 그녀를 질질 끌고 오피스텔로 오는 동안 혹여 낯익은 얼굴과 마주치는 건 아닐까 얼마나 노심초사했는지 모른다. 환한 대낮이 아니라 얼마나 다행인가. 오늘의 대추격전을 목격한 사람이 같은 오피스텔에 살더라도 나중에는 그를 못 알아볼 테니까.

땡.

목적지에서 엘리베이터가 멈추었다. 현호는 수정의 어깨를 감싼 채 엘리베이터에서 내려 집으로 향했다. 수정을 집에 데려다주는 건 어려운 일이 아닌데 옷이라도 갈아입혀야 할 것 같아서 올라온 것이다. 물에 젖은 생쥐 꼴로 집에 보낼 수는 없었다. 새파래진 입술도 심상치 않고 말이다.

집으로 들어 온 현호는 거실에 불을 켜고 보일러의 온도를 올렸다.

"샤워하려면 해."

"지금 몇 시야?"

멀뚱멀뚱 서 있던 수정이 엉뚱한 걸 물었다.

"7시 조금 넘었어."

"나 입을 옷 있어?"

무슨 대화가 이리도 동문서답 같은지…….

"속옷은 당연히 없어."

"……무, 무슨 엉뚱한 소리야?"

잠시 두 눈을 깜빡이던 수정이 말을 더듬거렸다.

"비 맞더니 술은 깼나 보다?"

"시끄러워. 빨리 옷이나 줘."

피식 웃음을 흘리며 침실로 들어갔던 현호는 그녀가 입을 트레이닝복을 챙겨들고 나왔다. 수정은 트레이닝복을 빼앗듯이 낚아채고는 욕실로 들어갔다.

20분도 지나지 않아 젖은 머리를 한 수정이 욕실에서 나왔다. 한 손엔 입었던 옷을 들고, 한 손엔 가방을 들고. 소파에서 일어선 현호가 수정에게로 다가갔다. 그의 손엔 옷걸이가 들려 있었다.

"여기다 걸어서 대충 물기라도 말리자."

"응."

수정은 순순히 그에게 옷을 내밀었다. 옷을 옷걸이에 건 그가 몸을 돌리자 수정이 다급히 그를 불렀다.

"어디 가?"

"옷 걸어두러."

"어디다?"

"드레스 룸에."

현호는 이상한 걸 묻는다는 표정이었다. 수정이 더 이상 말이 없자 그는 침실로 들어갔다. 잠시 후 그가 드라이기를 들고 나왔다.

"감기 걸리고 싶지 않으면 머리나 빨리 말려."

"어."

술이 아직 덜 깬 건지 수정은 날개옷을 빼앗긴 선녀처럼 상당히 고분고분했다. 집에 안 간다고 뛰어다니던 것과는 전혀 다르게 말이다.

"따뜻한 차 한잔 줄까?"

"옷이 마르긴 할까?"

드라이기를 손에 든 수정이 또 엉뚱하게 말을 이었다. 현호는 어깨를 으쓱거렸다.

"자고 가도 돼."

그 말에 눈을 부릅뜬 수정이 갑자기 그의 침실로 쿵쾅거리며 달려갔다. 입가에 미소를 담은 현호가 그녀의 뒤를 따라갔다.

위잉!

용케 드레스 룸을 찾아 들어간 수정은 제 머리가 아닌 옷을 말리고 있었다. 제 머리에서 뚝뚝 떨어지는 물방울은 전혀 모르는 듯했다. 어이가 없어 코웃음을 한 번 던진 현호는 그녀의 손에서 드라이기를 빼앗았다.

"왜?"

수정의 목소리가 날카로웠다.

"나더러 자자고 할 때는 언제고, 이제는 도망가려고 날개옷 말리냐?"

수정은 저도 모르게 얼굴을 붉혔다. 수정은 아까 자기가 한 말을 똑똑히 기억하고 있었다. 그때는 무슨 정신으로 그 소리를 했는지 모르겠다. 비를 맞고 샤워까지 했더니 이제야 제정신으로 돌아오는 모양이다. 남자 경험도 없냐는 말에 당황에서 물까지 뿜었던 것도 잊은 수정은 그게 무슨 대단한 일이냐는 듯 턱을 치켜세웠다.

"뭐, 뭐……. 그 정도는 치, 친구끼리 농담도 할 수 있는, 거 아니야?"

얼마나 긴장했는지 말하는 도중에 목구멍으로 침이 꼴깍 넘어갔다. 눈을 가늘게 뜬 그가 음흉한 목소리로 말했다.

"농담이었어?"

"그, 그래!"

큰소리는 치면서도 수정은 정작 그와는 눈도 못 마주쳤다.

"난 또 진담인 줄 알았지. 난 언제라도 대환영인데……."

고개를 번쩍 든 수정의 눈동자가 휘둥그레졌다.

그의 얼굴에 빙그레 미소가 걸렸다. 정갈하게 자리 잡은 그의 짙은 눈썹 아래의 갈색 눈동자가 묘한 빛을 띠며 일렁였다. 곧게 뻗은 콧날 아래로 입꼬리가 살짝 올라간 그의 입술이 탐스럽게 느껴졌다. 확 먹어버리고 싶을 만큼.

수정은 눈을 질끈 감았다.

'술 때문이야, 술 때문이야.'

수정은 속으로 계속 자기변명을 늘어놓았다. 술 때문이 아니라면 사랑하는 남자에게 제대로 차인 오늘, 이놈이 이렇게 유혹적으로 보일 리가 없다. 아니지, 어쩌면 실연의 충격 때문에 정신적 혼란이 온 것일 수도 있겠다. 이거나 저거나 수정은 딱히 반가운 감정이 아니었다.

쿵쾅거리는 심장을 진정시키기 위해 작게 심호흡을 하던 수정은 머리끝에 감기는 것을 느끼고는 눈을 떴다. 그가 수건으로 머리카락 끝의 물기를 꼼꼼하게 닦아내고 있었다.

"내가 할게."

동창생

"됐어. 너한테 맡기면 날개옷 말리느라 감기 걸리겠어."

그놈의 날개옷! 속으로는 그렇게 외치면서도 수정은 힐끔 제 옷을 바라보았다. 어휴, 술이 원수다.

"시간 많이 늦지 않았으니까 차 한잔 마시면서 쉬어. 보일러 온도 올렸으니까 그 정도면 옷이야 대충 마르겠지. 아니면 세탁기로 건조를 할까?"

"아니. 그냥 드라이를 맡기는 게 좋을 것 같아."

"그래. 집은 내가 데려다 줄게."

"……고마워."

수정은 기어들어가는 목소리로 고맙다 말했다. 그가 하는 대로 가만히 서 있는데 '위잉!' 소리를 내며 드라이기가 켜졌다. 수정은 얼른 그를 향해 돌아섰다.

"머리는 내가 말릴게."

"정말이야?"

"응."

"또 옷 말리겠다고 덤비면 옷을 그냥……."

어찌나 진지하고 단호하게 말하는지 수정은 마른침을 꿀꺽 삼켰다.

"그냥 뭐?"

"드라이 맡겨버릴 거야."

헉. 오늘은 토요일. 내일은 일요일. 자칫하면 너무 커서 흉하기까지 한 이 트레이닝복을 입고 집에 갈 판이었다. 수정은 얼른 고개를 저었다.

"아니야. 머리 말릴 거야."

"흐음."

믿을 수 없다는 듯 그녀의 표정을 살피던 그가 얌전히 그녀의 손에 드라이기를 들려주었다.

"말리고 나와. 차 끓여줄 테니까."

"알았어."

그가 드레스 룸을 나가고 수정은 거울 앞에 서서 드라이기를 켰다. 뜨거운 바람을 타고 향긋한 샴푸 냄새가 드레스 룸 전체로 퍼졌다. 아무 생각 없이 머리카락을 말리던 수정은 힐끔거리며 드레스 룸을 살피기 시작했다.

붙박이장으로 이루어진 드레스 룸은 군더더기 없이 깔끔했다. 화장대도 먼지 하나 없이 깨끗하게 정리되어 있고 말이다. 머리를 말리면서 떨어지는 그녀의 머리카락만이 깨끗한 청정지역을 오염시키고 있었다. 떨어진 머리카락을 쓰레기통에 넣고 다시 머리를 말리던 수정은 문득 그의 옷장이 궁금해지기 시작했다. 붙박이장의 장점이 무엇인가. 문만 닫으면 아무리 지저분한 것도 감쪽같이 숨길 수 있다는 것 아니겠는가.

수정은 목을 길게 빼고 반쯤 열린 침실 안을 확인했다. 침실은 불이 꺼져 있었고, 거실로부터 들어오는 불빛만이 길게 늘어져 있었다. 거실에는 TV를 틀어놓은 듯 약간의 소음도 들려왔다. 수정은 드라이기를 끄고 살금살금 옷장 앞으로 걸어갔다. 도대체 이 짓을 왜 하겠다고 이러고 있는지는 모르겠지만 너무 궁금해 문을 열고야 말았다.

"헐⋯⋯."

수정은 의미를 알 수 없는 감탄사를 뱉어냈다. 어쩌면 당연한

동창생

것일 수도 있는데, 옷장은 아주 깔끔하게 정리가 되어 있었다. 슈트와 와이셔츠가 일정한 간격으로 걸려 있었고, 넥타이도 전문 숍에서나 볼 수 있을 것 같은 모습으로 걸려 있었다. 다른 옷장도 마찬가지였다. 가볍게 입을 수 있는 캐주얼 의류가 각 단품별로 차곡차곡 제자리에 놓여 있었다. 아주 얄밉게.

"뭐 해?"

"엄마야."

뒤에서 들려오는 소리에 화들짝 놀란 수정은 허겁지겁 옷장을 닫고 뒤로 돌았다. 팔짱을 낀 현호가 한심하다는 얼굴로 서 있었다.

"남의 옷장 염탐하는 게 취미야?"

"아, 아니……, 그냥 궁금해서."

"다 감상했으면 나오지?"

그가 몸을 돌리며 고갯짓을 했다. 고개를 열심히 끄덕이던 수정이 그를 따라갔다.

"잠시 앉아 있어."

"어디 가는데?"

돌아서는 그를 향해 수정이 물었다.

"무슨 차 마실래?"

그는 뒤도 돌아보지 않고 주방으로 들어가며 물었다.

"괜찮아."

그 말에 걸음을 멈춘 그가 돌아섰다.

"비 맞아서 감기 걸릴 수도 있어. 따뜻한 차 한잔 정도는 마셔 줘야 할 거야."

"……."

"이미 내 집에서 내 옷 입고 샤워까지 한 사람이 차는 왜 사양이야?"

"흥."

수정이 심술 난 표정을 지어 보이자 그가 큰 소리로 웃으며 주방으로 들어갔다. 그의 말이 틀린 것이 하나도 없어 수정은 반박도 할 수 없었다.

'아……, 정말 술이 원수야. 다시는 안 마셔.'

뻘쭘한 얼굴로 앉아 있는데 작은 쟁반에 김이 모락모락 올라오는 머그잔을 받쳐 든 그가 주방에서 나왔다. 새침한 얼굴로 머그잔을 손에 들자 그가 옆자리에 앉으며 TV를 켰다. 거실은 뉴스를 전하는 아나운서의 낭랑한 목소리로 가득찼다.

"다시는 그런 놈 때문에 울지 마."

한동안 뉴스만 보고 있던 그가 침묵을 깨고 말했다. 수정이 그를 돌아보았다. 그는 계속해서 TV만 보고 있었다. 무슨 말인가 하려고 입을 뗐던 수정은 그대로 입을 다문 채 TV로 시선을 돌렸다.

"현호가 너 좋아했잖아."

경선의 말을 떠올린 수정은 팔짱을 낀 채 꼿꼿한 자세로 앉아 있는 그를 힐끔거렸다.

'그 말이 사실일까?'

처음 그 말을 들었을 때는 정신이 없어서 생각을 못 했는데 문득 궁금해졌다. 어째서 몰랐을까? 다른 사람들은 다 알고 있었다는데 말이다. 그런데 그런 것보다 궁금한 것은 그가 정말 자기를 좋아했는지 여부였다.

"할 말 있어?"

흠칫 놀란 눈으로 바라보고 있는 그녀를 향해 그가 천천히 고개를 돌렸다.

"뭘 자꾸 훔쳐봐?"

"훔쳐보긴 내가 무슨……."

수정은 어색하게 웃으며 몸을 바로하고 앉았다.

"안 어울리게 내숭떨지 말고 말해. 뭔데 그래?"

그 말에 자극을 받은 수정이 소파에 한쪽 발을 올리고 그를 향해 돌아앉았다. 그의 말대로 그의 집에서 샤워를 하고 그의 옷을 빌려 입기까지 했는데 이제 와서 내숭 떠는 건 좀 아니다 싶었다.

"애들이 네가 날 좋아했다고 하더라?"

질문은 시원하게 나왔는데 그의 대답을 기다리는 아주 찰나의 순간에는 심장이 터져버리는 줄 알았다. 무슨 대답이 나올까 조마조마하게 바라보고 있는데 그가 코웃음을 쳤다. 그러더니 다시 TV로 고개를 돌렸다.

"안 그래도 애들이 나한테도 그러더라. 내가 널 좋아했다고."

"그게 뭐야?"

"몰라. 당사자인 우리 둘만 몰랐나 봐. 웃기지 않냐? 나도 모르는 짝사랑이라니."

"어머. 하하하. 정말 웃긴다."

수정도 그의 팔을 가볍게 두드리며 요란스럽게 웃고는 자세를 바로 하고 앉아 TV를 바라보았다. 엄청난 비밀처럼 느껴지던 그

일이 너무도 허무하게 끝나버렸다. 경선이 했던 말 때문에 마음이 괜히 심란했는데 이젠 한결 가벼워졌다.

"다행이다."

그녀가 혼잣말처럼 중얼거리자 그가 '뭐가?'라고 물었다.

"같은 반이었을 때는 별로 친하지도 않았다는데, 19년 만에 만나서 금방 친해졌잖아. 몇 년은 가깝게 지낸 친구처럼 난 네 트레이닝복을 입고 앉아 있고 말이야. 그게 다 우리가 친구니까 가능한 일인데 만약 경선이나 다른 애들 말이 사실이라면 엄청 불편했을 것 같아. 그러니까 얼마나 다행이야. 우리는 계속 편한 친구로 지낼 수 있잖아."

반짝반짝 빛나는 그녀의 눈동자를 빤히 보고 있던 그가 짓궂은 목소리로 대꾸했다.

"네가 자자는 말만 안 하면 돼."

"야!"

수정은 분노의 주먹을 날렸고 현호는 날렵하게 그 주먹을 피했다. 한바탕 크게 웃던 현호가 주방으로 향하며 물었다.

"맥주 한잔 할래?"

"안 마셔!"

말은 그렇게 했지만 수정은 어느새 캔을 두 개나 비웠다. 처음엔 참았다. 그런데 구운 오징어와 땅콩에 새우깡까지 챙겨 와 홀짝거리는 그를 보고 있자니 자꾸 군침이 돌았다. '술은 원수야, 술은 원수야.' 아무리 주문을 외워봐도 소용이 없었다.

결국 수정은 주신(酒神)에게 제 몸을 제물로 바치고야 말았다. 아까 마셨던 소주에 맥주까지 들어가니 정신이 알딸딸해졌다.

동창생

오징어 다리를 질겅질겅 씹고 있는 그녀의 눈은 이미 빛을 잃었다.

"집에 가야 하는데……."

그러면서도 수정은 맥주를 홀짝홀짝 잘도 마셨다.

"방이 없는 것도 아닌데, 자고 가."

"뭐야! 이 응큼한 변태 가트니라고오."

눈을 게슴츠레 뜬 수정이 손을 쭉 뻗어 검지로 그를 가리키며 중얼거렸다.

"나보다 네가 더 변태거든?"

"뭐어? 뭐어 이런 그지가……."

"이렇게 잘 사는 거지도 봤냐?"

"에이씨. 어우……, 어지러워."

더 이상의 말씨름은 힘들었는지 수정이 옆으로 푹 쓰러졌다. 그 모습을 지켜보고 있던 현호는 한숨을 푹 쉬고는 맥주 캔을 내려놓고 자리에서 일어났다.

"일어나. 방에 데려다 줄게."

"우웅! 앙대!"

수정이 양 팔을 엑스자로 겹쳐 가슴을 가리며 앙탈을 부렸다. 현호는 인상을 찌푸렸다.

"내가 아까 그랬지. 그렇게 말하지 말라고."

"뭐어? 뭐가?"

"어휴, 됐다. 일어나."

현호는 고개를 저으며 그녀의 팔을 잡아끌었다. 빨리 재워야지 잘못하다간 일이 이상하게 흘러가게 될 것만 같았다. 축 늘어진 그녀를 막 일으켜 세우는데 그녀가 갑자기 허리에 팔을 감았다. 현호는 흠칫 놀라 몸을 경직시켰다.

"혀노야······."

"왜?"

"마음이 넘 안 조아."

"······."

"니가 있어서······ 차암······ 다행이야."

"고맙지?"

"응. 고마워."

"자, 그럼 얌전히 일어나."

그녀의 어깨를 가볍게 토닥이던 그가 그녀의 겨드랑이 사이에 팔을 넣어 몸을 일으켜 세웠다. 몸을 가누지 못하고 비틀거리는 그녀를 질질 끌다시피 해서 침실로 들어간 현호는 힘겹게 그녀를 침대에 눕혔다.

"하아."

긴 한숨을 흘린 수정이 몸을 동그랗게 말더니 침대 위를 더듬거렸다. 이불을 찾는 모양이었다. 현호는 그녀의 몸 밑에 깔려 있는 이불을 빼서 덮어주었다. 자다가 물이라도 찾을까 싶어 마실 물을 챙겨 다시 침실로 들어왔다. 수정은 어느새 새근새근 잠이 들어 있었다.

물 잔을 사이드 테이블에 올려놓은 현호는 침대에 걸터앉았다. 잠시 물끄러미 그녀를 바라보던 그가 손을 뻗어 흐트러진 그녀의 머리카락을 정돈했다. 그리고는 보드라운 그녀의 얼굴을 조심스럽게 어루만졌다. 허리를 굽힌 그의 입술이 그녀의 이마에

동창생

길게 흔적을 남겼다.

초등학교 6년 내내 걸스카우트로 활동했던 것도 모자라 중학생이 되어서도 걸스카우트 대원이 되었다. 걸스카우트 활동이 딱히 좋은 것도, 싫은 것도 아니었다. 모두 엄마의 개인적인 취향에 따라 가입했던 것이다. 기억에 남는 활동이라고는 선서식 때 하던 뒤뜰야영이 다였고, 여름이면 무거운 배낭을 짊어지고 등 떠밀려 떠나야 하는 여름 캠프뿐이다.

5학년 때는 걸스카우트가 아닌 리듬체조부 활동을 잠시 했었다. 리듬체조부라고 해서 국가대표 선수처럼 리본을 팔랑거리고 곤봉을 휘두르는 것이라 생각했는데 그. 냥. 체조부였다. 국민체조 같은 걸 만드는 체조부. 하긴 이미 뻣뻣해질 대로 뻣뻣해진 열한 살의 몸으로 정식 리듬체조를 시작하는 것이 무리이긴 했다.

그 시간은 즐거웠다. 친구들과 몸을 흔들며 운동을 하고 머리를 쥐어짜며 율동을 만들던 시간들은 달콤하고 환상적이었다. 하지만 6학년, 걸스카우트 담당 선생님의 강요에 의해 걸스카우트로 다시 복귀했다. 걸스카우트로 졸업을 하면 협회에서 표창장을 준다는 말에 혹해서 말이다. 그놈의 상장이 뭐라고, 그 지루하기 짝이 없는 걸스카우트 교육을 다시 듣고 있는 모양새라니.

중학생이 되었을 때는 정말 안 해도 되겠지, 라고 생각했는데 어영부영 다시 걸스카우트에 들어갔다. 사실 그 외에 호기심이 발동하는 특별활동부가 없어서 그랬던 것이기도 하다. 선서식을 겸한 뒤뜰야영은 보이스카우트와는 별도로 진행했는데 매주 토요일마다 하는 특별활동은 종종 연합으로 진행되었다.

연합 활동이 있는 날이면 여자아이들은 잔뜩 치장을 하고 나타났다. 단복 착용이 의무인데 치장을 해봐야 얼마나 했겠냐마는 잔뜩 올라간 목소리 톤부터 달랐다. 수업시작 종이 울리고 선생님들이 운동장으로 나와 아이들의 인원 점검을 했다.

걸스카우트와 보이스카우트가 따로 모여 인원 점검을 받는데 지금껏 있는지도 몰랐던 한 남자—그래봐야 중학생이지만 다 큰 성인 남자로 보였다—에게 시선이 박혔다. 툭하면 놀리기나 하고 장난 칠 궁리만 하는 같은 반 남자아이들과는 분위기부터가 다른 사람이었다. 생기기는 또 어찌나 잘생겼는지 정말 넋을 놓을 지경이었다. 큰 키에 서글서글한 미소, 그리고 다정한 목소리. 바라보는 것만으로도 얼굴이 붉어지는 그런 사람이었다.

"저 오빠 인기 되게 많아."

옆에 앉아 있던 경선이 소곤거렸다.

"어느 오빠?"

누굴 말하는지 뻔히 알면서 모르는 척 묻자 경선이 그 남자를 손으로 가리켰다. 그러더니 심드렁한 목소리로 말했다.

"2학년인데 전 학년에 걸쳐 좋다고 쫓아다니는 애들이 줄을 섰대."

그럼 그렇지, 라는 생각이 들었다. 쫓아다니는 아이들이 줄 설 정도면 안 쫓아다니고 멀리서 속만 태우는 애들은 더 많을 테지.

"이름이 뭔데?"

"이주환."

왠지 이름도 멋스럽게 느껴졌다.

"너도 관심 있어?"

경선이 불쑥 물어오자 화들짝 놀라 심장이 벌렁거렸다.

"관심은 무슨. 같은 스카우트니까 물어본 거지."

"아서라. 경쟁자가 너무 많아."

바닥에 엉덩이를 붙이고 앉아 무릎을 껴안은 경선이 쯧쯧 소리를 내며 고개를 가로저었다.

"그러는 넌?"

마치 관심 있다는 듯 들리는 질문이었지만 시치미를 뚝 뗐다.

"말했잖아. 경쟁자가 많다고. 우리 엄마가 그러는데 남자든 여자든 인물이 너무 잘나면 인물값 한대."

"헐."

경선이는 꼭 아줌마 같은 소리를 아무렇지 않게 종알거렸다.

그날 이후 어쩌다가 주환 오빠와 같은 조가 되어 지도 읽기 활동을 한 적이 있는데 이해력도 빠르고 응용력도 좋았다. 들리는 소문으로는 공부도 항상 톱이라고 하니 지도 읽기쯤은 식은 죽 먹기일지도 몰랐다. 잘 따라오지 못하는 조원들에게 설명을 해 줄 때는 친절하기까지 했다.

그날 이후 같은 조였다는 인연이 닿아서인지 몰라도 복도에서 마주치게 되면 반갑게 인사를 주고받을 수 있게 되었고, 자연스럽게 호감을 가지게 되었다. 어쩌면 자신도 모르게 주환 오빠와 사귀는 핑크빛 꿈을 꾸었을지도 모른다.

늦은 봄, 수리산으로 단체 산행을 간 적이 있다. 밭은 숨을 몰아쉬며 도착한 곳은 산 중턱에 있는 넓은 공터였다. 그곳에서 도시락을 먹고 레크리에이션을 시작하게 되었는데 그때부터 심기가 불편해지기 시작했다. 주환 오빠와 같은 조가 되길 내심 바랐건만 조는 완전히 갈라졌다. 그것만으로도 마음이 상하는데 오빠는 눈길도 주지 않았다.

평상시에도 반갑게 인사를 받아주던 오빠였고, 가끔은 농담도 건네던 사이였기에 어쩌면 자신을 좋아하는지도 모른다 생각했었는데 오빠가 딱히 관심을 보이지 않자 심술이 나기 시작했던 것이다. 혼자 좋아하고 질투심에 사로잡혀 혼자 심술을 부리는 형색이었지만 자존심이고 뭐고 없었다. 부러 오빠가 있는 쪽에서 알짱거려보고 슬쩍 말도 걸어보았지만 오빠의 관심을 받을 수는 없었다. 그때의 실망감이란 정말 말로 표현하기 힘들었다.

모든 순서가 끝나고 하산을 하게 되었을 때, 터벅터벅 오빠의 뒤를 따라갔다. 심술 기운이 퍼져서일까? 함께 어울렸던 친구들 없이 입이 잔뜩 나온 채 투덜거리며 홀로 산을 내려가고 있었다.

"으악!"

갑작스러운 비명에 앞서 걷던 사람들이 놀란 얼굴로 뒤를 돌아보았다. 괜한 신경질에 심술까지 부리며 내려가다 커다란 바위에서 뚝 떨어진 것이었다. 평지라 생각하고 있다가 떨어진 탓에 넋이 반쯤 나가버려서일까? 여기저기 아파야 정상임에도 어떤 고통도 느낄 수 없고, 순간적으로 오빠가 달려와서 부축을 해주거나 업어주었으면 좋겠다는 생각을 하고 있었다. 아주 짧은 순간의 기대감이었는데 오빠가 정말 놀란 얼굴로 선생님과 함께 달려왔다.

오오오. 이제 아픈 척 엄살을 좀 떨면……

"……괜찮아?"

누군가가 팔을 붙잡았다. 뭐야? 오빠는 아직 오지도 않았는데. 확 기절하는 척이라도 해야 하나? 라는 생각을 하며 주환 오빠만 바라보고 있던 탓에 옆에서 붙잡아준 사람이 누구인지 눈여겨볼 겨를이 없었다.

"수정아."

순간 눈을 번쩍 떴다. 어두운 실내가 눈에 들어왔다. 익숙하지 않은 공간이었다. 꿈이라도 꾼 것일까 싶어 고개를 돌리니 걱정스러운 눈으로 보고 있는 현호의 얼굴이 보였다.

"왜 그래? 꿈 꿨어?"

"아아."

어렸을 적 일을 꿈으로 꾸었나 보다. 그날 주환 오빠의 손은 잡지도 못했다. 무릎이 약간 까지긴 했지만 몸이 어찌나 튼튼하신지 발목이 접질리지도 않았다. 다친 곳 없이 멀쩡하니 감사해야 할 일이었지만 오빠 등에 업힐지도 모른다는 기대는 순식간에 사라져버렸다. 꿈속에서라도 업히려고 했는데! 김현호 때문에 다 망쳐버렸다.

"어우, 뭐야. 깜짝 놀랐잖아."

수정은 제 팔을 잡고 있는 그의 팔을 뿌리치며 손으로 마른세수를 했다. 그러다 퍼뜩 정신이 들어 자리에서 일어나 앉았다.

"몇 시야?"

"12시 넘었어."

"뭐? 야, 깨웠어야지."

"코까지 골면서 자는 애를 어떻게 깨우냐?"

그가 방에 불을 켜며 말했다.

"내가 무슨 코를 골았다고 그래?"

"쿨쿨 골았거든?"

그 말에 수정이 그를 흘겨보며 쏘아붙였다.

"쿨쿨 코까지 굴면서 자는 애는 왜 깨운 거야, 그럼?"

"잘 자다가 갑자기 끙끙 앓길래 깨웠지. 어디 아픈가 하고."

쿨쿨 자다 말고 끙끙 앓았다고? 영 미덥지 않았지만 지금은 그와 말씨름을 할 시간이 없다. 당장 집에 가야 하니까.

"집에 데려다 줄 거지?"

"나 술 마셨는데?"

찌릿!

수정이 더 날카로워진 눈으로 현호를 노려보았다.

"나보다 덜 마셔놓고 술이 아직도 안 깼다는 게 말이 돼? 그리고 아까는 데려다 준다면서!"

현호가 눈을 찡긋 거리더니 귀를 손가락으로 후볐다.

"강사라 그런가? 목청도 커요."

"어휴. 내가 못 살아."

침대에서 내려 온 수정이 쿵쿵거리며 드레스 룸으로 들어가는 걸 지켜보며 현호가 미소를 지었다. 쾅, 소리를 내며 닫힌 드레스 룸의 문 앞에 선 현호는 벽에 등을 기대고 서서 팔짱을 꼈다.

"아직 덜 말랐을 텐데, 입을 수 있겠어?"

"시끄러워!"

"꿉꿉할 텐데 그냥 트레이닝복 입고 가지그래?"

동창생

"일 없거든?"

"괜히 깨웠네. 내일 아침까지 자게 그냥 두는 건데."

"……."

안에서 아무런 소리도 나지 않자 현호도 가만히 수정이 나오길 기다렸다. 잠시 후 문이 열리고 옷을 갈아입은 수정이 나왔다. 역시나 옷이 덜 마른 듯 얼굴이 잔뜩 구겨져 있었다. 현호는 피식 새어나오는 웃음을 겨우 참았다. 수정은 콧대를 잔뜩 세우더니 그를 지나쳐 침실을 나갔다.

"왜 나와?"

신발을 신는 현호를 보며 수정이 퉁명스럽게 물었다.

"아무리 그래도 택시는 태워 보내야 하지 않겠냐? 밤도 늦었는데."

그의 능청스러운 대답에 한마디 쏘아붙이고 싶었지만 이렇게 늦은 밤에 혼자 밖으로 나가는 것이 무섭기도 해서 수정은 잠자코 있었다.

비가 그친 거리는 을씨년스러웠다. 차가운 바람이 덜 마른 옷을 뚫고 들어오는 통에 온몸이 오돌오돌 떨려왔다.

"춥지?"

지나가는 택시가 있는지 도로를 보고 있던 그가 걱정스러운 목소리로 물었다. 자존심 때문에라도 아니라고 큰소리 치고 싶었지만 너무 추워 수정은 고개를 끄덕이고 말았다. 그 모습을 딱한 얼굴로 보고 있던 현호가 입고 있던 점퍼를 주섬주섬 벗어 어깨에 둘러주었다.

"백수정 고집은 알아줘야 해. 택시 타는 잠깐인데 트레이닝복 좀 입고 가면 어떻다고 말이야. 내 트레이닝복이 싫은 거야, 내가 싫은 거야?"

팔을 끼우지도 않고 점퍼의 지퍼를 목까지 끌어올려주며 그가 진지한 얼굴로 물었다. 그는 지난번처럼 점퍼의 소매를 꽁꽁 묶어버렸다.

항의를 해야 했지만 수정은 자신을 빤히 들여다보는 그의 검은 눈동자를 슬쩍 피해버렸다. 장난기 많은 얼굴이 가끔 이렇게 진지해질 때면 어떻게 해야 할지 몰라 당황스러웠다. 그가 던진 질문도 너무 어렵고 말이다.

시선을 피한 수정이 아무런 대답이 없자 가볍게 혀를 한 번 찬 현호는 다시금 도로를 바라보았다. 얼마 후 빈 택시를 발견한 현호가 크게 손을 흔들어 멈춰 세웠다. 그리고 이번에도 그녀와 함께 택시에 올랐다. 택시 안은 조용하고 어색했지만 둘 다 특별한 대화를 나누지는 않았다. 택시에서 내려 집 앞까지 걸어갈 때도 그랬다.

"고마워."

"잘 자라."

"응. 그런데 이것 좀 내려주지?"

수정이 인상을 찡그리며 점퍼 가운데를 손으로 내밀었다. 지퍼를 내리지 못해 낑낑대는 수정을 보고 있던 현호가 피식 웃더니 근엄한 얼굴로 묶었던 소매를 풀고 목까지 올라온 지퍼를 잡았다.

"오늘로 딱 끝내는 거야."

"뭘?"

"……."

조용히 지퍼가 내려가고 손이 자유로워졌다. 수정은 얼른 점퍼를 벗어 현호에게 내밀며 눈으로 다시 물었다. 그러나 그는 끝내 아무런 대답도 하지 않았고, 수정은 그에게 떠밀려 집으로 들어가야 했다.

고작 밤 12시가 지났을 뿐인데 집 안은 온통 암흑이었다. 부모님이 깨실까 살금살금 방으로 들어가던 수정은 문득 떠오른 생각에 걸음을 멈추고 얌전히 닫혀 있는 안방의 문을 쏘아보았다. 넌 외박 같은 것도 안 하냐고 하더니 정말 아무 걱정도 없나 보다. 다 큰 딸이 이 시간이 되도록 집에 오지 않았는데 기다리기는커녕 전화 한 통도 없었으니…….

내 위치가 이 모양이라니.

한탄을 하며 방으로 들어간 수정은 그대로 침대에 누웠다. 잠깐이라도 잠을 자서 그런지 몰라도 술은 완전히 깬 듯했다. 찬바람을 쐬서 몸이 으슬으슬 추운 것만 빼면 컨디션도 나쁘지 않았다.

"아……, 좋은 꿈이었는데."

현호 때문에 깬 꿈이 아쉬웠다. 그런데 아쉬울 건 또 뭐란 말인지. 주환 오빠와 교제를 하기는 했지만 처참하게 버림받았으면서 말이다. 쓸데없이 이런 꿈은 왜 꾸었는지 모르겠다. 두 번째로 처참하게 버림받은 비참한 날에……. 진성을 만나며 찬란한 30대를 맞이했다 생각했는데 그게 아니었나 보다.

"일이나 열심히 해야지."

수정은 낙심이 가득한 목소리로 중얼거리며 눈을 감았다.

그래, 강진성과의 모든 일은 오늘로 딱 끝내는 거다. 그나마 남아 있던 잔고도 모두 비웠으니 새로운 마음으로 다른 통장을 만들면 된다. 어떤 이름의 통장을 만들게 될지는 모르겠지만, 언젠가는 다시 만들 수 있겠지. 언젠가는…….

집으로 돌아 온 현호는 깍지 낀 손을 위로 쭉 뻗으며 길게 기지개를 폈다. 참으려 했지만 하품이 절로 나왔다. 눈꼬리에 눈물을 매달며 하품을 하던 그는 점퍼 주머니에서 휴대전화를 꺼냈다. 조용하기만 한 휴대전화를 시큰둥한 얼굴로 보고 있던 그는 소파에 털썩 앉아 메시지 함을 열었다.

[덕분에 잘 도착했다.]

시간은 벌써 새벽 1시를 훌쩍 지났다. 잠이 들었어도 벌써 들었을 시간에 굳이 메시지를 보내는 이유는 뭘까? 관심 좀 받아보려고? 피식 웃음이 새어나오는데 기대하지도 않은 답신이 들어왔다.

[잘 들어갔구나. 오늘 고마웠어. 잘 자.]

내일은 서쪽에서 해가 뜨려나? 답신을 하지 않거나 귀찮다는 투덜거림이 있을 거라 생각했는데 의외의 반응이었다.

늦은 밤에 집까지 바래다주었건만 문자 한 통 보내지 않는 것이 괘씸해서 보낸 것이지만 이런 반응은 낯설었다. 오늘 있었던 일이 그 정도로 충격이었던 것일까? 씩씩하기는 장군감이던 수정이 길 잃은 아기고양이처럼 굴자 바짝 긴장이 되었다. 정말 괜찮은 건지 물어보고 싶었지만 좋지도 않은 기억을 계속 떠올리게 만드는 것 같아 안 하기로 했다.

[잘 자라.]

짧은 인사에 잠이 든 듯 수정은 잠잠했다.

티티티티.

평상시에는 잘 들리지도 않던 벽시계의 초침이 부산스럽게 움직인다. 그렇게 흘러 흘러 많은 시간을 지나왔다. 그 긴 시간 중에서 수정과 함께한 시간은 고작 1년 남짓. 많은 시간을 드넓은 바다를 사이에 두고 따로 지냈지만 교집합을 이루는 기억은 또렷하게 간직하고 있다.

그 당시, 초등학교 6년 동안 같은 동네 친구들과 어울려 공부를 했고, 대부분 같은 중학교에 진학했다. 그런 만큼 낯선 친구들이 아님에도 상급학교에 진학했다는 부담과 새로운 선생님을 만나 새로운 공부를 해야 한다는 두려움이 교실에 팽팽하게 감돌았다.

입학 후 정신없는 시간들이 흐르고 첫 번째 중간고사가 끝난 도덕시간이었다. 담당 선생님은 키가 그리 크지 않지만 덩치가 좋은 남자 분이었는데 항상 팔뚝 길이 정도의 나무 몽둥이를 들고 다녔다. 학생주임 선생님이었으며 보이스카우트 지도 선생님이기도 했다.

그날은 무슨 바람이 불었는지 창가 쪽 제일 앞자리 아이를 지목하더니 다짜고짜 노래를 부르라고 했다. 뒷모습만 보고도 벌벌 떨 수밖에 없는 학생주임 선생님의 난데없는 명령에 아이는 놀란 얼굴로 눈동자만 깜빡거렸고, 몽둥이로 머리를 콩 쥐어 박히고서야 더듬더듬 노래를 불렀다.

"땡!"

몇 소절 부르지도 않았는데 선생님이 얄미운 목소리로 '땡!'을 외쳤다.

"다음!"

몽둥이가 짝에게로 향했다. 긴장한 얼굴로 제 짝을 보고 있던 아이가 화들짝 놀라 덜덜 떨리는 목소리로 노래를 불렀고 선생님은 가차 없이 '땡!'을 선물했다. 선생님의 '다음!' 소리와 함께 뒷자리에 있던 아이가 노래를 불렀고 마찬가지로 '땡!'을 선물로 받았다. 끝난 아이들은 안도의 한숨을 쉬고 순서를 기다리는 아이들은 사색이 되어갔다. 졸지에 노래자랑 시간이 되어버린 것이다.

"어떻게 해."

"뭐 부르지?"

"나 노래 못한단 말이야."

"가사 아는 게 없어!"

아이들의 웅성거림이 긴장한 노랫소리와 함께 뒤섞였다.

처음에는 두려움으로 시작된 노래자랑이었으나 아이들의 눈동자는 즐거움과 호기심으로 반짝거렸다. 그 속에 수정이 있었다. 동그란 얼굴에 동그란 단발의 수정은 자그맣고 귀여웠다.

수정은 언제 머리 위로 날아들지 모르는 몽둥이를 마이크 삼아 잔뜩 겁에 질린 얼굴로 노래를 불렀다. 선생님이 '다음'을 외치며 몽둥이를 거둬가자 수정은 가슴을 쓸어내리며 안도의 한숨을 쉬었다.

동창생

선생님의 지극히 개인적 취향에 따른 심사를 거쳐 2차전이 벌어졌고, 거수로 두 명을 최종적으로 뽑았는데 그가 수정과 함께 뽑혔다.

"백수정하고 김현호가 결승인가?"

교탁 위에 몽둥이를 세워 몸을 기댄 선생님이 장난처럼 시작된 노래자랑과는 어울리지 않게 진지한 얼굴로 아이들을 둘러보았다. 재미난 놀이에 흠뻑 빠진 아이들은 천진난만하게 큰 목소리로 '네!'라고 대답했다.

"한 사람씩 나와서 노래를 부르면 너희들은 동전을 던지는 거야. 십 원에서 백 원짜리 동전만 던지는 거다. 좋아한다고 오백원짜리 막 던지면 안 돼. 제일 많은 금액의 동전을 모은 사람이 1등이다."

"오오."

아이들은 신기한 것을 발견한 사람처럼 반응했다.

"대신!"

웅성거리던 아이들이 조용해졌다.

"노래 부르는 녀석이 밉다고 이렇게, 집어 던지면 그놈은 나한테 죽어."

선생님이 주머니에서 꺼낸 동전을 들고 온 힘을 다해 던지는 시늉을 하며 엄한 목소리로 경고를 하자 아이들이 키득거렸다.

"남자 하나, 여자 하나니까 알아서들 던져. 지는 쪽은 다음 수업시간에 하드 사 오는 거다."

노래자랑을 넘어 남녀 단체전으로까지 번져버렸다. 그에 어울리게 아이들은 남자 여자 분단별로 구분해 앉아 있었다. 창가 쪽이 남자, 복도 쪽이 여자, 이렇게 말이다. 노래 한번 잘못 불렀다가 반 아이들의 운명을 책임지게 생긴 것이다.

현호는 아이들의 소란스러움 속에서 수정을 빤히 쳐다보았다. 빨개진 얼굴을 양손으로 감싸고 어쩔 줄 몰라 제자리에서 콩콩거렸다. 주변의 아이들이 꼭 이겨야 한다며 기합을 주었지만 수정은 전혀 자신이 없는 눈치였다.

"자! 가위바위보!"

불쑥 선생님의 호령소리가 들리고 수정과 현호는 얼떨결에 가위바위보를 했다. 다행인지 불행인지 노래는 현호가 먼저 시작했다. 노래를 시작하기 무섭게 아이들이 동전을 던지기 시작했다. 노래를 듣는 건지 동전 던지기에 신이 난 건지. 현호는 쏟아지는 동전을 피해가며 노래를 불러야 했다.

노래가 끝나자 선생님은 동전을 직접 주우라 했다. 뻘쭘한 표정으로 동전을 주워 건네자 선생님은 그 자리에서 돈을 세어보라 했다. 천 원이 조금 안 되는 돈이었다. 현호를 들여보낸 선생님이 남자아이들을 둘러보며 혀를 찼다.

"쯧쯧. 쪼잔한 녀석들. 다음!"

선생님의 호령에 수정이 자리에서 벌떡 일어났다. 발그레해진 얼굴은 그대로였다.

"수정아, 화이팅!"

"잘 해!"

여자아이들은 남자아이들과 달리 같은 편으로 나가는 수정이를 열심히 응원했다. 빨리 나가서 끝내라는 투의 남자아이들과는 사뭇 다른 광경이었다. 자신감 없는 얼굴로 고개를 끄덕이던

수정이 교탁 옆에 서서 선생님을 힐끔 쳐다보았다. 선생님은 교
탁에 세워놓은 몽둥이에 몸을 기댄 채 빨리 노래를 부르라는 듯
턱짓을 했다. 수정은 긴장한 듯 양손을 꼭 모아잡고 목을 가다듬
더니 서서히 입을 열었다.

어디선가 날 부르는 목소리에 돌아보면
보이는 건 쓸쓸한 거리 불어오는 바람뿐인데
바람결에 휘날리는 머리카락 쓸어 올리며
가던 걸음 멈추어 서서 또 뒤를 돌아다보네
어두운 밤 함께하던 젊은 소리가 허공에 흩어져가고
아침이 올 때까지 노래하자던 내 친구 어디로 갔나
머물다 간 순간들 남겨진 너의 그 목소리
오월의 햇살 가득한 날 우리 마음 따스하리

— 오월의 햇살, 이선희

청아한 목소리가 교실에 울려 퍼졌다. 열어놓은 창문을 통해 5
월의 바람이 파도처럼 밀려들어와 수정의 짧은 머리카락을 휘감
으며 지나갔다. 그녀의 목소리는 이미 한 번 들은 노래였음에도
처음 듣는 노래처럼 귀를 쫑긋 세우게 만들었다. 아이들이 장난
스럽게 동전을 던져도 수정은 꿋꿋하게 노래를 불렀다. 노래가
끝나고 수정은 동그란 눈을 깜빡이며 선생님을 힐끔 쳐다보았
다.
“뭐 해? 동전 주워.”

"아, 네."

수정이 허겁지겁 몸을 숙여 동전들을 주웠다. 멀리 떨어진 건 제일 앞자리에 앉은 아이들이 도왔다. 수정이 돈을 세는 동안 아이들은 숨을 죽인 채 그 모습을 지켜보았다. 조마조마한 시간이 흐르고 선생님의 입을 통해 결과가 흘러나왔다.

"천오백십 원!"

"와!"

"꺅!"

누가 들으면 올림픽에서 금메달이라도 딴 줄 알 것이다. 기쁨의 함성소리 사이로 실망의 한숨도 흘러나왔다. 남자아이들은 다음 도덕 시간에 돈을 모아 하드를 돌려야 하는 것이다.

아이들은 노래를 못 불렀다 현호를 탓할 수도 없었다. 이기고 싶었다면 현호가 노래를 부를 때 동전을 더 던지거나 수정이 노래를 부를 때 동전을 안 던졌으면 되는 일이니까. 노래를 불렀던 두 사람만 돈을 벌었다. 선생님이 모인 동전을 선물이라고 주셨기 때문이다.

쉬는 종이 울리고 선생님은 몽둥이를 휘두르며 교실을 나갔다. 단순한 남자아이들은 하드를 사야 한다는 것은 금세 잊어버리고 끼리끼리 모여 교실을 나갔고, 대부분의 여자아이들은 수정이를 가운데 두고 옹기종기 모여 수다를 떨기 시작했다.

"수정아, 너 노래 엄청 잘한다."

"에이, 아니야."

친구의 칭찬이 쑥스러웠는지 수정이 손을 저으며 말했다.

"이선희 노래 엄청 어렵잖아. 그걸 어쩜 삑사리 없이 부르니?"

동창생

"긴장해서 저절로 올라가더라."

"설마."

"하하. 다시 부르라고 하면 못 부를 거야."

수정이 다시 두 손을 저었다. 현호는 책상에 턱을 괴고 앉아 수정을 한참 동안 바라보았다. 흥분이 가라앉지 않은 얼굴로 친구들과 쑥스럽게 대화를 하던 아이가 어느새 자라 많은 사람들 앞에서 강의를 하는 강사가 되었다.

미국으로 가면서 대부분의 친구들과 연락이 끊겼지만 인터넷의 힘은 대단했다. 학교명과 입학년도로 친구를 찾을 수 있는 사이트가 있었고 덕분에 친구들과 연락이 닿았다.

그렇게 모인 동창생이 스무 명 남짓. 이미 가물가물해져버린 이름들 속에서 눈에 띄는 이름이 있었다. 동창 중 가장 찾고 싶었던 사람 백수정.

어쩌면 친구들 말이 맞는지도 모른다. 첫사랑. 알게 모르게 지나가버린 그런 첫사랑 말이다. 바다 건너 먼 이국땅에서도 문득문득 떠오르던 수정의 얼굴. 어떻게 지내는지 가장 궁금했던 친구. 다시 듣고 싶은, 따뜻한 봄바람 같던 노랫소리.

한국에 들어오기 전 수정이 미선의 결혼식에 참석한다는 소식을 들었다. 더불어 수정이 부케를 받게 되었다는 얘기도. 그렇다면 결혼할 사람이 있다는 소리.

"아……, 그렇구나."

친구의 말에 대꾸하는 목소리에 실망감이 서렸다. 부케를 받는다는 걸 보니 애인이 있긴 하나 보더라는 친구의 말에 피식 웃고 말았다. 그래, 나이도 그 정도 먹었으면 결혼해야지, 하는 마음도 들었다.

미국 이민이라는 피치 못 할 사정이, 19년이라는 세월의 강이 그녀와의 인연을 싹둑 잘라버린 것 같은 기분이 들었다. 마음 한구석이 허전하고 쓰렸지만 이제 와서 어쩔 수 있는 문제가 아니었다. 동창으로 아쉬움을 달래는 수밖에……

그렇게 마음을 비우고 간 자리에서 그녀가 연인에게 실연을 당했다. 망연자실 그 남자를 바라보던 그녀의 눈동자가 잊히지 않는다. 실망과 배신감에 어두워지던 눈동자. 부르르 떨고 있던 작은 어깨. 창백해지던 투명한 얼굴.

아무리 어렸을 때의 일이라지만 가슴 아프게 울던 그녀의 모습이 아직도 가슴속에 남아 있는데 또 상처라니. 게다가 자신의 결혼을 꿈꾸며 부케까지 받은 날.

"그냥 물러나기에는 억울하지 않아? 시원하게 패주고 끝내든가, 아니면 그냥 바보처럼 조용히 물러나든가."

그냥 물러나기에는 그가 더 억울했다. 이런 꼴 보이게 하려고 아무 말 없이 미국으로 갔던 게 아니었으니까.

만약 그녀가 패고 싶다는 말을 하지 않았어도 때려줄 참이었다. 말리기 위해 들러붙은 친구들이 미친 것 아니냐고 욕지거리를 했지만 상관없었다. 양다리 걸치는 그놈이 미친 거니까.

그녀의 일이 아니었다면, 백수정 그녀가 아니었다면 절대로 벌이지 못했을 미친 짓. 살랑거리는 봄바람과 함께 노래를 부르던 백수정이었기에, 동그란 눈동자에 그렁그렁 눈물을 매단 채 난 오빠를 좋아한다며 그러지 말라던 백수정이기에 가능한 일이었다.

"하아……. 이제 다 정리 된 거지?"

소파에 몸을 잔뜩 묻은 그의 얼굴에 만족스러운 미소가 드리워졌다.

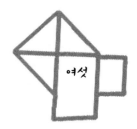

여섯

'미래 아카데미'는 오전 9시면 전체 미팅을 한다. 각 팀별로 진행하고 있는 프로젝트의 경과보고를 하고 개인별 출강 스케줄을 확인하는 시간이다. 각자 마실 차를 들고 자리에 앉자 강사 총괄을 맡고 있는 이송희 부장이 회의실로 들어왔다.

생글생글 웃는 모습이 천사 같은 그녀는 부장이라는 직함이 전혀 어울리지 않는 인물이었다. 이제 갓 마흔을 넘긴 그녀는 즐겁게 일을 하고 있어서인지 싱그러운 젊음을 유지하고 있었다. 작년까지도 서비스업계의 유명 강사로 이름을 떨치다 총괄로 자리를 옮겼지만 여전히 그녀를 찾는 기업체가 많아 종종 출강을 가기도 한다. 그녀는 수정의 롤 모델이기도 했다.

"오늘은 기쁜 소식을 먼저 전해야 할 것 같아요."

이 부장이 상큼한 목소리로 운을 떼자 강사들이 호기심 어린 눈길을 보냈다.

"이 주일 전에 백수정 강사가 출강을 갔던 '미푸드'와 정식적으로 파트너십을 맺기로 결정을 했어요."

말이 떨어지기 무섭게 강사들이 '오오' 하는 감탄을 쏟아내며 수정을 바라보았다. 수정이 멍한 얼굴로 이 부장을 바라보았다.

"백 강사의 열의 넘치는 강의가 만족스러웠다면서 그런 열정적인 강사진을 보유한 회사라면 서비스 교육은 안심하고 맡겨도 될 것 같다는 말씀을 주셨습니다. 백 강사, 정말 잘해줬어요."

"감사합니다."

감사한데 제발 전담만은! 이렇게 비명을 질렀건만 수정은 청천벽력과 같은 발표를 들어야 했다.

"'미푸드'의 전담 강사는 백 강사로 결정했습니다."

그런 건 저와 미리 상의를 하셨어야죠. 수정은 울고 싶었다.

"'미푸드' 쪽에서 워낙 강하게 백 강사를 추천하기도 했지만 한번 닿은 인연을 잘 이어가는 것도 좋을 것 같아서 저와 채 팀장이 임의로 결정했습니다. 괜찮죠, 백 강사님?"

"네. 열심히 하겠습니다."

수정은 마지못해 수락의 대답을 했다. 모인 강사들이 축하의 말을 건네며 박수를 쳤지만 수정은 웃어도 웃는 게 아니었다. 아무도 모를 것이다. 매일 아침마다 제발 이대로 미푸드와의 인연이 끊기게 해달라고 정성들여 기도했다는 사실을.

진성과의 관계를 완전히 청산하게 된 날 이후, 그는 조용했다. 심심하면 문자를 보내 약을 올리던 그였지만 일이 바빠서인지 몰라도 일주일이 훌쩍 지난 지금까지 연락이 없다. 그렇다고 아쉬운 건 아니다. 학교 때의 기억도 없는데다 19년 넘게 모른 채 살았으니 애틋함이랄 것도 없고, 최근의 만남들도 반갑지 않은 일들로 엮였으니 당분간만이라도 이대로 남남인 듯 지내고 싶었다. 지금이 아니더라도 이번 주 토요일이면 다시 만나게 될 테니까.

신혼여행을 다녀온 미선이 지난 주 토요일에 연락을 해왔다. 결혼식에 참석해준 분들에게 감사 인사 전화를 돌리고 있다고 했다.

지고지순하게 자신만 바라보던 중학교 선배와 결혼한 미선은 목소리부터 달라졌다. 진성과 헤어졌다는 말을 경선에게 들었는지 단어 선택에 조심하고는 있었지만 행복이 묻어나는 목소리는 숨길 수가 없는 듯했다. 내 속은 썩어 문드러지니 아무리 좋아도 티내지 말라고 할 수도 없는 노릇이고, 속상해할 친구의 마음을 헤아리기 위해 노력하는 미선의 마음이 가상해서라도 밝게 웃어야 했다.

그런 그녀에게 미선이 조심스럽게 말했다.

"이번 주 토요일에 집들이 하려고 하는데, 올 수 있어?"

아……, 그래, 집들이가 있구나. 수정은 한숨을 푹 쉬었다.

실연은 실연이고, 우정은 우정 아닌가. 더불어 일도 마찬가지다. 실연의 상처가 아프지 않다는 건 거짓말이지만 죽을 것 같지는 않다. 연애를 하면서도 그녀의 중심에는 애인보다 더 소중하게 생각하는 일이 있기 때문인지도 모른다.

진성을 만나기 전까지, 남들은 다 하는 연애 한 번 하지 않고 일에만 몰두했다. 서비스 전문 강사가 되기 전, 현실감이 묻어나는 강사가 되기 위해 여러 형태의 고객 접점 업무를 경험했으며 서비스 강의 세미나도 부지런히 다녔다. 지금도 한 달에 한두 번

동창생

은 꼬박꼬박 세미나에 참석해 강의를 연구하고 다듬는 일을 하고 있다.

연애도 중요하고 결혼도 중요하지만 자신의 일을 더 중요하게 생각했고, 인생의 최대 관심사였다. 그래서 실패했나? 그렇게 생각하기엔 너무 억울하다. 모 기업체의 신입사원 연수 프로그램에 장기간 참여했을 때만 해도 열심히 일하는 모습이 보기 좋다고 하던 사람이 그였으니까.

"망할 놈의 강진성."

혼잣말로 중얼거리는데 미선이 '뭐?'라고 되물었다.

"아니야. 누구누구 오는데?"

"결혼식 날 왔던 애들 대부분 온대. 신랑 쪽 친구들하고 같이 할 거야. 어차피 같은 동문인데 따로 할 필요 있겠나 싶어서."

그 대부분에 현호가 끼지 않았으면 좋겠다는 생각을 하며 시큰둥하게 물었다.

"너네 집 큰가 보다?"

"왜?"

"집들이 같이 하면 사람도 배로 올 거 아니야."

"호호호호. 앉아서 밥 먹고 놀 공간은 되니까 걱정하지 말고 와."

다른 건 절대 걱정하지 않아. 김현호만 오지 않으면 돼. 이런 마음을 미선이 알 리 없다. 그렇다고 현호도 온대? 라고 물을 수도 없고. 안 그래도 그의 첫사랑이니 뭐니 하면서 호기심 충만한 애들인데 엉뚱한 이야기를 꺼내 호기심을 더 키우고 싶지 않았다.

어쩌면 그는 오지 않을 수도 있다. 참석하는 것이 맞다면 벌써부터 연락이 와서 갈 거냐 안 갈 거냐를 두고 실랑이를 벌이고 있었을 테니까.

주말 내내 집들이 참석 여부를 직접 묻고 싶은 것도 억지로 참았는데 그 고생이 무색하게 미푸드 전담 강사라니. 김현호에게 당장이라도 전화를 걸어 어떻게 된 일이냐고 따지고 싶다.

"백 강사, 오늘 관공서 출강 있다고 했죠?"

이 부장의 질문에 정신을 차린 수정이 생긋 웃으며 고개를 끄덕이고 '네'라고 대답했다.

"그러면 회사로 돌아오기 전에 미푸드에 들렀다 오세요. 거리도 가까우니까. 교육팀장님께서 뵙고 싶다고 하시네요."

"알겠습니다."

"그럼, 이제 각 팀별 프로젝트 경과보고 들을까요?"

흡족한 표정의 이 부장이 강사들을 둘러보며 미팅을 진행했지만 수정은 딴 생각을 했다. 이제는 끊으려야 끊을 수 없는 김현호와의 질긴 인연을 어떻게 하면 좋을지에 대해서 말이다.

관공서 사무관 이상 공무원들을 대상으로 한 친절 마인드 교육을 끝내고 나니 11시가 훌쩍 넘었다. 미푸드까지는 20분 정도면 갈 수 있는 거리다. 그런데 문제는 점심시간이 다가오고 있다는 점이다. 가서 얼굴만 보고 올 것도 아닌데 어정쩡한 시간에 갔다가 점심식사 문제로 서로 곤란해질 것 같았다.

일단 연락을 해서 방문 시각을 정확하게 정해야겠다는 생각을

동창생

하며 미푸드 인사과로 전화를 걸었다. 잠시 후 쾌활한 목소리의 교육 담당자와 전화 연결이 되었다.

— 강의가 끝난 건가요?

"네. 조금 전에 끝났어요."

— 아, 그럼 잘됐네요. 이쪽으로 바로 오세요. 같이 점심식사 하시죠.

헉! 아직 안 끝났다고 할걸!

수정은 아무 생각 없이 순진하게 대답한 스스로를 질책했다.

네가 요즘 넋을 빼놓고 사는구나? 무작정 기다리게 하는 것 같아 전화를 한 것까지는 좋은데, 점심시간을 피하려던 생각은 까먹고 덜컥 제 목덜미를 내놓은 격이라니. 차라리 전화를 하지 말던가!

수정은 허둥지둥 약속을 미룰 핑계를 만들었다.

"괜찮아요, 대리님. 제가 개인적인 볼일이 있어서 조금 늦을 것 같거든요. 기다리실까 봐 미리 전화 드린 거예요."

— 아……, 그러세요? 저희 사장님이 식사 대접하시겠다고 기다리고 계셨거든요.

헉헉! 정말 큰일 날 뻔했다.

"앞으로 계속 뵙게 될 텐데 대접이라니요. 괜찮습니다."

— 그래도 저희 회사를 전담하시는 분인데 대접을 소홀히 해서야 되겠습니까? 밥집 하는 회사가 식사 대접 한 번 안 한다는 건 말이 안 되죠. 사장님께서 미향 본점에 특별히 예약까지 해놓으셨어요.

어째 민 대리가 김현호의 친척이나 정말 가까운 친구가 아닐까 싶은 생각이 들었다. 끈질기게 물고 늘어지는 것이 딱 김현호였다.

수정은 난처했다. 계속 거절하는 것도 예의가 아닌 것 같고, 수락을 하자니 현호와 만나는 것이 불편해서 망설여졌다.

— 본점 서비스 실태도 조사하실 겸 간다고 생각하시면 안 될까요?

이렇게까지 말하는데 버틸 재간이 없었다.

"알겠습니다."

— 감사합니다, 강사님.

민 대리에게 감사하다는 말까지 듣고 보니 슬며시 미안해졌다.

— 지금 어디 계십니까? 제가 모시러 가겠습니다.

"아니에요. 여기서 멀지 않으니 본사로 가겠습니다."

— 사장님께서 극진히 모시라는 엄명을 내리셨습니다.

"정말 괜찮아요. 20분 정도 후면 도착을 하니 제가 인사과 사무실로 올라가겠습니다."

— 그럼 기다리고 있겠습니다.

민 대리와 인사를 나누고 전화를 끊은 수정은 질렸다는 표정으로 한숨을 쉬었다. 대부분의 기업체가 강사들에게 공손하고 친절하게 대했지만 이 정도까지 정성을 들이지는 않는다. 한 시간에 몇백만 원씩의 강의료를 받으며 불려 다니는 스타급 강사가 아니라면 말이다. 이것도 동창생의 특권이라면 특권일까?

"아……, 그래도 싫어."

버스 정류장에 선 수정은 어깨를 축 늘어뜨린 채 중얼거렸다. 기운 없는 표정으로 고개를 든 수정은 미푸드 본사로 향하는 버스에 몸을 실었다.

동창생

불편한 스커트 정장 차림에 구두를 신고 무거운 가방까지 둘러멘 채 버스를 타는 것은 많이 힘들다. 출강이 없는 날이면 전혀 상관없지만 하루에 세 건 이상의 강의가 잡히는 날이면 곤혹스럽다. 강의 내내 서 있어야 하는 점을 생각한다면 자가용을 한 대 사는 것이 맞겠지만 지금껏 그녀는 대중교통을 고집했다. 이유는 다양한 사람과 환경을 만날 수 있기 때문이다. 편리성만 보자면 자가용이 최고겠지만 자그마한 공간에 외롭게 갇혀 있는 것보다는 이쪽이 훨씬 재미나고 흥미롭다.

다리가 너무 아팠는데 버스 제일 안쪽에서 자리 하나를 발견했다. 허리를 곧추세우고 도도하게 뒤쪽으로 향했지만 속마음은 전력질주를 하고 있었다.

'제발, 제발, 제발.'

열심히 주문을 외워서인지 자리는 제 몸을 온전히 그녀에게 바쳤다. 자리에 앉은 수정은 차창 밖으로 지나가는 풍경을 조용히 바라보았다. 일정한 속도로 지나가던 풍경은 일시정지 버튼을 누른 듯 정류장에 멈춰 사람들을 태우고 리플레이를 한다. 사물은 정지해도 시간은 흐른다.

"누구 누구 오려나?"

수정은 유리창에 비치는 자신에게 물었다.

미선이 결혼을 하기 전 예비 신랑이 같은 학교 선배라는 이유로 두 번 정도 신랑 친구들과 함께 만난 적이 있다. 다들 모이고 보니 동문회가 되고 말았다. 학교 행사부터 귀찮도록 잔소리를 해대던 선생님의 이야기, 소소한 사건사고가 주 대화 소재였다.

지금 생각하니 그 모임에서 수정은 주환을 본 적도, 이야기를 들은 적도 없다. 친구의 신랑이 같은 학교 출신이고 해서 자연스럽게 그가 떠오르기는 했지만 딱히 안부를 물어볼 정도로 궁금한 건 없었다. 그리고 동기라고 모든 사람들과 연락을 하며 지내는 것도 아니고, 실제로는 서로 친하지 않은 그룹일 수도 있어서 굳이 물어보지 않았다.

대학교를 다닐 때 딱 한 번 나갔던 미팅에서 만난 남자가 있었다. 상대는 어땠는지 몰라도 그녀는 그에게 그다지 관심이 없었다. 친구처럼 생각하고 만났는데 곁에 있는 그가 부담스러워지기 시작했다. 아무리 남자에게 관심이 없다곤 하지만 그의 의향을 눈치 채지 못할 정도로 숙맥은 아니었다. 차차 그와의 연락을 줄이고 만나자고 해도 바쁘다는 핑계로 약속을 잡지 않았다. 그렇게 그와 멀어졌는데 대학 동기 결혼식에서 그와 마주쳤다. 어찌나 어색하던지 서로 모르는 사람처럼 굴었었다.

그런데 19년 만에 만난 주환은 아무렇지 않게 인사를 건넸다. 어렸을 적 일이긴 해도, 좋지도 않은 일로 헤어졌던 후배에게 아무렇지 않은 얼굴로 말을 거는 사람이라……. 그는 무슨 생각이 있었는지 궁금해졌다. 그의 생각을 알게 된다고 해도 달라지는 것은 아무것도 없지만…….

어느덧 버스는 미푸드 본사 앞에서 그녀를 내려주고 제 갈 길을 떠나버렸다. 커다란 정문 유리창에 흐트러진 곳이 없나 제 모습을 슬쩍 확인한 수정은 건물 안으로 들어갔다. 엘리베이터 앞에 막 섰는데 민 대리에게서 전화가 걸려왔다.

— 강사님, 어디십니까?

"지금 막 도착했어요."

동창생

— 아, 그럼 인사과 말고 사장실로 바로 올라오시라고 합니다.

싫어요. 정말 싫어요. 노래라도 부르고 싶었지만 다정하게 '알겠습니다.'라고 대답하고는 신경질적으로 엘리베이터 버튼을 눌렀다. 사장실이 있는 7층 버튼을 김현호라고 생각하고 다다다다 연속적으로 누르며 화풀이를 했다. 그러다 내가 왜 이러나 싶은 생각에 헛기침을 한 번 하고는 점잖게 7층에서 문이 열리길 기다렸다.

스르륵.

문 열리는 소리가 지옥문이 열리는 소리 같았다.

복도를 걷는 내내 생각했다. 김현호와 마주치는 것이 왜 이리 싫고 부담스러운지에 대해. 하지만 그 이유는 너무도 잘 알고 있다. 제일 큰 이유는 비참하게 버려지던 순간마다 그가 있었다는 사실이었고, 술 먹고 같이 자자며 추태를 부린 것이 창피해서이다. 1절만 하면 좋았을 걸, 왜 2절까지 해서 구질구질한 모습을 보이게 되었는지 너무도 화가 났다. 땅을 파서 지구 반대편으로 도망가고 싶은 심정인데 그냥 모른 척해주면 좋을 것을 사람 속을 살살 긁으며 약을 올리니 화풀이를 그에게 하게 되는 것이라는 결론에 이르렀다.

'그러게 그냥 좀 두지. 왜 매를 벌고 그래. 쯧.'

미푸드와의 계약기간이 2년이라고 했다. 길다면 긴 시간인데 클라이언트인 동창생에게 칼을 휘둘러서 뭐 하겠는가. 사이좋게 쎄쎄쎄 하며 잘 지내면 되지. 갑자기 '푸른 하늘 은하수'가 하고 싶어졌다. 그 녀석은 그 놀이를 알고 있을까?

사무실로 들어가니 책상 앞에 서 있던 그가 서류를 든 채 뒤를 돌아보았다. 오늘도 그는 편안한 캐주얼 차림이었다. 베이지색 면바지에 흰색 셔츠를 입은 모습은 20대 대학생처럼 보이기도 했다. 저런 그를 누가 서른셋의 사장님이라 보겠나. 그가 반가운 목소리로 먼저 입을 열었다.

"오랜만이다?"

"오랜만은 무슨."

이러려던 게 아닌데. 수정은 몰래 찡긋 얼굴을 찡그리고는 소파에 앉았다. 피식 웃음을 흘린 현호가 등을 돌리고 서서 읽고 있던 서류를 정리하기 시작했다.

"일주일도 넘었는데 오랜만 아닌가?"

"으응. 그래."

수정이 어색한 목소리로 대답하자 현호가 힐끔 뒤를 돌아보더니 다시 제 할 일을 했다.

"강사님을 기다리게 하면 안 되는데."

"……."

"서류만 정리하고 나가자."

"어."

대답을 기다린 건 아니겠지만 수정은 얌전히 대답하고 그의 너른 등을 바라보았다. 말끝마다 땍땍거리는데도 잘 참아주는 걸 보면 그는 너른 등처럼 마음도 넓기 때문인지도 모른다.

어렸을 때도 저렇게 등이 넓고 마음이 넓었을까?

아무런 기억도 나지 않는 친구 김현호. 오늘은 집에 들어가는 대로 앨범을 뒤져봐야겠다는 생각을 했다.

"미향 본점으로 간다고 얘기 들었지?"

동창생

서류 정리를 다 끝냈는지 책상 옆의 옷걸이에 걸려 있던 재킷을 걸치며 그가 물었다.

"응."

"암행어사 노릇을 하려면 몰래 가야 하는데 사장이랑 같이 가니 별 소득도 없겠다."

"어차피 점장님들이 내 얼굴을 다 알고 있어서 직접 모니터링은 못 해. 나중에 외주 조사단 꾸려야지. 돈 많이 든다."

수정이 자리에서 일어나며 샐쭉한 목소리로 말하자 현호가 큰 소리로 웃었다.

"그런 건 걱정하지 마십시오, 강사님. 최고의 서비스를 위해서라면 그 정도 투자는 당연히 해야 하는 것 아니겠습니까?"

집무실 문을 열며 호탕한 목소리로 말한 그가 어깨까지 두드리며 그녀를 안심시켰다. 상냥한 비서의 배웅을 받으며 집무실을 나온 두 사람은 지하 주차장으로 향했다.

"민 대리님은 같이 안 가?"

"왜? 민 대리한테 관심 있어?"

주머니에서 자동차 키를 꺼내며 현호가 흥미롭다는 듯 물었다. 발끈한 수정이 꽥 큰 소리를 냈다.

"시끄럽거든?"

"민 대리 너보다 한 살 어려. 여자친구도 없다더라. 관심 있으면 말해. 언제라도 다리 놔줄 테니까."

"어쭈."

"그러고 보니 민 대리가 너한테 관심 있나 본데? 널 적극적으로 추천한 걸 보면."

"계속 그래라."

"바람나서 깨진 건 숙려기간 이딴 거 필요 없어. 그런 놈들은 보란 듯이 더 좋은 남자 만나서 코를 납작하게 눌러줘야 하는 거야. 마음에 드는 남자 있으면 그냥 만나."

쟁쟁쟁. 귀에서 꽹과리가 울리는 것 같았다. 수정은 문이 열리기 무섭게 조수석에 올라탔다.

"민 대리 성격 정말 좋다."

운전석에 오른 현호가 얼굴까지 들이밀며 말을 잇자 수정이 그의 얼굴을 양손으로 덮어 확 밀어버렸다.

"하하하하."

분에 겨워 씩씩거리는 수정의 거친 숨소리 속으로 중저음의 따뜻한 웃음소리가 번져들었다.

한정식당 '미향(味香)' 본점에 도착한 두 사람은 1층 주차장에서 내려 2층 로비로 향했다. 출입문을 열자 개량한복을 입은 여직원이 웃으며 두 사람을 맞았다. 수정은 곧바로 직원의 용모와 복장부터 살폈다. 그 일은 함께 식당을 가는 친구들이 직업병이라며 혀를 차는 그녀의 오랜 습관이었다. 현호를 알아본 직원이 깍듯이 인사를 하고 안으로 안내했다.

내부는 한옥 분위기의 인테리어가 인상적이었다. 여백의 미를 최대한 살린 내부 구조는 복잡하지 않고 간결하면서 여유로워 보였다. 두 사람은 5층에 위치한 VIP룸으로 안내되었다. 고풍스러운 온돌방을 연상케 하는 곳으로 편하게 이용할 수 있도록 좌석은 절충식이었다.

"어때?"

자리에 앉자 직원이 나간 것을 확인한 현호가 수정에게 슬쩍 물었다.

"뭐가?"

"실내 인테리어."

"아……, 괜찮네. 고급스럽고, 한옥 분위기도 물씬 나고."

"작년에 일시 귀국했을 때 인테리어 싹 뜯어 고쳤어."

"그때부터 회사 일 맡아서 하고 있었어?"

물수건으로 손을 닦던 현호가 어깨를 들썩거렸다.

"작년에 회사 맡고 계시던 작은아버지 건강이 갑자기 안 좋아지셔서 잠깐 들어왔었거든. 아버지랑 여기 왔다가 시설이 너무 낡았다고 하니까 그럼 네가 해봐라, 이러셔서 얼떨결에 인테리어 공사 맡아서 했지 뭐."

"작년엔 얼마나 있었어?"

"석 달인가? 오래 있지는 않았어. 그때는 회사 맡을 생각도 없었고."

"그래도 결국엔 회사 맡았잖아."

"맡을 사람이 없었어. 아버지는 힘들다고 미국 건너가셨고, 작은아버지는 아프시고, 남은 사람이 나뿐이더라고."

"그래도 싫지는 않은가 봐. 열심히 하는 거 보면."

"훗. 싫다고 말아먹어서야 되겠어? 하려면 제대로 해야지."

현호가 낮게 웃었다. 바로 문이 열리고 직원이 커다란 쟁반을 들고 안으로 들어왔다. 테이블에 올라온 건 시원한 동치미와 고소한 향을 풍기는 전복죽이었다. 직원이 공손하게 인사를 하고 밖으로 나가자 현호가 수저를 들며 말했다.

"직원들 접객 태도는 어떤 것 같아?"

"네가 그랬잖아. 사장님이랑 같이 와서 바짝 군기 들어 있을 거라고. 딱 그거지 뭐. 제대로 알아보려면 VIP룸이 아니라 일반 홀을 봐야지."

"그렇군."

현호가 고개를 끄덕였다.

"그런데 그런 건 그만 살피고 지금은 밥만 먹고 싶다."

"응?"

"죽이 맛있어서. 그리고 배도 고프고."

수정이 죽을 맛나게 먹자 현호가 피식 웃었다.

"인테리어 공사 하는 동안 요리사들도 정리했어."

"있던 사람들을 정리했다는 거야?"

"실력 있는 요리사들은 당연히 잔류시켰지. 무한 경쟁 사회잖아? 능력도 없고 발전도 없는 요리사를 계속 고용할 필요는 없으니까. 작은아버지가 병원에 계시는 동안 주방이 엉망진창이 되었더라고. 아버지가 주방에 들어가셔서 죄다 뒤집어 엎으셨을 정도로 화가 많이 나셨어. 공사 기간 동안 요리사 평가 새로 하고 신규 요리사들도 뽑고 하면서 정리했지. 미향 요리는 어디에 내놔도 빠지지 않을 거다. 내 입맛도 아버지 닮아서 보통이 아니거든."

"나 까칠해요, 하는 것 같아. 나중에 결혼하면 와이프가 조리사 자격증 종류별로 다 따야 하는 거 아니야?"

"어허, 왜 이래? 난 내 아내가 해주는 건 무조건 다 맛있게 먹

동창생

을 거야.”

“후응.”

수정이 심드렁한 표정으로 고개를 끄덕이자 현호가 말을 이었다.

“영 안 되겠으면 도우미 쓰면 되지 뭐.”

“뭐야, 그게.”

“그게 뭐긴. 내 아내 고생 안 시키겠다는데 불만이야?”

“당신 부인인데 내가 불만일 게 뭐 있나요.”

장난스럽게 발끈하는 현호에게 수정이 새침하게 대꾸했다.

대화를 나누는 사이 다음 요리가 들어왔다. 새싹 샐러드와 잡채, 탕평채, 삼색전, 회 등이 차례로 테이블에 올라왔다. 정갈하게 차려진 요리들은 보는 것만으로도 식욕이 당겼다. 조금 전까지도 김현호와의 동석이 부담스러웠는데 언제 그랬냐는 듯 뱃속은 빨리 밥을 넣으라고 아우성이었다. 수정은 흐뭇한 미소를 지으며 요리들을 둘러보다 전 하나를 집어 들었다.

“보통 회부터 먹던데, 넌 전이네?”

현호도 수저를 들었다.

“난 회보다 기름에 지지고 튀긴 걸 좋아해.”

“피부나 다이어트는 생각 안 하는구나?”

그 말에 수정이 새침한 얼굴로 눈을 매섭게 흘기자 현호는 얼른 시선을 피하며 회를 집어 입에 넣었다.

“이번 주에 미선이 집들이 한다면서? 너도 가?”

현호가 물었다. 수정은 좋아하는 전을 현호가 먹을까 신나게 젓가락을 놀리며 대답했다.

"너 오면 안 가려고."

"풋."

"……농담이야."

미안한 마음에 얼른 둘러댔다.

"어? 갑자기 그렇게 고분고분 나오지 마. 적응 안 돼."

"쯧. 하여튼 밉상이야."

수정이 삐죽거렸지만 현호는 기분 좋은 얼굴로 웃었다.

"난 다음 주 월요일부터 분점 순회야."

"고생해."

수정이 전을 먹으며 건성으로 대답했다.

"하하하하."

현호가 갑작스레 큰 소리로 웃자 수정은 어리둥절한 얼굴로 그를 바라보았다. 뭐가 재밌다고 저러는지 알 수가 없었다. 그의 웃음소리를 비집고 방문이 열렸다. 직원이 이번에는 식사를 들고 들어왔다. 영양돌솥밥과 된장찌개였다. 수정은 직원이 하는 일을 가만히 지켜보았다.

무릎을 꿇고 앉은 직원은 돌솥에서 밥을 고슬고슬하게 퍼서 작은 사기그릇에 담아 수정의 앞에 놓아주었다. 뒤이어 작은 국그릇에도 구수한 향이 퍼지는 된장찌개를 담아 놓아주었다. 맛깔스러운 겉절이와 생선구이도 함께 올라왔다. 돌솥에 뜨거운 물을 부어놓은 직원이 조용히 방을 나갔다.

"그러는 너는 갈 거야?"

수정의 질문에 현호가 히죽 웃었다.

"안 알려줘."

동창생

"뭐?"

"내가 가면 넌 안 간다면서?"

에라이. 수정은 속으로 구시렁거렸다. 유치하기 짝이 없는 대화였다.

"네가 자꾸 약을 올리니까 그러잖아."

수정은 잔뜩 심통이 난 얼굴이었다. 눈에 힘을 주고 수저에 밥을 가득 퍼서 입에 넣는 모습이 그렇다고 말하고 있었다. 현호는 말없이 생선을 발랐다. 수정은 그런 그를 힐끔 쳐다보고는 먹기 좋게 발라놓은 생선을 집어 냉큼 입에 넣고 오물오물 씹었다.

"우리 회사 잘 부탁합니다, 백수정 강사님."

현호가 수정의 밥 위에 생선살을 올려주며 나긋한 목소리로 말했다. 수정은 힐끔 곁눈질을 한 번 하고는 묵묵히 밥을 먹었다.

식사가 다 끝나자 달콤한 과일과 식혜가 후식으로 들어왔다. 올라오는 요리마다 남김없이 모두 먹었더니 배가 너무 불러 디저트는 건드릴 생각도 들지 않았다.

"디저트도 마저 먹어."

"너무 많이 먹었어."

수정이 힘든 표정을 지어 보이자 현호가 빙그레 미소를 지었다.

"민 대리 계획은 이번 주 안에 너랑 구체적인 서비스 교육 플랜을 짜겠다는 거던데. 얘기는 들었어?"

"들을 시간이 없었지. 너랑 바로 나왔잖아."

"우리 회사의 서비스 상태가 나쁘다는 생각은 하지 않아. 내가 미국에 오래 있어서 그렇게 느끼는 걸 수도 있는데 우리나라 전통 요리를 취급하는 식당이니까 좀 더 한국적인 분위기가 나는 서비스를 제공하고 싶거든."

"혹시 종갓집 분위기라도 내고 싶은 거야?"

"종갓집 분위기라는 게 따로 있나?"

"나도 좀 막연하기는 한데, 좀 더 연구해보면 구체적으로 이미지가 잡힐 것 같아. 네 얘길 들어보니 어쩐지 그런 분위기를 원하는 것 같아서. 인테리어도 오랜 종갓집 분위기가 나고 말이야."

"그런가? 미국에서 오래 살았더니 우리나라에 대한 향수가 짙어졌나 봐. 현대식 건물보다는 고택이 좋은 걸 보면."

"네가 원하는 분위기로 가려면 전통예절 교육도 병행해야 할 것 같다는 생각이 든다. 단순히 친절한 것과 공손하고 겸손하며 단아한 친절은 또 다르니까. 정형화된 교육보다는 우리나라 문화와 예절에 대해 배우고 익히면 몸으로 자연스럽게 실행이 가능하니까."

"훗. 청학동이라도 보내야 하나?"

그 소리에 수정이 예쁜 반달을 그리며 웃었다.

"개량한복 말고 전통한복을 입히는 건 어때?"

"그것까지 했다가는 일하기 힘들다고 직원들이 단체로 일어날지도 몰라."

현호가 엄살을 피우자 수정이 조금 더 환하게 웃었다.

"그렇게 웃어."

"응?"

눈꼬리에 웃음을 매단 수정이 눈을 동그랗게 뜨고 쳐다보았다.

동창생

"이제 약 안 올릴 테니까 그렇게 웃으라고."

"뭐야. 생뚱맞게."

민망해진 수정이 관심도 없던 과일에 포크를 콕 찍어 입에 가져갔다. 싱싱한 사과가 입 안에서 아삭아삭 씹혔지만 물끄러미 바라보는 현호의 눈길이 어색해 맛도 제대로 느끼지 못했다. 수정은 사과를 하나 더 집어 입에 넣으며 새침한 목소리로 말했다.

"나 미안해하라고 그런 소리 하는 거지?"

"훗. 미안하기는 하냐?"

현호가 테이블에 양 팔을 올려 몸을 기대며 물었다.

"뭐…… 조금."

"오늘은 무슨 바람이 불었을까?"

"사실 네가 자꾸 약을 올리니까 그런 거잖아. 안 그래도 속 쓰려 죽겠는데 자꾸 기름 붓고. 안 그랬어?"

"그래서 이제는 약 안 올린다고."

"알았다고요."

수정이 미간을 좁히며 퉁명스럽게 대답했다.

"집들이는 갈 거야?"

"얼마나 깨가 쏟아지는지 확인하러 가야지. 넌?"

"난 사실 그날 못 갈 수도 있어."

무슨 일이 있어도 갈 것처럼 굴던 그가 그리 나오자 수정은 의아했다. 더불어 궁금해졌다.

"왜?"

"다음 주부터 지방점 순회 있다고 했잖아. 그거 준비해야지."

"지금부터 차근차근 준비하면 되지."

"본사랑 본점이 이제야 끝났어. 아홉 개 점포 영업 상태 파악하려면 봐야 할 서류가 너무 많아. 그리고 그 일뿐만 아니라 신규 점포 오픈 준비도 하고 있거든. 상권 분석도 해야 하고, 직원들도 뽑아야 하고."

"그렇군."

사과를 입에 문 수정이 고개를 끄덕이자 테이블에 턱을 괸 현호가 싱글싱글 웃으며 느릿한 목소리로 말했다.

"왜? 나 안 간다니까 서운해?"

그러자 수정이 눈을 부릅떴다.

오, 신이시여. 전 저 입을 꿰매버리고 싶습니다!

하루 일과를 마치고 집으로 돌아온 수정은 씻지도 않은 채 오래된 앨범을 뒤졌다. 중학교 2학년 때 미국으로 갔다고 했으니 졸업앨범에는 당연히 없을 테지만 같은 반이었던 1학년 때라면 소풍 사진이라도 있을 것이라는 생각에서였다.

디지털 카메라를 사용하게 되면서부터 앨범 정리를 안 했다. 최근 사진들은 죄다 컴퓨터 하드디스크나 CD에 저장을 해놓은 상태라 어렸을 적 앨범들은 먼지와 동고동락하고 있었다. 켜켜이 쌓인 먼지를 털어내자 매캐한 냄새가 코를 찔렀다. 콜록콜록 마른기침을 몇 번 한 수정은 금세 칼칼해진 목구멍으로 침을 꿀꺽 삼키고는 마른걸레로 먼지를 조심스럽게 털어냈다.

처음에는 현호를 찾겠다는 생각에 앨범을 넘겼는데 어느새 어렸을 적 사진들을 꼼꼼하게 살피며 이제는 잘 떠오르지도 않는 기억을 더듬어갔다. 지금은 다 큰 두 딸의 아빠가 된 중학생 외

사촌 오빠의 품에 안겨 있는 백일 된 아가의 모습부터, 선생님의 손을 잡아끌고 있는 초등학교 입학식 사진. 초등학교 소풍에서 장기자랑 순서를 기다리고 있는 꼬마 아가씨의 모습까지. 어느새 잊고 있었던 까마득한 추억을 떠올리는 수정의 입가에 화사한 미소가 걸렸다. 평상시에는 아무리 기억하려고 해도 잘 떠오르지 않던 것들이 사진을 보니 새록새록 떠올랐다.

어쩌면 사람들은 기억이라는 넓은 바다에서 추억이라는 낚시질을 하고 있는지도 모른다. 그 낚싯대는 바로 이런 물건일 것이다. 어렸을 적에 한시도 품에서 떼어놓지 않던 인형이라든지, 애지중지 모으던 스티커라든지. 그런 것들이 낚싯대가 되어 깊은 망각의 바다에서 팔팔하게 꿈틀대는 추억을 잡아 올리는 것이라는 생각을 했다. 수정은 지금 빛바랜 사진으로 김현호와의 추억을 낚아 올리고 있는 중이다.

"어, 있다."

수정이 중얼거렸다.

여러 장의 앨범을 넘기고 나자 1학년 소풍 단체 사진이 눈에 들어왔다. 그때는 멋을 부린다고 부렸겠지만 지금은 촌스럽기만 한 열네 살 꼬맹이들이 똘망똘망한 눈으로 카메라를 보고 있었다. 수정은 제일 앞줄 한가운데에 앉아 있었다.

참 신기하다. 어렸을 때부터 사진 찍는 걸 싫어했다고 생각했는데 단체 사진을 찍고 보면 항상 맨 앞줄이나 한가운데에 있다. 온라인 사이트를 통해 연락이 닿은 중학교 동기들을 처음 만나게 되었던 날, 수정을 기억하고 있던 친구들은 그녀가 서비스 강사라는 말에 많이 놀라워했다. 쾌활하고 아이들과 잘 어울리기는 했지만 앞에 나서는 걸 좋아하지 않던 소심한 아이로 기억하고 있었기 때문이다.

수업시간에는 발표도 선생님이 시키지 않는 이상 절대 먼저 손을 들지 않는 아이가 그녀였건만, 전혀 모르는 사람들 앞에서 강의를 해야 하는 강사라니. 아이들이 놀라고도 남았다. 그건 뭐 수정도 마찬가지였다. 스스로도 많게는 수백 명이 모인 강연장에서 얼굴 한 번 붉히지 않고 두 시간 가까이 연속으로 떠들고 있을 것이라고는 상상도 못했으니까. 겉으로 드러나는 모습은 그러했어도 잠재된 본능은 누군가의 눈에 띄고 싶고, 주목받고 싶었는지도 모르겠다. 단체 사진에서 가장 좋은 자리를 차지하고 있는 걸 보면.

수정은 쿡쿡 웃으며 손가락으로 아이들을 하나 둘 짚어갔다.

"얘는…… 반장이고, 얘는 나한테 맞은 애, 얘는 내 짝꿍. 얘가 공부 제일 잘했던 것 같은데……."

감질나게 떠오르는 기억들을 더듬으며 현호를 찾았다. 한참을 뱅글뱅글 돌던 손가락이 어느덧 자신의 뒤에 서 있는 남자아이를 가리켰다.

"설마…… 얘야?"

부잣집 아들 태가 나는 남자아이가 진지한 얼굴로 서 있었다. 안경을 낀 아이는 얼굴이 하얗고 키가 컸다. 뒤에 있던 아이들이 빼딱하게 서서 얼굴을 내밀고 있는 모습이 우스꽝스러웠다. 이 정도면 사진 찍는 아저씨가 뒤로 가서 서라고 했을 법도 한데 아이는 당당하게 수정의 뒤에 서 있었다.

"지금은 안경 안 꼈던데…… 렌즈 꼈나?"

동창생

수정이 턱을 문지르며 혼잣말로 중얼거렸다. 안경도 변장 도구로 쓰이는 것 중 하나이니 어쩌면 이 안경 때문에 지금의 얼굴과 연결이 안 되었던 것일지도 모르겠다.

단체 사진 뒤로 소풍 때 찍은 개인 사진들이 줄지어 꽂혀 있었다. 아이들과 찍은 사진들 속에서 현호를 찾을 수 없는 걸 보면 그다지 친한 사이가 아니었던 모양이다. 꼭 그 이유가 아니더라도 사춘기 시절이니 새침한 척 구느라 남자아이들과는 멀리했을 수도 있다.

수정은 별로 대수롭지 않게 생각하며 앨범을 넘겼다. 이번에는 스카우트 단체 사진이 있었다. 학교 본관 앞에서 찍은 사진이었다. 이 사진을 왜 찍었는지는 모르겠지만 공식 행사가 있어서 찍었던 사진은 아닌 것 같고, 특별활동 시간에 필름이 남았다고 선생님이 찍어서 나눠주신 사진이 아닌가 생각됐다.

보이스카우트들은 모두 멋지게 단복을 차려 입었고, 걸스카우트 중에서는 수정과 경선만 단복을 제대로 차려 입었을 뿐, 다른 여자아이들은 대충 스커트만 걸쳐 입은 모양새였다. 뭐가 그리도 마음에 안 드는지 떨떠름한 표정을 지으면서 말이다. 이 사진에서도 수정은 제일 앞줄 한가운데에 서 있었다.

퍼뜩 떠오르는 것이 있어 수정은 재빨리 보이스카우트 대원들을 훑었다. 수정은 자신의 바로 옆에 서 있는 주환을 발견했다. 사진을 보니 여자아이들의 그 표정이 어떤 것인지 대충 짐작이 되었다. 주환 오빠의 옆자리를 차지하지 못한 데 대한 심술이리라. 수정은 피식 웃었다. 그러다 눈이 휘둥그레졌다.

"뭐야?"

스카우트 단체 사진에서 현호를 발견했다. 단복을 입어야 할 때는 완벽하게 갖춰 입는 수정이었지만 걸스카우트 단복을 좋아하는 건 아니었다. 중학생이 되면서 입게 된 초록색 스커트 단복이 썩 마음에 들지 않았다. 덕분에 초등학교 단복이 더 예뻐 보이는 신기한 현상이 생겼다. 오히려 군복 느낌이 나는 남자아이들의 단복이 더 멋있다는 생각을 할 정도였다.

그런데 그 속에 김현호가 늠름한 모습으로 서 있었다. 이번에도 소풍 단체 사진과 마찬가지로 수정의 뒤에.

"얘도 보이스카우트였어?"

세상에, 직접 눈으로 보고도 실감이 나질 않는다.

"이게 다 안경 때문이야."

수정이 다시 중얼거렸다. 스무 명 정도 되는 단원들 중에 기억 나는 사람은 지금도 연락하며 지내는 경선, 첫사랑의 실연을 뼈 저리게 느끼게 해준 주환 선배. 그리고 담당 선생님 정도이고 나머지는 얼굴도 가물가물, 이름은 아예 기억도 나질 않는다.

"에이, 몰라."

수정은 앨범을 덮어 멀찌감치 밀어놓고 뒤로 벌러덩 누워버렸다. 사진 속의 인물이 김현호라는 건 알겠고, 다음은 공통된 기억이 무엇이 있는지 확인만 하면 되는데…….

수정이 갑자기 벌떡 일어나 앉았다.

"그걸 확인해서 뭐 하게?"

그러다가 다시 바닥에 털썩 엎드렸다.

"아……, 몰라, 몰라, 몰라."

콩콩콩. 작은 주먹이 바닥을 두드렸다.

동창생

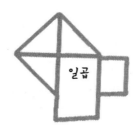

일곱

딩동.

초인종 소리가 어두운 복도를 울렸다. 집 안이 어찌나 떠들썩한지 초인종 소리가 묻힐 지경이었다. 사람이 나오길 기다리는 동안 수정은 불안한 눈으로 건너편의 현관을 바라보았다. 요즘은 층간소음으로 살인도 일어난다는데, 좁은 복도를 사이에 둔 그 집은 마치 외딴 섬에 떨어져 있는 집처럼 고요해 보였다. 집 주인은 아마도 현호의 등처럼 드넓은 마음의 소유자인가 보다.

"이것들이."

아무도 나오지 않는 것에 심술이 난 수정이 한 번 더 초인종을 눌렀다.

"나갑니다!"

안에서 남자의 목소리가 들렸다. 잠시 후 띠리릭, 전자음과 함께 현관문이 열리고 밝은 거실 조명을 뒤로 한 키 큰 남자가 모습을 드러냈다.

"오, 백수정."

"주환 오빠?"

"들어와."

주환은 마치 제 집처럼 수정을 안으로 들였다. 신혼부부가 같은 학교 출신이기에 집들이가 결혼식 때처럼 동창회가 될 거라는 생각을 하기는 했지만 막상 현관에서부터 아는 사람을 만나고 보니 기분이 야릇했다.

"수정아!"

거실 한가운데에 앉아 있던 경선이 자리에서 벌떡 일어났다. 언제 봐도 자유분방한 자유부인 경선이 발그레한 얼굴로 다가왔다.

"수정이 왔구나?"

경선의 호들갑에 예쁜 앞치마를 두른 미선이 새색시 분위기가 물씬 나는 표정으로 주방에서 나왔다. 뒤따라 나온 미선의 남편 경수도 싱긋 웃으며 인사를 하고는 다시 주방으로 들어갔다. 무슨 요리를 그리도 열심히 하는지 경수는 앞치마 차림으로 주방을 바삐 돌아다녔다.

"왜 혼자 왔어?"

미선이 수정의 주변을 살피며 물었다.

"이거 말하는 거야?"

미선이 무엇을 말하는지 뻔히 알면서도 수정은 모르는 척 두루마리 화장지를 들어 보였다. 친구들이 신혼집에 선물을 한다며 5만원씩이나 뜯어 갔으나 빈손으로 집들이에 오는 것이 민망해서 아파트 입구 슈퍼에서 산 것이다.

"선물은 이미 받았는데 이런 건 뭐 하러 사 와."

동창생

말은 그렇게 하면서도 미선은 휴지를 냉큼 품에 안았다.

'그거 제일 비싼 거다.'

휴지 하나에 얼굴이 활짝 핀 미선을 보며 수정이 속으로 중얼거렸다.

"현호는?"

미선이 다시 물었다.

"못 온대."

"왜?"

"다음 주부터 지방 점포 순회 있대. 그거 준비하느라 바쁘다고 했던 것 같아."

"아항? 그래?"

말이 떨어지기 무섭게 경선이 제 얼굴을 바짝 들이밀며 의미심장한 얼굴로 코를 벌렁거리자 수정이 흠칫 어깨를 떨었다.

애, 뭐니?

경선이 탐색하는 표정으로 자신을 빤히 쳐다보자 수정은 어리둥절했다. 친구의 이런 반응을 어찌 해석해야 하는지 알 수가 없었다.

"백수정! 거기 그만 서 있고 이리로 와!"

목청 큰 친구 강진이 주방 입구에 서 있는 수정을 큰 소리로 불렀다. 넓은 거실에는 커다란 상이 줄 지어 늘어서 있었고, 딱 봐도 미선이 했을 것 같지 않은 요리들이 탐스럽게 올라 있었다. 상 주변에는 남자들만 득실거렸다. 수정이 황당한 얼굴로 경선에게 물었다.

"왜 죄다 남자들이야? 여자애들 아무도 안 왔어?"

"현호 이야기는 나중에 하고, 일단 가서 앉자."

현호 얘기를 왜 하는데? 경선은 수정이 대꾸할 틈도 주지 않고 손을 잡아끌며 거실로 갔다.

"선배! 얘가 백수정이에요."

목청껏 수정을 부르던 강진이 대뜸 신랑 친구들에게 소개를 했다. 자리에 앉으려던 수정은 어정쩡한 자세로 모르는 사람들에게 인사를 했다. 그녀가 알고 있는 사람은 이주환이 유일했다.

"백수정 씨, 서비스 강사라면서요?"

"아, 네. 미래 아카데미 전임강사예요."

수정은 사적인 공간이었지만 서비스 강사로서 친절함과 공손함을 잃지 않은 자세로 빙그레 웃으며 가방에서 명함을 꺼내 내밀었다. 명함을 받은 신랑 친구들이 하나 둘 제 명함도 꺼내 수정에게 내밀었다. 주환 역시 자신의 명함을 건넸다. 수정은 예쁜 미소를 지으며 명함을 하나하나 정성스럽게 확인하고 명함 케이스에 넣었다.

"학교 후밴데, 말씀 편하게 하세요."

수정이 살가운 목소리로 말하자 신랑 친구들이 멋쩍은 듯 웃으며 그러자 했다. 신랑 친구들은 주환까지 모두 네 명이었다.

"현호는?"

인사가 끝나기 무섭게 강진이 물었다.

"회사 일 때문에 바빠서 못 온다고 했어."

"자식. 잠깐 들렀다 가면 될걸."

강진이 수정의 잔에 맥주를 따라주며 투덜거렸다.

"네가 전화 한번 해봐."

동창생

옆에 껌딱지처럼 붙어 앉은 경선이 싱글거리며 거들었다.

"바쁘다는 애를 뭐 하러 불러. 그건 지성인으로서의 예의가 아니야."

수정은 현호가 오지 않았으면 하는 마음에 건성으로 대답했다.

"현호면……, 2학년 때 미국으로 이민 갔던 그 김현호 말하는 거야?"

대각선 위치에 앉아 있던 주환이 흥미를 보이며 끼어들자 경선이 밥상에 드러누울 듯 바짝 붙어서는 목소리를 높였다.

"어머, 오빠 기억하세요?"

"미국으로 이민 가는 게 흔한 일은 아니니까 기억하지. 같은 보이스카우트였던 것 같은데. 아닌가?"

"맞아요, 맞아요."

신기한 걸 발견한 양 경선이 손뼉까지 치며 신나했다. 수정은 잡채를 입에 넣으며 속으로 구시렁거렸다.

'뭐야, 계집애. 그걸 알고 있으면서 왜 나한테는 말 안 해준 거야?'

그 이야기를 들었다고 해서 현호에 대한 기억이 파릇파릇 되살아날 것도 아니었지만, 기억 못 한다고 면박을 당했던 것은 억울했다.

"수정아, 밥 먹어."

미선이 예쁜 쟁반에 밥과 국을 가득 담아 왔다. 이걸 다 먹다가는 숨 넘어 가겠다는 생각을 하면서도 수정은 순순히 그릇을 받아 제 앞에 내려놓았다.

커다란 밥상을 세 개나 붙이고 앉은 사람들은 제각각 무리를 지어 대화에 빠져 있었다. 수정은 그중에서도 주환이 포함된 무리의 대화에 귀를 쫑긋 세우고 있었다. 대화의 주제가 '김현호'라는 것이 내키지 않았지만 그쪽이 아는 사람이 많아서 자연스럽게 귀를 기울이게 되었다.

"현호는 미국에서 아예 들어온 거래?"

"네. 걔 미푸드라는 회사 사장님이에요."

"그래?"

경선의 말에 주환은 물론이고 다른 사람들과 대화를 나누던 사람들까지 관심을 보였다.

"결혼식에도 왔다면서 오늘은 왜 안 온대?

"바빠서 못 온다나 봐요. 그치?"

눈칫밥을 먹고 있는 수정의 옆구리를 경선이 쿡 찔렀다.

"어, 어."

수정은 자신을 빤히 쳐다보는 주환의 눈길을 외면한 채 반찬을 집으며 설렁설렁 대답했다.

"수정이가 현호랑 친한가 봐?"

"뭐, 딱히 친하다…….

"중학교 때 이후로 미선이 결혼식 날 다시 만났는데요, 현호는 기억도 못한다면서 엄청 친해졌어요."

너의 입도 꿰매고 싶구나!

수정은 얄밉게 끼어들어 현호 이야기를 늘어놓는 경선을 불만스럽게 쳐다보았다.

"수정이 생각은 다른가 본데?"

주환의 말에 흠칫 놀란 수정이 눈을 동그랗게 떴다.

동창생

"하하하. 다르긴요. 친구니까 친해요. 그럼요. 친하죠."

수정은 애써 차분한 웃음을 지으며 경선의 말에 동의했다. 온화한 얼굴로 미소 짓는 주환과 눈이 마주친 수정은 히죽 바보처럼 웃어 보이고는 시선을 밥 위로 떨어뜨렸다.

친하다, 혹은 친구의 정의는 무엇일까. 단순히 그와 술을 몇 번 마셨고, 그의 집에서 샤워를 하고 트레이닝복을 빌려 입은 것도 모자라 잠까지 잤으니 불편한 사이는 아닐 거다. 하지만 반갑지 않은 기억을 공유하고 있다는 것이 부담스러운 이상 친한 친구라고 정의할 순 없었다.

그래도 남자에게 호되게 차인 날 무턱대고 찾아가 원 없이 울 수 있는 상대라면 친한 것 아니냐고 누군가 따진다면 부정할 수는 없다. 그런 걸 물어볼 사람이 없으니 얼마나 다행인가. 최경선에게만 들키지 않으면 된다.

주환은 힐끔힐끔 눈치를 보며 식사를 하고 있는 수정을 지그시 바라보았다. 무심코 시선을 돌리다 눈이 마주치면 수정은 화들짝 놀라며 얼른 고개를 돌려버렸다. 잊었다고 생각했는데 결혼식장에서 얼굴을 본 순간 바로 알 수 있었다. 원망을 토로하며 펑펑 울었던 백수정이라는 걸. 이런 것도 인연이라면 인연이라 할 수 있겠지 싶었다.

김현호…….

주환은 이름 석 자를 속으로 되뇌었다. 김현호라면 절대 잊을 수 없다. 여름방학 중에 갑자기 이민을 가버려서 제대로 대면조차 못했지만 지금까지도 잊지 못하는 이름이 김현호였다.

'훗. 절대 잊을 수가 없지.'

그의 입가에 의미심장한 미소가 흘렀다.

드르르륵!

어딘가에서 들려오는 휴대전화 진동소리에 두런두런 대화를 나누던 사람들의 대화가 일시에 끊겼다. 주환을 곁눈질로 훔쳐보며 밥을 먹고 있던 수정의 수저질도 순간 멈추었다. 그 진동의 주인이 자신이라는 걸 수정은 알고 있었다.

언젠가 이런 비슷한 상황이 있었다. 아주 잠깐, 마치 동시에 같은 신호를 받은 사람들처럼 침묵을 지키는 찰나의 순간. 그것과 비슷한 순간이었을 거다. 그렇지 않고서야 그 작은 진동소리에 모든 사람들이 죄다 쳐다보지 않을 테니까.

살살 눈치를 살피는데 진동소리가 다시 들려왔다. 수정은 제 허벅지에서 느껴지는 진동을 외면하려고 했지만 경선이 빨리 전화 받으라는 눈짓을 자꾸 보냈다. 수정은 할 수 없이 수저를 내려놓고 가방에서 휴대전화를 꺼내 액정을 확인했다.

"현호네?"

휴대전화에 대문짝만 하게 찍히는 '김현호'라는 이름에 경선이 반색했다. 그 소리에 다른 사람들까지 호기심 어린 시선으로 그녀를 바라보았다. 경선만 아니었다면 전화를 받지 않았을 텐데. 수정은 빨리 받으라는 표정으로 속눈썹을 깜빡이는 경선을 힐긋거리다 통화 버튼을 눌렀다. 밥상을 술상으로 바꾸려는 미선과 경수의 목소리만 간간이 들릴 뿐 거실은 고요했다. 마치 두 사람의 대화를 훔쳐 듣겠다는 것처럼.

"여보세요?"

— 집들이는 재미있어?

"재미는 뭐……. 나도 이제 막 도착해서 밥 먹고 있는 중이야."

— 그래? 술자리는 아직 안 벌어졌나 봐?

"그렇지 뭐."

"정말 안 오냐고 물어봐."

옆에 있던 경선이 옆구리를 쿡 찔렀다.

— 옆에 누구야?

경선의 말을 들었는지 현호가 물었다.

"경선이. 정말 안 오냐고 물어보래."

— 후후. 유부녀가 부르시면 안 가지.

뭐라니? 수정의 미간이 찡긋 좁아졌다.

"숨 넘어갈 정도로 바쁜 거 아니면 오라고 해봐."

이번에는 건너편에 앉은 주환이 말했다.

— 뭐라는 거야?

귀도 밝아, 정말! 수정이 새침한 목소리로 대답했다.

"주환 오빠야. 같은 보이스카우트였다면서 너 기억하더라. 숨 넘어가게 바쁜 거 아니면 오래."

— 이주환?

형도 아니고 선배도 아니고 모호한 느낌의 반문이었다. 숨 넘어갈 정도로 바쁘다고 해라, 속으로 기도를 하는데 그가 다소 딱딱한 목소리로 말했다.

— 한 20분 걸릴 거야.

"많이 바쁘지?"

수정은 그가 한 말을 경선이 들었을까 싶어 휴대전화를 귀에 바짝 대며 딴소리를 했다.

— 바쁜 거 끝났어. 갈게.

그러더니 전화가 끊겼다. 휴대전화를 내려놓는 수정의 얼굴에 공허한 웃음이 끼쳤다. 고개를 드니 다들 궁금하다는 얼굴로 바라보고 있었다. 김현호가 이 정도의 존재감을 지닌 사람이었다니. 수정은 어색하게 웃으며 입을 뗐다.

"20분 정도 걸린대요."

"잘됐다."

다들 잘됐다는 표정이었지만 딱 한 사람, 정작 오라고 했던 주환의 얼굴에는 냉랭한 미소가 감돌았다. 수정은 저도 모르게 눈을 질끈 감으며 마른침을 꿀꺽 삼키고 말았다. 그 사이 그의 얼굴에는 온화한 미소가 자리를 잡고 있었다.

'아⋯⋯, 내가 너무 예민해졌나 봐.'

수정은 고개를 갸웃거렸다.

밥을 먹는 둥 마는 둥 하고 있는데 불쑥 초인종 소리가 들렸다. 미선이 '나가요.'라고 외치며 현관을 향해 종종걸음 쳤다.

"현호 왔나 보다."

마치 신랑을 기다리던 신부처럼 자리에서 벌떡 일어난 경선이 문이 열린 현관으로 향했다.

"김현호!"

"어."

"뭐가 그렇게 바빠? 사장님이라고 으스대는 거야?"

"으스대기는 무슨."

현관에서 요란한 인사가 오고갔다. 잠시 후 현호가 거실에 나타났다.

"이야, 김현호 얼굴 보기 정말 힘들다."

지금까지 점잖게 기다리고 있던 동기들이 자리에서 일어나며 그를 반갑게 맞았다. 현호는 친구들에게 미안한 표정을 지어 보이다 술상 가운데에 앉아 있는 신랑 친구들에게 꾸벅 인사를 했다.

"김현호, 오랜만이네?"

주환이 그에게 악수를 청하며 먼저 아는 척을 했다.

"어? 형은 하나도 안 변했네요?"

조금 전 주환을 모호하게 부르던 김현호는 없었다. 예의 서글서글한 표정으로 주환과 인사를 나누었다.

'역시……, 내가 너무 예민했던 거야.'

수정은 안도의 한숨을 쉬었다.

남자들은 악수를 한 번씩 나누는 것으로 모든 상황을 깨끗하게 정리했다. 인사를 끝낸 남자들이 우르르 제 자리를 찾아 앉았고, 현호는 원래부터 제 자리였다는 듯 수정의 옆에 엉덩이를 붙이고 앉았다. 조금 전까지도 그녀 옆에 바짝 붙어 있던 경선은 순순히 제 자리를 현호에게 물려주고는 강진 옆에 앉아 싱글벙글 미소 지었다.

"현호야, 밥 먹어야지?"

미선이 주방 입구에서 큰 소리로 물었다.

"여기 안주 많네. 밥은 됐어."

현호가 호탕한 목소리로 대답했다. 그런 그를 물끄러미 바라보고 있던 주환이 현호에게 술병을 들어 보였다. 현호는 고개를 꾸

벽 숙이고는 제 앞에 있던 잔을 들어 주환에게 술을 받았다. 사람들의 소곤거림을 안주삼아 현호가 홀쩍 입 안에 술을 털어 넣었다. 잔을 내려놓으며 수정과 눈이 마주친 그가 싱긋 미소를 지어 보이고는 주환에게 잔을 내밀었다.

"다 먹은 거야?"

주환이 따라준 술을 마시고 나자 현호가 수정에게 물었다. 수저를 든 채 두 사람을 멍하니 지켜보고 있던 수정은 흠칫 놀라 제 밥그릇을 내려다보았다. 정말 많이 먹었다고 생각했는데 밥은 반을 채 못 먹었다. 그렇다고 밥을 더 먹고 싶은 생각은 없었다. 목구멍에서 걸려버릴 것만 같았다.

"종일 서서 강의하는 사람이 그렇게 먹어서 체력이 견디겠어?"

그러더니 그는 그녀의 밥을 제 앞으로 가져가버렸다.

"내 체력 타령 하면서 먹던 밥은 왜 가져가는데?"

빼앗긴 밥그릇을 쏘아보며 수정이 투덜거렸다.

"어차피 다 못 먹을 거면서 뭘."

그러더니 이번에는 국까지 챙겨 갔다.

"어우, 야."

"어우, 야는 무슨. 거기 불고기 좀 줘봐."

"그래, 다 먹어라."

수정은 투덜거리면서도 불고기뿐만 아니라 김치, 잡채, 나물, 전까지 죄다 그의 앞에 몰아주며 덧붙였다.

"저녁 안 먹었어? 밥이랑 국 다 식었는데 새로 먹지 왜 먹던 걸 먹어."

"괜찮아. 밥 생각은 없었는데 밥상 보니까 배가 고프네."

동창생

"밥 더 갖다 줄까?"

"이거면 됐어."

두 사람은 마치 다정한 연인이라도 되는 사람처럼 대화를 주고 받았다. 얼마나 자연스러운지 친구들이 결혼식에서의 소동 이후 두 사람을 처음 보는 것이라는 걸 의식하지 못할 정도로 친숙하고 친밀해져 있었다.

"현호 챙기는 거 보니까 아주 그냥 애인이 따로 없네, 애인이."

"야아!"

현호 앞에 반찬을 놓아주고 있던 수정이 빽 큰 소리를 내자, 친구들이 재밌다고 웃기 시작했다.

"너네 이상한 소리 좀 하고 다니지 마."

"무슨 소리?"

그녀의 항의에 강진이 모른다는 표정으로 물었다. 그 소동에도 현호는 묵묵히 밥만 먹고 있었다.

"너네가 생각하는 뭐 그런 사이 아니니까 어디 가서 둘이 사귀니 어쩌니 이런 소리 좀 하지 말라고. 너희들까지 내 혼삿길 막아서야 되겠냐? 엉?"

얼굴이 발그레해진 수정이 친구들을 향해 숟가락을 휘저으며 성을 냈다.

"그러지 말고, 이번 기회에 너희 둘이 잘 좀 해봐. 미선이 다음 순서로 어때? 응?"

조금 전까지도 잠자코 이야기만 듣고 있던 대영이 신이 난 목소리로 끼어들었다.

"야! 그만하라니까?"

수정의 목소리가 한 톤 더 높아졌다.

"형님들, 괜찮은 생각 아닌가요?"

껄껄껄 웃고 있던 강진이 신랑 친구들을 향해 물었다. 그들의 짓궂은 장난에 다들 함박웃음이었다.

"우리들 중에 아직 결혼 안 한 친구는 수정이 하나거든요."

밥상에 턱을 괴고 앉아 있던 경선이 거들고 나서자 수정이 펄쩍 뛰었다.

"너네 정말 웃긴다. 나만 안 했냐? 강진이 너도 안 했고, 그 뭐시냐, 정민이, 그래, 정민이도 안 했잖아."

억울해 죽겠다는 듯 당장이라도 눈물을 쏟을 것 같은 표정으로 수정이 반박했다.

"어허! 이제 보니 네가 나한테 관심이 있었구나?"

팔짱을 낀 강진이 근엄한 얼굴로 농담을 던졌다.

"야아. 너 무슨 말 좀 해봐."

수정이 애가 달아 하는 얼굴로 현호의 등을 두드렸다. 이젠 불똥이 얌전히 밥만 먹고 있던 현호에게로 튀었다. 졸지에 몇 대 얻어맞은 현호가 콜록콜록 마른기침을 하며 고개를 들었다.

"무슨 말을 해? 너랑 나랑 사귄다고?"

"김현호!"

모여 있던 사람들이 한꺼번에 웃음을 터뜨렸다. 수정은 정말 미치고 팔짝 뛸 것 같은 심정이었다.

이게 무슨 망신인지 모르겠다. 친구들과 함께 만나면 이런 장난에 걸려들 것이라는 걸 충분히 알고는 있었지만 막상 당하고 보니 감당이 되지 않았다. 작정하고 덤비면 아무리 장사라도 당

동창생

할 재간이 없는 법이다.

더 속이 터지는 건 주환이 함께 있다는 사실이었다. 이제 와서 그를 의식하는 건 아니지만—딱히 의식할 이유도 없지만, 친구들 앞에서 놀림을 당하는 것과는 분명 다른 것이다. 이런 난처한 상황이 생길까 봐 현호와 마주치게 되는 일을 피하고 싶었던 것인데, 어린아이처럼 토라져 울며 자리를 뜰 수도 없고, 정말 점입가경이다.

"그만해라. 수정이 울겠다."

무관심한 척 밥만 먹고 있던 현호가 드디어 나서자 모두들 '오오.' 감탄을 쏟아냈다.

"그만해, 그만해."

현호는 다 귀찮다는 표정으로 친구들에게 손을 휘휘 저어 보였다. 당혹감에서 빠져나오지 못한 수정만 뚱한 얼굴로 밥상을 노려보고 있었다.

"한잔 받아."

두 사람을 의미심장한 얼굴로 보고 있던 주환이 금세 표정을 지우고 현호에게 술을 권했다. 틈틈이 술상 차리기에 바빴던 신혼부부까지 자리에 앉고 나자 본격적으로 술이 오고가기 시작했다. 수정은 토라진 거 풀라며 대영이 따라준 맥주를 앞에 놓고 땅콩 껍질만 까고 있었다.

"땅콩이 한판 붙재냐?"

강진이 장난스럽게 물었다.

"나 술 잘 못 마셔."

"어쭈. 그 말을 믿으라고? 미선이 결혼식 날 잘만 마시더구만."

그날은 열 받아서 마신 거고! 하지만 수정은 대꾸도 하지 않고 심드렁한 표정으로 땅콩 껍질만 벗겨댔다.

"얘 생각보다 술 못 마셔. 소주 석 잔에 얼굴 시뻘게지는 건 약과고 술 취하면 달리기도 엄청 잘 해. 안 취했다면서 얼마나 도망을 잘 가는지 잡을 수가 없다."

현호의 말에 수정의 눈동자가 보름달마냥 휘둥그레졌다.

"어허. 단둘이 술이라도 마셔본 사람처럼 말한다?"

"한…… 두 번 마셨나?"

현호는 동조해주길 바라는 표정으로 보았지만 수정은 어이가 없어서 입만 벌린 채 멍하니 그를 바라보았다.

"그 정도 술버릇까지 알고 있을 정도면……, 두 사람 정말 친한가 보네?"

주환이 부드러운 목소리로 말하자 수정이 번쩍 정신을 차렸다.

"친구잖아요, 친구."

수정이 정색을 하며 친구라는 걸 강조하자 현호는 얄미운 목소리로 대꾸했다.

"누가 친구 아니래?"

하마터면 그의 멱살을 잡고 흔들 뻔했다. 도대체 얘는 무슨 생각을 하고 있는 걸까. 친구들이 짝사랑을 했다는 둥, 둘이 지금이라도 잘 되는 거냐는 둥 말이 많다는 걸 뻔히 알면서 어쩜 저리도 오해 살 만한 말을 태연하게 하는지 알 수가 없다. 방금 전까지만 해도 한바탕 친구들의 놀림감이 되었는데, 길거리에서 우연히 마주쳐 인사만 해도 결혼한다는 소문이 날 판인데 말이

동창생

다. 만났어도 안 만난 척, 알아도 모르는 척하는 게 가장 좋은 방법이라는 걸 모르는 걸까? 아니면 알면서도 놀리려고 저러는 걸까.

수정은 못마땅한 얼굴로 현호를 노려보았지만 그는 눈길도 주지 않았다.

"그런데 미선아, 너 애기는 언제 가질 거야?"

당장이라도 폭발할 것 같았는데, 경선이 기특하게도 대화의 주제를 다른 곳으로 돌렸다. 그래, 신혼집에 왔으면 신혼부부의 사연이나 미래 계획을 들어야 하는 것이다.

수정은 한시름 놓았다는 표정으로 작게 한숨을 내쉬다 현호의 허벅지를 손가락으로 쿡 찔렀다. 현호가 '왜?' 하는 표정으로 바라보았지만 말도 못하고 냉가슴만 앓다가 눈길을 돌려버렸다.

자정이 훌쩍 지난 시간, 다들 거나하게 취한 상태로 집들이도 어느새 파장을 맞이하고 있었다.

"이제 슬슬 돌아가야지?"

주환이 휴대전화를 들여다보며 말했다.

"그러게. 이제 가야겠네."

그 말이 신호가 되었는지 하나 둘 자리를 정리하기 시작했다.

"어, 내 가방."

선배들의 강요에 못 이겨 소주 몇 잔을 마신 수정이 게슴츠레한 눈으로 주변을 둘러보자 현호가 얼른 가방을 챙겨 그녀의 손에 들려주었다.

"히히. 고마워."

수정이 히죽 웃었다. 그런 식으로 말하지 말라고 그렇게 일렀건만, 하여튼 말은 정말 안 듣는다. 현호는 짐짓 아무렇지 않은 듯 수정에게서 시선을 떼고 자리에서 일어났다.

"어어어."

자리에서 일어나려던 수정이 휘청거리자 현호가 얼른 팔을 뻗어 손을 잡았다.

"고마워."

수정이 이번에는 콧소리를 냈다. 현호는 그녀의 입을 막아버리고 싶은 걸 참기 위해 기를 썼다. 서비스 강사라 해도 사무적인 태도가 몸에 밴 그녀가 유일하게 애교 섞인 말과 행동을 하는 때는 어설프게 술에 취했을 때인 것 같았다. 여기서 조금만 더 마시면 하품을 해대며 졸린다고 하니까.

이런 모습을 볼 때면 귀엽기도 하지만 걱정도 된다. 집에 가다가 철푸덕 쓰러져 잠이라도 잘까 봐. 현호는 한숨을 쉬며 그녀를 부축했다.

"뭔가 되게 아쉬운 것 같아."

가방을 챙겨 든 경선이 부산스럽게 짐을 챙기고 있는 사람들을 둘러보며 웅얼거렸다.

"야, 넌 유부녀가 지금까지 있어도 되는 거야? 신랑이 뭐라 안 해?"

눈을 억지로 뜬 수정이 경선에게 검지를 펴 보이며 나무라듯 물었다.

"신랑이 우리 아빠냐? 아무리 결혼을 했어도 나만의 사생활이라는 게 있는 거야. 난 자유로운 영혼이거덩."

동창생

경선이 눈을 반쯤 감고 어깨에 기대며 노래를 부르듯 흥얼거리자 수정이 입술을 삐죽거리며 어깨를 들썩거렸다.

"자, 이제 슬슬 나가자."

주환의 말에 눈을 번쩍 뜬 경선이 어설픈 발음으로 말했다.

"오빠! 우리 노래방 가요, 노래방."

"훗. 노래방?"

한 점 흐트러짐 없이 피식 웃는 주환을 보고 있는 현호의 심기는 불편했다. 경쟁이라도 하듯 주거니 받거니 술을 마셨는데도 전혀 술을 마시지 않은 사람처럼 멀쩡해 보였기 때문이다. 그 역시 멀쩡한 척 굴고 있지만 속은 무턱대고 마신 술로 이미 엉망인지라 주환의 멀쩡함이 못마땅했다.

그는 일이 다 끝나지 않았기 때문에 오늘은 일찍 들어가서 쉬고 내일 회사로 출근할 생각이었다. 막상 퇴근하려고 보니 집들이 생각이 났다. 들를까 말까 고민을 하며 미선에게 전화를 걸었는데 바쁜지 전화를 받지 않았다. 혹시 몰라서 수정에게 전화를 걸었던 것인데 이주환이 있다는 소리에 발끈해서는 이곳으로 온 것이다.

그녀 곁에 주환이 있는 것이 마음에 들지 않았다.

"일단 나가면서 얘기하자. 집에 갈 사람들도 있는데."

신랑 친구 중 하나가 상황을 정리하자 사람들이 우르르 집을 나섰다. 역시나 집 밖으로 나온 사람들은 뿔뿔이 흩어지기 시작했다. 다들 누가 붙잡기라도 할까 싶어 잽싸게 도망을 가고 노래방에 가기 위해 남은 사람이 네 명뿐이었다. 현호, 수정, 경선, 주환. 이 웃기지도 않은 조합이 현호는 못마땅했다.

"미선아, 넌 피곤하면 안 따라와도 돼."

경선이 선심 쓰듯 말했다. 그러자 경수가 주환의 어깨에 팔을 걸치며 말했다.

"괜찮아. 같이 가. 주환이도 있는데 친구인 내가 가줘야지."

"아주 고맙다."

경수와 주환이 서로를 마주보며 웃었다.

노래방에 도착하자 수정이 제일 먼저 번호를 눌렀다. 잠시 후 익숙한 멜로디가 흘러나왔다. 쿵짝쿵짝 신나는 반주에 맞춰 수정이 '비 내리는 호남선'을 열창하기 시작했다. 노래를 찾고 있던 경선이 함께 노래를 부르며 되지도 않는 춤을 추었다. 다른 사람들은 재미난 구경거리처럼 두 사람의 그런 모습을 지켜보았다.

"끊어!"

1절이 끝나기 무섭게 수정이 큰 소리로 외치더니 취소 버튼을 빠르게 눌렀다. 뒤를 이어 미선이 장윤정의 '이따 이따요'를 맛깔스럽게 불러제꼈다. 질 수 없다는 듯 함께 노래를 부르던 경선이 노래를 예약하고는 수정과 함께 탬버린을 열심히 두드려댔다.

찰랑, 찰랑, 찰랑.

수정은 어디서 그런 리듬을 배웠는지 탬버린으로 제 몸 여러 곳을 두드리며 박자를 맞추고 있었다. 경선과 손발도 잘 맞아 미선의 뒤에서 코러스 노릇을 톡톡히 하고 있었다. 귀엽게 살랑살랑 몸을 흔드는 수정을 바라보는 현호의 입가에 슬며시 미소가 드리워졌다.

단정하게 틀어 올렸던 머리카락은 어느새 자유롭게 출렁이고, 꼼꼼하게 단추를 채웠던 재킷은 의자에서 뒹굴고 있었다. 현호

동창생

는 그런 수정이 마냥 귀여웠다. 흐뭇한 표정으로 수정을 보고 있는데 불쑥 노래책이 눈앞에 나타났다. 주환이었다. 흥겨운 노랫소리에 들리지는 않았지만 노래를 고르라는 말을 하는 것 같았다.

노래를 고르는 사이 미선의 노래가 끝나고 경선이 고른 노래가 흘러나왔다. 소찬휘의 'tears'였다. 여자들이 노래방에서 한 번쯤은 부르다 힘들어서 뻗는 노래. 반주가 흘러나오자 수정이 꺅! 소리를 지르더니 방방 뛰기 시작했다. 회사에서 힘든 일이라도 있었던 걸까. 그것이 아니라면 강진성이라는 몹쓸 남자에게 당한 것을 이런 식으로 푸는 걸까. 수정은 노래를 부르는 경선만큼이나 무아지경에 빠져 있었다.

수정은 한참을 그렇게 뛰어다니다 음악이 끝나고 조용한 반주가 흘러나오자 지쳤다는 듯 의자에 몸을 붙였다. 헉헉거리며 앉아 있는 수정에게 현호가 생수병을 내밀었다. 수정은 사막에서 오아시스라도 만난 표정으로 생수병을 받아 뚜껑을 땄다. 아니, 못 땄다.

세상에서 제일 힘든 일이 있다면 돌리는 뚜껑 따기였다. 병을 들고 어쩔 줄 몰라 할 때마다 약한 척한다고 주변 사람들이 놀려대지만, 남자의 보호 본능을 자극하기 위한 수작이 절대 아니다. 이상하게 돌려 따는 것에는 손아귀에 힘이 들어가지 않아 항상 낑낑대야 했다. 되도록 그런 종류의 병은 손을 안 대는데 항상 생수가 문제였다. 목은 마른데 물은 마실 수가 없고, 뚜껑 따져 있는 건 죄다 맥주뿐이고 정말 팔짝 뛸 노릇이었다.

다들 노래 삼매경이니 누구에게 부탁도 못 하고, 목마른 사람이 우물을 판다고 그녀는 결국 입으로 뚜껑 따기를 시도했다.

"뭐 해?"

신랄한 목소리에 고개를 돌리니 현호가 어이없다는 얼굴로 보고 있었다. 수정은 안도의 표정으로 얼른 그에게 병을 내밀었다.

"힝, 뚜껑."

짧은 단어에 온갖 투정이 잔뜩 섞여 있었다. 제 뜻대로 하지 못한 어린아이 같은 표정으로 자신을 올려다보는 그녀를 보며 현호가 피식 미소를 지었다.

"이걸 못 따냐?"

건물이 떠나갈 듯 쿵쿵거리는 소음 속에서 그가 그녀의 귓가에 대고 속삭였다. 수정은 분하다는 얼굴로 입술을 쭉 내밀었다. 뚜껑을 따서 건네자 수정이 여전히 심술이 가시지 않은 얼굴로 물을 벌컥벌컥 들이켰고 현호는 마치 다정한 오빠처럼 흐뭇하게 웃었다.

두 사람을 지켜보고 있는 주환의 입가에 쓴웃음이 걸렸다. 현호가 합류하면서 느낀 거지만 둘 사이가 단순한 친구처럼 보이지는 않았다. 더욱이 현호는 그를 경계하고 있었다. 모르는 척하고 있었지만, 어렸을 적 잠깐 보았던 그 적의를 주환은 순간순간 느낄 수 있었다.

미선의 집에서부터 그녀의 곁을 지키던 현호는 노래방까지 오는 동안도 마치 제 여자친구를 보호하려는 남자처럼 굴었고, 노래방에서도 교묘하게 그녀를 막고 앉아 접근을 철저히 차단했다. 의도했는지 몰라도 김현호의 모든 수가 눈에 훤히 보였다.

김현호의 그런 행동을 눈치 챈 건 주환 자신뿐인 모양이었다.

동창생

모였던 친구들은 장난을 치며 놀리기에 바빴고, 그 중에 경선만
이 두 사람을 어떻게든 연결하겠다는 의도가 분명해 보였다.

그런 분위기가 조성될라치면 수정은 발끈하며 화를 냈지만 어
느새 그녀는 현호와 다정한 모습을 연출하고 있었다. 그걸 모르
는 걸까. 주환은 문득 의문이 들었다.

주환은 시선을 돌리던 현호와 눈이 마주쳤다. 주환은 미동도
하지 않고 김현호를 빤히 쳐다보았다. 현호도 마찬가지였다.

그러다 현호가 먼저 그에게 싱긋 미소를 지어 보였다. 그리고
는 아무렇지 않은 얼굴로 그에게 노래책을 내밀었다.

"됐어."

그의 대답은 노랫소리에 파묻혔다. 현호가 한 번 더 권하자 주
환은 마지못해 노래책을 들고 의미 없이 책장을 넘겼다.

"오오오오!"

낮게 깔리는 반주와 함께 사람들의 함성이 흘러나오자 책에서
주환이 시선을 들었다. 언제 골랐는지 현호가 노래를 부르기 위
해 앞에 나가 있었다.

숨고르기를 하던 현호가 진지한 얼굴로 노래를 시작했다.

나를 어떻게 생각하냐고
너는 내게 묻지만 대답하기는 힘들어
너에게 이런 얘길 한다면
너는 어떤 표정 지을까
언젠가 너의 집 앞을 비추던
골목길 외등 바라보며

길었던 나의 외로움의 끝을
비로소 느꼈던 거야
그대를 만나기 위해
많은 이별을 했는지 몰라
그대는 나의 온몸으로 부딪혀
느끼는 사랑일 뿐야

　박자에 맞춰 어깨를 흔들던 수정은 꿈에 젖은 눈으로 모니터를 보고 있는 현호의 옆얼굴을 바라보았다.
　김민우의 '사랑일 뿐야'. 정말 오래된 노래다. 김현호의 목소리가 이렇게 좋았던가? 매끄럽고 다정하고 부드러웠다.
　말만 붙였다 하면 장난을 치니 그의 목소리를 제대로 감상해볼 겨를이 없었다. 감상할 이유도 없었지만……. 키도 크고, 얼굴도 잘생기고, 목소리도 좋고, 노래도 잘 부르고……. 저 인간은 못하는 게 뭘까?
　"어?"
　한참을 듣던 수정이 혼잣말처럼 외마디 소리를 냈다. 유명한 노래인 것은 알고 있었는데 그 사실 외에 떠오르는 기억이 하나 있었다. 담담한 얼굴로 노래를 부르던 중학교 1학년 남자아이. 그 즈음이면 다들 변성기에 들어서지만 그날 이 노래를 부르던 아이는 목소리가 참 듣기 좋았다. 조용하면서 나긋하고 부드러운 바람 같은 목소리였는데……, 누구였지?
　'아이, 몰라.'
　누구였는지 기억해내려고 기를 쓰던 수정은 끝내 포기하고 등

동창생

받이에 머리를 기댔다. 버티고 버티던 취기가 갑자기 올라오는 걸 느꼈다. 몸이 공중에 붕 뜨고 정신이 몽롱해지는 기분이었다. 노래는 또 어찌나 나긋나긋한지 잠이 절로 밀려왔다.

나를 어떻게 생각하냐고
너는 내게 묻지만 대답하기는 힘들어
너에게 이런 얘길 한다면
너는 어떤 표정 지을까
언젠가 너의 집 앞을 비추던
골목길 외등 바라보며
길었던 나의 외로움의 끝을
비로소 느꼈던 거야
그대를 만나기 위해
많은 이별을 했는지 몰라
그대는 나의 온몸으로 부딪혀
느끼는 사랑일 뿐야

수정은 2절을 들으며 까무룩 잠이 들어버렸다.

"백수정, 일어나."
현호는 의자에 고꾸라져 있는 수정의 얼굴을 톡톡 두드렸다. 수정은 그가 노래를 부르는 사이 잠이 들더니 그 뒤로 한 번도 깨질 않았다. 귀가 아프도록 음악이 쿵쾅거리고 고래고래 고함을 지르며 노래를 불러도 계속 꿈나라 여행만 하고 있었다. 그런 그녀를 아무도 깨우려 하지 않았다. 현호도 그녀가 좀 더 편하게 잘 수 있도록 자리를 보아줬을 뿐 굳이 깨우지 않았다. 술에 취하면 자는 것이 그녀의 술버릇이라는 걸 진즉 눈치 챈 것이다.

"수정아."

현호가 다시 그녀의 얼굴을 톡톡 두드렸다. 보너스 30분까지 챙겨 목청이 찢어져라 노래를 불렀는데 깊은 잠에 빠진 수정은 좀처럼 일어날 기미를 보이지 않았다.

"어쩌냐? 안 일어나?"

경선이 걱정스레 물었다. 현호는 고개만 끄덕이고는 축 늘어져 있는 수정을 안아 일으켰다. 그래도 수정은 흠냐흠냐 잠꼬대 같은 소리만 중얼거렸다.

"우리 집에서 재워야겠다. 미안한데 네가 우리 집까지만 데려다줘."

미선이 수정의 가방을 챙겨들며 말했다.

"아니야. 차 가지고 왔으니까 내가 데려갈게. 대리 불렀거든."

"데려간다고?"

경선이 놀란 목소리로 되물었다.

"집 어딘지 아니까 데려가면 돼. 가는 동안 잠이든 술이든 깨겠지."

"너네 벌써 그런 사이야?"

"수정이 들으면 기겁하겠다."

싱긋 웃으며 현호가 수정을 안아 들었다. 경선이 문을 열고 미선이 현호를 따라 나가자 경수와 주환도 마지막으로 룸을 나갔다.

"안 무거워?"

현호를 종종걸음으로 따르며 경선이 신기한 듯 물었다. 현호는 피식 웃으며 대수롭지 않게 대답했다.

"별로. 그리고 스커트를 입어서 업을 수가 없잖아."

"우리 신랑은 나 그렇게 딱 한 번 안아주고는 절대 안 안아주더라. 무겁다고."

"풋. 안 무거워 보이는데?"

"그치, 그치? 그런데 무겁다고 난리난리 그런 난리가 없었어. 차라리 안아주기 싫으면 싫다고 말을 할 것이지. 사람 기분 나쁘게 몸무게 타령이나 하고."

"내가 안아줄까?"

따라오던 경수의 말에 미선이 퍽, 소리가 나도록 제 신랑의 등을 때렸다.

"어머, 됐어요. 남의 신랑이 뭐가 좋아서? 뭐니 뭐니 해도 내 신랑이 최고야."

장난스럽게 새침한 표정을 지으며 경선이 톡 쏘아붙였다.

축 늘어진 몸 때문에 점점 기운이 빠지려고 하는데 잠에서 깬 듯 수정이 몸을 바르작거렸다. 현호는 걸음을 멈추고 수정의 발을 바닥에 댔다. 그녀를 반쯤 안아 쓰러지지 않도록 몸을 받쳤다.

"백수정, 잠 깼어?"

눈을 비벼대던 수정이 실눈을 뜨고 두리번거렸다.

"응? 뭐야? 다 끝났어?"

"으그, 계집애. 정신 차려. 다 끝났어."

수정이 졸음이 잔뜩 묻은 목소리로 묻자 경선이 곰살스럽게 흘겨보며 어깨를 툭 쳤다.

"추워."

"현호가 집까지 데려다 준대. 조금만 참아."

수정이 춥다며 어깨를 움츠리자 미선이 토닥이며 말했다. 그때 현호가 재킷을 벗어 내밀자 수정은 기다렸다는 듯 팔을 쏙 집어넣었다. 무심한 얼굴의 현호가 재킷을 여미자 수정이 배시시 미소를 지었다. 그 광경을 지켜보던 사람들의 얼굴에 의아함이 번졌지만 수정은 따뜻한 재킷이 마냥 좋고, 현호는 어린아이 같은 수정이 그저 걱정스러울 뿐이었다.

의미심장한 분위기가 흐르는 두 사람을 지켜보던 주환이 혼자 피식 웃었다.

"조심히 잘 들어가."

차창 밖에서 미선과 경선이 걱정스러운 얼굴로 말했다.

"먼저 가서 미안. 나중에 또 보자."

"그래."

"주환 오빠, 다음에 또 봬요."

수정이 이번엔 한 걸음 떨어져 있는 주환을 향해 큰 소리로 말했다. 창틀에 매달린 수정은 사람들에게 일일이 작별인사를 건넸다. 한도 끝도 없이 이어지는 인사에 지친 현호가 그녀의 재킷을 덥석 잡고는 안으로 끌어당겼다.

"엄마야."

"출발해주세요."

힘없이 끌려온 수정이 외마디 소리를 냈지만 현호는 눈길도 주

동창생

지 않고 차를 출발시켰다.

"안녕! 안녕!"

차가 서서히 움직이자 아쉬움을 놓지 못한 수정이 창밖으로 뛰쳐나갈 듯 몸을 쑥 내밀었다. 기겁한 현호가 얼른 수정의 허리를 팔로 감아 제 쪽으로 잡아당기자 이번에도 힘없이 끌려왔다.

"위험하잖아."

현호가 버럭 화를 내자 영문을 모르겠다는 듯 수정이 두 눈을 깜빡였다.

"차 출발하는데 몸을 그렇게 내밀면 어떻게 해? 누구 경찰서 보낼 일 있어?"

까칠하게 흘러나오는 그의 말에 수정이 입술을 쑥 내밀며 심술난 얼굴로 좌석에 몸을 묻었다. 조용히 창밖을 내다보던 수정이 물었다.

"지금 어디로 가는 거야?"

"우리 집."

"왜?"

수정이 깜짝 놀란 얼굴로 돌아보며 물었다.

"너네 집은 택시 타고 갈 거야."

"에이, 그럴 거면 아까 거기서 그냥 택시 타고 바로 집에 갈걸."

"이 새벽에 어떻게 혼자 보내."

팔짱을 낀 현호가 퉁한 목소리로 대답했다.

"괜찮은데……."

"괜찮긴 뭐가 괜찮아. 겁도 없이 어딜 혼자 가?"

"치……."

수정은 토라진 듯 굴었지만 현호가 툴툴거리는 것이 싫지 않았다. 누군가 자신을 걱정해준다는 건 고맙고 좋은 일이니까.

"그래도 좋다."

수정이 아득한 목소리로 중얼거리자 현호가 그녀를 돌아보았다.

"누가 날 걱정해주잖아."

"……."

"우리 집은 내가 들어오든 말든 관심도 없어."

"그야 네가 다 컸으니까 그렇지."

"치. 그럼 넌 왜 매번 집까지 데려다 주는데?"

"……."

조용한 차 안. 두 사람의 시선이 맞닿았다. 수정은 가만히 그의 시선을 응시했다. 평상시라면 지그시 바라보는 그의 눈길이 부담스러워 피했을 테지만 술의 힘을 얻은 수정은 용감하게 그를 바라보았다. 시선을 피한 건 오히려 현호였다.

"아, 맞다. 나 너한테 물어볼 거 있어."

수정이 운을 뗐지만 현호의 시선은 운전석에 박혀 있었다.

"너 렌즈 끼는 거야? 중학교 사진 찾아봤는데 그때는 안경을 끼고 있더라고."

"작년에 라식 수술했어."

현호가 덤덤하게 대답했다.

"너랑 나랑 같은 스카우트 활동 했다는 것도 알아?"

"내가 넌 줄 아냐? 그런 것도 기억 못 하게?"

동창생

"우씨."

수정의 입에서 나온 불만 섞인 외마디에 굳어 있던 그의 입가가 조금은 부드럽게 풀렸다.

"그럼, 그럼……."

수정이 뜸을 들이자 현호가 고개를 돌렸다.

"혹시…… 오늘 부른 노래, 김민우의 '사랑일 뿐야' 있잖아, 그거 중학교 때 부른 적 있어?"

"누가 그래? 내가 불렀었다고."

정색을 하며 되묻는 그 때문에 수정은 잠깐 주춤했다. 중학교 때 분명 누군가 교실 앞에 나가서 노래를 불렀었고, 어쩐지 그 아이가 현호 같았는데 착각을 한 것인가 싶었다.

"훗."

그의 짧은 웃음소리에 난처한 얼굴로 보고 있던 수정의 미간이 바로 좁아졌다.

"하하하하."

배를 움켜쥔 현호의 웃음소리가 점점 더 커지자 수정의 얼굴이 일그러졌다. 그의 행동에 심술이 도진 수정이 주먹을 부르르 떠는데 현호가 웃음기 잔뜩 묻은 목소리로 말했다.

"1학년 때 도덕 시간 기억 안 나?"

"도덕 시간?"

"그래. 보이스카우트 담당 선생님이셨잖아."

현호의 말에 골똘히 생각에 잠겼던 수정이 '아!' 소리를 내며 손뼉을 마주쳤다.

"그런데?"

반짝 생각이 난 것처럼 말하던 수정이 궁금하다는 표정으로 현호에게 바짝 다가앉았다.

　"1학기 중간고사 끝나고 선생님이 갑자기 애들 단체 노래자랑 시켰었잖아."

　수정은 기억이 날 듯 말 듯했다. 도덕 선생님이 의외로 괴짜라 수업 시간에 가끔 엉뚱한 걸 시키기도 했었기 때문이다. 수정은 아직 확실히 떠오르지 않는 기억이 감질나는지 '그래서, 그래서?'라며 빨리 말하라고 그를 재촉했다.

　"그때 너랑 나랑 제일 마지막까지 남았는데 결론은 네가 이기고 내가 졌지."

　"응?"

　"그러니까……."

　수정이 답답하다는 얼굴로 다시 묻자 현호는 다정한 얼굴로 그날 있었던 일을 들려주었다. 이야기를 듣는 동안 수정은 '아, 맞다.'라며 맞장구까지 쳤다. 그의 이야기를 다 듣고 나서야 모든 기억이 떠올랐는지 신기한 걸 발견한 사람처럼 얼굴에 홍조까지 띠었다.

　"아……, 그게 너였구나. 아까 노래방에서 뭔가 기억은 나는데 확실히 뭔지 몰라서 정말 궁금했었거든. 그런데 그게 너였어."

　그러더니 허탈한 미소를 지었다.

　"왜? 나라서 불만이야?"

　"불만은 무슨."

　수정이 믿지 않게 눈을 흘겼다.

　"그런데 너도 정말 치사하다. 그런 얘기를 왜 처음부터 안 해주는 거야? 바로 기억 못 하는 나만 미안해지게."

"기억 못 할 수도 있고, 안 날 수도 있고, 잊을 수도 있고 그런 거지, 뭘 그렇게까지 생각해."

"그래도. 네가 말해줬으면 바로 기억 날 걸 괜히 혼자 끙끙 앓았잖아."

"기억 안 나서 앓기까지 했어?"

현호의 얼굴에 특유의 장난기가 번졌다. 수정이 뾰로통한 얼굴로 투덜거리자 현호가 부드러운 목소리로 말했다.

"과거의 일이 뭐가 중요해. 좋은 추억으로 남으면 좋은 거고, 기억 안 나면 마는 거지. 과거보다 더 중요한 건 현재와 미래 아니겠어?"

특별하지는 않지만 그의 말에서 묘한 여운이 느껴졌다.

"그러니까 너도 과거를 현재와 자꾸 엮지 마."

"무슨 소리야?"

수정이 의아한 얼굴로 물었지만 현호는 대답하지 않았다.

쿠욱. 궁금함을 참지 못한 수정이 손가락으로 그의 옆구리를 아프게 찔렀다. 흠칫 놀란 현호가 얼굴을 찌푸렸다.

"뭐냐니까?"

"내일 얘기해줄게."

"싫어. 지금 말해."

"별거 아니야."

"별거 아니긴 뭐가 아니야. 너 오늘 좀 이상하다?"

"내가 뭘?"

수정은 이제야 술기운에서 벗어난 모양이었다.

"너 아까 주환 오빠한테 왜 그랬는데?"

"뭐?"

현호가 언짢은 표정을 지었다.

"둘이 술 누가누가 잘 마시나 시합하더만."

"시합은 무슨."

현호는 고개를 돌리며 발뺌을 했지만 수정은 그의 말을 곧이곧대로 믿지 않았다.

"빨리 말해. 빨리."

현호에게 바짝 다가가 앉은 수정이 양 손가락을 뾰족하게 세우고는 그의 옆구리를 사정없이 찔러대기 시작했다.

"으아! 뭐야?"

"이래도 말 안 해?"

기겁을 한 현호가 공격을 피하려고 몸을 이리저리 흔들자 이를 앙다문 수정은 더 악착같이 덤벼들었다. 이리 찔리고 저리 찔리며 당황스러워하던 현호는 결국 수정의 어깨에 팔을 둘러 그대로 눕혀버렸다.

"으악!"

눈 깜빡할 사이에 현호에게 제압당한 수정은 좌석에 등을 댄 채 그의 무릎에 벌러덩 쓰러지고 말았다. 수정은 씩씩거리며 자신을 굽어보고 있는 현호를 흘겨보았다.

"그냥 자라."

현호가 손을 놓아주며 말했지만 수정은 일어나지 않고 천장만 올려다보았다. 차는 조용히 움직였지만 몸은 허공을 떠다니는 것 같았다.

동창생

"우차."

몸을 모로 눕힌 수정은 구두를 어렵사리 벗어던지고는 좌석에 양 다리를 가지런히 모아 올려 좀 더 편한 자세를 잡았다. 그의 무릎이 의외로 편안해서 생각지도 않은 잠이 솔솔 몰려왔다.

"어쭈, 내가 베개야?"

"응. 그것도 아주 편하다."

수정은 작게 한숨을 쉬었다.

정말 왜 이리도 편한 걸까? 약 올리듯 걸어오는 말장난에 파르르 떨며 분노하면서도 그와 함께 있으면 마음이 편해지고 기분이 좋아진다. 제대로 말싸움이 붙으면 이기지도 못하겠지만, 그가 걸어오는 말장난에 넘어가는 것도 딱히 기분 나쁘지 않다. 처음에는 그리도 싫어했건만 어느덧 그에게 길들여지고 있는지도 모르겠다는 생각이 들었다.

스윽.

몰려드는 피곤에 스르륵 눈이 감길 즈음 이마에서 낯선 손길이 느껴졌다. 흠칫 어깨가 떨렸지만 수정은 가만히 있었다. 길고 부드러운 그의 손가락이 얼굴을 반쯤 가린 머리카락을 조심스럽게 정리하더니 제 무릎에 놓여 있던 그녀의 손을 감쌌다. 손등을 덮은 그의 엄지손가락이 그녀의 손가락을 느릿하게 쓰다듬었다.

두근두근.

그의 무릎에 대고 있는 귀의 안쪽에서부터 심각할 정도로 맥박이 크고 빠르게 뛰기 시작했다. 뿌리쳐야 하는 것일지도 모르겠지만 수정은 그럴 수 없었다. 따사롭게 감싸오는 그의 손길이 나쁘기는커녕 좋았다. 수정은 술 마셔서 그래, 라는 핑계를 스스로에게 대며 모르는 척 그가 잡고 있는 손에 힘을 주었다.

그의 손을 꼭 잡은 수정은 만족스러운 미소를 지었다.

동창생

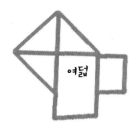

여덟

"왜요?"

미푸드의 교육담당 민 대리와 대화를 나누던 수정의 목소리가 높게 올라갔다. 얼굴엔 당혹감이 빠르게 번져갔다.

지방점포 순회를 김현호와 같이 가라니! 왜? 어째서?

월요일 아침 일찍, 미푸드 직원들의 서비스 교육 일정을 조율하기 위해 미푸드 인사과를 방문한 수정은 이런 얼토당토않은 말을 듣게 되리라고는 상상도 못했다. 미푸드 첫 교육은 서비스 마인드 기본 교육이다. 전 직원 집합 교육이 마땅치 않아 그녀가 점포를 순회하며 교육을 진행하기로 했었다. 그런데 그 교육을 그의 출장 일정과 맞춰서 함께 진행하자는 것이었다.

"사장님은 원래 오늘부터 점포 순회 아니셨어요?"

"일정을 조금 미뤘어요. 마침 강사님 교육 일정도 비슷하고 하니 맞춰서 같이 가면 좋겠다고 하셔서요."

"아, 아니……, 그래도 이렇게 갑자기…….""

"꼭 동행하시라는 건 아니구요, 되도록 그렇게 해주시면 안 되겠냐 하는 부탁이에요."

민 대리는 서글서글한 눈으로 웃으며 유쾌하게 말했다. 그러니까 그걸 왜 그렇게 해주면 안 되냐고 묻는 거냐고요. 안 그런 척 겉으로 웃고 있었지만 수정은 속에서 열불이 올라오는 것 같았다.

'내가 미쳤지, 미쳤어.'

수정은 속으로 자책했다. 술에 취해, 분위기에 취해 그러는 게 아니었다. 그의 손이 아무리 부들부들하고 따뜻했어도 마치 제 손인 양 붙잡고 잠들면 안 되는 거였다. 그날 일을 생각하면 지금도 얼굴이 화끈거린다.

그날, 잠에서 깼을 때는 그의 오피스텔 주차장이었다. 일어나라는 소리에 눈을 뜨고 보니 대리 기사는 이미 돌아갔고, 그가 싱긋 웃으며 위에서 굽어보고 있었다. 화들짝 놀라 자리에서 일어났는데 그는 아무 일도 없었다는 듯 태연한 얼굴로 차에서 내렸다.

집에 데려다 주겠다는 그를 따라 밖으로 나와서야 정신이 온전히 돌아왔다. 조금 전까지 무슨 짓을 했는지 말이다. 택시를 잡기 위해 찬바람이 가득한 도로를 서성이는 그의 얼굴은 무심했지만 그녀의 속은 화끈화끈거렸다. 창피해서!

집에 도착해서는 그의 얼굴도 똑바로 쳐다보지 못한 채 인사도 하는 둥 마는 둥 허둥대며 집으로 들어갔다. 그가 그 일을 잊을 때까지 연락도 안 하고 꽁꽁 숨어 있으려고 했는데 출장을 같이 가라니. 회사 직원도 아닌데 같이 가라니. 수정은 머리가 어질어질했다.

동창생

"어차피 저나 다른 직원이 강사님과 동행해야 돼요. 아마도 그래서 사장님이 함께 가시자고 한 것 같아요. 저희 사장님, 은근히 짠돌이시거든요."

민 대리가 작은 목소리로 덧붙였다.

"직원이 함께 움직이면 출장비 더 드니까 사장님 가는 길에 강사님 모셔가겠다고 하는지도 몰라요."

"그런다고 출장비가 얼마나 줄어들겠어요. 숙소를 같이 쓸 것도 아니고……."

속은 바짝바짝 타들어가지만 수정은 웃으며 가볍게 대답했다.

"그러게요. 하하하하. 강사님과 동행할 수 있는 직원들도 죄다 남직원뿐인데."

"하하하. 그렇죠?"

이것도 농담이라고 하고 있는 걸까 싶었지만 수정은 그와 함께 가느니 민 대리와 가고 말겠다는 생각을 했다. 잠시 호탕하게 웃던 민 대리가 조금은 아쉽다는 듯 말했다.

"그래도 사장님과 함께 움직이시면 훨씬 극진한 대우를 받으실 거예요. 차량이나 숙소 모두 최고로 준비하라고 하셨지만 사장님이 직접 움직이시니 더 신경 쓰실 거 아니에요."

그런 신경은 필요 없어요. 수정은 속으로 중얼거리며 빙그레 웃었다.

"그럼 출장은 따로 가는 걸로 하구요, 교통편이나 숙소는 저희 쪽에서 차질 없도록 준비를 할게요. 그럼 구체적인 점검 계획을 세워볼까요?"

"네."

"이건 미래 아카데미에 교육을 의뢰하기 전에 사장님이 지시하셔서 친절도 조사를 해본 결과예요. 여기 보시면 문제점으로 지적된 것이……."

수정은 민 대리의 설명에 온전히 집중하기 위해 엄청난 노력을 기울여야 했다. 며칠 전의 일이 계속 머릿속에 남아 집중력을 흐려놓았기 때문이다. 마음속에서는 계속 '내가 미쳤지, 내가 미쳤어.'를 반복하고 있었다.

민 대리와의 미팅이 끝난 건 두 시간 정도가 더 흘러서였다. 출장은 목요일에 출발하기로 했고, 그 전에 한 번 더 만나서 최종 점검을 하기로 하고 자리에서 일어났다. 민 대리와 인사를 나누는 수정의 얼굴은 여유로웠지만 속으로는 당장 이 건물을 나가야 하는 강박증에 시달리고 있었다. 자신이 온다는 걸 모를 리 없는 그가 출장까지 같이 가자고 했으니 지금이라도 전화를 해서 뒷덜미를 붙잡을 것 같았기 때문이다.

수정은 배웅하겠다는 민 대리까지 마다하며 도망치듯 사무실을 나와 엘리베이터로 향했다. 바삐 움직이는 그녀의 모습은 흡사 수면 위에 떠 있는 백조 같았다. 겉모습은 평온하지만 물에 빠지지 않기 위해 쉼 없이 발길질을 하는 백조. 다행스럽게도 그녀는 건물을 무사히 빠져나올 수 있었다. 여기까지 와놓고 모르는 척 돌아가는 것이 조금은 찜찜했지만 지금은 그와 마주할 수 없었다. 너무 창피해서 숨어버리고 싶으니까.

이마에 고인 식은땀을 손등으로 문지르며 지하철역으로 향하던 그녀는 가방에서 울리는 진동에 흠칫 놀라 걸음을 멈추었다. 잘 빠져나왔다고 생각했는데, 그도 이번만은 모르는 척 지나갈 줄 알았는데 그게 아니었던 걸까? 진동이 계속 이어지는데도 수정은 망설이고만 있었다. 그러다 울상을 지으며 가방에서 휴대전화를 꺼냈다. 그런데 뜻밖에도 모르는 휴대전화 번호였다.

"누구지?"

강사라는 직업의 특성상 모르는 사람들의 연락을 자주 받는 편인지라 수정은 별다른 의심 없이 전화를 받았다.

"네, 미래 아카데미 백수정입니다."

— 이주환입니다.

헉! 수정은 숨이 탁 막혔다. 인사치레를 하면서 명함을 주고받기는 했지만 연락이 올 거라고는 생각을 못했다. 그냥 선후배 사이도 아니고, 비록 어린 나이이긴 했지만 사귀다 헤어진 사이다 보니 이제 와서 애틋함을 기대할 것도 아니었기 때문이다. 그런데 전화라니. 수정은 얼떨떨함을 애써 감추며 말했다.

"어머, 오빠. 그날 잘 들어가셨어요?"

— 나야 잘 들어갔지. 넌 어때? 술 많이 마신 것 같던데.

"에이, 그 정도는 말짱해요."

말짱했다니, 거짓말이다. 정신이 말짱하지 않았으니 현호의 손을 붙잡고 잠드는 만행을 저질렀지.

— 밖인가 보구나?

"업체와 미팅이 있어서 나왔다가 회사 들어가는 중이에요."

그 업체가 현호의 회사라는 건 말하지 않았다. 주환이 알아야 할 이유는 없으니까.

"그런데 오빠 어쩐 일이세요?"

— 그냥, 오랜만에 만났는데 제대로 대화도 못 나눈 것 같아서

241

겸사겸사 전화 걸어봤어.

　뭐지? 뭐지? 의아함이 번졌다. 어렸을 적 일이 있기야 했지만 다 큰 성인이 되어서까지 외면하며 살 필요는 없다 해도 그의 제안은 다소 엉뚱하게 느껴졌다.

　— 조만간 한번 만나서 밥이나 먹자.

　"그럴까요?"

　평생 안 볼 사이도 아니고, 그렇다고 못 볼 사이도 아니고. 수정은 대수롭지 않게 생각했다.

　— 말 나온 김에 이번 주에 한 번 볼까? 넌 언제가 괜찮니?

　"목요일부터는 제가 지방 출장이 있거든요. 그 전이면 아무 때나 괜찮아요."

　— 그럼 내일 볼까?

　"좋아요."

　수정은 흔쾌히 허락했다. 그때 수화기에서 뚜뚜, 신호음이 들렸다. 수정은 슬쩍 전화기 액정을 훔쳐보았다. 헉! '김현호'라는 이름 석 자가 호기롭게 그녀를 호출하고 있었다. 수정은 전화를 피하기라도 하려는 사람처럼 수화기를 얼른 귀에 댔다.

　— 어디서 만날까?

　마침 주환이 만날 장소를 물어왔다. 수정이 '어디가 좋을까요?'라며 뜸을 들이자 주환이 말했다.

　— 명동에서 만날까? 거기 괜찮은 칵테일 바 있어.

　밥은 안 먹고 바로 술이라니? 그러면서도 수정은 냉큼 그러자고 대답했다. 잠시 저녁은 어쩌나? 하는 웃기지도 않은 고민을 하는데 주환이 미안한 목소리로 말했다.

동창생

— 그런데 저녁을 먹어야 하지 않나?

"상관없어요. 바에서 배부른 거 먹으면 되죠, 뭐."

하루쯤 밥 굶고 다른 것으로 배를 채운다고 해서 무슨 일이 벌어질 것도 아니니까. 안심하는 목소리의 주환과 시간 약속까지 모두 끝낸 수정은 흐뭇한 미소와 함께 전화를 끊었다.

드르르륵.

"으아아아."

멍하니 헤벌쭉 미소를 짓고 있던 수정은 온몸을 떠는 휴대전화의 몸부림에 깜짝 놀랐다. 이번에도 현호였다. 수정은 작게 한숨을 쉬며 전화를 받았다.

"왜?"

— 전화 받자마자 왜, 가 뭐야?

쳇. 수정은 속으로 투덜거렸다.

"어쩐 용무로 전화를 주셨나요, 김현호 사장님?"

— 조금 전에 전화는 왜 안 받으셨나요, 백수정 강사님?

"아……, 주환 오빠랑……!"

순순히 대답하던 수정이 일순간 말을 멈추었다. 그러나 이미 들을 건 다 들은 현호가 다소 삐딱한 목소리로 물었다.

— 무슨 용무로?

"오랜만에 만났는데 대화도 제대로 못 했다고 만나자고……."

분위기가 심상치 않아 수정은 저도 모르게 말꼬리를 흐렸다. 잠시 뜸을 들이던 그가 차가운 목소리로 말했다.

— 그래서, 만나게?

언제나 장난스럽고 유쾌하던 그와는 확연히 다른 모습이었다.

"아니……, 뭐…… 못 만날 이유도 없잖아."

학교 선밴데……. 이 말이 목구멍에서만 맴돌았다. 중얼거리는
그녀의 목소리에 자신감이 없었다.

— …….

그의 침묵이 길어지자 점점 불안해졌다.

"여보세요?"

— ……너 내 말 참 안 듣는구나?

"뭐가?"

수정은 퉁명스러운 목소리로 되물었다. 수화기를 타고 그의 한
숨소리가 새어나왔다. 기분이 이상해졌다. 어쩐지 큰 죄를 짓고
있는 것 같은 기분이 들게 만드는 한숨소리였다.

— 만나지 마.

"하하. 무슨 소리 하는 거야?"

그의 요구가 이해되지 않았지만 수정은 애써 쾌활한 척, 아무
렇지 않은 척 물었다.

— 네가 이주환 만나는 거 싫다고.

"……."

그늘진 바람은 서늘했지만 햇볕은 따뜻하다 못해 뜨거웠다. 봄
은 온데간데없이 사라지고 불쑥 여름이 찾아오고 있었다. 그것
은 마치 기다리는 님은 오지 않고, 반갑지 않은 불청객이 찾아오
는 것 같은 기분이 들게 했다.

하루의 일과가 무르익어 직장인들은 퇴근을 준비해야 하는 시
간이 다가오고 있었다. 그래서일까? 거리의 사람들 모두 이미 퇴
근을 해서 집으로, 혹은 친구들을 만나러 바쁜 걸음을 옮기는 사

람처럼 느껴졌다. 해는 기울어가는데 두 사람 사이에는 침묵만
흘렀다.

약속시간까지 10분 정도의 시간이 남았다. 휴대전화의 시계를
확인한 수정은 길게 한숨을 쉬었다. 수많은 사람들이 밀려들어
오고 나가는 밀리오레 앞에 서 있는 동안 수정은 계속 멍하니 한
숨만 흘리고 있었다.

한 번도 이런 식으로 시간을 낭비한 적이 없었다. 약속시간까
지 기다리는 동안에도 주변에 있는 모든 것들을 관찰하며 어떻
게 하면 교육에 잘 활용할 수 있을지 스스로 공부하는 성격이었
다. 그런데 지금은 그럴 수 없었다. 어제의 통화가 계속 마음에
걸려서다.

"네가 이주환 만나는 거 싫다고."

그의 말에 뭐라 대꾸해야 할지 몰라 바닥에 발이라도 붙은 사
람처럼 그렇게 마냥 서 있었다. 지나가던 사람과 어깨를 부딪치
면서 두어 발자국 뒷걸음질쳤지만 그게 다였다. 다른 때라면 자
동으로 튀어나왔을 사과도 하지 못한 채 스스로를 길거리에 방
치해놓았다.

— 출장 따로 간다고 했다면서?

숨소리 하나 들리지 않던 침묵이 끊기고 그가 먼저 입을 열었
다.

"……어."

— 왜?

"아니, 뭐……, 그냥……. 그게 더 편할 것 같아서."

— 알았어.

전화는 바로 끊겨버렸다. 억지를 부려서라도 같이 가야 한다고 할 줄 알았는데 그가 순순히 물러나자 어안이 벙벙했다. 무엇 때문에? 감을 잡을 수가 없었다. 엄밀히 말하면 주환 선배를 만나는 것이 싫다고 하는 그 말 자체를 이해 못 했다. 뭘까, 이 찜찜함은.

"오래 기다렸어?"

어깨에 닿는 손길에 수정이 고개를 돌렸다. 깔끔한 헤어스타일의 주환이 웃으며 서 있었다. 중학교 때도 잘생겼다고 생각했는데, 그 외모가 변하지도 않고 지금까지 이어져온 모양이었다. 연륜이 더해지자 그의 분위기는 좀 더 깊이 있어 보였다. 장난기 다분하고, 어떤 말이든 가볍게 응수하는 현호와는 많이 달랐다.

"일이 일찍 끝나서 먼저 나와 있었어요."

"나도 서두른다고 서둘렀는데, 졸지에 늦어버렸네?"

"에이, 아니에요."

약속시간을 어긴 것도 아닌데 그리 말하니 수정은 조금 미안해졌다.

주환은 지하도를 건너 더 플레어(The Flair)라는 바(bar)로 그녀를 데리고 갔다. 명동에서는 이름 난 바라고 했지만 내부는 그리 크지 않았다. 작으면 작은 대로 아늑하고 친근하게 느껴지는 장소였다. 주환은 그곳에 자주 오는지 예쁘게 생긴 여자 바텐더와 반갑게 인사를 주고받았다.

"여친?"

직원의 말에 수정이 난처한 표정을 짓자 주환이 아니라고 대신

동창생

대답했다. 그는 민망한 얼굴로 웃고 있는 그녀를 바가 잘 보이는 곳으로 안내했다. 바 주변으로는 여러 모양의 술병들이 자유롭게 진열되어 있었다. 분위기도 그렇고, 음악도 그렇고, 활기차게 웃는 직원들까지, 자유분방함이 물씬 풍기는 장소였다.

"조금 있으면 칵테일 쇼 해."

호기심 가득한 얼굴로 바를 둘러보고 있는 그녀에게 주환이 말했다.

"아……, 그래요?"

쇼를 볼 수 있다는 말에 기대감이 더 커졌다. 요술 궁전에 온 것 같은 기분에 들떠 있을 때, 조금 전 주환과 인사를 주고받았던 직원이 작은 메뉴판을 들고 다가왔다.

"칵테일은 안 마셔봤는데 어떤 게 좋아요?"

수정이 살포시 웃으며 직원에게 물었다.

"칵테일 종류는 주환 오빠도 저만큼 잘 알아요. 오빠에게 물어보세요."

그러더니 그녀에게 윙크를 한 번 해 보이고는 발랄한 걸음으로 멀어졌다. 수정이 다소 민망한 표정으로 돌아보자 주환이 낮은 소리로 웃으며 메뉴판에서 칵테일 하나를 지목했다.

"알레르기 없으면 '피치 코코' 정도면 괜찮을 거야."

"'피치 코코'요?"

"응. 빛깔도 예쁘고 복숭아 맛인데, 여자들 좋아해."

복숭아라면 좋아하는 과일이기도 하고, 일단 여자들이 좋아한다는 말에 수정은 고개를 끄덕였다.

그녀는 딱히 술맛이 어떻게 다른지 잘 모른다. 술맛이 다르다며 소주나 맥주의 브랜드를 까다롭게 고르는 친구들이 신기하기만 한 그녀였기에 맛은 크게 기대하지 않았지만 복숭아 맛이라니 조금은 기대를 해보고 싶었다. 안주는 주린 배를 채우기 위해 감자말이새우 튀김을 주문했다.

"이건 서비스."

직원이 주문한 칵테일과 작은 크기로 나열된 치즈 접시를 내려놓으며 말했다.

"고마워."

주환의 인사에 직원이 생긋 웃으며 돌아갔다.

"오빠 여기 정말 자주 오나 봐요."

"일 끝나면 회사 사람들하고 종종 와."

"아항……, 그렇구나."

수정은 연분홍색이 예쁘게 반짝이는 잔을 들고 빨대로 조심스럽게 칵테일을 시음했다. 싱그러운 복숭아 향과 입 안에 감도는 달큰한 맛에 기분이 절로 좋아졌다.

"어때?"

입을 달싹거리며 맛을 음미하던 수정이 빙그레 웃었다.

"복숭아 맛 주스 같아요."

"하하하. 그래도 너무 마시진 마. 술이니까."

"헤헤. 네."

마주 앉은 그를 향해 쑥스럽게 웃는데 내부가 갑자기 쿵쿵거리기 시작했다. 경쾌한 음악소리와 함께 요란한 박수소리가 여기저기에서 터져 나왔다.

"쇼 하는 거야."

동창생

앞으로 몸을 숙인 그가 입가에 손을 대고 큰 소리로 알려주었다.

신기한 구경거리였다. 칵테일 쇼는 아주 오래전, 케이블 채널을 돌리다가 잠깐 본 것이 다였는데 직접 구경하게 되니 신기했다. 직원 두 사람이 음악에 맞춰 셰이커에 술을 담고 신나게 흔들어대기 시작했다. 바텐더의 손을 떠난 셰이커들이 화려한 비상을 했다. 바텐더들의 재치 있는 몸동작에 넋을 놓고 있는 사이 예쁜 빛깔의 칵테일이 우아하기도, 관능적이기도 한 자태를 뽐내며 바 위로 올라왔다.

"와아."

화르륵, 소리를 내며 커다란 불길이 솟았다 사그라지는 걸 보고 있던 수정의 입에서 감탄사가 흘러나왔다. 노래를 따라하며 박수를 치며 즐기다 보니 어느덧 쇼가 끝나버렸다. 바텐더들이 인사를 하고 물러나자 바는 다시 고요하고 운치 있게 변했다.

두 사람은 사랑을 속삭이는 연인들처럼 이마를 맞대고 어렸을 적 추억을 되살리고 있었다. 두 사람의 공통점은 스카우트 활동에 집중되어 있었다. 그중에서도 주환은 수리산 산행을 갔다가 바위에서 떨어졌던 수정을 정확히 기억하고 있었다.

"네 비명소리에 사람들이 얼마나 놀랐는지 몰라."

"아우……, 창피해."

수정이 손으로 얼굴을 가리며 고개를 돌려버리자 주환이 큰 소리로 웃었다.

"꽤 높은 곳에서 떨어졌는데 넌 멀쩡하더라. 선생님도 얼마나 신기해하셨는지……. 나중에 내려가면서 그러시더라. 백수정은 초능력을 가지고 있는가 보다고."

"그 얘기는 이제 하지 마요. 얼마 없는 중학교 기억 중에 제일 창피했던 기억이니까."

생각만 해도 끔찍한 기억이었다. 할 수만 있다면 그 모습을 본 모든 사람들의 기억을 몽땅 지워버리고 싶었다. 그는 단지 바위에서 떨어진 것이 부끄러워 그러는 것이라 생각하겠지만 그녀는 혼자만 알고 있는 진실이 민망하고 창피하기 때문이다.

그때는 그와 교제를 하기 전이었는데 혼자 질투에 눈이 멀어 온갖 심술을 부리며 내려가다 떨어진 것이니 어찌 민망하지 않고 창피하지 않겠는가. 그 와중에 그가 달려와서 손이라도 잡아줬으면, 업어줬으면 하는 기대를 하고 있던 철없는 사춘기 시절이니 지금 생각해도 부끄럽기 그지없다.

"그때 네 비명 듣고 사람들 다 모였는데 그래도 현호가 제일 먼저 달려왔더라."

"에?"

뜻밖의 말에 그녀의 목소리가 한 톤 높아졌다.

"현호가 너랑 같은 조였잖아. 아마도 조장이었을걸? 조장들은 조원들 뒤처지지 않는지 확인하면서 제일 마지막으로 내려가고 있었거든. 그래서 아마 현호도 제일 뒤에 처진 너 감시하면서 내려갔을 거야. 감시라는 말이 무색하게 네가 바위에서 떨어져버렸지만."

"아하, 하하하, 그랬죠?"

기억에도 없고 처음 듣는 말이었지만 수정은 이미 다 알고 있었던 사람처럼 웃으며 맞장구를 쳤다.

동창생

혹시 괜찮냐며 팔을 잡아주었던 사람이 김현호? 바위에서 떨어진 것이 창피하고, 오빠가 달려 와줄까 잔뜩 기대에 부풀어 있던 터라 주변에 누가 있었는지 전혀 기억에 없다. 다른 누군가가 팔을 잡아주었던 것만 기억나지 그 주인공이 누구였는지는 몰랐던 것이다. 그런데 아마도 그 사람이 김현호였나 보다. 마치 김현호와 숨바꼭질을 하는 기분이 들었다. 아니면 꽁꽁 숨어 있는 보물찾기를 하는 기분이든지…….

"미선이도, 경선이도 결혼했는데 너도 결혼해야지?"

헤헤 실없이 웃으며 칵테일을 홀짝이고 있는데 그가 주제를 돌렸다. 그것도 제일 꺼리는 것으로.

"하하하. 전 아직 생각이 없어요."

참으로 구차한 변명이었다. 얼마 전까지만 해도 친구들처럼 순백색의 웨딩드레스를 입고 수줍게 웃으며 결혼식을 하게 될 거라 생각했었는데, 그래서 기필코 그동안 뿌린 축의금을 거둬들이리라 다짐했었는데……. 인생은 예측불허라는 말이 문득 떠올랐다.

"그나저나 오빠야말로 여자친구 있다고 하지 않았어요? 결혼 안 해요?"

그가 아직 미혼이라는 건 오지랖 넓은 경선 덕분에 집들이에서 이미 들어 알고 있었다. 더불어 예쁜 여자친구가 있다는 건 그의 친구들의 증언으로 알게 되었다. 그가 아직까지 미혼이라는 건 좀 의외였지만 여자친구도 있고 나이가 있는 만큼 곧 결혼을 하게 될 거라는 걸 의미하기도 했다.

"때 되면 하겠지."

그러면서 그가 피식 웃었다. 의미심장한 대답이었다. 궁금하기
는 했지만 꼬치꼬치 캐물을 일은 아닌 것 같아 다른 주제로 말을
돌렸다.

"경수 오빠랑은 많이 친한가 봐요. 우리가 미선이랑 친한 것처
럼……."

"중학교 동창 중에 연락하고 지내는 몇 안 되는 친구야."

"덕분에 오빠랑도 다시 만나고 좋네요. 가끔 오빠 소식 궁금했
었거든요."

"후후. 그래?"

어디선가 갑자기 '나는 기억 못 하면서 그 딴 녀석은 왜 기억
하는데?'라고 빈정거리는 현호의 목소리가 귓바퀴에서 뱅글뱅글
도는 것 같았다. 저도 모르게 미소가 슬그머니 나오는데 그가 담
담한 목소리로 말했다.

"나도 너 가끔 생각나더라."

오랫동안 소식도 모르고 지낸 사이라면 자연스럽게 묻게 되는
안부 정도의 말인데 어쩐지 기분이 묘해졌다. 아무런 의미도 없
는 말이라는 걸 아는데…… 이유가 무엇일까.

그런데, 현호도 이런 말을 했던가?

그녀가 쉽게 떠올리지 못하는 옛 기억을 고스란히 품고 있는
그는 원래부터 곁에 있었던 사람처럼 굴었다. 떼어내려야 떼어
낼 수 없는 그림자처럼, 무의식의 세상에서 언제나 존재했던 것
처럼, 네가 가끔 생각나더라는 말은 필요하지 않은 사람처럼 그
렇게…….

"나중에 생각해보니까……."

동창생

딴 생각에 빠진 그녀를 일깨우듯 주환이 말을 이었다.

"어렸을 때긴 해도, 너한테 못되게 군 것 같더라고."

"……."

"널 생각하면 미안한 마음이 먼저 들어."

"하하하. 뭐가 미안한데요?"

점점 더 어색해지는 분위기가 싫어 수정은 부러 밝은 목소리로
말했다.

"내가 많이 울렸잖아."

"에이! 그때는 어렸잖아요. 사춘기 시절에 좋아하는 오빠 하나
쯤 없는 사람이 어디 있어요? 전 그냥 그렇게 생각하고 그런 일
다 잊었으니까 미안한 생각 가지지 마요."

최대한 아무렇지 않은 척, 세상에서 제일 쿨한 척 수정은 과하
다 싶을 정도로 웃으며 손사래를 쳤다.

"그렇게 생각해주면 고맙고."

그가 싱긋 웃었다.

"여자친구 앞에서 괜히 그런 얘기 하지 마요."

"왜?"

"여자든 남자든 자기가 좋아하거나 사랑하는 사람이 과거 이야
기 하는 걸 좋아하는 사람이 어디 있겠어요?"

"과거를 현재와 자꾸 엮지 마."

"네가 이주환 만나는 거 싫다고."

번쩍 떠오르는 말에 수정은 잠시 멈칫거렸다. 심장이 이상하게
아려왔다.

"잊히지 않는 사람을 억지로 잊을 수 없더라도 자꾸 떠올리는

일은 지금 함께 있는 사람에게 예의가 아닌 것 같아요."

"하하하. 그런 거야?"

"네."

수정은 그의 시선을 피하며 칵테일을 두어 번 벌컥벌컥 들이켰다. 분위기나 맛을 음미할 마음의 여유가 그녀에게는 없었다.

그녀는 지금 주환이 던진 말뜻을 헤아리는 것보다 현호가 왜 그런 말을 했는지가 미치도록 궁금해졌다.

"그나저나 넌 현호랑 어떤 사이야? 그날 보니까 둘이 엄청 가까워 보이던데."

"……엄청 가까운 친구예요."

"그냥 친구?"

아……, 어떻게 해. 도대체 무슨 대답을 듣고 싶은 걸까.

"네……, 뭐…… 친구요. 하하하하."

당혹스러운 질문이었다. 친구라고 대답은 했는데 시원스럽게 뱉어낼 순 없었다. 이유는 모르겠다. 처음에는 잘 몰랐는데 그가 던지는 말 한 마디 한 마디가 머릿속을 복잡하게 만들고 계속 마음에 걸렸다.

이럴 때 김현호는 왜 잠잠할까. 출장 같이 안 간다고 해서 삐쳤나? 아니면 주환 오빠를 만난다고 해서 화가 났나. 모르는 척 전화라도 하지. 그러면 여기서 벗어날 수 있을 텐데.

수정은 테이블에 올려놓은 휴대전화의 버튼을 눌러 슬쩍 시간을 확인했다. 이제 막 9시를 지났다. 어쩌면 그녀는 소리 없이 흘러버린 시간보다 바의 소음에 묻혔을 현호의 연락을 찾고 있었는지도 모른다.

동창생

"들어가야 하니?"

"아……, 미안해요."

주환의 말에 흠칫 놀란 수정이 어색하게 웃었다.

"오늘 하루 종일 강의가 있었거든요. 조금 피곤했나 봐요."

"그럼, 이만 돌아갈까?"

마지막 질문에는 대답도 하지 않았지만 그는 개의치 않는 듯했다. 아마도 단순히! 궁금해서 물어본 것이었나 보다.

수정은 안도의 한숨을 쉬며 그를 따라 자리에서 일어났다.

"조심히 들어가고, 종종 연락하자."

주환이 택시에 오른 그녀에게 말했다. 그런 인사치레는 사양하고 싶었지만 자신이 너무 예민하게 구는 것 같아 수정은 더 활기찬 목소리로 대답했다.

"네. 그럴게요."

그녀의 대답에 주환이 고개를 끄덕였다. 차가 출발하자 수정은 그에게 살뜰하게 손을 흔들어주었다.

"어디로 모실까요?"

아저씨가 룸미러로 쳐다보며 물었다.

"보라매공원 정문이요."

수정은 한 것도 없이 기운이 빠져 몸을 축 늘어뜨리며 대답했다.

오늘 종일 강의가 있었다는 건 거짓말이었다. 주환과 만나게 된 것이 처음엔 반갑고 좋았는데 점점 부담스러워서 계속 엉덩이를 붙이고 있을 수가 없었다. 그렇다고 그가 싫었던 건 아닌데, 이 불편함의 이유가 무엇 때문인지 알 수가 없었다. 그저 속이 답답하고 꽉 막힌 기분이라는 것밖에는…….

마음이 왜 이럴까?

수정은 빠른 속도로 지나가는 불빛을 바라보며 작게 중얼거렸다.

"이게 다 김현호 때문이야."

쯧, 하고 혀까지 차고는 심술 난 표정으로 유리창에 비치는 제 모습을 응시했다.

'오늘은 왜 문자 하나 없는 거야? 짜증나게.'

언제부터 그랬다고 그에게서 연락이 없었던 오늘 하루가 길게만 느껴졌다. 어울리지 않게 화를 낸 그가 나쁜 거라고 억지를 부리기에는 어딘지 모르게 마음 한구석이 콕콕 쑤셨다. 넓은 등처럼 마음도 넓은 줄 알았는데 알고 보니 밴댕이 속알딱지다.

"아아아. 짜증 나. 기사님."

등을 기대고 앉아 있던 수정이 몸을 벌떡 일으켜 운전석 가까이 고개를 들이밀었다.

"죄송한데요, 논현동 로열오피스텔로 가주세요."

"그럽시다."

아저씨의 대답을 들은 수정은 그제야 한결 가벼워진 마음으로 좌석에 몸을 묻었다. 택시는 쌩쌩 달려 한강을 건넜다. 조금 열려 있던 창문 틈으로 한결 따뜻해진 봄바람이 솔솔 불어왔다. 바람을 맞으며 눈을 감고 있는 사이 택시는 목적지에 도착했다.

택시에서 내린 수정은 오피스텔의 정문을 한참 동안 바라보았다. 전화를 걸면 받으려나? 받으면 뭐라고 하지? 만약 없으면 어쩌지?

동창생

"어쩌긴 뭘 어째. 그냥 집에 가면 되지."

단순하게 결론을 내린 수정은 과감하게 휴대전화를 꺼내 현호에게 전화를 걸었다. 심심하기 그지없는 클래식 음악의 컬러링을 들으며 구두코로 바닥을 초조하게 두드렸다. 시간이 흘러흘러 컬러링의 운명이 다하기 직전 잔뜩 가라앉은 목소리가 수화기를 타고 들려왔다.

— 무슨 일이야?

어쭈! 어쩐지 어제의 복수를 당한 것 같은 기분이 들었지만 난 그런 거 신경 쓰는 사람이 아니야, 라는 듯 수정이 담담하게 말했다.

"집 앞이야."

— ······.

조금 전까지도 따뜻하게 느껴지던 봄바람이 이상하게 차갑게 느껴지는 순간이었다.

현관문이 열리고 종일 어둠에 싸여 있던 집 안에 환한 불빛이 번졌다. 피곤한 듯 눈을 주무르며 집 안으로 들어온 현호는 손에 아무렇게나 들려 있던 재킷을 소파에 툭, 던졌다.

"하아."

소파에 등을 기대고 앉은 그의 입에서 피곤함이 새겨진 한숨이 흘러나왔다. 신규 점포 오픈이 막바지에 이르러서일까, 신경이 곤두설 대로 곤두서서 피곤함이 극에 달한 기분이 들었다. 무엇하나 급하지 않은 일이 없다. 사장 취임식이 끝나면 바로 지점 순회를 할 수 있을 것이라 생각했는데 무리하게 신규 점포 오픈을 진행하다 보니 일이 미묘하게 틀어져버렸다. 목요일부터 일주일간 지점 순회를 차질 없이 진행하려면 다른 일은 최대한 서둘러 끝내야 한다.

그는 무거운 몸을 억지로 일으켜 샤워를 끝내고 주방에서 맥주캔 하나를 들고 서재로 들어갔다. 책상에 앉은 그는 맥주를 마시며 노트북이 부팅되는 것을 무심한 눈으로 지켜보았다. 까만 바탕에 뜨던 하얀 글씨들이 후다닥 사라지고 잠시 후 파란색 화면이 열렸다. 낯익은 멜로디를 들으며 그는 마우스를 움직여 메일함을 열었다. 메일을 확인하던 그가 힐긋 책상 위 탁상시계로 시선을 던졌다.

지금쯤 한창 수정은 이주환을 만나고 있을 것이다. 뒤늦게 집들이 장소에 도착했을 때, 수정은 화사한 얼굴로 이주환을 바라보고 있었다. 제 옆에 앉는 그를 보며 살풋 얼굴을 찌푸리기는 했지만 특별할 것도 없는 반응이었기에 대수롭지 않았다.

하지만 그 남자를 향해 웃는 것은 싫었다. 살가운 목소리로 말을 건네는 것은 더더욱 싫었다. 그것도 모자라 이주환을 만나겠다는 그녀 때문에 순간 화가 치밀었다. 어렸을 적, 상처받아 눈물짓고 있는 작은 소녀에게 뻔뻔하게 변명의 말조차 하지 않던 일을 잊을 수가 없는데 수정은 아닌가 보다.

이주환은 얼마 전 그녀의 마음을 아프게 했던 강진성과 다를 바 없이 나쁜 놈이지만 강진성과 다르게 세월이라는 면죄부를 손에 쥐고 있다. 철없던 사춘기 시절의 실수였다 한다면, 지금이라도 다시 시작하고 싶다고 한다면 마음이 흔들릴지도 모른다. 그런 기억조차 퇴색 시킬 만큼 오랜 시간이 흘렀으니까 말이다.

동창생

아무리 그렇다 하더라도 쉽게 수긍하고 싶지는 않았다. 적어도 이주환에게만큼은 그렇게 하고 싶지 않았다.

어제 오늘 얼마나 초조했는지 모른다. 당장 전화를 걸어 만나지 말라고 화라도 내고 싶었고, 퇴근하는 그녀를 회사 앞에서 납치라도 하고 싶은 걸 겨우 참았다. 오늘 하루를 어떻게 버텼는지 모른다. 급한 일이라도 없었다면 종일 사무실을 미친 사람처럼 서성였을지도 모른다. 지금도 속이 답답해서 터져버릴 것만 같았다. 어제 그녀에게 정색을 하며 싫다고 했던 일 때문에 더 그런지도 모르겠다.

그녀가 잘못을 한 것도 아닌데……. 그런 말을 하지 않았다면 어땠을까? 그렇게 정색을 하며 싫다고 할 것이 아니라 아무렇지 않게, 전혀 상관없다는 듯 굴었다면 이렇게 답답하지는 않았을 텐데.

그는 책상에 팔꿈치를 세우고 길게 한숨을 쉬며 마른세수를 했다.

드르륵!

갑자기 들려오는 진동소리에 그가 고개를 들었다. 액정에 선명히 찍혀 있는 '백수정'이라는 이름을 확인한 그는 잠시 멍하니 바라보기만 했다.

'정말 백수정?'

짧은 간격을 두고 이어지는 진동 소리를 들으며 그는 재빨리 시간을 확인했다. 이제 9시가 조금 넘었을 뿐인데 이주환과 한창 만나고 있어야 하는 것 아닌가? 그는 어리둥절한 표정을 지으며 천천히 손을 뻗어 휴대전화의 통화를 눌렀다.

"무슨 일이야?"

본의 아니게 흘러나온 자신의 퉁명스러움에 그는 흠칫 놀랐다. 조금 전까지의 반성은 다 어딜 갔는지……. 그러나 그녀는 전혀 개의치 않는다는 듯 밝은 목소리로 말했다.

— 집 앞이야.

"……."

잠시 할 말을 잃은 사람처럼 침묵을 지키던 그가 이내 피식 웃으며 심드렁한 목소리로 대답했다.

"그런 것까지 일일이 보고할 필요는 없는데?"

— 빨랑 문 열어.

콧바람과 함께 그녀가 말했다.

자리에서 벌떡 일어난 그가 허둥대며 책상에서 멀어져 서재의 문을 열었다. 심장이 요란한 소리를 내며 요동을 쳤다. 정신마저 멍해지는 기분이었다.

— 뭐야, 집에 왔어?

그녀의 투정 섞인 목소리를 들으면서도 그는 입도 벙긋하지 못했다. 지금 꿈을 꾸고 있는 것만 같았다.

— 나 그냥 집에 가?

그녀의 계속되는 투정에 겨우 정신을 차린 그가 말했다.

"인터폰 호출을 해야 열지."

— 아항. 몇 호야?

"1210호."

'이건가?' 하는 그녀의 혼잣말 뒤로 띠띠띠, 전자음이 들리고 곧이어 인터폰에서 멜로디가 흘러나왔다. 어둑하던 실내에 인터폰의 불빛이 번지고, 화면 가득 그녀의 얼굴이 나타났다. 그녀는 인터폰 카메라 품질 검사라도 하는 사람처럼 얼굴을 바짝 들이대고 카메라를 뚫어져라 쳐다보고 있었다. 바로 문을 열자 '끊어'라는 말과 함께 전화가 끊겼다.

로비를 가로질러 엘리베이터를 타고 이곳까지 오는데 시간이 잠시 걸릴 것이다. 그는 팔짱을 낀 채 현관 앞을 서성이며 그녀가 올라오길 기다렸다. 기다리는 시간에 압사되어버릴 것 같을 때 초인종이 울렸다.

딩동, 딩동.

언제나 쥐 죽은 듯 조용하기만 하던 초인종이 제 역할을 충실히 이행하며 울어댔다.

"안녕?"

현관문을 열자 머리카락을 어깨까지 늘어뜨린 그녀가 해사한 얼굴로 웃고 있었다. 어제 그와는 아무 일도 없었던 사람처럼, 오늘 아무런 일도 없었던 사람처럼 그렇게……. 그녀를 만나게 된 것이 안도되면서도 그가 초조하게 물었다.

"어쩐 일이야? 이주환 안 만났어?"

"비켜봐."

시큰둥한 얼굴의 그녀가 그를 밀쳐내며 슬리퍼를 신고 거실로 향했다. 그녀의 직직, 슬리퍼 끄는 소리가 적막하던 집 안을 서서히 깨웠다.

"나 배고파. 밥 줘."

소파에 털썩 주저앉은 그녀가 허기진 목소리로 말했다.

"밥 안 먹었어?"

"응."

"지금까지 뭐 했는데?"

"쇼 봤어."

"쇼?"

현호가 어처구니없다는 표정으로 되묻자 수정이 뚱한 얼굴로 대답했다.

"나 정말 배고파."

현호는 잠시 고민했다.

생각 같아서는 그냥 내쫓아버리고 싶었다. 하지만 그녀의 표정이 너무도 애처로워 그럴 수도 없었다. 자신에게는 그럴 권리가 없기도 했다. 단지 선배를 만났을 뿐인 그녀에게 자신이 무슨 권리로 그녀에게 그런 투정을 부릴 수 있겠는가. 자신은 그저 그녀의 동창일 뿐인데…….

"나가자."

"어딜?"

"밥 없어."

"왜?"

"왜?"

그녀의 말을 따라하는 그의 한쪽 눈썹이 삐죽 올라갔다. 남의 집에 갑자기 쳐들어와서는 밥이 왜 없냐고 따지는 심술은 어느 나라 심술일까.

현호는 포기했다는 표정을 지으며 수정의 팔꿈치를 잡아 일으켰다.

"일어나."

동창생

"나가기 귀찮은데……. 우리 그냥 치킨 시켜 먹자."

나가기 싫다며 보채는 그녀는 마치 어린아이 같았다. 그가 물끄러미 바라보자 그녀가 온몸을 흔들며 앙탈을 부렸다. 흠칫 놀란 그는 그녀의 시선을 외면하며 치킨을 주문하고 소파에 털썩 몸을 묻었다.

TV가 켜지고 주인의 명령을 받은 리모컨은 무의미하게 채널을 전환했다. 단정한 모습의 아나운서가 진행하는 뉴스를 지나 케이블 채널의 여러 가지 재방송과 예능 프로그램들이 일정한 간격으로 바뀌었다.

소파에 잔뜩 등을 기댄 수정은 무심한 표정의 현호를 힐끔 훔쳐보았다.

"옛날에 보이스카우트, 걸스카우트 연합으로 수리산 산행 갔던 거 기억나?"

"응."

역시, 그녀만 다 까먹고 있었던 것이다.

입술을 한 번 삐죽이던 수정이 말을 이었다.

"그럼 그날 나 바위에서 떨어진 것도 알고 있겠네?"

"아주 보기 흉하게 떨어졌지."

TV에서 시선을 떼지 않은 그가 단조로운 목소리로 대답했다. 그래, 아주 보기 흉한 꼴만 여러 번 보였지. 수정은 속으로 구시렁거렸다.

"그럼 나 일으켜준 사람이 너였어?"

"……."

드디어 그가 고개를 돌리고 바라보았다. 낮게 깔리는 TV 소리가 두 사람 사이를 유유히 떠다녔다. 그의 대답을 기다리는 그녀의 심장이 두근댔다.

지금에 와서 그날 바위에서 떨어져 정신을 못 차리고 있는 자신을 일으켜 세워준 사람이 그였는지 확인하고 싶은 것이 아니었다. 수정은 이유가 알고 싶었다.

소풍 단체 사진에서 아이들의 시야를 가리면서까지 그녀의 뒤에 '왜' 서 있었는지, 스카우트 단체 사진에서 '왜' 그녀의 뒤에 서 있었는지, 바닥에 넘어져 있는 그녀를 '왜' 그가 일으켜 세웠는지, 친구들은 '왜' 그가 그녀를 짝사랑했다고 알고 있는 것인지. 그와 관련된 것들, 엄밀히 따지면 자신과 그가 얽힌 모든 것들이 다 궁금했다.

그의 침묵이 길어지고 있었다. 그리도 어려운 질문이었을까? 그렇다 아니다로 대답하기가 힘들 만큼? 망설이는 것 같기도 하고, 주저하는 것 같기도 한 모호한 그의 표정에 조바심이 났다.

더 이상 기다릴 수 없었던 그녀가 대뜸 물었다.

"네가 나 좋아했던 거 아니야?"

띠리리리리리.

갑자기 집 안에 인터폰 멜로디가 울려 퍼졌다. 그가 기다렸다는 듯 자리에서 일어나 인터폰으로 향하자 수정은 '어휴!' 소리를 내며 주먹으로 소파를 팡! 두드렸다. 그는 바로 돌아오지 않고 배달원을 기다렸다가 치킨을 들고 거실로 돌아왔다.

"맥주 마실래?"

조금 전 무슨 소리를 들었냐는 듯 태연한 얼굴로 그가 물었다.

냉장고 다 비워버리고 말테다!

수정은 전의에 불타는 용사처럼 그가 사라진 주방으로 씩씩하게 쳐들어갔다. 그녀의 용맹함에 냉장고 안을 들여다보고 있던 그가 놀란 얼굴로 그녀를 바라보았다.

"얼마나 있는데?"

그의 곁으로 다가간 그녀가 냉장고를 훔쳐보며 물었다.

"왜? 있는 거 다 마셔버리게?"

"그래."

"집에 안 가?"

"방 많다며?"

도전적으로 대꾸하는 그녀와 달리 그는 느긋하게 대응했다. '내일 그 옷 그대로 입고 출근하게?'라는 말로.

수정은 들은 척도 하지 않고 냉장고에서 몸을 사리고 있는 맥주 캔을 주섬주섬 제 품에 챙겨 안고는 툴툴 거리며 주방을 나갔다. 거실 테이블에 맥주를 내려놓은 수정이 뒤따라 온 현호를 향해 말했다.

"트레이닝복 빌려줘."

"……."

"나 스커트 입었잖아. 집에 놀러 온 친구가 편하게 놀 수 있도록 옷 정도는 알아서 챙겨줘야지."

말없이 서 있는 현호를 향해 수정이 잔소리를 했다. 그는 군소리 없이 그녀를 데리고 드레스 룸으로 갔다. 그녀가 입었던 트레이닝복을 챙겨준 그는 조용히 드레스 룸을 나갔다. 수정은 흥흥 거리며 트레이닝복으로 갈아입고는 쿵쾅거리며 거실로 나갔다.

"자, 먹자."

거실 바닥에 털썩 주저앉은 그녀가 군침이 도는 표정을 지으며 손을 사사삭 비볐다.

푸식.

막 닭다리 하나를 집었는데 맥주 캔 따는 소리가 들렸다. 그와 의미도 없는 건배를 한 후 두 사람 사이에는 다시금 침묵이 찾아 왔다. 유일한 소음이라고는 TV 소리가 전부였다.

수정은 평상시엔 잘 보지도 않는 드라마를 지금까지 한 번도 놓친 적 없는 열혈 시청자처럼 집중해서 보았다. 그러는 사이 그녀는 맥주 캔을 무려 세 캔이나 비워냈다. 손가락 끝을 쪽쪽 빨며 다른 조각을 탐색하던 그녀의 시선이 맥주를 홀짝이고 있는 그에게로 향했다.

"치킨 안 먹어?"

"너 다 먹어."

"내가 돼지야?"

"배고프다고 할 때는 언제고?"

"흥. 내가 치킨 좋아하는 건 어떻게 알았을까?"

수정은 잔뜩 심술이 난 사람처럼 콧바람을 흥흥거리며 통통하게 살이 붙은 닭가슴 부위를 손에 쥐었다. 느끼하면서 고소한 치킨을 시원하고 쌉싸래한 맥주와 함께 먹으며 수정은 연신 그의 눈치를 살폈다.

아니, 맥주를 마시며 용기를 모으는 중이라는 말이 맞을지도 모른다. 배달원의 방해로 듣지 못했던 대답을 들으려면 그에게 다시 질문을 던져야 했다. 하지만 그 얘기를 다시 꺼내는 것이 만만치 않았다. 아까는 조바심에 무작정 물어보았지만 대화의

동창생

흐름이 한번 끊긴 지금은 그것도 쉽지 않았다. 마신 맥주의 양만큼 용기가 늘어난다면 얼마나 좋을까. 이럴 때는 경선의 그 뻔뻔함이 너무 부럽다.

해롱해롱.

점차 머리가 어질어질해지는 걸 느꼈다. 여기서 더 마셨다가는 용기는커녕 그대로 뻗어 잠이 들어버릴 것 같았다. 수정은 반 정도 남은 캔을 테이블에 탁, 올려놓고 게슴츠레한 눈으로 그를 바라보았다. 티테이블 아래로 길게 다리를 뻗고 앉아 맥주를 마시던 그가 그 소리에 고개를 돌렸다.

"너 정말 나 조아했떤 거 아냐?"

드디어 말했는데 술이 뭐라고, 혀 꼬부랑 소리가 흘러나왔다.

"누가 그러는데?"

이번에는 대답이 빨리 나왔다. 반문도 대답이 맞다면.

"애드리 다 그러던데."

껌뻑껌뻑. 수정은 잘 떠지지도 않는 눈꺼풀을 느리게 깜빡거리며 언젠가 들었던 기억이 있는 그의 대답을 되새기며 대답했다.

"애들이 그러는 거면, 아니야."

"응?"

이상야릇한 대답에 수정이 눈을 억지로 치켜뜨며 등을 꼿꼿하게 세웠다.

"무슨 마리야?"

"애들만 그렇게 느낀 거라면, 내가 널 좋아한 게 아니라고."

기댔던 소파에서 등을 떼고 테이블에 팔을 올려 몸을 기댄 그가 천천히 또박또박한 목소리로 다시 대답해주었지만 수정은 그래도 이해를 못했다.

　이렇게 어렵게 대답할 줄 알았으면 술을 마시는 게 아닌데!

　수정은 점점 오락가락해지는 정신을 수습하려고 안간힘을 썼다. 그러다 짜증이 난 수정이 얼굴을 구기며 버럭 화를 냈다.

　"그게 무슨 말이야!"

　"내가 널 좋아한다고 네가 느낀 게 아니라면 애들 말이 틀린 거라고."

　"에이씨! 너 정말 그럴래?"

　수정이 앙탈을 부렸지만 그는 피식 웃기만 했다.

　"너야말로 오늘 여기 왜 왔는데?"

　"뭐?"

　그가 무슨 질문을 했는지 뻔히 알면서 수정은 못 들은 척 되물었다.

　"오늘 이주환 만난다고 그러더니 여긴 왜 왔냐고."

　"네가 신경 쓰이게 하잖아. 어제도 주환 오빠 만나는 거 싫다는 소리나 하고, 삐쳤는지 화가 났는지 어제 오늘 연락도 없고."

　뜻은 이랬지만 그녀의 발음은 엉망이었다. 그가 대답을 하지 않자 수정이 어깨까지 들썩이며 빨리 말하라고 짜증을 부려댔다.

　"빨리 말 안 해?"

　"단순하고 둔한 우리 백수정 씨."

　몸을 들썩이며 앙탈을 부리던 그녀가 멈칫, 그를 바라보았다.

　"그래요. 내가 백수정 씨를 좋아했지요."

　"어…… 어…….."

동창생

막상 대답을 듣기는 했지만 수정은 당황스러웠다. 술에 취해서인지, 그의 뒤늦은 고백이 부끄러워서인지 얼굴이 붉게 물든 수정은 마땅한 대꾸도 하지 못한 채 멍하니 그를 바라보았다.

　좋은 것인지 싫은 것인지 갈피를 못 잡고 있을 때 뜨겁게 달아오른 얼굴을 그의 손이 부드럽게 감쌌다. 안 그래도 커다래진 그녀의 눈동자가 휘영청 더 커다래졌다. 수정은 눈을 빤히 뜬 채로 그의 얼굴이 점점 다가오는 것을 지켜보았다.

　"이제 와서 너에게 관심을 보이는 이주환을 죽도록 패주고 싶은 걸 보면……, 옛날부터 내가 널 좋아했는지도 몰라."

　점점 가까워지더니 살며시 닿는 달콤한 입술에 수정은 스르르 눈을 감아버렸다.

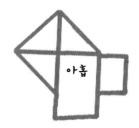

아홉

쪽!

짧고 생소한 소리에 눈을 번쩍 떴다. 그는 조금 전 무슨 일이 있었냐는 표정으로 테이블에 턱을 괴고 앉아 장난스럽게 웃고 있었다.

"뭐야!"

"하하하하하!"

얼굴을 새빨갛게 물들인 수정이 빽, 소리를 지르자 현호가 당장 뒤로 넘어갈 듯 몸을 젖히며 웃어댔다.

"그만 안 해?"

분에 겨워 씩씩거렸지만 배까지 움켜쥔 그는 웃음을 멈출 기미가 없어 보였다.

"야! 그만하라니까?"

"하하하하."

얄밉게 웃어대는 그를 보면서도 수정은 주먹 한 번 휘두르지 못했다. 가만히 있자니 억울했지만 무슨 짓이냐고 따지는 것이 더 이상했다. 이러지도 저러지도 못한 채 수정은 입술을 잔뜩 내밀고 신나게 웃어대는 그를 뚱한 얼굴로 노려보다 이내 콧대를 세우며 맥주를 벌컥벌컥 들이켰다.

"그만 마셔."

"남이사 마시든 말든!"

"여기서 더 마시면 이번에는 키스해버린다?"

"뭐, 뭐?"

놀라 숨을 삼킨 수정이 말을 더듬으며 어깨를 뒤로 쭉 뺐다.

정말이지 갈피를 잡을 수 없는 녀석이다. 수정은 슬금슬금 엉덩이를 움직여 그에게서 조금 떨어져 앉았다. 눈치를 살피며 맥주를 홀짝이고 있는데 테이블에 팔을 올려 몸을 기댄 그가 진지하게 말했다.

"이제 다 알아들었어?"

"뭐, 뭘?"

다짜고짜 묻는 통에 수정은 생각할 시간을 벌고자 퉁명스럽게 되물었다.

언제는 제대로 설명을 해줬고? 라고 따지고 싶었다. 그런데 그의 입술이 닿았던, 지금은 맥주를 마시는 데 집중하고 있는 그녀의 입술은 좀처럼 제 역할을 하지 못한 채 침묵을 지켰다.

"친구들이 했던 말, 내가 너 좋아한다고 하던 그 말 이제 알아들었냐고."

수정은 짜증이 확 밀려왔다. 도대체 무슨 말을 어떻게 이해하라는 것일까. 그녀가 느끼지 못했다면 친구들이 거짓말을 한 것이라는 모호한 말은 어느 세상의 대화법인가 싶었다. 사실 그의 머리를 확 잡아당겨보고 싶은 유혹을 느꼈다. 그가 영화 '맨 인 블랙'의 외계인일지도 모른다는 엉뚱한 상상을 하며.

주눅이 들어 그의 눈치를 살피던 수정의 눈에 갑자기 힘이 들어갔다. 곧 덤빌 사람처럼 눈을 치켜뜬 그녀를 보며 그가 능청스럽게 물었다.

"왜? 뭐가 또 불만이야?"

"이런 변태 같으니⋯⋯."

"너에게 하도 많이 들어서 이젠 신기하지도 않아."

울컥 화가 치민 수정이 버럭 소리를 질렀다.

"누가 허락도 없이 마음대로 뽀뽀하래!"

"말로 하면 네가 못 알아들으니까 그렇지."

"그건 네가 제대로 설명을 못 해서 그런 거잖아. 빙글빙글 말이나 돌리고, 말장난이나 치고, 놀리기나 하고, 약 올리기나 하고!"

"어휴. 무슨 죄목이 그리 많아?"

무심한 얼굴의 그가 손가락으로 귀를 후볐다. 억울해도 너무 억울하다. 자기는 다 기억하는데 그녀는 뭐 하나 제대로 기억하는 것 없다고 벌을 준 것인가 싶었다.

하지만 그건 죄가 아니잖아!

볼에 잔뜩 바람을 집어넣은 수정은 치킨과의 전투 의지를 불사르며 가슴살 조각을 입에 물었다.

슥슥.

그가 그녀의 머리를 휘휘 쓰다듬었다. 그녀는 그에게 눈도 돌리지 못하고 미세하게 떨리는 손을 억지로 숨기며 감정 없는 로

동창생

봇처럼 묵묵히 이젠 식어버린 치킨을 먹었다.

그가 한 말이 믿기지 않았다. 경선이 그 이야기를 할 때만 해도 어떻게 해서든 커플을 만들고 싶어 하는 친구들의 짓궂은 장난이려니 생각했었다. 경선의 말을 들었을 때는 심지어 화도 났었다. 싫은 기억을 공유하는 그였기에, 툭하면 약을 올려대는 그이기에 유쾌하지 않은 장난이라고 생각하고 말았었는데 그게 아니었던 걸까? 편안한 자세로 손을 뻗어 머리를 쓰다듬는 그의 모습을 바라보는데 심장이 다시금 덜컥덜컥 이상한 소리를 냈다.

수정은 얼굴을 찌푸리며 그의 손을 뿌리쳤다.

"뭐야. 내가 무슨 애도 아니고 그만해."

"그렇게 심술부리지 마."

"뭐?"

수정이 짜증이 잔뜩 묻어나는 눈으로 현호를 쏘아보았다. 양손에 턱을 괸 그는 그런 그녀를 다정한 눈길로 바라보며 대답했다.

"자꾸 그러면 키스해버리고 싶잖아."

"흡!"

수정은 들고 있던 치킨으로 입을 얼른 가렸다.

싱글벙글 천연덕스럽게 웃고 있는 그가 미친 듯이 미워져버렸다. 그런데 외계인은 그녀인가 보다. 미운데도 심장이 두근두근대는 걸 보면. 그와는 더 이상 눈싸움도 할 수 없을 지경이 되어버린 수정은 얼른 시선을 피하며 다시금 치킨 먹기에 몰두했다. 속으로 치킨에게 너라도 함께 있어서 다행이야, 라는 말을 중얼거리며.

"오늘 많이 예뻐."

"난 원래 예뻐."

오물오물 치킨을 먹으며 뻔뻔하게 잘 대답했다고 생각했는데 빤히 쳐다보는 그의 눈길에 옆얼굴이 따끔거렸다.

"오늘 여기 왜 왔어?"

"……아까 대답했잖아."

수정은 못마땅한 목소리로 툴툴거렸다.

민망한 이유를 또 어떻게 대라고……. 왜 신경 쓰였냐고 물으면 대답할 말이 없었다. 드라마 속의 어린 장금이처럼 신경 쓰여서 신경 쓰인다고 하는데 어쩌구 할 수도 없고 말이다. 그러니 되도록 그 주제는 건너뛰어야 한다. 그의 고백을 듣게 된 것만으로도 머리와 마음은 과부하 상태니까.

"넌 이제 이주환 만나면 안 돼."

이 무슨 뚱딴지같은 소린가 싶어 그를 빤히 쳐다보았다.

"나랑 뽀뽀해놓고 다른 남자 만나면 안 된다고."

"뭐어!"

겨우 진정시켰던 얼굴이 다시금 화끈거렸다.

당황한 수정은 벌벌 떨리는 목소리로 말했다.

"누, 누구 맘대로? 자기 맘대로 뽀뽀해놓고 어디서 소, 소유권 주장인데?"

"흐응. 그래?"

가늘어진 그의 눈이 위험하게 반짝거렸다. 이렇게 말하면 안 되는 거였나?

"역시 뽀뽀만으로는 약한 건가?"

동창생

"뭐어?"

미묘하게 바뀐 그의 눈빛에 직면한 수정은 벌여놓은 치킨 상자를 주섬주섬 정리하기 시작했다.

"지, 집에 가야겠다."

"나 오늘은 집에 안 데려다 줄 건데?"

"누가 데려다 달래? 피료 없어. 혼자 가 꺼야."

발음까지 이상하게 꼬여버렸다.

자리에서 일어난 수정은 침실과 욕실 사이에서 어쩔 줄 몰라 하며 갈팡질팡거렸다. 그러다 손부터 씻어야겠다고 생각했는지 쌩하니 욕실로 도망을 쳤다. 몸을 소파에 기대고 느긋하게 그 모습을 지켜보던 현호의 입가에 피식 웃음이 서렸다.

얼마나 빨리 손을 씻었는지 욕실 문을 벌컥 열고 뛰쳐나온 수정은 쪼르륵 침실로 사라졌다. 테이블을 대충 정리하고 자리에서 일어났을 때 당황스러움을 감추지 못한 수정이 붉게 상기된 얼굴로 침실에서 나왔다.

"갈게."

"같이 가."

"어딜!"

가방을 가슴에 끌어안은 수정이 화들짝 놀란 얼굴로 물었다.

"택시 타는 것만 보고 올라올 거야."

입술을 꼭 다물고 있던 수정은 곧장 현관으로 달음박질쳤다.

민망하고 위험하다는 생각만 머릿속에 가득했다. 모르겠다. 이런 상황을 스스로 자초한 것인지, 아니면 무의식중에 바라고 있었던 것인지 혼란스러웠다. 차라리 오지 말걸. 그의 태도가 수상

했어도, 그의 말이 의미심장했어도 모르는 척 오늘은 오지 말걸.

신발을 신으며 뒷목이 서늘해지는 걸 느낀 수정은 허둥지둥 현관문을 열었다. 복도를 바삐 걸어가는데, 바로 닫혔어야 할 현관문이 뒤늦게 닫히는 소리가 들렸다. 이어지는 보폭 넓은 발자국 소리를 들으며 수정은 엘리베이터로 향했다.

"출장 같이 가는 거다."

"헉!"

엘리베이터를 기다리던 수정은 그가 뒤따라오고 있다는 걸 알았으면서도 깜짝 놀라고 말았다.

진정하자, 백수정.

그녀는 사방팔방 날뛰는 심장을 가까스로 억누르며 태연한 척 대답했다.

"사장님하고 저하고는 스케줄이 아예 달라요."

"그거야 맞추면 되지요."

"아이, 너 나한테 도대체 왜 그래?"

수정이 결국 울상을 지으며 그를 올려다보았다. 바지 주머니에 양손을 찔러 넣은 그가 어깨를 들썩이며 대답했다.

"너야말로 왜 그러냐?"

"내가 뭘! 뭘!"

생각 같아서는 고래고래 소리라도 지르고 싶었지만 다들 잠이 들었을 복도에서 그럴 수도 없어 속이 더 답답했다.

"말로 해도 못 알아듣고, 행동으로 보여줘도 못 알아듣고."

그녀는 못 알아듣는 게 아니고 못 알아들은 척하는 것이었다. 이런 고백을 언제 들어본 적이 있던가? 아니, 한 번도 없다. 주

동창생

환도, 진성도 모두 그녀가 먼저 좋아했고, 고백을 하면서 교제를 시작했었다.

누군가가 고백을 해온다면 어떤 기분일까 많이 궁금했었는데 막상 듣고 보니 미쳐버릴 것 같다. 뭐라고 대답해야 하는지도 모르겠고, 그 다음은 어떻게 해야 하는지 하나도 모르겠다. 지금은 어서 이 자리를 벗어나고 싶은 마음만 가득할 뿐이다.

땡!

반가운 소리에 얼른 엘리베이터에 오르자 그도 자연스럽게 뒤따라 탔다. 1층까지 내려가는 동안 정사각형의 엘리베이터 안은 조용했다. 쿵쿵, 큰 소리로 울어대는 심장 소리만 빼면. 수정은 입술을 아프게 깨물었다.

'일단 지금은 무조건 도망가는 거야. 나머지는 내일 생각해, 내일.'

가방을 품에 안은 수정은 엘리베이터 문 앞에 초조한 얼굴로 서 있었다. 엘리베이터 문에 비치는 그는 고개를 들어 점점 줄어드는 숫자를 지켜보고 있었다. 얄밉도록 평온한 모습에 심기가 뒤틀리기 시작했다. 아무렇지 않은 듯 태연한 그가 얄밉고 이런 상황이 억울했다.

'왜 나만 이러는 거야!'

콩콩. 수정은 주먹으로 가슴에 품은 가방을 소심하게 두드렸다. 그러자 대답이라도 하듯 엘리베이터 문이 열리고 밝은 불빛이 쏟아졌다.

어디가 입구였지? 얼마나 당황했는지 많지도 않은 출입구마저 헷갈렸다.

"이쪽."

두리번거리던 수정은 출입구로 걸어가는 그를 돌아보았다. 졸지에 그를 따라 나서는 꼴이 되어버렸지만 어쩔 수 없이 조용히 걸음을 옮겼다. 적지 않은 차들이 지나다니는 도로변에서 두 사람은 택시를 기다렸다.

빨리 와라, 빨리 와라.

그의 뒤에 선 수정은 택시가 빨리 오길 속으로 계속 빌었다. 그녀의 간절한 기도를 들었는지 멀리서 빈 택시가 다가오는 것이 보였다.

"엄마야!"

갑자기 그녀의 입에서 놀란 비명이 터져 나왔다. 택시를 세우기 위해 들었던 손을 그에게 잡힌 그녀의 몸이 휘청거리며 그의 품 안에 담겨버렸다. 예고도 없이—이런 일을 예고하는 사람은 없겠지만—벌어진 일에 정신이 혼미해졌다. 수정이 놀란 눈을 들어 굽어보고 있는 그의 눈을 응시했다.

"야아."

작은 목소리의 그녀가 의미 없는 한 마디로 항의를 했지만 그는 뜨겁기까지 한 눈으로 지그시 바라만 볼 뿐이었다. 그토록 기다리던 택시가 두 사람을 지나쳐 바람처럼 사라져버렸다.

"자꾸 장난하지 마."

수정이 몸을 비틀자 현호는 그녀의 가는 허리를 더욱 강하게 옭아맸다.

"장난 아닌데."

"……."

동창생

"좋아한다고 했는데 아무 대답도 없이 가려고 하는 네가 나쁜 거야."

"뭐, 뭐야. 언제는 예쁘다며?"

진지하게 무거워지는 분위기가 싫어서 수정이 장난처럼 대꾸했지만 그의 굳어진 얼굴은 펴질 생각을 하지 않았다.

"예쁘지. 소유권 주장하고 싶을 만큼……."

그의 기다란 손가락이 그녀의 턱을 간질이듯 쓸더니 가볍게 쥐고는 위로 들어올렸다.

"그리고 키스하고 싶을 만큼."

"여보세……!"

그를 막고 싶었지만 그녀의 입술은 속수무책으로 그에게 점령당했다.

어디서 나타났는지 이른 아침부터 새들이 지저귀고 날씨는 햇볕 아래 서 있는 것이 부끄러울 만큼 투명하고 맑았다. 그와 반대로 무심한 눈으로 창밖을 내다보는 수정의 얼굴에는 그늘이 잔뜩 껴 있었다.

드디어 탈 많고 말 많던 출장을 가게 된 날. 할 수만 있다면 출장을 취소하고 싶은 심정이었다. 맹장이라도 터져서 응급실에 실려 가고 싶은 생각이 굴뚝같았지만, 누구보다 튼튼한 체력의 소유자인 그녀는 꾀병도 부릴 수 없었다.

"하아……, 죽겠네."

그녀의 입에서 절망 섞인 한 마디가 흘러나왔다.

그날, 정확히 말하면 그가 키스를 하던 밤을 생각하면 지금도 얼굴이 붉어진다. 키스를 해서가 아니라 딸꾹질을 해서! 그의 키스는 자극적이지 않고 부드러웠다. 소중한 것을 어루만지듯 조심스럽고 다정했다. 그곳이 사람들이 지나다니는 거리라는 것도 잊은 채, 그와의 입맞춤에 빠져 있었다. 그런데! 살짝살짝 입술을 터치하던 그의 입술이 열리고 매끄러운 혀끝이 느껴지자마자 난데없이 딸꾹질이 터져 나왔다.

"아주 여러 가지를 하셔."

허리를 감싸 안은 그가 입술 위에서 장난기 가득한 목소리로 놀렸다. 딸꾹질의 원인이 자신이라는 걸 그는 인정하지 않는 듯했다. 그에게 따지지도, 다른 핑계를 대지도 못한 채 새빨갛게 얼굴을 붉힌 채 시선을 피했다. 쉴 새 없이 이어지는 딸꾹질에 결국 그가 편의점에서 생수를 사 와 대령해야 했다. 미안하고 창피해서 쥐구멍에라도 숨고 싶었다.

"미안해."

고개도 들지 못한 채 사과하자 그가 능청스럽게 말했다.

"다음에는 딸꾹질을 해도 안 멈출 거야."

"뭐?"

"숨 막혀 죽을 것 같다고 해도 안 봐줄 줄 알아."

그가 했던 말을 떠올린 수정이 고개를 푹 숙였다.

점점 못하는 소리가 없다. 뻔뻔하다는 건 알고 있었지만 이건 좀 심하다 싶었다. 그에게 따졌어야 했나? 우리가 언제부터 입술을 맞대는 사이가 된 거냐고? 하지만 어쩌겠나. 그의 키스가 싫지만은 않은걸. 사람들이 지나다니는 거리 한복판이었다는 것만 빼면……

동창생

"후우."

고개를 든 수정이 창틀에 팔을 올려 턱을 괴고는 긴 한숨을 흘렸다.

그녀의 한숨을 실은 택시가 미푸드 앞에서 멈추었다. 캐리어 가방과 슈트케이스, 노트북을 들고 숄더백을 멘 그녀의 옷차림은 가벼웠다. 하늘색 블라우스에 면바지를 갖춰 입자 정장을 입었을 때와는 사뭇 다른 분위기가 흘렀다. 회사에서는 평상시에도 되도록 정장을 입도록 규정하고 있지만, 장거리 이동을 해야 했기에 오늘은 살포시 어기기로 했다.

첫 교육은 부산점이다. 교통편은 승용차를 이용하기로 했다. 빠르기는 비행기나 KTX가 좋겠지만 비행장이나 열차 역까지 이동을 해야 하고, 짐들이 많아서 여러 번 갈아타는 것이 더 불편할 것 같아서다.

오후 늦게 부산에 도착하면 숙소에 짐을 풀고 잠시 쉬었다가 저녁에 첫 그룹 교육을 한다. 그리고 내일 두 그룹의 교육이 끝나면 첫 번째 일정이 마무리된다. 그 후 그녀는 다시 대구로 넘어가고 똑같은 교육을 이어나가게 될 것이다. 연수원에서 집합 교육을 할 수 있다면 다른 강사들과 교육을 함께 진행할 수 있고 이동도 없으니 훨씬 편한데, 미푸드의 경우에는 특성상 직접 방문 교육을 해야 했다. 정말 긴 여정이 될 것이다.

수정은 건물로 들어가지 않고 민 대리에게 전화를 걸었다. 여전히 쾌활한 목소리의 민 대리는 당장 내려갈 테니 조금만 기다리라고 했다. 어제 출장 확인 차 잠깐 통화했을 때 민 대리가 함께 동행하기로 결정 되었다고 했다. 자기가 운전은 베테랑이라며 편안하게 모시겠다고 큰소리를 떵떵 쳤었다. 유쾌한 성격인 것 같아서 긴 시간의 출장이 마냥 힘들지는 않을 것이라 기대되었다.

출근 시간이 지난 회사 앞은 한가했다. 수정은 손차양을 만들어 하늘을 올려다보았다. 따뜻한 햇볕이 내리쬐는 완연한 봄이다. 얄밉게도 여름이 일찍 찾아오고는 있지만 짧은 기간의 봄이기에 아쉬우면서도 더 소중하게 느껴졌다.

"봄은 뭐니 뭐니 해도 야군데."

수정이 중얼거렸다. 그녀는 야구 광팬도 아니고 마땅히 응원하는 팀이 있는 것도 아니지만 야구장을 좋아했다. 야구를 좋아하시는 부모님을 따라 어렸을 때부터 야구장에 종종 놀러 가곤 했는데, 그곳에서 먹는 간식을 좋아했다. 야구장 앞에서 파는 통닭이며 오징어, 쥐포, 김밥, 사발면. 그날 그곳에서 먹는 건 다 맛있었다.

직장 생활을 하게 되면서는 잘 다니지 않았지만 봄이 되면 부모님 손을 잡고 많은 사람들 사이를 헤치며 야구장으로 들어가던 기억이 새록새록 떠오르고는 한다. 작년에는 그래도 회사 사람들과 스트레스 해소를 하겠다고 야구장에 다녀온 적이 있다. 베이징 올림픽 때 야구에 재미를 들인 채 팀장이 주도해서 다녀온 단체 관람이었다. 응원석과는 거리가 꽤 먼 외야석이었지만 경기 막바지에 이르러서는 응원의 열기가 외야까지 번져 고래고래 소리를 지르며 응원을 했었다.

덕분에 다들 목이 쉬어서 일주일 가까이 강의하는 내내 고생을 하기는 했지만 스트레스 해소를 할 수 있어서 참 좋았다.

동창생

"한창 야구 시즌이구나."

"야구 좋아해?"

불쑥 들려오는 목소리에 수정이 얼른 몸을 돌렸다. 언제 나타났는지 그녀의 옆에 막 선글라스를 쓰는 그가 서 있었다. 짙은 색 청바지에 흰색 셔츠를 받쳐 입은 그는 경쾌해 보였다. 셔츠의 단추는 여전히 여러 개 풀려 있고 넥타이도 제멋대로 목에 두르고 있었다. 소매까지 둘둘 말아 올려서인지 여유롭고 편안해 보였다.

"출장 안 갔어?"

수정이 쇳소리를 내며 물었다. 어제는 연락도 없길래 출장을 갔나 보다 생각했는데 난데없이 회사에서 나타나자 수정은 당황했다.

'그런데 연락 한 통 없었단 말이야?'

불쑥 심통이 터져 나왔다. 길거리에서 키스까지 하며 말도 안 되는 소유권을 주장할 때는 언제고 그날 밤부터 오늘까지 그에게서 전화는커녕 문자 하나 못 받았다. 그와 연인이 되기로 약속을 한 건 아니었지만 어느새 그녀는 연인의 연락을 기다리는 처지가 되어버렸다.

예정대로라면 오늘 아침 일찍 출장을 떠났을 그였기에 속에서는 조바심이 나도 꾹 참을 수 있었다. 그런데 버젓이 오늘, 그것도 지금 이렇게 나타날 거면서 연락도 한 통 없었다니. 어제 종일 가슴 졸이며 그의 연락을 기다리고 있었던 것이 못내 억울하고 속상했다.

여자라면 튕겨줘야 한다는 경선의 참견을 따라보겠다고 연락을 먼저 안 한 건 아니었다. 전적으로 창피해서 못 한 거다. 이제 껏 먼저 전화를 걸어본 적도 없고, 생각지도 못한 고백에 키스까 지 받고 보니 도저히 용기가 나지 않았던 것이다. 이쯤 되면 뻔 뻔한 그가 먼저 연락을 했어야 한다고 생각했는데 감히 이곳에 무슨 일 있었냐는 표정으로 나타나다니. 괘씸하기 그지없었다.

그녀의 마음을 아는지 모르는지 팔짱을 낀 그는 무심한 목소리로 대답했다.

"지금 가."

하마터면 그의 넥타이를 잡고 흔들 뻔했다.

네가 감히 그런 대답이 나와! 뽀뽀만 하면 다냐! 키스만 하면 다냐! 사람 기분 뒤숭숭하게 해놓고 넌 잠이 오더냐!

슬금슬금 손이 올라가려던 찰나, 대형 승용차가 앞에 섰다.

"강사님, 짐은 이게 단가요?"

절묘한 타이밍에 등장한 민 대리가 운전석에서 내리며 상냥한 목소리로 물었다.

"네. 짐이 좀 많지요?"

요지부동의 그를 재빨리 쏘아본 그녀는 트렁크에 싣기 위해 캐리어를 끌고 가는 민 대리를 따라갔다.

전체 교육 기간이 장장 일주일이고, 교육 시간만 50시간에 가 깝다. 부산, 대구, 광주, 대전, 인천으로 전국 광역시로 뿔뿔이 흩어진 터라 이동거리가 만만치 않았다. 일주일 동안 입어야 하는 정장부터 블라우스, 평상복, 속옷과 화장품 등 챙겨야 하는 것들이 많아 캐리어가 꽤 컸다.

"노트북은 제가 들고 탈게요."

동창생

트렁크에 캐리어와 슈트케이스가 실리자 수정이 말했다. 그러는 동안에도 그는 팔짱을 낀 채 강 건너 불구경 하듯 두 사람을 지켜보기만 했다.

'어휴, 얄미워.'

그를 한 번 더 흘겨보며 조수석으로 향하는데 뒤에서 민 대리가 인사를 했다.

"조심히 잘 다녀오십시오."

"네?"

"다녀오겠습니다."

영문을 몰라 멀뚱거리고 있는데 그가 유유히 차를 돌아 운전석에 올랐다. 민 대리는 싱글벙글 웃으며 조수석의 문을 열어주었다. 어이가 없어 멍하니 서 있는데 운전석에서 그가 큰 소리로 말했다.

"어서 타세요, 강사님!"

민 대리가 어서 타라는 듯 손으로 조수석을 가리켰다. 이건 약속이 틀리잖아요, 라는 표정으로 민 대리를 원망스럽게 바라보았지만 소용없었다. 수정은 마지못해 민 대리에게 꾸벅 인사를 하고 조수석에 올랐다. 민 대리가 닫아주는 문이 마치 지옥문 같았다.

"자, 갑시다."

그녀가 안전벨트를 매는 것을 확인한 그가 천천히 핸들을 돌리며 중얼거리듯 말했다.

이건 납치야.

생각은 그런데 이게 어딜 봐서 납치인가. 단순한 출장이지. 변덕이 죽 끓듯 한다고 흉을 볼지도 모르지만, 어제 종일 그에게서 연락이 없었던 것이 서운하면서도 그날의 키스가 계속 떠올라 당분간은 숨어 지내고 싶은 마음도 있었다. 전화는 얼굴이라도 안 보이지, 이렇게 얼굴을 맞대게 되면 민망한 그날이 자꾸 떠올라 그의 눈을 똑바로 쳐다볼 수가 없기 때문이다. 그런데 일주일 내내 붙어 있어야 한다니. 속에서 자꾸 한숨이 올라왔다.

"출장 끝나면 같이 야구장이나 갈까?"

조용히 운전만 하고 있던 그가 불쑥 물었다. 어제 오늘 신경을 너무 썼더니 대답할 기운이 없어 입을 다물고 있는데 그가 시무룩한 목소리로 말을 이었다.

"흐음. 데이트 신청인데 거절이야?"

"데이트는 무슨……."

입에서 중얼중얼 애기 옹알이가 흘러나왔다.

"우리 백수정 씨가 어째 기분이 영 안 좋은가 보네?"

대꾸도 하기 싫어서 고개를 돌리는데 그가 장난스러운 목소리로 말했다.

"삐치지 마. 삐치면 놀리고 싶어지니까."

"뭐?"

그가 그녀의 미간에 잡힌 잔주름을 보며 혀를 끌끌 찼다.

"예쁜 얼굴 망가지네."

"넌 왜 매번 그렇게 네 맘대로야?"

그녀가 드디어 폭발했다.

"뭐가?"

"출장 따로 간다고 했잖아."

동창생

"내가 같이 가자고 했잖아."

"그래서 싫다고 했잖아."

"내가 미쳤어? 너를 민 대리랑 같이 보내게?"

그가 정색을 하고 나오자 할 말을 잃은 수정이 입을 쩍 벌린 채 그를 바라보았다.

"어느 멍청이가 자기 여자를 남자랑 출장을 보낸대?

"자기…… 여자?"

"그래, 자기 여자. 백수정이 내 여자다. 왜? 불만 있어?"

그놈의 불만 있어, 소리. 듣기 싫어서라도 불 붙인 담배를 물려줘야 하나?

"흥. 언제는 민 대리 착하고 좋은 사람이라면서? 그래서 소개시켜준다고 했잖아."

"그걸 믿냐?"

그가 어이없다는 투로 대답하자 더 어이없는 건 그녀였다.

"진심도 아닌 말은 왜 하는데?"

"어허. 민 대리한테 사심 있었어?"

그녀가 따지자 그도 따졌다.

"누가 그렇대?

"그렇게 나와야지. 넌 내 건데."

"야아!"

"왜요, 내 여자 님."

저 뻔뻔한 볼때기를 확 꼬집어주고 싶다!

"난 아직 네 여자…… 친구 하겠다고 하지 않았어."

분명 억지라는 걸 알면서도 수정은 단호한 목소리로 그렇게 말했다. 그러면서 말은 한 번 더듬었다. 네 여자라는 말이 쉽게 안 나와서.

"나랑 뽀뽀도 하고 키스도 했으니까 넌 내 여자 해야 돼."

"그런 걸 일방적으로 결정하는 사람이 어디 있는데?"

"어허. 그럼 나랑 키스까지 해놓고 다른 남자를 만나겠다, 뭐 이 소리야?"

"아니. 그. 그거야. 그거는……."

뭐라 대꾸할 말이 없었다. 키스까지 했으니까 다른 남자를 만나면 안 된다는 그의 주장은 묘한 설득력이 있었다. 아직 그와의 연인 관계를 인정하지는 않았지만 다른 남자라도 만나게 되는 날에는 졸지에 양다리 걸친 배신녀가 될 것이라는 추측을 어렵지 않게 할 수 있었다.

반박도 하지 못하고 체념한 듯 수정이 볼에 바람을 잔뜩 집어넣고 어깨를 축 늘어뜨리자 조금 전까지도 정색을 하던 그가 따스한 바람처럼 미소 지었다.

"억울해?"

"그래."

"뭐가 억울한데?"

"……네 말이 다 맞는 것 같아서…… 억울해."

"하하하하."

창틀에 왼팔을 올려 머리를 기댄 그가 낮은 음성으로 웃었다. 그녀 역시 아래로 축 늘어져 있던 입꼬리를 살며시 올려 미소 지었다. 그에게 사기를 당한 것 같은 기분이 들기는 하지만 그래도 좋았다. 자기를 좋아해주는 그가, 자신이 좋아하는 사람이 그라

동창생

서…….

부산에 도착한 건 점심시간이 훌쩍 지나서였다. 똑같은 구간을 달려도 운전이 편한 사람이 있고 아닌 사람이 있는데 그는 전자에 속했다. 차를 타고 있다는 걸 느끼지 못할 정도로 승용차는 매끄럽게 도로를 달렸고, 그 속에서 수정은 편한 휴식을 취할 수 있었다.

"넌 운전면허 없어?"

부산 톨게이트를 막 지났을 때 그가 물었다.

"응."

"아쉽네."

"뭐가?"

"술 잔뜩 취했을 때 여자친구가 차 끌고 데리러 오는 친구 녀석들이 가끔 부럽더라고."

"흥. 나는 술 안 마시는 남자친구가 좋아."

"하긴 그 녀석들 여자친구한테 엄청 맞고 끌려가더라."

그가 불쌍하다는 듯 말하자 수정이 피식 웃었다.

"난 백수정이 언제 불러도 무조건 달려갈 거야."

"치. 안 불러."

이런 단순한 말에도 가슴이 설레다니.

그러면서도 수정은 안 그런 척 툴툴거렸다. 그는 별 반응 없이 웃음으로 대답을 대신하고 내비게이션 안내에 집중했다. 두 사람은 부산 해운대에 있는 호텔에 도착했다. 유명한 호텔이었지만 부산으로 여행을 와도 딱히 이용할 기회가 없어서 먼발치에서 구경만 했었는데 오늘은 직접 묵게 되었다.

해안가를 둘러보며 호텔로 들어선 수정은 체크인을 위해 프런트로 향하는 현호의 뒤를 졸졸졸 따라갔다. 호텔은 처음이라 많이 신기했다. 넓은 로비도, 친절한 직원들도, 여유롭게 대화를 나누고 있는 사람들도 다 신기했다. 고급스러운 인테리어와 다소 가라앉은 분위기에 기분이 한층 더 들떠 올랐다.

"가자."

프런트를 등진 채 로비를 구경하던 수정은 자신의 캐리어를 끌고 가는 그를 다시 졸졸졸 따라갔다. 엘리베이터를 타자 작은 접촉부에 카드를 대고 엘리베이터 버튼을 누르는 그를 신기한 눈으로 바라보았다. 혼자 왔다면 모든 것이 낯설어 많이 헤맸을 것 같은데, 능숙한 그가 있어서 다행이라는 생각이 들었다. 목적지에 도착한 엘리베이터의 문이 열리고 조용한 복도를 지나 어느 방 문 앞에서 선 그가 카드로 문을 열었다.

"자, 카드키."

"응."

"밥 먹어야 하니까 간단한 것만 먼저 정리하고 있어. 30분 정도면 되지?"

"응."

"내 방은 바로 옆이야."

"응."

수정은 짧게 대답만 했다. 그는 객실 안으로 가방을 넣어주고는 나갔다. 문이 닫히는 걸 확인한 그녀가 천천히 몸을 돌렸다.

"우와!"

동창생

방 전체를 차지하는 커다란 창문 너머로 넓은 백사장이 눈에 들어왔다. 여름이 되려면 아직 멀었는데 끝없이 펼쳐진 바다를 보기 위해 해변을 거니는 사람들이 꽤 많았다.

수정은 넋을 잃은 사람처럼 창가로 걸어가 바짝 붙었다. 반짝이는 햇살을 받은 예쁜 바다 풍경이 너무 탐스러워서 시선을 돌릴 수가 없었다. 오늘 하루만 이곳에서 묵는다는 것이 아쉬울 지경이었다.

객실은 아담했다. 보기에도 푹신해 보이는 침대 너머로 욕실이 있었고, 침대 발치 쪽에는 화장대 겸 책상이 길게 늘어서 있었다. 커다란 TV 옆에서 신기한 물건을 발견했다. 앙증맞은 사이즈의 커피머신이었다. 호기심에 이리저리 살펴보다 캡슐 하나를 넣어서 커피를 내렸다. 향긋한 커피향이 객실 내부에 은은히 퍼져 나가자 긴장감이 한꺼번에 풀리는 것 같았다.

커피 잔을 들고 객실 내부를 꼼꼼하게 살펴보던 수정은 벽에 걸려 있는 시계를 보고는 화들짝 놀랐다. 어느새 시간이 훌쩍 지나버렸다.

부랴부랴 손을 씻고 화장을 막 고쳤을 때 초인종이 울렸다. 가방을 챙겨 문을 열자 상큼한 샴푸 냄새가 확 끼쳐왔다. 그는 당장이라도 출근하려는 사람처럼 슈트를 완벽하게 차려 입은 상태였다. 언제나 건성으로 대충 두르고 있던 넥타이도 깔끔하게 매어져 있었다.

"어디 가?"

그녀의 질문에 그가 고개를 끄덕였다.

"너랑 점심 먹고, 부산점 가봐야 해."

"아……, 그렇구나."

출장 코스는 같았지만 서로 해야 하는 업무가 다르니 스케줄에 차이가 있었다. 미향 부산점으로 바로 가야 하는 그와 달리 그녀는 숙소에서 쉬었다가 저녁에 서면에 있는 토즈로 가면 된다. 토즈는 민 대리가 교육실로 사용하기 위해 세미나 룸을 대여해놓은 곳이다.

얌전히 그를 따라 엘리베이터 앞에 섰는데 그가 말했다.

"데리러 올 거니까 걱정하지 마."

"걱정은 무슨. 데리러 오지 않아도 돼. 혼자 갈 수 있어."

입술을 삐죽이며 대답했지만 속마음을 들키기라도 한 것 같아 가슴이 뜨끔했다.

"강의 끝나면 해운대 관광 할까?"

수정은 콩닥콩닥 뛰는 심장소리를 느꼈다. 쑥스러운 미소를 지으며 그녀가 고개를 끄덕이자 그가 손을 내밀었다. 수정은 조금의 망설임도 없이 그의 손을 잡았다. 말간 눈으로 올려다보는 그녀를 지그시 바라보던 그가 고개를 숙여 짧게 입맞춤을 했다. 처음과 마찬가지로 그녀는 당황했지만 그의 시선을 피하지 않았다. 서로를 마주 본 두 사람은 흐뭇한 미소를 지었다.

현호와 점심식사를 끝내고 객실로 올라온 수정은 서류가방에서 노트북과 교육 자료를 꺼냈다. 1차 교육에 참여하게 될 직원들의 명단을 쭉 훑어본 그녀는 강의안 점검을 시작했다.

오늘부터 시작되는 교육은 전 직원을 대상으로 하는 서비스 마인드 기본 교육이다. 우리가 왜 서비스를 해야 하는지, 서비스는

동창생

무엇인지 등에 대한 마인드 환기 교육이다. 1회당 모두 2교시 교육으로 휴식시간을 포함하여 총 세 시간의 강의다.

커피머신으로 내린 커피를 마시며 교육 준비를 하던 그녀가 고개를 든 것은 오후 5시가 조금 지나서였다. 이제 슬슬 마무리를 하고 교육장이 준비된 곳으로 떠날 준비를 해야 했다. 뻐근하게 아픈 어깨를 풀기 위해 길게 기지개를 켠 그녀는 어느새 차갑게 식은 커피를 마저 마셔버렸다.

그녀의 가느다란 손이 쌓여 있는 서류더미를 들추고 잠잠히 침묵을 지키던 휴대전화를 찾았다. 버튼을 누르자 휴대전화의 초기화면이 눈에 들어왔다.

점심때 헤어진 그에게서는 별다른 연락이 없다. 늦지 않게 올 것이라는 말을 남긴 그는 아내에게 인사를 하는 남편처럼 그녀에게 손을 흔들어 보이며 호텔을 나섰다. 그의 차가 호텔을 떠나는 모습을 지켜보는데 이상하게 가슴이 시큰거렸다. 서운하기도 하고 허전하기도 한 미묘한 감정이었다. 예상치 못한 감정이 그녀는 당혹스러웠다. 그 마음을 누군가에게 들키기라도 할까 싶어 허둥대며 부랴부랴 객실로 올라왔다.

이렇게 다시 시작하는 것인가?

풀이 죽은 모습으로 이마를 괴고 있던 그녀가 고개를 들어 창밖으로 보이는 바다를 응시했다. 2년이나 사랑했던 사람을 이렇게 쉽게 잊어버려도 되는 건가 싶은 이상한 죄책감이 생겼다. 비록 상대방의 잘못으로 헤어지기는 했지만 지금껏 자신이 품어왔던 사랑이 하찮은 이야깃거리로 치부되어버리는 건 아닐까 걱정이 되었다.

누구보다도 열심히 사랑했고 열정적으로 사랑했기에 결혼을 꿈꾸던 사람인데……. 그런 그와 헤어지고 아직 한 달도 되지 않았다. 사람들로부터 이별 이후의 기간이 짧았다는 이유만으로 그녀의 사랑에 대한 가치관이 부정당하고, 그런 자신을 좋아해 주는 현호를 나쁜 시선으로 보게 될까 수정은 두려워졌다.

겁쟁이가 되어버린 걸까.

수정은 자리에서 일어나 창가로 걸어갔다. 찰랑이는 바닷물이 뽀얀 거품을 만들며 백사장을 살포시 어루만지다 물러나기를 반복했다.

드르륵.

멍하니 창밖을 내다보고 있는데 테이블 위의 휴대전화가 진동을 했다. 얼른 휴대전화를 확인하니 현호였다. 수정의 얼굴에 미소가 번졌다.

— 간단히 뭐 좀 먹을래?

"점심을 늦게 먹어서 별로 생각 없는데."

— 교육 끝나면 10시라고 주방장님이 직원들 도시락을 준비하셨더라고. 너 생각나서.

그 말에 그녀의 얼굴이 발그레해지고 입술 끝이 끌려 올라갔다. 대수롭지 않은 일에 이리도 미소가 지어지니 그에게 단단히 빠져들고 있는 모양이었다.

수정은 그가 보지 못하는데도 고개를 끄덕였다.

"응. 같이 먹자."

— 당연하지. 혼자 먹으려고 했어?

"피."

— 그런데 교육이 너무 늦게 끝나서 관광은 못하겠다.

"잠자기 전에 바닷가 산책이나 좀 하지 뭐."

— 그래. 금방 갈게.

"응."

전화를 끊은 수정은 다시 창밖의 해변으로 시선을 돌렸다. 바닷가에는 긴 석양이 드리워지기 시작했다.

서른 명이 정원인 세미나 룸에는 부산에 있는 세 점포의 직원들이 빽빽하게 자리를 잡고 앉아 있었다. 부산은 점포가 모두 세 개로, 각 점포별로 세 그룹으로 나눠 교육에 참가하게 되어 있었다. 상기된 얼굴로 서 있는 수정을 향해 빙긋 웃음을 보인 그가 세미나 룸의 문을 열었다.

"안녕하십니까?"

그의 인사에 직원들이 우물쭈물 인사를 건넸다. 직원들은 그를 따라 들어온 그녀를 조심스럽게 훔쳐보고 있었다. 눈이 마주친 직원들에게 가볍게 목인사를 한 수정은 조금 떨어진 곳에서 그의 말이 끝나길 기다렸다.

"오늘은 본사 교육 담당자를 대신해서 왔는데, 너무 긴장하시는 거 아닙니까?"

그가 누구인지 뻔히 아는지라 직원들의 반응은 무거웠다. 참석자 명단을 확인한 그가 부드러운 표정으로 말했다.

"여러분들은 여기에 혼나려고 온 것이 아닙니다. 그러니 너무 긴장하지 마세요. 아마도 본사 교육에 참석하셨던 점장님이나 매니저님들을 통해 들으셨겠지만, 어려운 교육도 아니고 힘

295

든 교육도 아닙니다. 친절하고 상냥한 강사님이 즐겁게 진행하
실 테니 긴장을 푸시고 참여하시기 바랍니다."

그래도 대답하는 직원들의 목소리는 모기 소리만 했다. 현호는
어쩔 수 없다는 생각을 하며 강사 소개를 이어갔다.

"우리 미푸드의 서비스 교육을 전담하게 된 미래 아카데미의
백수정 강사님을 소개하겠습니다."

그의 소개가 끝나자 조용히 대기하던 수정이 길게 심호흡을 하
고는 방긋 웃는 얼굴로 직원들 앞에 섰다. 현호가 옆으로 물러나
며 박수를 치자 직원들도 얼떨결에 박수를 치며 그녀를 맞았다.
직원들에게 정중하게 인사를 한 그녀가 자기소개를 간단히 했
다.

"저는 미래 아카데미에서 근무하는 백수정이라고 합니다. 김
현호 사장님께서 말씀해주신 것처럼 앞으로 미푸드를 전담하게
되었습니다. 저는 여러분들의 감시자도 아니고, 내부 고발자도
아닙니다."

딱딱하게 굳어 있던 직원들의 입꼬리가 조금은 풀리는 듯했다.

"저는 여러분들이 고객들에게 다정하고 행복한 서비스를 제공
할 수 있도록 곁에서 돕는 역할을 할 것입니다. 우리는 보통 친
절 서비스라고 하면 눈에 보이지 않는 용역이라고 생각하기 쉬
운데 사실 눈에 다 보입니다. 우리가 지어 보이는 미소, 예의 바
른 손짓, 정중한 태도 등이 모두 서비스의 기본입니다. 이것은
직원과 고객 사이에서만 이루어지는 것이 아니고, 사람 대 사람
사이에 꼭 필요한 교양이기도 합니다. 교양이라고 하니까 또 어
려워지나요?"

동창생

그녀가 잠시 말을 끊자 직원들의 입에서 낮은 웃음소리가 들려왔다.

"저와의 만남을 통해 친절 서비스에 대해 좀 더 자세히 알게 된다면 여러분들 주변에 있는 분들과의 관계도 부드러워지고 윤택해질 것입니다. 그것은 곧 여러분들의 지적 재산이 되는 것입니다."

직원들은 진지한 얼굴로 수정을 바라보고 있었다. 수정은 곧바로 직원들의 시선을 한 곳에 묶는 데 성공했다. 아직 교육의 도입부에 지나지 않았지만 상냥한 눈빛과 맑은 목소리, 공손한 태도가 이미 직원들의 마음을 빼앗기에 충분했다. 눈으로 보이는 서비스를 그녀 스스로가 몸으로 직접 보여주고 있는 것이었다. 어느새 강의에 빠져든 수정을 흐뭇한 얼굴로 지켜보던 현호는 조용히 세미나 룸을 나왔다.

15분의 휴식시간 후 2교시가 이어지고 밤 10시가 다 되어서야 1차 교육이 마무리가 되었다. 수정과 인사를 하고 세미나 룸을 나서는 직원들의 얼굴은 한결 부드러워져 있었고, 자신감에 차 있었다.

"강사님, 다음에 또 봬요."

나이가 가장 어린 직원이 그녀의 손을 잡고 흔들며 아쉬움을 나타냈다.

"하반기에 미푸드 전체 워크숍 있을 거예요. 그때 빠지지 말고 오시면 백 강사님 만날 수 있습니다."

옆에서 지켜보고 있던 현호가 끼어들어 하반기 일정을 귀띔해 주자 직원이 신난 얼굴로 세미나 룸을 나갔다. 그녀와 인사하기 위해 제일 마지막에 서 있던 직원이 그녀에게 얼굴을 바짝 대고 속삭였다.

"점장님이 본사 다녀오셔서 그러셨어요."

"뭐라고 하셨는데요?"

수정이 호기심을 드러내자 직원은 궁금한 얼굴로 서 있는 현호를 힐끔거리고는 대답했다.

"우리 사장님과 강사님이 정말 잘 어울린다구요."

"정말입니까?"

그 말을 놓칠 리 없는 현호가 바로 끼어들었다. 수정은 '그런가요?'라는 말로 대답하며 안 보이게 현호의 옆구리를 쿡 찔렀다. 과도하게 얼굴을 들이미는 그 때문에 당황했는지 직원은 다음 말은 하지 않고 쏜살같이 세미나 룸을 나가버렸다.

"어휴, 그런 말은 좀 못 들은 척하면 안 돼?"

"왜 그래야 하는데?"

"난 지금 여기 놀러 온 사람이 아니야. 엄연히 일 때문에 온 거라고. 네가 옆에서 자꾸 그런 식으로 끼어들면 교육하기 힘들어져."

"……알았어."

수정이 교탁 위에 널려 있던 강의 자료들을 모으며 진지한 얼굴로 나무라자 현호가 미안한 표정으로 대답했다. 그녀가 서류를 모으는 동안 그는 노트북을 정리해 가방에 챙겨 넣었다. 서류 가방을 모두 꾸리고 나자 그가 그녀의 손에서 가방을 챙겨 어깨에 메고 앞장을 섰다. 그가 잔뜩 풀이 죽은 모습으로 나가자 수정이 작게 한숨을 쉬었다.

동창생

"그렇다고 그렇게 풀이 죽으면 어떻게 해?"

토즈에서 빠져나와 해운대로 향하는 차 안에서 수정이 말하자 그가 어깨를 으쓱거렸다.

"풀 죽은 거 아닌데?"

"그럼 뭔데?"

"반성하는 중."

"뭐어?"

그녀가 눈을 밉지 않게 흘기자 그가 피식 웃었다.

"내 여자 님이 전문 강사라는 걸 잊은 것에 대한 반성."

"치이……."

"다음부터는 조심할게."

"고마워."

수정도 미소를 지으며 마음 편한 얼굴로 몸을 바로 하고 앉았다. 운전을 하며 그녀를 힐긋 바라보던 그가 즐거운 목소리로 말했다.

"네가 너무 좋아서 그래."

수정이 다소 민망한 얼굴로 바라보자 그가 말을 이었다.

"사람들이 잘 어울린다고 하니까 기분이 좋아. 내 여자라고 막 소문내고 싶어."

그 말에 얼굴이 확, 붉어졌다. 수정은 화끈거리는 얼굴을 손으로 살짝 가리고는 그에게서 고개를 돌렸다. 그는 쑥스럽지도 않은지 뻔뻔하고 당당했다. 그가 무슨 말만 하면 부끄러워서 고개를 들지 못하겠다. 갓 첫사랑을 시작한 사람처럼…….

수정은 작게 헛기침을 한 번 하고는 고개를 아예 창 쪽으로 돌려버렸다.

"바다 보고 들어갈까?"

"그래."

수정은 기어들어가는 목소리로 작게 대답했다.

해운대는 이미 깊은 어둠에 잠겨 있었다. 세련된 도시 풍경과 태고의 모습인 바다가 오묘한 조화를 이루고 있었다. 넓게 펼쳐진 백사장은 조만간 몰려올 피서객을 맞이하기 위해 긴 휴식을 취하고 있었다. 해변은 그들처럼 산책을 즐기는 사람들이 몇몇 보일 뿐 묵직한 파도소리에 잠겨 있었다.

"신발 벗을래?"

백사장에 내려가지 못하고 서성이는 수정에게 현호가 물었다.

"옷을 갈아입고 나올 걸 그랬나 봐."

"그냥 벗어. 조금만 걸어가면 호텔이고, 바로 씻으면 되는데 뭐."

"그럴까?"

수정은 현호의 부축을 받으며 구두를 벗었다. 발을 내려놓자 푹 가라앉는 모래사장의 느낌이 포근했다.

"이리 와."

먼저 백사장에 내려 선 그가 손을 내밀었다. 수정은 손을 뻗어 그의 손을 꼭 잡았다. 곧 여름이 다가올 텐데도 바다는 아직 서늘했다. 파도와 함께 밀려온 바람에 그녀가 어깨를 움츠리자 그가 긴 팔을 둘러 제 몸으로 끌어당겼다.

"무슨 추위를 이리도 많이 타는지."

"그래서? 싫어?"

동창생

수정이 자연스럽게 허리에 팔을 감자 그가 그녀를 더욱 끌어안았다.

"싫기는. 이렇게 안을 수 있는데 당연히 좋지."

그의 능청에 그녀는 피식 웃고 말았다. 고요하지만 역동적으로 움직이는 파도를 바라보며 백사장을 걷던 그가 물었다.

"오늘 안 힘들었어?"

"이제 시작인데 뭐. 괜찮았어."

"난 내일 일찍 일어나야 해."

"왜?"

"식당에서 구입하는 재료들 보러 시장에 가기로 했거든."

"많이 일찍 일어나야겠네?"

"응. 아주 많이."

"너야말로 피곤하겠다."

"괜찮아. 너랑 있으니까."

그가 모르게 숨을 급히 들이켠 수정이 억눌린 목소리로 말했다.

"현호야."

"응?"

"뻔뻔하게 그런 말 좀 하지 마!"

"헉!"

그녀의 팔꿈치 가격에 그가 허리를 접으며 아픈 신음을 흘렸다. 그 소리에 당장 도망이라도 갈 듯 그녀가 그에게서 조금 떨어졌다.

현호는 아픈 척 엄살을 떨고 있었지만 갑자기 날아든 팔꿈치에

놀랐을 뿐, 악의가 담겨 있지 않아 전혀 아프지 않았다. 하지만
그는 엄살을 피우기로 했다. 놀란 그녀가 달려와 상태를 살펴보
도록.

"허억. 아프다……."

"많이 아파? 괜찮아?"

한참 동안 허리를 펴지 않자 그의 예상대로 놀란 그녀가 다가
와 그의 팔을 붙잡았다. 그는 엄살을 조금 더 피웠다. 그녀가 경
계를 완전히 풀어버릴 때까지.

"괜찮냐니까? 얼마나 아파서 그래?"

허리를 숙인 그녀가 배에 손을 대자 그는 기다렸다는 듯 허리
를 펴고 그녀를 품에 안아버렸다.

"꺄악!"

"이 아가씨가 겁도 없이 자기 남자 배를 때려?"

"야. 뭐야. 사람들 보잖아."

그녀가 허리와 등에 감긴 그의 팔을 풀어보겠다고 몸을 바르작
거렸지만 능구렁이 같은 그는 오히려 더 힘주어 끌어당겼다.

"아까 너 강의할 때 너무 예뻐서 키스하고 싶은 거 참느라 힘
들었다."

"뭐, 뭐래니?"

그녀의 눈에 당혹감이 스쳐 지나갔지만 그는 담담한 목소리로
말을 이었다.

"그러니까 지금 할 거야."

"야……!"

그에게 항의를 할 수 없었다. 그가 열어주는 품에 몸을 묻고,

그가 내미는 따스함에 함께 동화되어 시간의 흐름을 잊어버리기
때문에…….

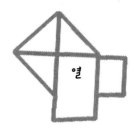

열

 장난스럽게 시작된 그의 키스는 순식간에 뜨거워졌다. 입 안 구석구석을 헤매는 그의 혀끝이 다급하게 느껴졌다. 그녀의 입술과 혀가 처음부터 그의 것이었던 양 철저히 속박당했다.

 쏴아!

 아른아른거리는 의식 속에서 또렷하게 들려오는 파도소리에 번쩍 정신을 차린 그녀가 거친 숨을 몰아쉬며 그의 가슴을 있는 힘껏 밀어냈다.

 시원하게 부딪쳐오는 파도소리에 그도 정신을 차린 것일까. 어렵지 않게 그의 몸에서 떨어질 수 있었다. 흐드러지는 파도소리와 함께 두 사람의 숨소리도 너울너울 춤을 추었다.

 수정은 불안한 눈으로 주변을 둘러보았다. 사람들이 눈요깃감으로 보고 있으면 어쩌나 무서웠는데 다행스럽게도 몇 안 되는 사람들은 멀리서 바다를 보거나 대화를 나누고 있었다.

 "저기…… 있잖아……."

 그와의 키스로 그녀는 몸 속 깊은 곳에서부터 화르르 피어오르는 불꽃을 느꼈다. 처음 느껴보는 것이었고, 그런 것이 제 몸에 있는지도 몰랐다. 문득 이래도 되는 것일까 또 의문이 생겼다. 혼란스럽고 복잡했다.

"흐음."

팔짱을 낀 그가 뻬딱하게 서서 못마땅한 얼굴로 그녀를 바라보았다. 들고 있는 구두를 만지작거리는 수정은 눈동자를 빙글빙글 돌리며 도망갈 궁리를 했다. 그녀의 수를 꿰뚫은 그가 웃음기 가득한 목소리로 말했다.

"이번이 진짜 마지막이야. 다음부터는 절대 안 봐줘."

"하하…… 하하……."

어색한 미소로 대답을 대신한 그녀는 바람에 흔들리는 머리카락을 쓸어 넘기며 바다를 향해 섰다. 그도 바지 주머니에 양 손을 찔러 넣으며 바다를 향해 섰다. 검은 파도가 바람을 타고 넘실거렸다.

"난…… 이게 맞는 건지 잘 모르겠어."

고개를 숙인 그녀가 기운 없는 목소리로 운을 떼자 그가 돌아보았다.

"내가 싫은 거야?"

"아니야."

서운해하는 그의 목소리에 그녀가 고개를 들어 그를 올려다보았다.

"그럼?"

"우리가…… 너무 이른 것 같아서."

"어째서?"

"그러니까……, 내 말은……."

그녀가 그의 시선을 피해 고개를 숙였다.

"난 너무 오래 걸렸는데……."

다시금 그녀의 고개가 들렸다.

구름 속에 숨어 있던 달이 빠끔 고개를 내밀어 두 사람을 비추었다. 아주 짧은 시간, 두 사람은 가만히 고요한 달빛에 비치는 서로의 얼굴을 감상했다.

"난 더 이상 너에게 시간을 주지 않을 거야."

"현호야……, 난 내가 너무 뻔뻔한 사람 같아."

"그런 생각을 왜 하는데?"

그의 얼굴이 다소 험상궂어졌다. 그녀가 애처로운 눈으로 그를 바라보았다. 그가 이해해줄까? 이렇게 복잡하고 두려운 마음을 그는 순순히 인정해주고 기다려줄까?

그녀가 어렵사리 입을 뗐다.

"난 아직…… 진성 오빠랑 헤어진 지 얼마 되지도 않았고……."

"그 인간 다시는 입에 올리지 마."

험상궂은 얼굴만큼이나 목소리가 냉랭했다. 그 차가움에 흠칫 놀란 그녀의 눈동자가 커다래졌다. 파도에 밀려든 바람마저 차갑게 느껴져 재킷을 입었음에도 살갗에 소름이 돋았다.

"하지만 내가 사랑한다고 했던 사람인걸. 헤어진 지 고작 한 달밖에 되지 않았다고."

"그게 무슨 상관인데!"

그녀의 말이 끝나기 무섭게 그가 버럭 소리를 질렀다. 그 소리

동창생

는 해운대 전체를 울리는 것처럼 들려왔다.

"그런 인간 같지 않은 인간 잊으라고 했지! 그런 덜떨어진 인간이랑 헤어지면서 숙려기간 따위 없다고 했지! 그런 뭣 같은 인간한테 의리 같은 거 안 챙겨도 된다고!"

그의 화난 모습은 처음 보았다. 언제나 싱글싱글 웃기만 하고 농담만 하는 줄 알았는데 이렇게까지 정색을 하며 소리를 지르자 더럭 겁이 났다.

수정은 놀란 가슴을 진정시키지 못해 덜덜 떨리는 손을 들어 입을 가렸다. 저도 모르게 눈물이 고여들었다.

"너 아직도 그 남자 좋아하니? 사랑해?"

"……."

"그런 거야?"

한 발자국 앞으로 다가온 그가 절박한 얼굴로 물었다. 눈도 깜빡이지 않았는데 눈물이 또르르 흘러내렸다.

수정은 고개를 저었다.

"아니야. 그런 게 아니야."

"그럼 뭔데? 뭐가 그렇게 어려워? 뭐가 그렇게 복잡한데?"

"내 마음이…… 가볍다고 할까 봐. 얼마 전까지도 오빠를 사랑한다고 해놓고, 금세 널 좋다고 하는 내 모습이 흉할까 봐. 내 마음이 너에게 잘 전달되지 않을까 봐……. 그래서……."

순간 그가 그녀의 손목을 잡고 강하게 끌어당겼다. 그녀의 몸이 휘청거리며 그의 품에 담겼다.

수정은 마음이 찢어지는 것 같았다. 그가 생각하는 그런 것들이 아닌데, 제 마음 하나 제대로 전달하지 못하는 스스로가 한심하면서도 화를 내는 그에게 서운했다.

"넌 정말 내 말을 깊이 새겨듣지 않는구나."

미세하게 떨고 있는 어깨 위로 커다랗고 따뜻한 팔이 감겨왔다. 오돌오돌 떨리던 어깨가 그의 온기로 서서히 안정을 찾아갔다.

"왜 자꾸 과거를 현재에 엮으려고 들어. 그런 거 다 필요 없다니까. 지금이, 앞으로의 미래가 더 중요하다고 도대체 몇 번을 말해."

"그럼…… 널 좋다고 하는 내가, 흉하지 않아?"

"내가 예쁘다고 했던 말도 허투루 들었구나?"

"내가 예뻐?"

"당연하지. 넌 뭘 해도 예뻐. 방귀를 뀌어도 예쁘다고 할 거야."

퍽! 그녀의 주먹이 사정없이 그의 등을 때렸다. 그녀를 품에 꼭 안고 있던 그가 몸을 조금 떼어 물기 가득한 그녀의 얼굴을 굽어보았다. 그의 기다란 손가락이 볼을 따라 흐른 눈물 자국을 닦아냈다.

"어른인 척 굴지 말 걸 그랬나 봐."

언제 화를 냈냐는 듯 웃고 있는 그를 그녀가 의아한 눈으로 바라보았다.

"1학년 도덕 시간에 노래를 부를 때 네가 참 예뻐 보였어. 그날 이후로 넌 자꾸 눈이 가는 아이였고, 자꾸 귀가 쏠리는 아이였어. 그때는 잘 몰랐는데 나중에야 어렴풋이 내가 널 좋아하는 게 아닐까 하는 생각을 했었어."

동창생

그의 진지한 음성에 자꾸 얼굴이 붉어졌다. 그는 담담한 목소리로 말을 이었다.

"그래도 좋아한다는 말은 못 하겠더라."

"왜?"

"중학교 입학하면서부터 부모님이 미국 이민을 계획하고 계셨거든. 게다가 넌 이주환을 좋아하고 있었어. 그딴 거 다 모르겠고 그냥 확 고백이나 해버릴까 하다가, 한국 떠나는 놈이 실없이 장난질이나 한다는 소리 들을까 봐 안 했어."

"내가 주환 오빠한테 차이는 거 봤다면서."

"네가 오죽 울었어야지. 거기다 대고 좋아한다는 말을 어떻게 해? 했다고 쳐. 그래서 뭘 어쩔 건데? 난 미국으로 가버릴 건데. 언제 돌아올지 기약도 없고……."

수정이 심술이 가득한 눈으로 굽어보는 그의 허리에 팔을 감았다. 그녀가 몸을 기대오자 그가 어깨에 팔을 두르고 품에 꼭 안았다.

"그래서 바보처럼 어른 흉내 내면서 미국 갔지 뭐."

"너무 오래 걸렸다."

"그러니까 엉뚱한 소리로 속 좀 뒤집지 마."

그가 원망 섞인 목소리로 투덜거리며 그녀를 제 몸에서 조금 떨어뜨렸다. 달랑 뒤로 밀린 수정이 눈물이 다 지워진 눈을 깜빡이며 모르겠다는 얼굴로 그를 바라보았다.

"네가 사귀는 사람이 있다는 소리를 들었을 때는 어쩔 수 없다 싶었어. 우리는 그만큼 나이를 먹었고, 시간이 많이 흘렀으니까. 그래도 네 얼굴이 보고 싶어서, 다른 여자를 만나면서도 지워지지 않던 네 동그란 얼굴이 보고 싶어서 미선이 결혼식에 갔던 건데 네가 아주 그냥 제대로 차이더라고."

"이씨!"

한 대 때리고 싶은 마음에 팔을 흔들었지만 그의 손에 잡혀 있어 마음처럼 되지 않았다. 어쩔 수 없이 발로 정강이를 찼는데 신발을 신지 않아서 오히려 아프기만 했다. 마음대로 되는 것이 없어 씩씩거리고 있는데 그가 웃으며 말을 이었다.

"나에게는 기회였는데, 너한테는 아픔이더라. 그런데 그런 거 다 떠나서 널 울리는 그 녀석을 가만히 못 놔두겠더라고. 만약 네가 그냥 두겠다고 했어도 난 가서 팼을 거야. 감히 내 여자를 울리다니. 어느 남자가 그 꼴을 보고 참아?"

"훗."

그에게서 듣는 '내 여자'라는 말이 이토록 달콤하다니. 다른 남자가 이렇게 말했어도 심장이 오골거릴 정도로 좋을까? 가만히 생각해보면 그와 함께 있었기에 심장이 부서질 것 같은 배신의 아픔을 가볍게 넘겼는지도 모른다.

그를 보고 있으면, 그와 대화를 나누고 있으면, 그의 웃음소리를 듣고 있으면 모든 것이 백지가 되어버린다. 아팠던 기억도, 슬펐던 기억도 모두모두 그의 뒤로 물러나버린다. 이런 마음이 잘못된 마음인 것만 같아 불안했는데, 사랑했다던 마음이 깃털보다 가볍다는 비난을 들을까 걱정되었는데 아니었던 거다.

그였기 때문에 가능한 일이었다. 그녀를 오래도록 가슴에 품어주었던 그가 곁에 있었기에 쉽게 이겨낼 수 있었던 것이다. 마음이 뭉클해진 수정은 그대로 그에게 몸을 기댔다.

동창생

"네가 좋아."

팔을 놓아준 그가 그녀의 몸을 으스러져라 꽉 껴안았다.

"안고 싶어."

"안고 있잖아."

"……이런 순딩이."

"……."

콩닥콩닥 뛰던 심장이 쿵쿵거리며 요동을 쳤다.

방금 무슨 소리를 들은 걸까. 함부로 몸을 움직일 수 없어 죽은 듯 그렇게 서 있었다. 할 수만 있다면 못 들은 척 그냥 폭, 쓰러져 잠이 들어버리고 싶었다.

"들어가자."

몸이 경직되어버렸다. 이대로 일출을 보자고 한다면 기겁하겠지?

그가 어깨를 잡고 고개를 숙여 제 얼굴을 들여다보자 수정은 반대편으로 고개를 돌려버렸다. 그가 다시 따라오자 또 반대편으로 고개를 돌려버렸다. 그렇게 몇 번을 반복하자 그가 갑자기 큰 소리로 웃기 시작했다. 창피해서 고개도 못 들고 있는데 한참을 웃던 그가 눈물이 묻어나는 목소리로 킥킥거리며 말했다.

"여기서 밤 샐 거야? 내일 교육해야지. 나도 꼭두새벽부터 부산점 출근해야 하고."

"아……, 그래."

그제야 안심한 듯 수정은 괴상한 얼굴로 웃으며 몸을 바로 했다. 두 사람은 다정하게 두 손을 맞잡고 호텔까지 천천히 걸었다. 구두를 벗은 모양새가 썩 예쁘지 않았지만 서로만 바라보는 두 사람에게는 별 문제가 되지 않았다. 객실 앞에서 그녀가 열쇠를 찾는 동안 그는 구두를 대신 들어주었다. 삐빅, 소리와 함께 그녀의 방문이 열렸다.

"내일 일찍 나가야 해서 얼굴 못 보겠다."

그 말이 마치 내일은 영영 못 볼지도 모른다는 말처럼 들려서 심술이 났다.

"내일 데리러 온다면서."

"언제는 안 와도 된다더니?"

그 말에 수정이 뿔난 얼굴을 하자 그가 살포시 웃었다.

"푹 자고, 내일 보자."

어깨에 손을 올린 그가 고개를 숙여 입술에 짧게 입맞춤을 했다. 아쉬움만 남기며 그가 물러나자 수정이 그의 재킷을 꽉 움켜잡았다. 물러나려던 그가 놀란 표정으로 쳐다보자 얼굴이 발그레해진 그녀가 속삭였다.

"가지 마."

"……백수정."

자신이 들은 말을 믿지 못하겠다는 듯 그가 의아한 목소리로 그녀의 이름을 불렀다.

"같이 있어."

달아나는 용기들을 억지로 끌어 모은 그녀가 다시 붙잡자 그의 입술이 거칠게 그녀의 입술을 덮었다. 그의 힘에 의해 그녀는 안으로 밀려들어가고, 두 사람을 격리시키듯 문이 조용히 닫혔다.

바스락거리는 소리가 불규칙하게 허공을 떠다녔다. 수줍기만

한 일련의 과정이 지나고 지금의 그녀는 혼미함 속에 빠져 있었다. 그의 입술이 닿는 곳마다 화려한 불꽃이 일고, 의식이 점점 멀어져갔다. 그의 포근한 손이 스쳐 지나간 곳은 아지랑이가 피듯 낯선 감각이 온몸을 간질였다. 그의 뜨거운 숨결이 오소소 소름이 돋은 그녀의 살결 위에 파도처럼 부서졌다.

"하아."

수정은 참았던 숨을 한꺼번에 토해내며 눈을 질끈 감았다. 그가 움직일 때마다 파르르 몸 안이 떨렸다. 발끝은 꼿꼿하게 솟아오르고 그의 팔을 붙잡고 있는 그녀의 팔은 격정을 이기지 못해 파들파들 떨고 있었다.

피할 수 없는 고통의 순간이 있었지만 금세 잊었다. 그의 정성스러운 키스가 그녀의 눈물을 삼켜버리고, 서서히 피어오르는 생경한 감각이 고통을 마비시켰다.

"괜찮아?"

그가 걱정스레 묻자 살며시 눈을 뜬 그녀가 물기 가득한 시선으로 그를 올려다보았다.

"나…… 이상해."

마른 입술을 혀끝으로 한 번 적신 그녀가 메마른 목소리로 대답하고 그의 목에 팔을 감았다. 그는 그녀의 목에 긴 입맞춤을 하며 경직된 그녀의 허벅지를 가볍게 쓸었다. 그녀의 무릎을 접어 몸 쪽으로 붙이고 허리를 조심스럽게 움직였다.

"흐윽."

그녀의 입에서 다시금 탄성이 흘러나왔다. 그의 미간에 주름이 잡히고 이마에 고여 있던 식은땀이 그녀의 목덜미로 떨어졌다.

"수정아."

"흐응?"

"내가 안 되겠다."

"……."

"금방 끝내줄게."

"안 돼. 주, 죽을 것 같아."

수정이 세차게 고개를 저으며 그의 목에 매달렸다.

"넌 안 죽어. 대신 내가 죽어."

"현호……!"

목에 감겨 있던 팔을 떼어낸 그가 그녀의 허리를 꽉 잡고는 속도를 올리기 시작했다. 그녀의 가냘프던 신음소리가 점점 높이 치솟았다. 고개를 뒤로 젖힌 그녀의 가느다란 목덜미에 힘줄이 솟아오르고 그의 팔을 움켜쥔 손아귀에 강한 힘이 몰렸다.

"으음! 아아."

"헉, 헉."

두 사람의 격한 신음소리가 침대를 떠나 사방으로 뻗어나갔다. 그녀가 고꾸라지기 직전에 찾아온 첫 절정.

"흡!"

그의 짧은 신음과 함께 허리를 잔뜩 휜 그녀도 숨을 멈춘 듯 몸이 뻣뻣하게 굳었다. 절정의 결과물을 모두 쏟아낸 그가 그녀의 어깨를 끌어안으며 풀썩 몸을 기대오자 그녀도 멈추었던 숨통을 틔었다.

"하아."

그녀를 가슴에 안은 그의 지친 한숨이 정수리 위로 쏟아졌다.

동창생

수정은 기운 없는 팔을 들어 그의 등을 안았다. 그녀가 힘들까 몸을 굴려 옆으로 누운 그는 어깨를 더욱 단단히 끌어안았다.

"죽는 줄 알았어."

그녀의 웅얼거림이 가슴에서부터 들려오자 그가 피식 웃었다.

"넌 이제 영영 내 거다."

"……."

"아무 데도 못 가."

"툭하면 소유권 주장이야."

꼬물꼬물 그녀가 고개를 들려 했지만 그는 넓은 손으로 그녀의 뒤통수를 꾹 눌렀다.

"잠깐 쉬자."

"……."

"너랑 같이 있는 게 다 꿈같다."

그는 그녀의 머리를 부드럽게 쓸어내리며 나른한 목소리로 말했다. 가만히 그의 품에 안겨 있던 그녀도 그의 너른 등을 느릿하게 어루만졌다.

은은한 불빛과 함께 방 안에 작은 벨소리가 울려 퍼졌다. 몸이 노곤하여 눈이 쉬 떠지질 않았지만 수정은 억지로 눈꺼풀을 들어올렸다. 희미한 시야 너머로 밝은 빛을 발산하고 있는 휴대전화가 보였다.

알람을 맞췄었나?

그녀의 벨소리는 아니었지만 순간적으로 전화가 왔을지도 모른다는 생각에 손을 뻗었다. 그런데 몸을 지그시 누르는 무게감과 함께 다른 손이 불쑥 나타나더니 휴대전화를 가져가버렸다. 수정은 본능적으로 몸을 돌렸다. 밝은 불빛에 얼굴을 찌푸린 그가 휴대전화를 확인하고 있었다. 그에게서 시선을 뗀 그녀가 어둑한 방 안을 둘러보았다.

"일어나야겠다."

그녀의 몸을 감으며 그가 피곤한 목소리로 중얼거렸다. 그녀의 어깨와 허리를 꼭 껴안은 그가 이마에 입을 맞추었다. 그의 지친 한숨을 듣고 있던 그녀가 잔뜩 가라앉은 목소리로 말했다.

"몇 시야?"

"4시."

"너무 이른 거 아니야?"

"시장 가야지."

"아……."

고른 그의 숨소리가 얼굴을 간질였다. 그는 아직 꿈속을 헤매는 듯 쉽게 몸을 일으키지 못했다. 많이 지쳤을 것이다. 장시간의 운전만으로도 힘들 텐데 제대로 쉬지도 못한 채 바로 일을 시작하고 밤늦게까지 교육을 진행했으니 고작 서너 시간 잔 것으로 피곤이 해소되진 않을 터였다.

수정은 고개를 들어 하루 만에 까칠해진 그의 얼굴을 손으로 가볍게 쓸었다. 그녀의 손길을 느낀 그가 살며시 반쯤 눈을 뜨더니 빙긋 미소를 지었다.

"오늘 교육이 몇 시부터지?"

"오전 9시에 한 타임, 오후 1시에 한 타임."

"시간 맞춰서 올게."

동창생

"힘든데 그러지 않아도 돼. 혼자 택시 타고 갈 수 있어."

그가 손을 들어 그녀의 이마에 흐트러진 머리카락을 다정하게 쓸어 넘겼다.

"민 대리가 신신당부한 게 있는데……."

"뭔데?"

"교육생 입실 확인이랑, 강사가 마실 물 체크랑, 강사 소개는 절대 빼먹지 말라고 했어."

그 말에 수정이 히죽 웃었다.

"물이야 내가 알아서 챙기면 되고, 인원 체크하면서 인사까지 한꺼번에 하면 돼."

"안 돼. 내 여자 소개는 내가 직접……!"

짝. 수정이 그의 얼굴을 아프지 않게 찰싹 때렸다. 농담하는 걸 보니 잠이 다 깬 듯했다. 현호는 낮게 큭큭거리더니 그녀의 입술에 짧게 입맞춤을 하고는 침대에서 몸을 일으켰다.

"아직 시간 있으니까 넌 좀 더 자."

모로 누워 자신을 올려다보고 있는 그녀의 얼굴을 사랑스럽게 쓰다듬으며 그가 말했다. 그녀가 고개를 끄덕이자 그가 손을 떼고 침대에서 멀어졌다.

수정은 그대로 몸을 말아 이불을 꼭 덮고는 눈을 감았다. 그가 어찌나 조심스럽게 움직이는지 귀를 쫑긋 세워야 희미하게나마 들렸다.

그와 함께 있는 이 공간이 포근하고 행복하다. 떨어져 있던 시간이 길었고, 함께했던 추억이 많지 않지만 마치 아주 오래전부터 함께했던 사람처럼, 익숙하고 설명할 수 없는 그리움이 가득한 사람.

쪽.

볼에 닿는 감촉에 눈을 감은 채 미소 짓던 그녀가 어딘가에 서 있을 그를 향해 손을 뻗었다. 그의 손이 손목을 잡더니 머리카락을 쓸어 넘기고 미소가 함박 담긴 그녀의 입술에 긴 키스를 남겼다.

늦은 밤. 인천의 부평점을 끝으로 모든 교육 일정이 끝났다. 출장 기간 내내 밤 10시가 훌쩍 지나서야 업무가 종료되었다. 직원들이 한꺼번에 참석할 수 없기에 나눠서 교육을 진행했고, 각 지역별로 이동까지 해야 해서 출장은 생각보다 빡빡하고 힘들었다.

마지막 교육생이 세미나실을 나가는 걸 확인하고서야 수정은 근처 의자에 털썩 주저앉았다.

"힘들었지?"

매 교육마다 빠지지 않고 자신을 챙겨준 그가 안쓰러운 얼굴로 서 있었다. 수정은 빙그레 미소를 지으며 고개를 저었다.

"나보다 네가 더 힘들었지. 아침 일찍 출근하고 밤늦게까지 나랑 같이 있고."

"나야 사무실에 앉아 있을 수도 있고 사장이니까 땡땡이도 치는데, 넌 몇 시간씩이나 서서 강의를 했잖아. 난 그게 더 힘들어 보여."

그의 다정한 위로에 힘들었던 마음이 싹 사라지는 기분이 들었다. 수정은 씩씩하게 의자에서 일어나 교탁으로 걸어갔다.

동창생

"집에 가서 내일까지 잠이나 푹 자야겠다."

"그러자."

교탁 위의 자료들을 챙기던 수정의 손짓이 우뚝 멈추었다. 수정은 자기가 말을 잘못 들은 줄 알았다. 그런데 싱글벙글 웃고 있는 그의 얼굴을 보고 있자니 그게 아닌 모양이다.

"뭘 그래?"

"너도 나도 내일 쉬니까 같이 잠이나 푹 자자고."

"……."

수정은 하던 일을 멈추고 그의 표정을 살폈다. 그는 순진한 얼굴로 웃고 있었다. 무슨 뜻인지 주의해서 해석해야 한다. 주말, 휴일 없이 일을 했기 때문에 내일 둘 다 회사에서 휴가를 받았다. 글자 그대로 따지자면 같이 쉬는 게 맞지만, 그가 말하는 건 다른 의미일 수도 있기 때문이다. 수정은 흠, 하고 헛기침을 한 번 하고는 짐 챙기기를 다시 시작했다.

"그래. 너도 쉬고 나도 쉬고."

"배도 출출한데 뭐 좀 사 가지고 갈까? 치킨 어때?"

뭐가 이리도 자연스러운 것이야! 수정은 눈을 가늘게 뜨고 그를 바라보았다.

"무슨 소리야?"

결국 묻고 말았다. 괜히 민망한 상황에 처하느니 그에게 직접 듣고 확인하는 것이 제일 좋다.

"같이 쉬자고."

"김현호! 너 자꾸 말 그렇게 빙글뱅글 돌릴래?"

수정이 발끈하자 큭큭거리며 웃던 그가 너무도 자연스럽게 그녀의 허리를 팔로 감았다. 꼼짝도 못하게 그에게 붙잡힌 수정이 몸을 비틀었지만 소용없었다. 도망을 갔어야지, 백수정!

"오늘 나랑 있자."

"왜 이래. 사람들이 쳐다봐."

수정은 반쯤 열려 있는 블라인드 쪽으로 시선을 돌리며 그의 말을 잘랐다.

"네가 그러자고 대답하면 놔주지."

"말이 되는 소리를 해."

"말이 왜 안 되는데?"

아……, 진짜, 또 장금이 흉내라도 내야 하는 거야? 말이 안 되니까 안 된다고 하는데 어찌 안 되냐고 물으시면……, 쯧!

수정은 인상을 찌푸리며 그의 팔을 억지로 풀어 흐트러진 재킷을 매만지고는 팔짱을 끼고 단호한 목소리로 말했다.

"안 돼."

"왜?"

"난 외박은 하지 않아."

"십대 청소년도 아니고 무슨 핑계가 그래?"

"그래도 안 돼."

"그럼 출장은 뭔데?"

"그건 일이잖아."

그녀의 단호한 거절에 그가 입을 다물었다. 그가 너무 조용해 슬쩍 뒤를 돌아보니 풀이 죽은 그가 어깨를 축 늘어뜨린 채 땅바닥만 내려다보고 있었다.

'뭐야, 버림받은 강아지마냥.'

동창생

수정은 일부러 요란한 소리를 내며 움직였다. 도와준다는 그가 뭉그적거리며 틈을 들였지만 수정은 모르는 척 모든 짐을 챙겼다.

"가자."

"……응."

기운 없는 목소리로 대답한 그가 그녀의 노트북 가방을 대신 들고 불쌍한 모습으로 세미나실을 나섰다. 한숨이 절로 새어나왔다.

주차장을 벗어난 승용차가 어두운 거리로 흘러나왔다. 차 안은 고요했다. 수정은 힐끔힐끔 그의 표정을 살폈다. 조금 전 보았던 그의 축 처진 어깨가 눈에 아른거렸다.

"화났어?"

"아니."

"그럼 무슨 말 좀 해봐."

전방을 주시하고 있던 그가 슬쩍 그녀를 훔쳐보고는 다시 시선을 돌렸다.

"반성하는 거야."

"또?"

그녀의 목소리가 위로 퐁 튀어 올랐다.

"이번엔 뭘 반성하는데?"

"내가 너무 변태같이 굴었나 싶어서……."

"허!"

수정은 괴상한 소리를 내고는 입을 다물지 못한 채 어이없다는 표정으로 그를 쳐다보았다.

"난 그저 널 좀 편하게 쉬게 해주고 싶었을 뿐인데……."

그가 온갖 불쌍한 표정을 지으며 시무룩한 얼굴로 그녀를 힐끔거렸다.

"출장 내내 잠도 제대로 못 잤을 테니까 우리 집에 데려가서 잠도 푹 재우고, 맛있는 밥도 좀 먹이고 싶었던 것뿐인데, 네가 싫다고 하는 거 보니까 내가 그 정도로 속물처럼 굴었나 싶은 생각이 들어서……."

"허허허."

수정의 입에서 공허한 웃음이 흘러나왔다.

그의 말에 동조할 수도, 아니라 부정할 수도 없었다. 부산에서의 첫 관계 후 그와는 철저히 따로 지냈다. 그는 같은 룸을 사용하고 싶어 했지만 그녀가 거부했다. 엄연히 일 때문에 온 것인데 공과 사 구분도 못 하고 사랑 놀음에 빠져 있고 싶지는 않았다. 더욱이 그와 같은 룸을 쓸 경우 미푸드 직원이 출장비를 정산하다가 눈치를 챌 수도 있는 문제였다. 그건 그녀에게 부정적인 이미지를 줄 수 있었다. 아무리 그와는 연인 사이라 해도 말이다.

그는 그녀의 생각에 군소리 없이 따라주었고, 오늘까지 별탈 없이 출장을 이어올 수 있었는데 그가 출장이 끝나는 오늘 함께 있기를 요구할 줄은 몰랐다.

그가 싫다거나 그와의 잠자리가 부담스러운 건 아니다. 경선에게서 연인은 어찌해야 한다는 시답잖은 잔소리도 많이 들어서 새삼스럽거나 남세스러운 건 아니다. 문제가 있다면 그녀의 마음이었다. 이래도 되는 건지, 이런 것이 정말 맞는지 확신이 없었다. 그렇기에 그와의 관계는 되도록 천천히 좁히고 싶었다. 이미 그와 밤을 함께 보냈더라도 말이다.

그런 그녀가 그는 서운한 모양이었다. 자기가 변태라는 둥, 속물이라는 둥 자아비판을 하고 있는 그를 보고 있자니 미안한 마음마저 들었다. 이렇게 망설이는 자신이 이상한 건 아닌지 의심되었다.

수정은 아랫입술을 자근자근 씹으며 그를 빤히 쳐다보았다. 그는 여전히 불쌍한 얼굴로 힐끔거리며 운전을 하고 있었다. 저 머릿속에 무슨 생각이 담겨 있는지 열어서 볼 수만 있다면 얼마나 좋을까. 그의 말과 행동을 가끔은 종잡을 수 없어서 답답할 때가 있었다. 지금도 말만 들으면 상당히 건전하게 들리는데 엉큼한 속을 어느 누가 알 수 있겠는가 말이다. 경선이 그랬다. 남자들은 다 늑대라고. 그렇다면 꼬리를 축 늘어뜨린 강아지 같은 그도 실은 침을 질질 흘리고 있는 늑대일 것이다.

'아……, 머리가 복잡해.'

수정은 저도 모르게 머리를 감싸 쥐었다. 미간에 주름을 잡으며 엄지손톱을 야무지게 씹고 있던 그녀가 의심이 가득 담긴 눈으로 그를 쳐다보았다.

"정말 잠 푹 재워줄 거야?"

"응."

"밥도 맛있는 거 해주고?"

"그럼. 몸보신 시켜줄게."

"정말이지?"

"그럼, 그럼."

금세 환해진 얼굴로 그가 고개를 크게 끄덕였다.

"나 귀찮게 하기 없기다."

"난 없다고 생각하고 푹 쉬시면 돼요."

"……못 믿겠는데……."

"날 정말 엉큼한 늑대로 몰고 갈 거야?"

"쯧. 치킨은 네가 사."

"여부가 있겠습니까!"

신이 난 그가 큰 소리로 대답했다. 덩실덩실 어깨춤이라도 추는 사람 같은 표정으로 운전을 하는 그를 보고 있자니 수정도 슬그머니 미소가 지어졌다.

하지만 수정은 그의 말을 절대 믿지 않았다. 믿으면 바보다.

"현호야……."

"응?"

그가 잔뜩 잠긴 목소리로 나른하게 대답했다.

"답답해."

"싫어."

그는 등과 허리에 감고 있던 팔을 더욱 단단히 옭아맸다.

"푹 자게 해준다면서!"

수정이 얄밉다는 목소리로 그의 얼굴을 찰싹 때렸다. 그러자 그가 풍성한 속눈썹을 들어 올리며 히죽 웃었다.

"그걸 믿었어?"

"안 믿었지! 안 믿었어! 그러니까 이 팔 좀 풀어. 숨을 못 쉬겠잖아."

그녀가 울상을 짓고 나서야 그가 팔을 조금 풀었다. 자리가 편

동창생

해진 그녀가 한숨을 푹 쉬자 그가 그녀의 등을 부드럽게 쓸었다. 등이 간지럽고 심장이 간질거렸지만 수정은 꾹 참았다.

"수정아."

"응?"

"우리 내일 커플링 하러 가자."

그가 그녀의 콧등에, 입술에 짧은 입맞춤을 하며 말했다.

"너무 일러."

그 말이 나오기 무섭게 그가 입술을 제 입술로 냉큼 막아버렸다. 그에게 잠식당했던 입술이 벌어지고 그의 혀가 부드럽게 밀려들어왔다. 두 사람의 입술이 서로를 탐하며 달싹거렸다. 키스는 그가 먼저 시작했지만 뜨겁게 갈망하고 채근하는 건 그녀였다. 그는 그런 그녀를 사랑스럽게 어르고 달랬다. 키스만으로도 수정은 온몸이 저릿해지는 걸 느꼈다.

포근한 그의 숨결을 흠뻑 들이마시는 사이 그의 손이 동그란 그녀의 가슴을 부드럽게 어루만졌다. 그는 커다란 손에 담뿍 담긴 가슴에 입술을 댔다. 미세하게 떨고 있는 그녀의 봉오리를 입에 담자 그녀가 가슴을 크게 들썩이며 숨을 들이마셨다.

그의 손이 옆구리를 다정하게 쓰다듬자 그녀가 허리를 움찔거렸다. 잘록한 허리를 잡은 그의 입술이 배를 살며시 훑고 내려갔다. 수정은 숨이 넘어갈 것 같았다. 그와 관계를 한 지 얼마 되지도 않았는데 몸은 그를 애타게 갈구하고 있었다. 부끄러움도 잊었다. 오로지 그만을 느끼고 싶은 욕구만 커져갈 뿐이었다. 그의 어깨를 틀어쥐며 가쁜 숨을 몰아쉬고 있던 그녀의 몸 위로 그가 몸을 포개왔다. 그녀의 손을 위로 끌어 올린 그가 깍지를 쥐어

꽉 움켜잡았다.

"수정아……."

"……응?"

"난 아무래도……."

그의 다음 말을 기다리는 그녀의 눈동자가 흥분으로 흐릿해졌다.

"널 좋아하는 걸로는 부족한 것 같아."

"하아……."

깊숙한 곳에서 그를 느낀 그녀가 숨이 넘어갈 듯 몸을 떨었다. 그녀가 미간을 좁히며 아랫입술을 깨물자 그가 깍지 끼었던 손을 풀어 그녀의 입술을 쓰다듬었다. 그리고는 제 입술을 포개며 아프게 깨물린 그녀의 입술을 조심스럽게 핥았다.

"수정아……."

"흐응……."

대답인지 모를 신음이 그녀의 입에서 흘러나왔다.

"내가 아무래도…… 널 사랑하나 보다."

"흡!"

대답 대신 그녀의 고개가 뒤로 거칠게 넘어갔다.

사랑한다고 한다, 그가. 그토록 오랫동안 자신을 품어주었던 그가. 아직은 그에게 좋아한다는 감정밖에 줄 것이 없는데 그는 벌써 사랑한다고 고백한다.

수정은 상체를 들어 그의 목에 양팔을 두르고 강하게 끌어안았다. 그의 마음이 고마워서. 아직은 사랑하는 마음까지 발전하지 못한 자신의 마음이 미안해서. 하지만 그녀는 알고 있다. 자신이

동창생

조만간 그를 깊이 사랑하게 될 것을. 지금은 아직 그런 고백을
할 준비가 되어 있지 않을 뿐이라는 것을…… 시작점이 다를 뿐
하나를 향한 두 사람의 열정적인 몸짓이 깊은 밤을 예쁘게 수놓
고 있었다.

드르륵.

선잠을 깨우는 진동소리에 현호가 눈을 번쩍 떴다. 작은 어깨
를 품고 있던 그는 진동소리가 들렸던 곳을 찾기 위해 이리저리
고개를 돌렸다. 사방이 어두웠지만 바닥에 떨어져 있는 휴대전
화는 불빛으로 금방 찾을 수 있었다.

그는 곤하게 잠들어 있는 그녀가 깰까 조심스럽게 몸을 빼고
바닥에 있던 휴대전화를 집어 들었다. 진동이 한 번만 울렸던 걸
보니 문자였던 모양이다. 그는 한 손으로 마른세수를 하며 휴대
전화에 남겨진 메시지를 확인했다. 휴대전화는 수정의 것이었
고, 문자는 이주환의 것이었다.

비밀번호를 걸어놓지 않은 탓에 문자 내용을 쉽게 확인할 수
있었다. 문자 내용은 단순했다. 출장은 잘 다녀왔냐는 안부 인사
와 함께 조만간 얼굴 좀 보자는 것. 내용은 단순하지만 발신자가
이주환이라는 것만으로도 분노 게이지는 최고로 상승했다.

이른 아침부터 감히 남의 여자에게 무슨 짓이야?

잔뜩 얼굴을 구긴 그는 문자를 지워버렸다. 죄도 없는 휴대전
화에 화풀이를 하듯 전원을 끄려던 그의 손가락이 멈추었다. 주
체 못할 호기심이 치밀어 올랐다. 이런 짓을 하면 안 된다는 걸
알면서도 그는 결국 문자함 전부를 뒤지기 시작했다.

어머니와 주고받은 문자, 경선이나 미선과 주고받은 문자. 뜬금없이 종종 대영이나 정민의 문자도 있었는데 여러 해 함께 지낸 동창이라는 걸 알면서도 기분이 나빴다. 나머지는 대부분 업무적인 내용의 문자들이었다. 동료 강사들의 문자, 업무 전달 문자, 가끔 파트너십을 맺은 교육 담당자들의 업무 문자들이었다.

"후웅."

김빠진 얼굴로 문자를 확인하던 그는 거기에서 끝나지 않고 대범하게도 통화 목록을 뒤지기 시작했다. 무언가를 찾는 사람처럼 빠르게 화면을 이동시키던 그의 눈에 화르륵 불이 켜졌다. 그는 '주환 오빠'라는 목록을 잡아먹을 듯 노려보았다.

감히…… 감히…….

머릿속에 오로지 이 단어만 떠다녔다. 심호흡을 아무리 해보아도 분노가 쉽게 가라앉지 않았다. 그냥 선배야, 선배일 뿐이야, 라는 말로 스스로를 달래보려 했지만 그것도 무용지물이었다.

백수정은 이미 그의 여자였고, 쑥스럽게 안기던 그녀의 마음을 믿지 못하는 건 절대 아니다. 하지만 이주환이 그녀의 곁에서 맴도는 건 용납이 되지 않았다. 그녀의 지인들을 향해 치졸하게 굴지 말고 마음 넓은 연인이 되자 아무리 스스로를 다독여도 이주환이라는 존재는 그의 마음을 조급하게 만들었다.

"젠장, 어떻게 해야 하지?"

혼잣말로 중얼거리며 신경질적으로 머리카락을 헝클어뜨리던 그는 휴대전화를 끈 후 침대로 올라가 그녀를 품에 안았다.

"으음."

그의 움직임에 그녀가 잠이라도 깬 듯 눈을 비볐다.

"좀 더 자."

그가 그녀의 등을 토닥이며 달콤한 목소리로 속삭였다.

"몇 시야?"

시간을 묻는 그녀의 목소리에 피곤함이 가득했다.

"아직 밤이야."

"흐음. 그래……."

그녀가 그의 따뜻한 품으로 파고들었다. 어깨 위로 이불을 덮어주고 등을 다정하게 토닥이는 그의 눈빛은 차갑게 식어 있었다.

"커플링을 꼭 해야 돼?"

수정이 투덜거렸다. 정오까지 잠을 푹 잔 것까지는 좋았는데, 그는 눈 뜨기 무섭게 커플링을 맞추러 가자고 재촉했다. 수정은 시트로 벗은 몸을 가리고 부스스한 얼굴을 한 채 침대 위에서 안 가겠다고 버티고 있었다.

"넌 왜 싫다고 하는 건데?"

그가 볼멘소리를 했다. 어젯밤에도 커플링 하자는 말을 듣기는 했지만 그는 눈을 뜨기 무섭게 안달이 난 사람처럼 그녀를 닦달했다. 이른 아침 그에게 무슨 일이 있었는지 알지 못하는 그녀로서는 그의 이런 행동이 이해되지 않았다.

그의 마음을 제대로 확인한 지 고작 일주일밖에 되지 않았고, 그의 마음 크기에 비해 자신은 턱없이 부족해서 미안한 마음이 가득하다. 이제 막 싹을 틔우기 시작한 마음으로 그가 주는 커플링을 넙죽 받을 자격이 있기는 한지 수정은 스스로에게 계속 묻고 있었다.

"싫다는 말이 아니야. 지금 말고 좀 더 뒤에 하자는 말이지."

잔뜩 뿔이 난 그를 달래듯 수정이 조곤조곤 대답했다. 그래도 그는 막무가내였다. 지금 당장 하지 않으면 그녀가 어떻게라도 될 것처럼 조바심을 냈다.

"그냥 오늘은 가서 나랑 반지 맞추고, 끼는 거는 네가 알아서 해. 그럼 안 돼?"

그녀에게로 바짝 다가앉은 그가 시트를 움켜쥐고 있는 손을 꼭 잡으며 사정했다.

수정도 현호의 조급함을 희미하게나마 이해했다. 여러 가지 사정이야 있었지만 무려 19년이라는 시간이 훌쩍 지나서 다시 만나게 된 마음을 어찌 모른다 하겠는가. 하지만 그 마음을 안다 해도 오늘의 그는 많이 이상했다.

"알았어. 대신 너무 비싼 거 하면 안 된다."

"알았어, 알았어."

그가 어린아이처럼 눈동자를 반짝이자 수정은 푸시시 웃을 수밖에 없었다.

"자, 빨리 나가자. 나가서 맛있는 점심도 먹고, 예쁜 반지도 맞추고, 저녁도 먹자."

"어머, 잠깐만."

그가 침대를 내려가며 손을 잡아끄는 바람에 벗은 몸을 감싸고 있던 시트가 훌렁 벗겨져버렸다. 당황한 그녀가 허겁지겁 몸을 가리려고 했지만 그는 시트를 벗겨버리고 그녀를 달랑 안아 욕실까지 데려갔다.

동창생

"10분 안에 안 나오면 문 따고 들어갈 거야."

엄한 표정으로 시간을 정해준 그가 어이없는 표정으로 바라보고 있는 그녀의 입술에 짧은 입맞춤을 하고는 욕실을 나갔다.

"허. 뭐야."

한바탕 정신없는 소나기가 지나간 기분이 들었다. 수정은 고개를 설레설레 저으며 샤워부스 안으로 들어가 뜨거운 물을 틀었다. 수정은 온몸에 비누칠을 하며 곰곰이 생각에 잠겼다.

무엇이 그를 저리도 조급하게 만들었을까. 좋아한다는 말을 안 해줘서 저러나? 아니면 사랑한다는 말을 안 해줘서 그러나. 사랑하는 것 같다던 그의 고백에 화답은 못했지만 그를 좋아하고 있는 마음은 확실하다. 그렇지 않다면 그와 잠자리를 같이할 마음을 먹지 않았을 테니까. 그것만으로는 부족했나?

결론은 자신의 태도 때문이라는 것에 이르렀지만 단지 분위기에 휩쓸려 사랑한다는 말을 남발하고 싶지는 않았다. 하지만 그를 좋아하고 있고, 점점 더 많이 좋아하게 될 테고 사랑하게 될 것이라는 믿음을 주려면 그의 요구대로 커플링을 하는 것이 제일 좋은 방법일지도 모르겠다.

"수정아."

"잠깐!"

어느새 10분이 지난 걸까? 욕실 문을 조급하게 두드리는 그의 목소리에 화들짝 놀란 그녀가 샤워기의 물도 끄지 않고 얼른 문고리를 붙잡았다.

"나 머리도 감아야 하니까 들어오지 말고 기다려!"

"알았어."

웬일인지 그가 순순히 물러났다. 수정은 안도의 한숨을 쉬고는 물이 끝없이 쏟아지는 샤워부스 안으로 들어가 머리를 감기 시작했다.

복잡하게 생각하지 말자. 그가 나를 좋아하고 사랑하니, 그를 좋아한다면 나 역시 그의 마음에 따라주는 것이 맞아.

수정의 마음은 그랬다.

다음날 아침. 수정은 미푸드 1차 교육에 관한 보고서를 작성하는 것에 하루 종일 매달려 있었다. 아무리 일이 급하고 중요해도 밥은 먹어야 하지 않겠느냐는 채 팀장의 손에 억지로 끌려 나갔다 들어온 것을 빼고는 의자에 껌 딱지처럼 붙어 있었다. 부장님에게 결재를 받은 보고서를 미푸드 인사과에 팩스로 보내고 나서야 긴장을 풀 수 있었다.

진한 커피를 한 잔 타서 자리에 앉은 그녀는 렌즈를 빼고 안경을 꼈다. 출장 기간 동안 스트레스를 많이 받았는지 눈이 아팠다. 당분간 출강이 없으니 그 며칠만이라도 눈을 쉬게 해줘야 할 것 같았다.

커피를 한 모금 마신 후 의자에 반쯤 기대고 있는데 가방에서 휴대전화 진동소리가 들렸다. 얼마나 정신이 없었으면 휴대전화 꺼내놓는 것도 잊고 있었다.

수정은 아픈 어깨를 주무르며 가방에서 휴대전화를 찾아 꺼냈다. 어쩐지 조용하다 싶었는데 일에 집중하느라 몰랐을 뿐, 전화기는 조급증 김현호로 인해 초토화가 되어 있었다. 전화를 받지 않으니 문자를 수시로 보냈던 모양인데 조금 전 진동도 문자 알

동창생

림이었다.

처음 자신의 전화를 받지 않는다며 사무실로 전화를 걸었던 그라고는 생각되지 않을 만큼 그는 얌전히 문자만 쌓아놓고 있었다. 손가락이 얼마나 근질거렸을까. 안달복달하던 어제의 그를 떠올리자 입꼬리가 슬며시 올라갔다.

급한 일도 끝났으니 잠시 쉬어야겠다는 생각에 그녀는 휴대전화와 커피를 들고 회의실로 들어갔다. 커피를 한 모금 마신 그녀는 천천히 문자들을 확인했다.

[출근 잘했어?]

[점심은 먹은 거야? 여긴 보고서 안 바쁘니까 배곯지 말고 꼭 밥 챙겨 먹어.]

[넌 참 매정한 여자야.]

[민 대리한테 보고서 받지 말라고 할까? 뭐가 그리 바빠서 답신도 없어?]

[삐뚤어질 테다!]

잔뜩 뿔이 난 그의 얼굴이 상상되었다. 전화를 걸려다 만 수정은 휴대전화를 내려놓고 팔짱을 꼈다. 맨날 당하는 입장이었는데 그가 이리도 발을 동동 구르는 걸 보니 조금 놀려주고 싶은 마음이 생겼다. 한 번도 이겨본 적이 없는데 이번 기회가 아니면 언제 그를 제대로 이겨보겠나 싶은 생각이 들었다.

"어떻게 할까?"

기다란 손가락으로 턱을 문지르던 그녀는 한숨을 푹 쉬고는 전화기를 들었다. 누구 골려먹고 애 태우는 짓은 성격에 안 맞아서 정말 못하겠다. '여자는 여우짓을 해야 하는 거야!'라고 최경선이 아무리 코치를 해도 고쳐지지 않는 그녀의 성격이었다.

― 여보세요?

벨이 울린 줄도 몰랐는데 불쑥 그의 목소리가 들려왔다.

"미안. 바빠서 문자 온 것도 몰랐어."

미안해하는 그녀를 달래듯 그가 활기찬 목소리로 말했다.

― 많이 바빴어?

"응. 출장 다녀온 거 보고서를 써야 해서 정신이 없었어."

― 점심은 먹었고?

"응. 팀장님한테 끌려가서 먹고 왔어."

― 목소리 듣고 싶은 거 꾹 참은 거야.

이제야 심통이 난 듯 툴툴거렸다.

"그래서 사무실 내 자리가 조용했구나?"

― 그래. 미푸드 사장이라고 하면서 너 당장 바꾸라고 심술이라도 부리려다가, 내가 좋아하고 사랑하는 백수정 강사님 일하시는데 방해하고 싶지 않아서 참은 거야.

내가 좋아하고 사랑하는 백수정 강사님. 그 말을 듣고 있자니 심장이 다시금 간질간질거렸다.

"현호야."

― 훗. 왜 갑자기 다정하게 불러?

그의 웃음소리에 입꼬리가 저절로 올라가며 미소가 지어졌다.

"너랑 나랑……, 그러니까……."

애인 사이. 그것도 아니면 연인 사이. 그게 영 어색하면 사귀는 사이라는 말이라도 나와야 하는데, 어쩜 이리도 안 나오는지.

수정은 적당한 단어를 찾아 짧은 순간 망설이다 사귀는 사이라는 단어를 선택했다.

"우리…… 사귀는 사이잖아."

— 그런데?

"나…… 미푸드 교육에서 빠져야 할 것 같아."

— …….

둘 다 말이 없어졌다. 그의 침묵에 커피만 식어가고 있었다. 마치 전화가 끊긴 것처럼 수화기 너머는 긴 진공상태에 빠졌다.

어젯밤 내내 고민한 일이다. 아니, 그에게서 반지를 받은 순간부터 내내 머릿속을 떠나지 않던 문제였다. 클라이언트와의 사랑에 빠진 서비스 강사. 낭만적이고 로맨틱해 보일지 모르나 그 사실만으로 교육은 객관성을 잃어버릴 수 있었고, 직원들에게도 악영향을 끼칠 수 있는 여지가 충분했다. 특히 모든 교육을 주관해야 하는 그녀로서는 부담스러울 수밖에 없는 입장이었다. 그의 반응을 기다리다가는 숨이 넘어갈 것만 같았다.

"우리가 연인 사이라는 걸 사람들이 알게 되면 편견도 생길 수 있고……."

— ……네 생각이야?

머뭇거리는 그녀의 말을 끊고 그가 물었다.

"응."

— …….

그의 침묵이 다시 이어졌다. 수정은 불안한 목소리로 물었다.

"설마, 너 또 반성해?"

— 후후. 어떻게 알았어?

그의 웃음소리가 씁쓸하게 들려왔다.

"이제 막 교육 시작됐는데 이런 말 해서 미안한데, 아무래도 그렇게 하는 쪽이……. 사실 너와 이렇게 될 거라고는 생각도 못 했고……, 그리고 또…….."

머뭇머뭇 말을 잇는데 그가 호탕하게 말했다.

— 네가 어련히 알아서 결정했을까. 그런데 민 대리한테는 뭐라고 하게? 회사에는 뭐라고 하고?

"아…….."

제일 중요한 문제를 생각하지 못했다. 교육에 빠지려는 이유를 설명하려면 그와의 관계를 밝혀야 한다. 갑자기 민망해졌다. 지금껏 그와 동창이라는 사실도 알리지 않았는데, 출장을 다녀오더니 연인이라고 한다면 사람들이 어찌 생각할까. 그런 그녀의 마음을 알았는지 그가 제안을 했다.

— 이렇게 하자.

"어떻게?"

— 넌 그냥 미푸드 교육 계속 맡아. 계약 종료될 때까지. 아니, 적당한 시기가 올 때까지.

"하지만…….."

— 대신, 이 방법이 영 내키지는 않지만 우리가 연인이라는 걸 비밀로 해야지, 뭐.

그의 목소리에 불만이 실로 가득했다. 그에게 또 미안해졌다. 그는 반지는 안 껴도 된다고 했지만, 속마음은 그녀와 연인이라는 걸 알리고 싶었을 것이다. 그런데 바람과는 반대로 연애를 숨겨야 하다니. 그의 착잡함이 수화기를 타고 그대로 전해져 왔다. 그는 어쩌면 민 대리를 잡아먹고 싶을지도 모른다.

동창생

— 쯧, 민 대리를 잡아먹을 수도 없고.

생각했던 대로 그가 혼잣말로 중얼거렸다.

"민 대리가 나를 전담 강사로 추천했다는 게 사실이었어?"

— 그랬으면 얼마나 좋아? 민 대리만 잡으면 되니까. 그때 괜히 입방정은 떨어가지고.

험한 말만 안 나왔을 뿐 그는 혼잣말로 계속 투덜거렸다.

"미안해."

— 괜찮아. 그런 건 따지지 못했던 내 생각이 짧은 거지.

"그래도."

— 그런데, 그런 문제가 있다는 걸 알았다 해도 난 너를 잡았을 거야. 내 사람으로…….

"넌 참…….

수정이 종이컵을 만지작거리며 말끝을 흐리자 현호가 '난 뭐?' 라고 물었다. 빈 종이컵이 애처로운 소리를 내며 그녀의 손 안에서 보기 흉하게 찌그러졌다. 그것을 꼭 쥔 그녀의 손이 부르르 떨렸다. 후우, 하고 심호흡을 한 번 한 그녀가 미간을 찡그리며 억눌린 목소리로 대답했다.

"낯간지러운 소리를 너무 잘 해."

— 하하하하. 뭘 새삼스럽게. 하하하하.

뚜뚜.

그의 능청스럽고 뻔뻔하고 시원한 웃음소리를 가르며 통화중 대기음이 들려왔다. 그를 따라 빙긋 웃으며 발신자를 확인하던 수정의 얼굴에 의아함이 번졌다. 주환이었다.

"현호야."

— 응?

"미안, 지금 전화가 들어와서."

— 그래. 나중에 전화할게.

"응. 미안."

그와의 짧은 인사를 급히 마무리한 수정이 대기 중이던 전화를 받았다.

"네, 오빠."

— 출장은 잘 다녀왔어?

"네."

— 어제 문자 보냈는데 연락이 없어서.

"어제요?"

전혀 모르는 일이었기에 수정은 조금 당황했다.

— 문자가 제대로 안 갔나 보구나.

"죄송해요. 못 받았어요."

— 네가 왜 죄송해.

주환이 대수롭지 않다는 듯 웃었다.

"그런데 어쩐 일로 연락을 주셨어요?"

— 출장도 다녀왔으니 이번엔 제대로 저녁이나 같이 먹을까 해서 연락했었지.

"아……."

수정은 출장을 떠나기 전 그와 나누었던 대화를 까맣게 잊고 있었다.

그도 그럴 것이 이틀 내내 마음 쓰이게 했던 현호 때문에 서둘러 헤어지면서 했던 말이기도 했고, 그 후 현호와의 관계가 급속

동창생

도로 가까워지면서 그 약속은 이미 그녀의 의식 너머로 넘어가 버렸던 것이다. 인사치레쯤으로 여길 수도 있었던 말을 잊지 않고 전화까지 걸어 온 것이 조금은 의외였다. 그렇다고 못 할 전화를 한 것도 아니지만…….

수정은 얼른 웃는 얼굴을 하며 말했다.

"그래요, 오빠. 지난주에 너무 급하게 헤어진 것 같아서 미안하기도 하고. 제가 저녁 살게요."

— 후후. 내가 얻어먹어도 되는 건가?

"그럼요. 선배한테 얻어먹어야 하는 꼬마도 아닌데요 뭐. 언제가 좋으세요?"

— 평일에 만나니까 시간이 너무 없더라. 느긋하게 식사도 하고 차도 한잔 하기에는 주말이 괜찮지 않을까?

주말이라…….

웃고 있는 그녀의 머릿속에 '김현호'라는 이름 석 자가 지나갔다. 보통의 연인들이라면 주말에 데이트라는 것을 할 텐데. 아직 그와는 아무런 약속도 잡지 않았지만 만약을 대비해 주말을 비워둬야 하는 건지 망설여졌다. 그러다가 주말은 그냥 포기하기로 했다. 진성을 만날 때도 아직 약속도 하지 않은 데이트를 위해 시간을 비워둔 적이 없었기 때문이다. 그날이 아니어도 솜털처럼 많은 날이 있으니 무슨 상관인가 싶었다.

하지만 친구들은 사정이 조금 다르다. 만약 연인 때문에 주말을 자꾸 비우게 되면 반대로 친구들과 멀어지는 건 어쩌면 당연한 것일지도 모른다. 연애를 하더라도 친구 등 지인들에게 소홀하지 않겠다는 것이 그녀의 의지이기도 했지만 그 상대가 '이주환'이라는 것이 마음에 걸릴 뿐…….

"괜찮네요. 그럼 토요일에 볼까요?"

— 그래. 어디가 좋을까?

"한 시에 명동 어떠세요? 거기 제가 좋아하는 샤브샤브 집이 있는데."

— 하하. 그래.

수정은 주환과 간단히 몇 마디 더 주고받은 후 전화를 끊었다. 액정의 불빛이 꺼지는 걸 지켜보고 있던 그녀의 입에서 한숨이 흘러나왔다. 수정은 얼굴을 찡그리며 자신의 머리를 한 대 콩 쥐어박았다.

"으그. 과민반응이야."

그가 한 때 자신이 좋아했던 선배고 아픈 실연의 아픔을 겪기도 했지만 이미 오랜 시간이 지난 지금 그를 데면데면 대할 필요는 없었다. 그도 순수한 마음으로 만나자고 하는 것일 테니까.

실상은 정말 대수롭지 않고 별일 아닐 수도 있다. 너무 깊이 생각하고 과한 고민을 하다 보면 일이 더 이상하게 꼬이는 법, 반가운 선배를 만나는 것이니 복잡하게 따지는 건 하지 않기로 했다. 설령 께름칙한 일이 벌어진다 해도 거뜬하다. 당당하게 말할 것이다. 난 당신에게 아무런 미련도 없다고, 난 이미 김현호를 사랑하고 있다고!

그러다 수정은 얼굴을 붉히고 말았다. 자연스럽게 터져 나온 감정, 사랑한다. 쑥스럽지만 흥분되고 포만감이 드는 말이라는 생각이 문득 들었다.

"언제 말해줄까?"

동창생

팔짱을 끼고 한쪽 팔에 턱을 괸 그녀의 눈동자에 장난기가 번졌다. 처음 만났을 때부터 자신을 골려먹던 걸 생각하면 두고두고 숨겨두고 싶은 말이지만 참지 못하고 하게 되리라는 걸 그녀는 잘 알고 있었다.

'그래도 좀 두고 보고…….'

흐뭇한 얼굴로 웃고 있던 수정은 기운찬 얼굴로 회의실을 나섰다.

열하나

"안경 꼈네?"

수정이 조수석에 오르자 현호가 신기하다는 표정으로 말했다.

"안경 낀 거 한 번도 못 봤구나?"

안전벨트를 매며 수정이 대수롭지 않다는 듯 대꾸했다.

"학교 다닐 때는 네가 안경을 안 꼈으니까 전혀 생각도 못 했지. 시력 많이 나빠?"

"응. 조금. 안경 없으면 사물이 잘 안 보여."

"허⋯⋯."

그가 큰일이라는 반응을 보이자 수정이 빙긋 웃었다.

"미선이 결혼식 날도 실은 안경 안 껴서 앞이 잘 안 보였었어."

"그래도 그 인간은 잘만 알아보더니만."

"흥. 내 남자 알아보는 건 당연한 거 아니야?"

"내 남자 같은 소리 하고 있네."

그가 구시렁거리며 차를 출발시켰다.

그가 퇴근 시간에 맞춰 회사로 데리러 왔다. 그러지 않아도 된

동창생

다고 한사코 말렸지만 출장의 피로가 다 풀리지 않은 강사님을 위해서 꼭 그래야 한다고 그가 우겼다. 강사님이라는 호칭을 꼬박꼬박 써가며 데리러 오겠다는데 더는 말릴 재간이 없었다. 무슨 고집이 그리도 센지 결국 그녀가 지고 말았다.

"반지는…… 어딨어?"

운전을 하던 그가 그녀를 힐끔거렸다.

"언제는 안 껴도 된다면서?"

"아니, 뭐……, 그냥 물어본 거야."

"……."

"난 꼈는데……."

그러면서 그가 제 손을 지그시 들여다보았다. 그의 손에서는 그녀가 받은 반지와 똑같은 반지가 빛을 받아 반짝거렸다.

"강사들 원래 반지 잘 안 껴."

"뭐? 왜?"

그가 펄쩍 뛰며 따졌다.

"액세서리가 너무 과하면 교육생들 시선이 그쪽으로 쏠려버리거든. 그러면 교육에 방해가 되니까 되도록 하지 않는 쪽으로 하고 있어."

"그런 게 어디 있어?"

"어디 있긴. 여기 있잖아. 날 봐. 액세서리 하나도 안 했잖아."

반은 진실이고 반은 거짓말이었다. 액세서리는 되도록 하지 말자는 것이 회사 방침이었지만 그녀는 유별나게 그런 부분을 챙기는 편이었다. 진성과는 커플링을 하지 않았기 때문에 반지를 낄 일도 없었고, 목걸이는 알레르기 때문에 잘 하지 않는 편이고, 귀고리는 귀찮아서 하지 않았다.

"그럼 결혼반지는? 결혼반지도 안 껴?"

"응."

"말도 안 돼."

그가 경악스럽다는 목소리로 중얼거렸다. 믿지 않는 눈치였다.

"영 못 믿겠으면 우리 팀장님께 여쭤보든가."

"……."

앞을 보고 있는 그의 표정이 진지하게 굳어졌다. 갑자기 후회가 들었다. 그의 얼굴을 보니 당장이라도 물어볼 것 같았다. 수정은 얼른 다른 곳으로 주제를 돌렸다.

"넌 회사에서도 반지 끼고 있었어?"

"당연한 거 아니야?"

그의 목소리에 심술이 묻어났다. 삐쳐도 단단히 삐친 모양이었다.

"사람들이 뭐라고 안 해?"

"아주 그냥 다들 궁금해하지. 그럼, 궁금하지."

호언장담하는 폼이 딱 초등학생이었다.

"뭐라는데?"

"무슨 반지냐고 묻지. 애인 생긴 거냐고도 묻고."

"누가 물어보는데? 여직원들? 최 비서도 궁금해해?"

호기심 가득한 얼굴로 쳐다보자 그의 표정이 의기양양해졌다.

"최 비서는 그런데 관심 없는…… 눈치는 아니었고."

힐끔 쳐다보며 말을 잇는 모양새가 거짓말이라는 걸 금방 알 수 있었다. 수정은 속으로 피식 웃었다. 어설픈 질투 작전을 펴

동창생

는 건가 싶어 자꾸 웃음이 나왔다.

"인사과 직원도 물어보고, 경리과 직원도 물어보고……, 아, 오늘 미향 본점 다녀왔는데 너도 알지? 거기 부매니저."

부매니저라면 그녀도 당연히 알고 있었다. 20대 후반의 여성인데 쪽진 머리가 참 단아하고 예뻤던 걸로 기억하고 있었다. 말도 여성스럽게 조곤조곤 건네고 살풋 웃는 미소가 참 매력적인 직원이었다.

"미향 전점에서 제일 예쁘다는 그 직원?"

"어어어. 그래, 그 직원. 눈썰미가 어찌나 좋은지 반지를 금방 알아보더니 묻더라고. 애인 생겼냐고."

"그래서?"

그녀가 얼굴을 가까이 대며 게슴츠레한 눈으로 쳐다보자 그가 신이 난 목소리로 말했다.

"생겼다고 했지."

"그랬더니?"

"어? 아, 그랬더니 시무룩해하더라고. 하하하. 내가 그 전부터 본점장님한테 얘길 들어서 알고는 있었는데 그 매니저가 날 좋아한다나 뭐라나. 하하하하."

"흐음……, 그래?"

그녀가 의미심장한 얼굴로 쳐다보다 몸을 바로 하고 앉자 그가 스리슬쩍 승리의 미소를 지었다.

"매니저 대상 2차 교육이 다음 달부턴가?"

"그건 왜?"

"그냥 좀 눈여겨보려고."

"너 그 매니저한테 심술부리려는 건 아니지?"

"내 남자 넘봤는데 그럼 그냥 둬?"

그러면서 수정은 서류가방에서 파일 하나를 꺼냈다.

"그건 뭔데?"

그가 불안한 목소리로 물었다.

"2차 교육자 명단. 한 번 봤는데 얼굴 기억 못 하면 미안하잖아. 그래서 인사카드 일부 좀 받았어. 얼굴도 익히고 특이사항도 좀 챙기려고."

"……."

차 안에는 서류 넘기는 소리만 일정하게 났다. 그는 계속 곁눈질을 하며 진지한 얼굴로 서류를 확인하고 있는 그녀를 살폈다.

"여기 있네."

그녀를 힐끔거리는 그가 마른침을 삼켰다.

"흐음. 보자. 이름이 정민희. 이름 예쁘네. 입사 5년차네? 계속 본점에 있었고, 고과도 꽤 좋구나. 그러니까 벌써 부매니저를 하겠지? 친절 사원으로 세 번이나 추천 받았고……."

현호는 서류를 살펴보는 그녀를 계속 힐끔거렸다. 도대체 무얼하려고 저러는지 감이 잡히지 않았다. 그저 장난을 좀 쳤을 뿐인데, 가벼운 질투 정도 해주길 원했던 것뿐인데 그녀는 마치 전투작전을 짜는 것 같은 표정이었다. 쓸데없는 거짓말을 해서 직원이 곤경에 빠지게 생겼다. 어찌해야 할까.

엄지손톱을 잘근거리며 서류에 시선을 꽂은 백수정은 왠지 무섭다. 건들면 한 대 맞을 것 같다. 저 전투 의지가 오로지 정민희부매니저 때문이라면……, 교육장에서 정말 전쟁이 벌어질지도 모른다. 그것도 일방적인 공격이. 빨리 수습해야 한다. 그녀가 무언가 일을 벌이기 전에…….

"저기, 수정아."

"조용히 해."

싸늘한 목소리가 그를 막았다. 정민희 부매니저의 인사카드에서 한참을 머물던 그녀가 카드를 뒤로 넘겼다.

"저기…….."

"쉿."

그녀가 다시 입을 봉해버렸다. 아…….., 정말 큰일이다. 어쩌지? 어쩌지? 그렇다고 마냥 손을 놓고 있을 수도 없는 일이라 그는 과감히 덤벼보기로 했다.

"이번 주 토요일에 야구 보러 갈까?"

"약속 있어."

"뭐어?"

얌전한 고양이처럼 운전만 하던 그가 언성을 높이자 그녀가 인상을 찡그리며 고개를 들었다.

"어떻게 나랑은 상의도 안 하고 약속을 잡아?"

"약속이야 먼저 잡는 사람이 임자지. 내 토요일이 전부 네 건 아니잖아."

그녀도 지지 않고 따졌다. 틀린 말은 아니지만 그는 억울했다. 그녀와 연인이 되고 첫 주말이 아닌가. 어떻게 그런 날에 쉽게 다른 약속을 잡을 수 있는지 속이 상했다.

"넌 정말…….."

"난 뭐?"

그녀가 고개를 들이밀며 덤볐지만 현호는 입도 벙긋하지 못하고 시선을 피해버렸다.

"누구를 어디서 왜 만나는데?"

"이제는 나 감시하고 구속하고 그러려는 거야?"

그녀가 눈을 가늘게 뜨고 물었다.

"그런 게 아니라……."

"그게 아니면 뭔데?"

"……."

그가 아무런 대꾸도 하지 못하자 웃음이 삐져나올 것 같던 수정은 얼른 고개를 돌려버렸다. 그는 풀이 잔뜩 죽은 얼굴로 운전대를 잡고 있었다.

그에게 주말의 우선권을 주지도 않고 약속을 잡은 것이 조금 미안하기는 했지만 무작정 전부 내 거라는 식은 사양이었다. 그와 연인이라 해도 그녀의 생활은 엄연히 따로 존재하는 법이니까.

그는 그렇게 삐친 채로, 그녀는 서류를 보며 집에 도착했다. 차가 집 앞에 서자 수정은 주섬주섬 서류를 챙겼다.

"설마 그 부매니저한테 해코지 하려는 건 아니지?"

그가 자신 없는 목소리로 물었다.

"무슨 해코지?"

"아니 아까 반지 얘기하다가……."

그의 목소리가 점점 기어들어갔다. 자신을 멀뚱멀뚱 바라보던 그녀가 갑자기 피식 웃자 그가 멍한 표정을 지었다.

"내가 공과사도 구분 못 하는 어린아이일까 봐?"

동창생

"언제는 내 남자를 넘봤다는 둥 그러면서 서류 찾아본 건 뭔데?"

"이거? 일. 기업 장기교육 할 때는 직원들 인적사항 미리 확인하고 외워두는 게 원래 내 일인데?"

"그럼 뭐야? 날 좋아하는 여자가 있건 말건 그냥 일만 했다 이거야?"

그가 억울함을 감추지 않고 물었다.

"그런 여자가 있건 말건 무슨 상관이야. 너만 처신 똑바로 하면 되지. 안 그래?"

"……."

그는 뚱한 표정을 지으며 대꾸를 하지 않았다.

"나 말고 다른 여자들한테 친절하게 굴지도 말고, 쳐다보며 웃지도 마. 알았어? 딴 여자한테 눈 돌리는 날에는 넌 내 손에 죽어."

그녀가 주먹을 들어 보이며 험악한 목소리로 경고했다.

"참 나."

그는 기가 막혀서 말도 안 나왔다. 그녀의 질투심을 자극해보겠다고 장난을 쳤다가 도리어 당하고 말았다. 무시무시한 경고와 함께.

"그래도 슬쩍 경고는 해야겠다. 김현호는 나밖에 모르니까 괜히 마음 줬다가 상처받지 말라고."

"어이, 어이. 백수정."

문을 열고 나가려는 그녀의 팔목을 그가 급히 붙잡았다.

"왜?"

몸이 반쯤 나간 그녀가 심드렁한 목소리로 물었다.

"잠깐 다시 타봐."

"왜?"

"하여튼 빨리."

자꾸 잡아당기는 그에게 못 이기는 척 그녀가 다시 차에 올랐다. 문이 닫히고 차 안이 고요해졌다. 자신을 지그시 바라보는 그녀의 시선을 요리조리 피하던 그가 조심스럽게 입을 열었다.

"저기 아까……, 본점 부매니저 있잖아……."

"걱정하지 말라니까? 해코지 안 해. 그냥 같은 여자로서 미리 귀띔해주려는 거야."

"하아. 그런 게 아니야."

그가 결국 제 잘못을 시인했다. 하지만 그녀는 이해 못한 표정으로 고개를 갸우뚱거렸다.

"아까 한 말 농담이라고."

"뭐가?"

수정은 모르는 척 되물었다. 그가 난처한 표정을 지어 보이더니 포기했다는 투로 말했다.

"정 매니저가 날 좋아한다는 둥 뭐 이런 말. 그냥 한 말이야."

"허. 내 반응 보려고?"

"……넌 무슨 애가 질투도 안 하냐? 사람 김빠지게."

그가 도리어 토라진 목소리로 항의했다. 양 손을 얌전히 앞으로 모으고 운전대만 뚫어져라 쳐다보는 그의 입이 십 리나 나와 있었다. 그 모습이 어찌나 우스꽝스러운지 자꾸 히죽히죽 웃음이 새어나왔다.

동창생

"매정한 여자야."

아까 문자로도 보냈던 말을 그가 중얼거리자 수정은 끝내 웃음을 참지 못하고 깔깔거리며 그의 목에 팔을 둘렀다. 흠칫 놀란 그가 고개를 돌렸다. 당장이라도 입술이 닿을 수 있는 거리에서 그의 까만 눈동자가 당황스러운 빛으로 반짝거렸다.

"아……, 재밌어. 네가 이런 재미로 나를 놀려먹는구나?"

"뭐?"

"너 은근히 귀여운 구석이 있다?"

그녀의 장난에 마음이 상했는지 그가 그녀의 허리를 밀쳐냈다.

"뭐야? 나 그냥 내리라고?"

그녀가 좀 더 몸을 기대며 물었지만 고개를 돌려버린 그는 망부석처럼 꼼짝도 하질 않았다.

"치, 그냥 가야겠다."

체념한 듯 그녀가 목에서 팔을 풀자 그가 그녀의 허리를 휘감아 강하게 끌어안았다. 그러더니 숨 쉴 틈도 주지 않고 입술을 부딪쳐왔다. 처음엔 놀란 듯 가만히 있던 그녀의 입술이 그를 따라 움직이기 시작했다. 그의 양 팔이 그녀의 등과 허리를 더욱 옥죄었다. 뜨겁고 달콤지근한 입맞춤이 애달프게 이어졌다. 서로의 입술을 할짝할짝 맛본 두 사람이 뜨거운 시선을 교환했다.

"토요일에…… 집으로 갈까?"

그녀의 유혹이었다.

"친구 만난다면서?"

"점심 약속이거든. 차 한잔 하고 헤어질 건데……. 싫으면 말고."

"젠장, 그놈의 싫으면 말고 소리."

그가 화를 참지 못하고 낮게 중얼거렸다. 쿡쿡거리며 웃던 그녀가 그의 심술 난 입술에 짧게 입을 맞추었다.

"오늘 바래다 줘서 고마워."

"토요일까지 어떻게 참냐?"

"뭘 참는데?"

모르는 척 그녀가 과감하게 물었지만 최종적으로 당하는 건 그녀였다.

"백수정 안고 자는 거."

"변태 같으니라고……."

얼굴을 붉힌 그녀가 중얼거리자 그가 허리를 조이며 느끼하게 대꾸했다.

"뭘 새삼스럽게."

"알았어요, 변태 아저씨. 내릴 거야."

"무슨 소리? 아직 멀었어."

그녀의 입술이 그로 인해 뜨겁게 달아올랐다.

"너 남자 생겼니?"

윤기 흐르는 까만 머리카락을 고데기로 칭칭 감고 있던 수정이 흠칫 놀라 뒤를 돌아보았다. 뒷짐을 진 어머니가 신기한 걸 본 양 웃고 있었다. 수정은 시치미를 떼고 거울을 들여다보며 고데기를 만지작거렸다.

"갑자기 무슨 말이에요?"

"오늘따라 거울에 너무 오래 붙어 있길래."

동창생

"외출할 때 언제는 안 그랬나?"

그녀가 볼멘소리로 중얼거렸지만 어머니는 무언가를 캐내려는 사람처럼 슬그머니 옆으로 다가와 빤히 딸을 바라보았다.

"누굴 만나는데 아침 일찍부터 이렇게 지극정성이야?"

어머니가 화장대에 걸터앉으며 물었다.

"친구 만나요."

"마스카라도 했네?"

딸은 시력이 엉망인데 어머니는 시력이 매의 시력이다. 딸이 아무런 대꾸가 없자 어머니가 넌지시 말을 이었다.

"마스카라 하면 눈물이 줄줄 흐른다더니 그건 좀 나아진 건가?"

"그냥 좀 했어요."

"볼터치도 하고 목걸이도 했네?"

"어휴, 엄마!"

어머니가 위아래로 훑으며 놀리듯 말하자 그녀가 꽤 큰 소리를 냈다. 딸이 그러거나 말거나 몸을 일으킨 어머니는 몸을 돌리며 지겹다는 듯 중얼거렸다.

"올가을에는 한복 한 벌 해 입을 수 있을라나?"

"내가 한 벌 해드릴게, 해드려."

발끈해서 톡 쏘아붙였지만 어머니는 이미 방을 나간 뒤였다.

"어휴, 못 살아."

수정은 입술을 삐죽이며 다시 머리 말기에 돌입했다.

아침부터 거울에 좀 오래 붙어 있기는 했다. 얼마 없는 옷을 죄다 꺼내 이리 대보고 저리 대보고 한참을 골랐다. 강의를 위한

다소 사무적인 느낌의 정장이 많아서 옷을 고르기가 쉽지 않았다. 좀 더 여성적인 분위기의 옷을 입고 싶었는데 영 마땅한 것이 없었다. 이럴 줄 알았으면 어제 백화점이라도 좀 다녀오는 건데, 일이 너무 바빠 그럴 겨를이 없었다.

옷장을 한참 뒤지고서야 몇 달 전에 경선에게 끌려가서 구입한 원피스를 찾았다. 스퀘어 네크라인으로 쇄골 전체가 드러나는 디자인이었다. 전체적인 디자인은 집어치우고라도 목이 훤하게 드러나는 옷을 입어본 적이 없는 그녀로서는 기겁할 만한 옷이 아닐 수 없었다.

"그래도 다른 데는 다 꽉꽉 막혔잖아!"

입어보지도 않고 버티는 그녀에게 경선이 시끄러운 오리처럼 꽥꽥 잔소리를 했었다. 안 사도 괜찮으니까 입어보라는 직원의 권유까지 더해져 어쩔 수 없이 입었는데 우려했던 만큼 나쁘지는 않았다.

경선의 말대로 나머지는 다 꽉꽉 막혀 있었다. 소매는 시폰 소재의 레이스로 여성미를 강조하고 일자로 똑 떨어지는 원피스는 몸에 밀착되지 않으면서도 날씬해 보이는 디자인이었다. 은은한 아이보리 색까지 더해지자 로맨틱한 분위기가 물씬 풍겼다.

오오오오, 이러면서 거울을 보며 얼마나 감탄을 했던가. 딱딱한 느낌의 정장은 벗어던지고 사랑하던(!) 그 인간을 만날 때 입겠다고 구입했건만 그날 이후로 빛을 못 보고 있던 옷이었다. 보여주고 싶은 상대는 바뀌었지만 오히려 더 잘됐다.

한참 만에 머리단장이 끝난 수정은 작은 숄더백에 소지품을 챙겨 넣었다. 마지막으로 반지가 남았다. 꽁꽁 숨겨두었던 케이스

동창생

에서 반지를 꺼내 살며시 손가락에 끼었다. 세 개의 링이 붙은 반지는 한가운데에 작은 다이아몬드가 박혀 있었다. 좀 더 화려한 걸 고르라고 그가 성화를 부렸지만 이걸로도 충분히 예뻐서 우기고 우겨 결정했다.

"흐음."

잠시 반지를 들여다보던 수정은 반지를 다시 빼서 케이스에 넣어 가방 깊숙이 밀어 넣었다. 남자 생긴 것이냐고 기대를 품고 있는 어머니에게 아직은 들키고 싶지 않았다. 벌써 알아버리면 약속이 있어 집을 비울 때마다 귀찮도록 따라다니며 그를 데려오라고 조를 것이다. 그것뿐이면 좋은데 어디를 가는지, 만나면 무엇을 하는지 궁금한 것이 너무 많은 분이라 당분간은 모르게 두는 것이 나았다.

마지막으로 전신 거울로 제 모습을 쭉 훑어본 수정은 빙그르 돌아 최종 점검을 마치고 종종걸음으로 방을 나섰다.

"저녁에 비 온다던데?"

구두를 신고 막 나서려는데 뒤에서 어머니가 알렸다. 귀찮게 비라니. 이렇게 예쁘게 차려입었는데…….

수정은 투덜거리며 신발장에서 작은 우산을 챙겨 가방에 넣고 부리나케 집을 나섰다.

"비가 오기는 하는 거야?"

전철역으로 향하던 그녀가 하늘을 올려다보며 중얼거렸다. 주변을 둘러봐도 우산을 들고 가는 사람들을 찾을 수 없었다. 아마도 가방 속에 있을지 모르지만 날씨가 너무 맑아 비가 올 것이라는 어머니의 말을 믿을 수 없었다. 하긴 일기예보도 심심하면 빗

나가는데. 가방이 조금 무겁긴 해도 우산은 챙겼으니 그리 걱정
할 일은 아니었다.

음악을 들으며 막 전철에 올랐을 때 휴대전화가 진동을 했다.
참을성 없는 김현호가 전화를 걸어왔다. 수정은 빙긋 미소를 지
으며 전화를 받았다.

"응. 나야."

자신이 들어도 민망할 정도로 간드러진 목소리가 흘러나왔다.

— 가는 중이야?

어젯밤 늦게까지 투정을 부리던 그였는데 목소리는 많이 밝아
진 느낌이었다.

"응."

— 어디서 만나는데?

"왜애?"

그녀가 장난스럽게 되물었다.

— 궁금하니까 물어보지.

"어휴, 궁금할 것도 많아."

— 너야말로 말 안 해줄 이유가 없잖아.

그의 목소리가 기분 좋게 들렸던 건 시끄러운 전철 때문이었나
보다. 그의 심술은 전혀 나아지지 않았다. 누구를 만나는지는 알
릴 수 없어도 행선지까지 함구할 필요는 없는 것 같아 순순히 대
답했다.

"명동에서 보기로 했어."

— 나도 가면 안 돼?

"어?"

동창생

그녀의 표정이 어리둥절해졌다.

— 남자친구라고 소개하면 되잖아.

"둘이 만나는데 뜬금없이 너 데리고 나가면 친구가 놀라지."

— 그럼 친구랑 헤어질 때쯤 내가 명동으로 나갈까?

"왜?"

바짝 긴장한 목소리가 흘러나왔지만 다행히 전철의 소음이 그
것을 감춰주었다.

— 왜는. 거기서 만나서 저녁도 먹고 데이트 좀 하다가 집으로 올
까 했지.

살짝 고민이 되었다. 그녀는 이미 외출을 한 상태이고 집에서
보더라도 저녁은 먹어야 하니까 나쁜 계획은 아니었지만 그가
명동으로 오는 건 왠지 불안했다. 그렇게 될 가망성이 아주 희박
하기는 하지만 만에 하나 두 사람이 마주치는 일이 발생하면 일
이 이상해져버릴 것 같아서다.

오해를 살 만한 의도로 주환을 만나는 것이 아니었지만 지금은
마주칠 기회를 만들면 안 될 것 같았다. 당장 지금은…….

"그렇게 시간을 정하면 친구 만날 때 내가 불안해. 친구랑 헤
어지고 출발하면서 전화를 할게. 집 근처에서 저녁 먹자."

최대한 담담한 목소리로 그를 타일렀지만 마음은 계속 불편했
다.

— 할 수 없지 뭐. 알았어. 그럼 출발할 때 전화해.

"응. 친구는 나중에 정식으로 약속 잡아서 같이 만나자."

— 알았어. 친구 잘 만나고 이따 봐.

"응. 전화할게."

그의 뽀뽀를 받으며 전화를 끊는 그녀의 얼굴에 안도의 빛이 선명했다.

선배를 만나는 일이 이리도 조마조마한 일이었다니. 남자친구 몰래 바람을 피우는 것도 아닌데 이렇게까지 마음을 졸여야 한다니. 죄를 짓는 것도 아닌데 너무 불안했다. 심장이 터질 것 같았다. 차라리 처음부터 같이 만나자고 할 걸 그랬나 하는 후회가 들었지만 이미 늦었다. 만날 때 만나더라도 오늘은 아니다. 아무리 친한 친구들이라 해도 같이 만날 자리가 있고 따로 만나야 할 자리가 있는 법. 오늘은 후자 쪽이다.

"최대한 빨리 헤어져야겠다."

까만 창밖을 내다보며 그녀가 기운 없는 목소리로 중얼거렸다.

약속 장소인 밀리오레 앞에는 그가 벌써 나와서 기다리고 있었다. 청바지에 체크무늬 셔츠를 받쳐 입은 그는 실제 나이보다 훨씬 어려 보였다. 그녀를 발견한 그가 환하게 웃으며 손을 들어 보였다.

"많이 기다렸어요? 시간은 아직 남았는데……."

그녀가 시계를 들여다보며 물었다.

"아니, 나도 막 도착했어."

"오늘은 제가 늦었네요?"

"농담은."

웃으며 그녀의 등을 가볍게 두드리는 그의 손짓이 너무 자연스러웠다. 많은 사람들로 북적거리는 거리에서 그녀가 부딪치지 않도록 그가 세심하게 신경 쓰는 것이 느껴졌다. 그녀는 그의 보

동창생

호를 받으며 식당으로 향했다.

"주말인데 오빠는 데이트 안 해요?"

주문을 마친 그녀가 물수건에 손을 닦으며 부러 활달하게 물었다.

"나도 가끔은 친구들을 만나야지."

"맞아요, 맞아요."

수정은 저도 모르게 맞다고 맞장구를 쳤다. 그러다 이내 마음을 고쳐먹었다.

"그래도 서운해할 텐데요."

"괜찮아. 자주 보는데 뭐."

"오빠도 이제 결혼해야 하잖아요?"

미소 띤 그의 눈동자가 공허해 보였다.

"그러는 넌?"

"저도 때 되면 하겠죠."

"만나는 사람 없어?"

수정은 그의 질문이 반갑게 느껴졌다. 현호와의 일을 어떻게 꺼낼까 고민하고 있었는데 적절한 타이밍을 그가 만들어준 것이다.

"있어요."

그녀의 대답에 그가 놀라는 표정을 지었다.

"아……, 그래. 어떤 사람이야?"

"사실은…… 현호예요."

"실례합니다."

직원이 기가 막히게 끼어들었다. 테이블에 반찬이 나열되고 중

359

앙 가스레인지에 커다란 냄비가 올려졌다.

"맛있게 드세요."

직원이 형식적인 인사를 남기고 사라졌다.

"김현호 말하는 거야?"

"네."

그녀가 쑥스러운 미소를 지으며 고개를 끄덕였다.

그는 보글보글 끓는 육수에 고기를 넣고 있는 그녀를 빤히 바라보았다.

경수의 집들이에서 두 사람의 관계가 의심스럽기는 했었다. 김현호는 백수정을 제 여자친구처럼 챙겼고, 백수정은 김현호가 제 남자친구인 것처럼 편하고 자연스럽게 대했다. 하지만 친구들의 반응이나 지난번 만났을 때 그녀의 대답으로 그런 관계까지는 아닐 것이라 생각했는데 참 재미있는 두 사람이다 싶었다.

"빠르네."

냄비에서 낚시질을 하고 있던 수정이 고개를 들었다.

"미선이 결혼식 때 만났다면서 벌써 그런 사이라고 하니까."

잠시 어리둥절한 얼굴로 바라보던 그녀가 어색한 미소를 지었다.

"회사 일 때문에 좀 자주 만났어요."

"회사?"

"네. 아직 친구들은 모르는데 저희 회사가 미푸드랑 파트너십을 맺었거든요. 전 미푸드 전담 강사구요. 그래서 좀 더 쉽게 빨리 가까워졌나 봐요."

"그런 걸 두고 인연이라 하는가 보구나."

동창생

그제야 그녀의 얼굴에 편한 웃음이 번졌다.

"나이들도 있는데 결혼해야지?"

"아직 거기까지는 얘기 안 나눠봤어요. 이제 막 사귀기 시작했는데요, 뭐."

"어쩐지 조만간 청첩장을 받게 될 것 같네."

그가 웃어 보이자 수정은 마음이 한결 가벼워졌다.

그가 무슨 생각으로 어떤 의도를 가지고 만나자고 했으며 이곳에 나왔는지 알 수는 없다. 하지만 불필요한 오해로 마음 졸이는 것보다는 만나서 제대로 알리는 것이 맞겠다는 생각을 했다. 어렸을 적 상처가 남아 있는 상대이기는 했지만 세월은 이미 오래 흘렀고, 성인이 된 지금은 편한 선후배 관계로 만나고 싶은 마음이 더 컸다. 학교 동문이면서 친구 신랑의 친구이기도 하니까.

일상적인 대화를 나누며 식사를 마친 두 사람은 근처의 커피숍으로 자리를 옮겼다. 참을성 없는 김현호가 조바심을 내며 전화를 한 번 걸어왔지만 잘 타일렀다. 주환과의 대화가 어렵지 않았기에 그녀의 기분은 들떠 있었다. 조금 후면 자신이 좋아하고 사랑하는 남자를 만나게 될 테니까.

"너에게 미안한 마음이 있다고 했던 말…… 기억하지?"

말없이 커피를 마시던 그가 조심스럽게 입을 열었다. 커다란 머그잔을 양 손으로 들고 뜨거운 커피를 홀짝거리고 있던 그녀의 눈동자가 커다래졌다.

"친구들한테는 얘기 안 했는데, 만나던 여자랑 헤어진 지 좀 됐어. 한 석 달 됐나?"

"그게 무슨 말이에요?"

"알고 봤더니 나 말고 만나는 남자가 두 명이 더 있더라고."

헉! 말로만 듣던 어장관리를 당했다는 소리일까?

수정은 숨을 죽인 채 들고 있던 머그잔을 살며시 테이블에 올려놓았다.

"물론 연애는 환상이고 결혼은 현실이니 이리저리 비교해 보고 싶었던 마음이야 이해하지만, 실제로 그런 일을 겪고 나니까 내가 그동안 지은 죄가 많아서 그랬나 싶은 생각이 들더라고."

"하하하. 무슨 그런 말을 해요?"

웃고는 있었지만 그녀는 마음 한구석이 욱신거렸다.

"미선이 결혼식에서 너랑 마주쳤는데 그때 일이 생각나더라. 그때야 철없던 때고 연애라는 게 뭔지도 잘 모를 때였다는 평계를 대려면 댈 수 있겠지만, 최근에 나한테 안 좋은 일이 있었기 때문인지 네가 울던 일이 더 크게 와 닿더라고. 아무리 어렸어도 많이 아팠겠구나, 내가 많이 미웠겠구나, 이런 생각이 들었어."

그의 담담한 고백을 수정은 조용히 듣고 있었다.

"그런 일은 다 잊고 반가운 마음에 아는 척을 했는데 네가 반갑게 받아줘서 고마웠어."

"너무 속없어 보인 건 아니구요?"

어색함을 떨치기 위해 수정은 웃으며 농담처럼 물었다.

"속없어 보이기는. 그때 일 의식하며 날 피하거나 그랬으면 친구들과도 많이 어색했을 테고, 늦었지만 지금이라도 사과를 할 수 있어서 다행이라고 생각해. 미안하고 고마워."

"에이, 오빠. 너무 뻘쭘해요, 그런 말들."

"하하하. 그래, 이젠 그만하자. 나중에 현호랑 한 번 같이 보

동창생

자. 김현호가 좋아할지는 잘 모르겠지만."

그건 수정도 공감했다. 이주환이라는 이름을 들었을 때의 그 냉랭함을 아직도 기억한다. 그녀를 울린 것도 모자라 뻔뻔하게 사과도 하지 않던 일을 기억하고 있으니 어찌 보면 당연한 반응이었지만.

"다 같이 한 번 봐요. 영영 모르고 살 사이도 아니잖아요."

"결혼하게 되면 꼭 청첩장 보내고."

"좀 이른 얘기긴 하지만 알았어요. 축의금 많이 내셔야 해요. 아셨죠?"

"후후후. 알았다."

잠시 어색하게 흐르던 분위기가 한결 가벼워졌다. 그의 말처럼 지금이라도 이렇게 마음을 풀 수 있다니 참 다행이었다. 예상치 못한 일이 엮이기 전까지는…….

"전철 타고 갈 거니?"

커피숍을 나서자 주환이 물었다. 두 시간 정도 대화를 나누고 나니 시간은 5시가 조금 안 되었다. 이제 슬슬 참을성 없이 집 안을 서성이고 있을 현호를 만나러 논현동으로 가야 했다.

"네."

"차 가지고 나왔는데 데려다 줄게."

"아니에요. 저녁때 현호 만나기로 했거든요. 그쪽으로 가야 해요."

"후후. 김현호가 나 때문에 많이 기다렸구나."

"어휴, 안 그래도 자기 안 만나고 다른 사람 만난다고 지금 심술이 단단히 났어요."

수정이 미간을 찡그리며 장난스럽게 말했다.

"그럼 어서 가야지. 괜히 나 때문에 싸우는 건 싫다."

"얼른 가서 기분 풀어줘야……!"

웃으며 몸을 돌리던 수정의 얼굴이 어두워졌다. 몇 걸음 떨어지지 않은 곳에 싸늘한 눈으로 쳐다보고 있는 현호가 서 있었다. 예상치 못한 그의 등장에 놀란 건 주환도 마찬가지였다. 그와 마주친 두 사람은 잠시 할 말을 잃은 채 멍하니 그를 쳐다보고 있었다. 무슨 말을 꺼내야 할지 몰라 망설이고 있는데 그가 먼저 굳은 목소리로 물었다.

"어떻게 된 거야?"

그녀를 바라보는 그의 시선은 날카로운 가시처럼 뾰족하게 곤두서 있었다.

"아니……, 그게 사실은……."

"친구 만난다는 약속이 저 인간 만나는 약속이었어? 누구를 만나는지 숨길 정도로 은밀한 만남이었나 보지?"

"김현호, 엉뚱한 생각 하지 마."

그의 비아냥에 주환이 제동을 걸었지만 그건 오히려 기름을 붓는 꼴이 되었다.

"형이야말로 수정이한테 무슨 수작인데요?"

"뭐?"

"결혼할 사람도 있다면서 이게 무슨 짓이에요?"

"너 자꾸 오버할래?"

보다 못한 수정이 끼어들었다.

"지금은 무슨 말을 해도 안 통하겠다. 수정아, 미안한데 먼저 갈게."

"미안해요, 오빠."

"이주환! 어딜 가는데!"

그가 덤빌 듯 고함을 지르자 지나다니던 사람들이 일제히 세 사람 쪽으로 고개를 돌렸다.

"가기만 해. 너 가만 안 둘 거야!"

"김현호!"

수정이 이성을 잃은 그를 힘겹게 붙잡았다. 씩씩거리던 그는 주환이 시야에서 사라지고 나서야 그녀에게로 눈을 돌렸다.

"날 제대로 약을 올리는구나?"

그녀의 팔을 뿌리치며 그가 말했다.

"내가 무슨 약을 올렸다고 그래?"

"아주 그냥 꽃단장을 하셨네? 저 인간 만나려고 그렇게 꾸미셨나? 어쭈, 반지도 없네?"

"너 미쳤어?"

얼굴을 새빨갛게 물들인 수정이 앙칼진 목소리로 물었다.

"그래, 미쳤어. 어쩜 이렇게 감쪽같이 속일 수가 있어?"

"내가 뭘 속였다고 하는 거야?"

"그럼 이게 뭔데? 그래, 토요일에 나를 안 만나는 건 이해할 수 있어. 그런데 만난다는 친구가 이주환이었어? 그 인간이랑 비밀리에 할 말이 얼마나 많아서 나한테 말도 못 했을까? 응?"

그에게 설명할 기회는 물 건너가버린 것 같았다. 무슨 말을 해도 믿으려 하지 않을 그의 태도에 구차한 변명 따위를 늘어놓고 싶은 생각이 싹 달아나버렸다.

오늘 누구 때문에 아침 일찍부터 엄마의 놀림을 받으며 꽃단장을 했는데. 아픈 눈에 덕지덕지 마스카라를 칠하고, 안 하던 목걸이를 해서 목 주변이 간질거리는데. 오늘 어떤 다짐을 하며 약속 장소에 나왔는데. 오늘 저녁 그를 만날 생각에 얼마나 마음이 들떴는데. 그런 설명을 구구절절 해봐야 그에게는 핑계로밖에 들리지 않을 터였다.

수정은 주먹을 아프게 쥐고 입을 앙다물었다. 오해를 할 수 있는 상황이기는 했지만 이렇게 무턱대고 바람이라도 피운 사람처럼 자신을 한쪽으로 몰고 가는 그를 이해할 수 없었다. 설명할 기회도 주지 않고, 변명할 기회도 주지 않는 그가 야속하고 미웠다.

갑자기 콧등이 시큰거리고 눈시울이 뜨거워졌다. 울고 싶지 않은데 억울해서인지 자꾸 눈물이 비집고 나왔다. 울면 안 된다. 여기서 울어버리면 그야말로 꼴불견이 되는 것이다.

"너야말로 날 어떻게 보고 그 따위 소리를 지껄이는 거야?"

"뭐? 지금 나한테 따지는 거야?"

"그래! 따지는 거야! 마음이 넓은 줄 알았는데 아주 밴댕이 속 알딱지야!"

사람들이 쳐다보건 말건 화가 잔뜩 난 수정은 명동 한복판에서 목청을 높였다. 만약 이 사람들 속에 교육 때 만난 사람들이 있다면 정말 얼굴도 못 들고 돌아다닐 만한 사건이지만 지금은 그런 것보다 자신이 그에게 의심받았다는 사실이 그녀에게 더 컸다.

"이렇게 쉽게 의심할 정도로…… 내 마음이 하찮았구나."

점점 높아지려는 목소리를 겨우 진정시킨 수정이 바들바들 떨

동창생

리는 목소리로 자조했다.

후두두둑.

갑자기 쏟아지기 시작한 빗방울에 놀란 사람들로 인해 거리의
흐름이 긴박하게 바뀌었다. 차가운 비가 그녀의 온몸을 순식간
에 적셔놓았다. 풍성하게 볼륨을 살린 머리카락은 힘을 잃고서
축 늘어졌고, 예쁜 빛이 감돌던 원피스는 쭈글쭈글해졌다. 얼굴
을 타고 내리는 빗줄기가 화장을 지우고 빗물을 가장한 눈물이
눈가에 마스카라 얼룩을 만들었다.

"가자."

그가 손목을 붙잡았지만 수정은 강하게 뿌리쳤다.

"비 오잖아. 일단 다른 데 가서…….""

"다 필요 없어! 이 나쁜 놈아!"

수정은 들고 있던 가방으로 그의 팔을 아프게 때리고는 그대로
몸을 돌려 지하철 입구를 향해 달렸다. 재빨리 따라붙은 그가 다
시 그녀를 붙잡았지만 수정은 있는 힘껏 몸부림을 치며 고함을
질렀다.

"놔! 놓으라고!"

"백수정!"

"꼴도 보기 싫어. 꺼져!"

수정이 이번에는 발길질을 했다. 정강이를 아프게 얻어맞은 그
가 신음을 흘리는 사이 수정은 지하철 입구에 비를 피해 서 있는
사람들을 헤치고 안으로 들어갔다. 눈물이 찔끔 날 정도로 아픈
정강이를 주무르던 그가 바로 뒤를 따랐지만 지하도 어디에서도
그녀를 발견할 수 없었다.

열둘

똑똑.

훌쩍거림이 한동안 새어 나오던 방문을 어머니가 조심스럽게 두드렸다. 우산까지 챙겨 간 딸이 비를 맞고 들어왔을 때 얼마나 놀랐는지 모른다. 게다가 엉엉 울고 있었다. 지금껏 아무리 일이 힘들어도 꿋꿋하게 잘 이겨내던 장한 딸이 생전 처음 감정이 무너지는 모습을 보였다. 무슨 일이냐고 묻지도 못 할 정도로 딸의 모습은 엉망이었다.

중학생 때까지만 해도 머리띠며 머리핀이며 아기자기한 것들을 좋아했는데 어느 순간부터는 그런 것들에 관심을 보이지 않더니 공부만 했었다. 다들 멋 부리기에 바쁜 대학생 때도 마찬가지였다. 긴 머리카락을 질끈 묶는 것 외에는 별다른 치장을 하지 않았다. 사회생활을 하면 좀 달라지겠거니 했는데, 이젠 서비스 강사라고 무조건 정장만 입어대는 통에 한숨이 절로 나오고는 했었다.

그런데 오늘은 어찌나 예쁘던지. 콧노래를 흥얼거리며 꽃단장

동창생

에 여념이 없던 딸은 분명 사랑에 빠진 모습이었다. 그런데 그 몇 시간 동안 도대체 무슨 일이 일어났던 것일까. 딸의 눈물이 너무도 안타까웠다.

똑똑.

어머니는 다시 노크를 했다.

"수정아, 뭐 좀 먹어야지?"

"……아니. 괜찮아요."

꽉 잠긴 목소리로 수정이 대답했다. 문을 열어볼까 잠시 고민하던 어머니는 당분간 혼자 두는 것이 좋겠다는 생각을 하며 물러갔다.

침대에 엎드려 누워 있던 수정은 소리 없이 흐르는 눈물을 베개에 문지르며 반대쪽으로 고개를 돌렸다. 참으려고 했는데 눈물이 자꾸 흘렀다. 가슴이 미어질 것처럼 아파서 숨을 쉬기가 너무 힘들었다.

그에게 붙잡힐까 봐 지하도로 들어가자마자 지하철역과는 반대로 뛰었다. 제일 가까운 출구로 나가 계단에서 벽을 보고 한참을 울다가 우산을 쓰고 정처 없이 거리를 걸었다. 그동안 그에게서 계속 전화가 오고 문자가 들어왔지만 볼 때마다 자꾸 눈물이 흘러서 문자는 다 지우고 전화기를 꺼버렸다. 한 시간 가량 거리를 헤매다 집으로 돌아왔는데 눈물이 아직까지 계속 흐른다.

말할 기회도 주지 않고 무작정 화만 내는 그가 원망스러웠다. 화를 낼 수도 있고 오해를 할 수도 있지만, 적어도 변명의 기회를 주어야 하는 것 아닌가. 또다시 울컥, 하고 감정이 북받쳐 올라오자 수정은 눈물을 참기 위해 베개를 꼭 끌어안으며 입술을 깨물었다.

수정은 다음날 느지막이 자리에서 일어났다. 거울을 보니 눈은 물론이고 얼굴까지 퉁퉁 부어 있었다. 수정은 우울한 표정으로 얼굴을 손으로 쓸었다. 너무 엉망이라 아무리 제 얼굴이라도 보고 있기가 민망했다.

"점심 먹어야지?"

거실에 나타난 그녀에게 어머니가 밝은 목소리로 물었다. 무슨 일이 있었냐며 물어볼 법도 한데 어머니는 모르는 척 평상시처럼 그녀를 대했다.

"엄마……, 나 얼굴 봐."

갈라진 목소리로 수정이 투정을 부리자 어머니가 미간을 모으며 그녀의 얼굴을 살폈다.

"얼굴이 왜? 예쁘기만 하구만."

"헐……."

발랄한 표정으로 대답하는 어머니를 수정이 어이없다는 듯 쳐다보았다. 그러니까 엄마겠지? 하는 생각을 하며 수정은 식탁에 앉았다.

"밥 줄까?"

"응."

그녀의 목소리에 투정이 묻어났다. 어머니는 온화한 미소를 지으며 그녀의 앞에 맛있게 밥을 차려주었다. 김이 모락모락 올라오는 국을 한 모금 떠먹은 수정의 얼굴이 조금은 환해졌다. 그리고 수정은 아무것도 물어보지 않는 어머니가 고마웠다.

꾸역꾸역 점심을 먹고 나자 어머니가 이번에는 뜨거운 커피를

동창생

한 잔 타주었다. 어머니의 특별한 서비스나 마찬가지였다. 수정은 어머니의 어깨를 꼭 안아주고는 커피를 들고 방으로 들어왔다. 밤새 방치해놓았던 휴대전화를 챙겨 책상에 앉았다. 그리고 가만히 휴대전화를 응시했다. 까만 화면을 열어보는 것이 조금 무서웠다.

밤새 무슨 문자가 들어왔을까.

"후우."

길게 한숨을 한 번 내쉰 수정이 휴대전화를 조작했다. 휴대전화는 어두운 화면을 열고 부재중 전화와 문자를 먼저 알려왔다. 부재중 전화도, 문자도 모두 현호의 것이었다.

[수정아, 얘기 좀 하자.]

[무작정 화부터 내서 미안해. 전화 좀 받아.]

[전화 좀 줘.]

거의 이런 내용의 문자들이었다. 아랫입술을 잘근잘근 씹으며 확인한 문자를 지우고 있는데 새로운 문자가 들어왔다. 주환이었다.

[**현호랑은 잘 해결됐어? 괜히 나 때문에 일이 꼬였어. 미안해.**]

수정은 기운 없는 손가락을 놀려 그에게 답신을 남겼다.

[**괜찮아요. 제가 나중에 연락드릴게요.**]

잠시 후 '그래'라는 짧은 답변을 받았다. 남아 있던 문자를 모두 지우고 나자 눈물이 다시 들어찼다.

"나쁜 놈."

수정이 중얼거렸다.

겨우 진정시켰던 감정이 다시 또 격해지려고 했다.

전 남자친구와 헤어진 지 고작 한 달밖에 지나지 않아 그와 교제를 시작한 자신을 사람들이 어떻게 볼까 조심스럽고 걱정스러웠는데, 정작 좋아하는 사람에게 자신의 진정성을 의심받았다는 사실이 충격적이고 괴로웠다.

　자신의 모든 것을 내어주고 싶은 마음이 들었던 사람은 그가 유일했는데, 그것만으로는 진심이 전달되지 않았던 걸까. 그 정도로 그를 믿고 의지하고 좋아한다는 뜻인데 그는 어떻게 해석했던 것일까.

　나쁜 놈, 나쁜 놈, 아무리 욕을 해보아도 속이 풀리지 않았다. 어제 그와 마주쳤을 때는 미안한 마음이 있었는데 지금은 그런 마음은 전혀 없다. 제 마음을 몰라주는 그가 너무 밉고 지금 이 상황이 괴로울 뿐이었다.

　"흑. 나쁜 놈."

　휴대전화 위로 뜨거운 눈물 한 방울이 툭, 떨어져 내렸다.

　서재의 의자에 길게 늘어져 있다 눈을 뜬 건 정오가 훌쩍 지나서였다. 현호는 그녀와 헤어진 후 사장 취임식 날 사진을 찍었던 친구 녀석을 불러 늦게까지 술을 마셨다. 무슨 일이 있었냐며 친구가 물었지만 어떤 말도 하지 않았다. 자신이 너무도 못난 짓을 했다는 걸 잘 알기에 차마 말을 할 수 없었다.

　비척비척 비틀거리며 집으로 돌아와 휴대전화를 한참이나 멍하니 바라보았다. 그녀의 말이 맞다. 아무리 화가 났어도 그 자리에서 이성을 잃고 따질 게 아니라 그녀의 설명을 먼저 들었어야 했다. 그녀의 마음을 못 믿어서가 아니라는 건 확실히 말했어

동창생

야 했는데, 무작정 화부터 내고 한쪽으로 몰고 간 실수가 뼈아팠다.

자신에게로 향한 마음의 진정성을 타인에게 의심받고 거부당할까 조심스러워하던 그녀의 마음을 그는 까맣게 잊고 있었던 것이다. 단지 질투에 눈이 멀어, 이주환을 향한 분노에 눈이 멀어.

하지만 그때는 뻔뻔하게 그녀를 울리던 이주환의 얼굴밖에는 떠오르지 않았었다. 아무리 어린 나이였다 해도 책임감 없이 그녀의 마음을 잔인하게 헤집어놓던 그의 비겁함을 도무지 용서할 수 없었던 것이다.

학교 옥상에서 수정이 서럽게 울던 다음 날, 복도에서 주환과 마주쳤었다. 잠깐 스치듯 보았던 수정의 얼굴은 여전히 어두운 데 비해 그는 번들번들 빛이 났다. 현호는 무의식 중에 그의 길을 막고 섰다. 아무 생각 없이 지나가던 주환이 인상을 쓰며 쏘아보았다.

"뭐야?"

"형은 재주도 좋아요."

여학생들 앞에서는 천사처럼 웃던 주환의 얼굴이 험상궂어졌다.

"무슨 헛소리야?"

"형의 이중적인 모습을 여자애들은 전혀 모르잖아요. 이 여자 저 여자 집적거리는 게 취미라는 걸 잘 숨기는 것도 재주라면 재주……!"

퍽! 하는 소리와 함께 현호가 뒤로 나뒹굴었다. 바닥에 넘어졌던 현호는 눈에 불을 켜고 일어나 주환에게 무섭게 덤볐다.

"꺄악!"

여자아이들의 비명소리와 함께 복도는 순식간에 아수라장이 되어버렸다. 마침 화장실에서 나오던 도덕 선생님이 끼어들어 뒤엉켜 있던 두 사람을 교무실로 끌고 가는 바람에 싸움은 금방 끝났다. 싸우게 된 이유를 묻는 선생님에게 두 사람은 마치 짜기라도 한 것처럼 입을 다물었다.

그 기억이 있어서인지 몰라도 수정을 바라보는 주환의 눈빛이 거슬렸다. 아무것도 모르고 옛 감상에 젖어 웃고 있는 수정이 신경 쓰였다. 어렸을 적의 감정이 남아 그녀에게 마음이 쓰이는 것이라고 생각했는데 아니었다. 점점 더 마음에 담게 된, 더 나아가 깊이 새기게 된 그녀가 다른 사람도 아닌 주환과 대화를 나누는 것이, 웃음을 나누는 것이 싫었던 거다.

그녀에게 향하는 감정이 어렸을 적 향수가 아니라는 것을 확신하게 된 후 고백을 했고 그녀를 품에 안았다. 그녀의 해사한 미소가, 달콤한 속삭임과 숨결이 기쁘고 행복했는데 이주환이 그녀에게 다른 마음을 품고 있을지도 모른다는 생각을 하게 되자 이성적 판단이 흐려져버렸다.

그녀의 마음을 의심했던 것이 아닌데, 그녀의 마음이 갈대처럼 흔들렸을까 봐 화를 낸 것이 아닌데 의도치 않게 일이 이상하게 흘러가버렸다. 못나도 너무 못난 행동이었다.

묵직하게 내려앉은 몸을 일으킨 그는 책상에 뒹굴고 있는 휴대전화를 집어 들었다. 수정의 침묵을 대변이라도 하듯 휴대전화는 잠잠했다. 통화이력을 뒤져 그녀의 이름을 찾았다. 그녀와의

동창생

마지막 통화 이후 24시간도 지나지 않았는데, 그녀와 헤어진 지 고작 열 몇 시간밖에 흐르지 않았건만, 몇만 년은 흘려보낸 느낌이다. 의자에 다시 몸을 묻은 그는 까칠해진 얼굴을 손으로 덮었다.

"하아……."

심장이 터질 듯 답답하다.

지글지글 고기가 익어가고 여기저기서 술잔이 부딪쳤다. 남자들의 걸쭉한 수다와 여자들의 조잘거림이 묘하게 조화를 이루는 곳에서 경선과 수정이 마주보고 앉아 있었다. 불판에서 올라오는 뜨거운 기운 때문인지, 아니면 연거푸 마신 소주 때문인지 수정의 얼굴은 발그레해져 있었다.

팔짱을 낀 채 근엄한 얼굴로 수정의 말을 한참 듣고 있던 경선의 한쪽 눈썹이 삐죽 올라갔다. 그와 연락을 하지 않고 지낸 지 벌써 일주일. 수정은 지금의 사태를 어떻게 정리해야 하는지 도통 감을 잡을 수 없어 경선을 불렀다.

오늘 미푸드 본사에 갔다가 복도에서 그와 마주쳤다. 반가운 기색을 보이며 다가오는 그를 수정은 철저히 외면해버렸다. 형식적인 인사도 건네지 않고 지나치는데 하나도 속이 시원하지 않았다. 멍하니 서 있는 그 때문에 속에서 열불이 나려고 했다.

아무리 민 대리가 옆에 있었어도 그렇지. 예전에는 이런저런 핑계를 대며 만날 궁리를 하던 그가 자신을 그렇게 보내버리자 어이가 없고 괘씸했다. 하긴 그녀 자신도 마찬가지였다.

그놈의 자존심이 뭐라고, 꽁해서는 연락 한 번 하지 않고 버티는 걸까. 하지만 아직 화가 덜 풀려서라고 우기고 싶었다. 그가 화를 풀어주지 않으니 점점 심술이 더 붙는 것이라고 말하고 싶었다.

밑도 끝도 없이 들이댈 때는 언제고, 왜 가장 중요한 순간에는 침묵하는 것일까. 그가 반성 중일 것이라는 생각은 더 이상 하고 싶지 않다. 그 사이 그의 마음이 변해버린 건 아닐까 엉뚱한 생각도 해보았다. 오죽 답답하면 수다쟁이 경선을 다 불러냈을까.

"세상에……."

수정의 이야기를 듣고 있던 경선이 눈을 휘둥그레 떴다.

"그래서 결론은 뭐야? 너네 둘이 사귄다 뭐 이거야?"

"지금 그게 중요한 게 아니라니까 그러네."

수정이 답답한 듯 젓가락으로 테이블을 두드렸다.

"야, 그게 중요하지 않으면 뭐가 중요한데?"

"김현호가 다짜고짜 날 의심하고 막 화를 냈다니까?"

"으유! 결론은 사랑싸움이네."

경선이 얄밉다는 표정으로 눈을 흘겼다.

"이게 무슨 사랑싸움이야."

"서로 철천지원수도 아니고, 사랑싸움이 아니면 뭔데?"

남은 심각한데 대수롭지 않다는 듯 대꾸하는 친구 때문에 김이 빠져버린 수정이 어깨를 축 늘어뜨렸다.

"현호가 잘못은 했어."

경선이 어울리지 않게 진지한 목소리로 운을 뗐다.

"그래도 너 그렇게 이해를 좀 해주지 그랬어."

"내가 뭘 이해해줘야 한다는 거야?"

동창생

수정이 억울하다는 듯 되물었다.

"김현호의 마음."

"무슨 마음? 무턱대고 의심부터 하는데 무슨 마음을 이해해줘야 해?"

"걔가 널 그만큼 좋아한다는 말이잖아."

"아무리 좋아해도 그렇지, 앞뒤 상황 설명도 듣지 않고 그 사람 많은 곳에서 고래고래 고함이나 지르고, 같이 있는 주환 오빠까지 민망하게 만들어야 하는 거야? 그게 나 좋아한다고 하면 다 정당화되고 막 그래?"

"어우, 야. 왜 나한테 화를 내고 그래."

흥분을 이기지 못해 그녀의 목소리가 점점 커지자 경선이 주눅이 든 얼굴로 말했다.

"아무리 좋아해도 그렇지 의심하기 시작하면 관계는 끝인 거야. 더 볼 것도 없어."

수정이 팔짱을 끼며 단호하게 말했다.

"아무리 그래도 너무 쉽게 끝을 말하진 마. 강진성인지 강진상인지도 이해해보려고 노력했던 사람이 너 아니었어?"

"갑자기 그 인간은 왜 튀어나오는데?"

"말이 그렇다는 거야. 네가 화가 난 건 충분히 이해해. 현호의 그런 행동이 야속하고 서운하고 속상하고 그러겠지. 하지만 너도 현호가 왜 그렇게까지 화를 냈는지 들어줘야 하지 않겠냐 그런 소리야. 네가 네 이야기를 들어줬어야 한다고 생각하는 것처럼."

삐딱하게 앉은 그녀의 표정은 불만이 가득했다.

"일주일이나 지났는데…… 이젠 전화도 안 해."

그녀의 목소리는 우울했다. 전화와 문자를 받지 않겠다고 수신거부를 걸고 스팸번호 등록을 했어도 그녀는 매일매일 수시로 그의 연락을 확인했다. 만나자는 요구, 용서를 구하는 문자들이 줄을 잇더니 제일 마지막 문자는 '연락 줄 때까지 기다릴게.'였다. 그 후 그에게서는 아무런 연락도 없었다. 그것이 그녀를 더욱 화나게 만들었다.

"연락 받기 싫다고 스팸 등록하고 수신거부 해놓은 사람이 누군데 그런 소리를 해?"

"그거야…… 뭐……."

"어린애처럼 왜 그래?"

"몰라."

"모르긴 뭘 몰라. 사랑이 원래 유치하긴 하지만 너도 나이를 먹을 만큼 먹었으면 좀 더 이성적으로 생각해야 하지 않겠어? 특히 둘이 좋아 죽을 때는 유치해도 되지만 이렇게 서로 골이 생겼을 때는 유치한 싸움 같은 거 별로 도움도 안 돼. 네가 먼저 연락해서 풀어."

"……"

"계속 이 상태로 지낼 거야? 우리들까지 곤란하게?"

"하지만 내가 어떻게 먼저 연락해."

"연락 줄 때까지 기다린다고 했잖아. 그러니까 네가 먼저 해야지."

그래도 못하겠다는 듯 수정이 뾰로통한 얼굴로 술잔만 만지작거렸다.

동창생

"그럼 내가 전화해서 슬쩍 말 좀 흘릴까? 너한테 전화 해보라고."

"야아!"

수정이 싫다는 듯 앙탈을 부렸다. 그러면서 속으로는 그래줬으면 하는 이 이중적 마음은 무엇일까. 수정은 그러는 자신이 미워서 짜증이 났다.

"집에 갈래."

"가긴 어딜 가."

일어나려는 수정의 팔을 경선이 부여잡았다. 그 바람에 수정은 안 그래도 몸을 못 가누는데 휘청거리며 의자에 털썩 주저앉았다.

"반지 보여줘야지."

"뭐?"

수정의 목소리가 높게 올라갔다.

"옛다! 봐라, 봐!"

수정은 반지를 낀 왼손을 경선에게 들이밀며 툴툴거렸다.

그가 밉다 밉다 하면서도 그녀는 어느새 반지를 끼고 다녔다. 물론 일 때문에 회사에서는 끼지 못하지만. 어머니 앞에서도 당당히 반지를 꼈다. 반지를 본 어머니는 경선처럼 손을 덥석 잡더니 신기한 얼굴로 반지를 뚫어져라 들여다보았다. 어머니는 궁금해하는 얼굴로 '언제 데려올 거니?'라고 물었다. 데려오겠다고 대충 얼버무렸지만 어머니는 오늘도 물었다. 그 남자 언제 데려올 거냐고.

수정은 머리가 지끈거리고 속이 불편해졌다. 술을 너무 마셔서

인지 고질병인 추위가 엄습했다. 얼굴은 물론이고 온몸에서 열이 나는데 어깨는 오돌오돌 떨렸다. 그때마다 재킷을 벗어서 주던 현호의 얼굴도 떠올랐다.

"에이씨."

가만히 손을 대놓고 있던 수정이 성질을 부리며 손을 빼자 경선이 놀란 얼굴로 시선을 들었다.

"나쁜 놈, 나쁜 놈."

젓가락을 야무지게 쥔 수정이 앞 접시에 무방비 상태로 누워있는 삼겹살을 콕콕콕 찔러댔다. 경선이 뜨악한 얼굴로 수정을 바라보았다. 저 젓가락에 찔리면 정말 피라도 나겠다는 듯.

비슷한 시간. 현호는 친구들과 회사 근처에서 술을 마시고 있었다. 요즘 하루도 거르지 않고 술과 친구가 되어 있었다. 오늘은 한국으로 들어오기 전부터 연락을 하며 지냈던 정민과 강진, 그리고 미선의 결혼식에서부터 안면을 튼 대영과 함께 술잔을 기울였다.

"너네 정말 무슨 관계냐?"

시시콜콜한 이야기만 오고가던 중에 강진이 불쑥 물었다. 막 술잔을 비운 현호가 무슨 소리냐는 표정으로 강진을 보았다.

"그거, 커플링 아니야?"

강진이 무릎에 올려놓은 왼손을 향해 턱짓을 했다. 그제야 건너편에 있던 친구들이 고개를 쭉 빼고 문제의 반지를 찾았다. 허름한 돼지껍질집과는 어울리지 않게 반지의 다이아몬드가 영롱한 빛을 내고 있었다.

"경선이가 너희 둘, 심상치 않다고 난리더라고."

"너희 둘이 누굴 말하는 걸까?"

현호가 능청을 떨며 제 잔에 술을 따랐다.

"이 녀석 봐라. 모르는 척 시치미 떼네?"

"……."

"백수정 말하는 거잖아. 백수정."

듣고 있으니 속이 터지겠다는 듯 정민이 톡 쏘아붙였다.

"수정이가 비밀이랬다."

"뭐어?"

"허!"

그의 대답에 친구들 모두 기가 찬다는 반응이었다.

"내가 이 녀석 호프집에서 주먹질 할 때부터 알아 봤다니까."

대단한 비밀이라도 알고 있었다는 양 강진이 턱을 치켜세우며
말했다.

"주먹질 했다고?"

결혼식 뒤풀이에 참석하지 않았던 대영이 눈을 휘둥그레 뜨며
물었다.

"야야. 난 중학교 때 복도에서 주환이 형한테 주먹질 할 때부
터 알아봤다."

정민이 한 술 더 뜨자 대영이 이게 다 무슨 소리냐는 듯 현호
를 쳐다보았다. 현호는 중학교 때 싸움을 뜯어말렸던 정민을 힐
끔 쳐다보았다. 정민과 함께 매점을 가다 주환과 마주쳤는데 그
때 그가 했던 말을 정민이 다 주워들었던 것이다.

교무실에서 몽둥이찜질을 당하고 돌아왔을 때 정민이 갑자기
왜 싸운 거냐고 물었는데 얼떨결에 '백수정을 올리잖아, 짜증나

게.'라고 대답했었다. 자기가 헛소리를 들은 줄 알고 '뭐?'라고 되묻는 정민에게 짜증을 부리며 대충 얼버무렸었는데 그걸 기억하고 있는 모양이었다.

"허허. 수정이 울렸다고 이주환도 얻어맞고, 딴 여자 만나다가 수정이 울려서 강진성인지 진상인지도 얻어맞고. 수정이 울리면 큰일 나겠다, 야. 뼈도 못 추리겠어."

정민이 졌다는 듯 고개를 설레설레 저으며 빈정거렸다.

"그래서 현호가 수정이랑 사귄다는 거야, 뭐야?"

아직도 이해가 안 된다는 듯 대영이 묻자 강진이 등을 한 대 찰싹 때렸다.

"눈치도 없는 놈. 그러니까 네가 아직까지 여자친구가 없는 거다."

"악담을 해라, 아주 그냥!"

대영이 눈을 치켜뜨며 성질을 부렸다.

현호는 친구들의 말장난을 씁쓸한 눈으로 지켜보며 술잔을 기울였다. 술을 아무리 마셔도 취하지를 않는다. 술을 마시면 마실수록 그녀의 생각만 간절하다. 친구들의 대화는 어느덧 다른 것으로 바뀌었지만 그는 여전히 그녀의 생각에서 헤어 나오지 못하고 있었다. 고개 숙인 그의 시선은 테이블에 올려놓은 휴대전화에 쏠려 있었다.

붙잡았어야 했는데……. 회사에서 마주친 그녀를 그대로 보내버린 것을 계속 후회하고 있다. 막바지 리뉴얼 공사 중인 신규 점포에 가기 위해 사무실을 나서 엘리베이터를 탔다. 5층에서 민 대리와 함께 엘리베이터를 기다리고 있던 그녀와 마주쳤다. 회사에는 비밀로 하기로 했던 그녀와의 약속 따위 깡그리 무시하고 당장 품에 와락 안고 싶었다. 하지만 냉기가 뚝뚝 떨어지는 그녀의 눈동자를 마주하게 된 순간 그는 그대로 얼어버렸다. 결국 예의를 차린 인사를 건넸지만 그녀는 그대로 그를 지나쳤다. 그 후 민 대리와 인사를 한 그녀가 택시를 타고 회사를 떠나는 모습을 멍하니 지켜보고만 있었다.

'머저리 같은 놈…….'

그 정도의 용기도 없었다니 너무 한심해서 욕지거리가 튀어나왔다. 실수를 했다면, 잘못을 했다면 용서를 빌면 되는 것을. 그녀에게서 연락이 오길 기다리다가는 천 년 만 년 후회하고 그리워만 하다 죽을 것 같은데, 기다리겠다는 말은 왜 해가지고. 멋있지도 않은데…….

"야, 김현호!"

"어?"

제 이름을 부르는 소리에 놀라 그가 고개를 들었다.

"뭔 생각을 그리 하길래 불러도 몰라?"

"아, 그래? 왜?"

"그래서 수정이랑은 언제 결혼하냐니까?"

결혼. 그래, 그녀와 미치도록 결혼하고 싶다.

"수정이 화 풀리면 하려고."

"수정이랑 싸웠나?"

정민이 심각한 얼굴로 물었다.

"집들이에서는 자기네가 신혼부부처럼 굴더니. 왜 싸웠는데?"

"그냥…… 뭐…….."

현호가 쓴웃음을 지으며 대답을 얼버무리자 강진이 끌끌 혀를 찼다.

"이번에는 수정이 앞에서 이주환을 패기라도 했냐?"

귀신같은 녀석들.

"패기는……. 그냥 비슷한 짓을 좀 했지."

그가 민망한 표정을 지으며 중얼중얼 대답하자 정민이 한심하다는 투로 말했다.

"질투도 때를 봐가면서 적당히 해야지 귀엽다. 잘못하면 정신 이상한 놈 취급당해요, 알았어?"

그 말이 가슴에 콕 와서 박혔다.

"일이야 어찌 됐든, 일단 축하한다."

스토리가 어떻게 흘러가는지 귀동냥으로 듣고 있던 대영이 술잔을 들었다.

"그래, 싸운 건 둘이 알아서 해결하시고 우선 축하주부터."

"솔로 탈출, 커플 입성 축하!"

두 친구마저 술잔을 들어 올리자 현호는 마지못해 술잔을 들었다. 그때였다. 휴대전화가 요란하게 울린 것은. 들었던 술잔을 탕, 소리가 나도록 내려놓은 그가 휴대전화를 들고 자리에서 벌떡 일어났다.

"뭐야?"

놀란 강진이 물었다.

"야, 나 간다. 다음에 보자."

"뭐?"

"야!"

동창생

현호는 뒤도 돌아보지 않고 식당을 나서며 휴대전화를 받았다.

"여보세요?"

— 집에 왜 없는데!

수정이 귀가 떠나갈 듯 고함을 질렀다.

"지금……."

— 잘못을 했으면 집에 얌전히 붙어 있어야 할 것 아니야. 도대체 어딜 그렇게 쏘다니는 거야, 쏘다니길! 나 안 만나니까 아주 신났지? 그런 거지?

수정이 숨도 쉬지 않고 버럭버럭 화를 냈다. 도로까지 뛴 현호는 다급하게 손을 흔들어 택시를 잡았다.

"논현동 로열오피스텔이요. 빨리 좀 부탁드려요."

현호는 수정의 목소리가 다다다다 쏟아지는 전화기의 수화부를 막고 아저씨에게 작은 목소리로 행선지를 알렸다.

"지금 가고 있어. 5분만 기다려."

5분이라는 소리에 아저씨가 눈썹을 씰룩였지만 현호는 모르는 척했다.

— 5분 같은 소리 하고 있네! 갈 거야. 집에 갈 거야!

"수정아, 금방 가. 응? 잠깐만 기다려."

— 싫어……, 이 나쁜 놈.

현호는 수정이 정말 돌아가면 어쩌나 안달이 났다. 그녀의 말처럼 그냥 집에 얌전히 붙어 있었어야 했는데 하는 후회도 들고 말이다. 그러다 번쩍 생각나는 것이 있었다.

"수정아."

— ……왜.

수정이 기운 없는 목소리로 한참 만에 대답했다.

"갔어?"

— …….

수정이 이번에는 대답을 하지 않았다.

"비밀번호 알려줄게. 먼저 들어가 있어. 금방 갈게."

— **빨리 와.**

띠릭.

전화가 끊겨버렸다. 현호는 얼른 문자로 출입구와 현관 비밀번호를 찍어서 보냈다. 그리고 조마조마한 얼굴로 운전석에 바짝 붙어 아저씨에게 사정했다. 제발 빨리 가달라고…….

오피스텔 앞에 도착한 그는 거스름돈도 챙기지 않고 택시에서 부랴부랴 내렸다. 그녀의 말이 맞았다. 5분은 무슨 5분. 아저씨도 열심히 달렸으나 5분은 정말 무리였다.

거리의 어둠과는 반대로 오피스텔의 로비는 눈이 부시도록 환했다. 출입구까지 정신없이 뛰어간 그는 들고 있던 지갑을 카드 접촉부에 댔다.

— **문이 열렸습니다.**

기계적인 목소리가 들림과 동시에 스르륵 문이 열렸지만 그는 안으로 들어가지 않았다. 출입구와 조금 떨어진 곳에 웅크리고 앉아 있는 사람이 눈에 들어왔다. 가방은 바닥에 떨어져 있고, 스커트를 입은 여자는 재킷으로 무릎을 덮어 끌어안은 자세로 쪼그리고 앉아 있었다. 낯설지 않은 풍경이었다. 그는 설마, 하는 마음으로 천천히 여자에게로 다가갔다.

동창생

"수정…… 이?"

조심스럽게 말을 걸자 무릎에 얼굴을 묻고 있던 여자가 흠칫거렸다. 천천히 고개를 든 여자는 예상대로 수정이었다. 놀란 그가 그녀의 팔을 붙잡고 급히 일으켜 세우려 했다.

"문자 못 받았어? 들어가서 기다리라고…….'

"아야!"

그의 힘에 끌려 자리에서 일어나던 그녀가 풀썩 무릎을 꺾었다.

"왜? 왜? 어디 아파?"

당황한 그가 엉거주춤 서 있는 그녀의 허리를 끌어안았다.

"빨리 오랬잖아, 빨리!"

수정이 인상을 찌푸리며 그를 거칠게 밀어냈다. 그러더니 허리를 접으며 다시 신음을 흘렸다. 지난번처럼 다리에 쥐가 난 모양이었다. 그는 얼른 몸을 낮춰 앉아서는 재킷을 주워 품에 안고 그녀의 종아리를 주물렀다. 수정은 그의 어깨를 짚어 몸을 기대고는 종아리를 열심히 마사지하는 그를 물끄러미 굽어보았다.

"괜찮아?"

한참을 그러고 있던 그가 그녀를 올려다보았다. 수정이 말없이 고개를 끄덕이자 자리에서 일어난 그가 그녀의 가방을 챙겨들었다. 그는 망설이지 않고 그녀의 손을 잡았다. 두 사람은 서로 아무 말 없이 오피스텔로 들어갔다. 엘리베이터에 오른 그는 그녀가 도망이라도 갈까 싶어 손을 꼭 쥐었다. 땀이 배어났지만 그 사이를 바람이 파고들지 못하도록 단단히 부여잡았다.

"나…… 피곤해."

거실까지 따라 들어온 그녀가 뒤에서 작은 목소리로 말했다.

"술 마셨어?"

그의 질문에 그녀가 고개를 끄덕였다.

"잠깐만."

그녀를 잠시 세워둔 그는 허둥지둥 침실로 들어가서 그녀가 몇 번 입었던 적이 있는 트레이닝복을 들고 나왔다.

"씻고 나올래?"

"응."

현호는 그녀가 씻을 수 있도록 보일러를 켜주고 욕실 입구까지 그녀를 따라갔다.

"뭐 좀 마실래?"

"괜찮아."

그녀는 기운 없는 얼굴로 고개를 저으며 욕실의 문을 닫았다. 그녀가 씻는 소리를 확인한 그는 침실로 들어가 그녀가 바로 잘 수 있도록 잠자리를 챙겼다. 자다가 마실 물까지 챙겨놓고 거실로 나가자 금방 샤워를 끝낸 그녀가 욕실 앞에 서 있었다.

그는 그녀의 손을 잡고 드레스 룸으로 들어가 화장대 앞에 앉혔다. 현호가 드라이기를 꺼내 젖은 머리카락을 말리는 동안 수정은 졸린 듯 눈을 반쯤 감고 있었다. 나른함에 피곤이 밀려들어와 고꾸라지기 일보 직전, 탁 소리를 내며 드라이기가 작동을 멈추었다.

"술 많이 마셨어?"

화장대 거울을 통해 그녀를 바라보며 그가 물었다.

"조금."

동창생

수정은 그와 일부러 눈을 맞추지 않으려는 사람처럼 시선을 내린 채 앉아 있었다.

"수정아……."

"……."

그의 부름에 그녀는 고개를 들지 않았다.

"수정아……, 미안해."

"……왜 그랬어?"

천천히 고개를 든 그녀의 눈꺼풀이 열리고 까만 눈동자가 모습을 드러냈다. 흔들리는 그의 눈동자를 지켜보던 그녀가 다시 입을 열었다.

"내 마음이…… 내 마음이…… 그렇게까지 못미더웠어?"

현호는 그녀의 손을 양 손으로 감싸 쥐고 바닥에 무릎을 꿇고 앉아 그녀와 시선을 맞추었다.

"미안해."

"왜 그랬어?"

그녀의 목소리가 울먹거렸다.

"널 못 믿어서가 아니야. 내가 못나서 그래."

"왜 그랬어. 왜?"

그녀가 미간을 찡그리며 다시 물었다.

"미안해."

"내가 오빠를 왜 만났냐고 했지? 너랑 나 사이…… 알리려고 만났어. 셋이 만나는 것보다 내가 먼저 만나서 내 입으로 직접 말해야 할 것 같아서."

그의 눈동자가 어두워졌다.

"오빠가 나한테 사과했어. 최근에 여자친구랑 헤어졌대. 결혼식 때 나랑 마주치고서야 옛날 일이 생각났대. 그때 내가 많이 아팠겠구나, 힘들었겠구나 이런 생각을 했었다면서, 미안하다고 사과했어."

"토요일에 명동으로 널 데리러 갔었어. 명동에서 미리 기다리고 있다가 네가 친구랑 헤어졌다고 하면 바로 만나러 가려고. 명동이 그렇게 좁은 동네인 줄 몰랐어. 그 많은 사람들 속에서 널 찾았는데 형이 같이 있는 거야. 그래, 솔직히 너에게 화가 많이 났어. 나한테 말도 안 하고 형을 만났다는 사실이 너무 충격적이었어. 넌 형을 좋아했었으니까, 그래서…… 그래서……."

그가 말을 잇지 못하고 시선을 피해버리자 수정이 그의 어깨를 탁, 때렸다.

"나쁜 놈."

"수정아……."

"내 마음을 어떻게 의심할 수 있어? 다른 사람도 아니고 네가 어떻게! 다른 사람은 내 마음을 의심해도 넌 그러면 안 되는 거잖아. 내가 너에게 왜 안겼다고 생각하는데? 그냥 심심풀이로? 호기심에?"

"미안해. 내가 잘못했어."

"나쁜 놈. 나쁜 놈!"

눈물이 그렁그렁 맺힌 그녀가 주먹을 휘두르며 그의 어깨를 사정없이 때렸다.

"나빴어. 너 정말 나빴어. 나…… 그렇게 가벼운 여자 아니란 말이야. 바람에 흔들리는 등잔불 같은 여자가 아니란 말이야. 넌

동창생

부산의 일이 그렇게 가벼웠니? 내 마음 깡그리 무시하고 그런 식으로 행동할 정도로 내가 우스웠어? 응?"

몸을 반쯤 일으킨 그가 그녀의 손목을 꽉 움켜잡았다.

"수정아, 아니야. 그런 거 아니야."

"그럼 뭔데? 뭐냐고!"

잡혀 있는 손이 제 맘대로 안 되자 신경질적으로 물었다. 그녀의 손을 단단히 부여잡은 그가 다시 자세를 낮춰 앉으며 말했다.

"미안해. 내가 정말 잘못했어. 절대로 널 가볍게 생각했던 건 아니야. 절대로."

"내가 정리하고 싶었어. 만약 정말 만약 주환 오빠가 나에게 다시 호감을 보인다 해도 내가 직접 내 마음을 알려야 한다고 생각했어. 오빠 만나는 일을 너에게 말하지 않았던 건, 네가 끼어 버리면 셋 다 입장이 이상해질 거라고 생각했기 때문이야. 널 무시하려고 했던 것도 아니고, 네가 생각했던 것처럼 그런…… 그런……."

그녀가 눈물을 떨어뜨리며 입술을 꽉 깨물었다. 그녀는 결국 억울함을 주체하지 못해 몸을 들썩이며 훌쩍이기 시작했다. 현호는 그녀의 작은 어깨를 품에 꼭 안았다. 잠자코 안겨 있는 그녀의 어깨가 보기 안타까울 정도로 떨고 있었다.

"내가 얼마나 비참했는지 알아? 내 마음 의심당하는 것 같아서 얼마나 절망스러웠는지 아냐고!"

"미안해. 정말 미안해."

실망감에 우는 그녀에게 할 수 있는 말이 고작 '미안해.'라는 한 마디라는 것이 너무 못마땅했다. 그녀의 마음을 아프게 하고 힘들게 했으니 미안하다고 사과하는 것이 맞는데도 그 말로는 부족한 것 같아 가슴이 쓰렸다.

"미워, 미워, 미워."

그녀의 작고 매운 주먹이 등을 두드렸다. 현호는 숨이 막힐 정도로 그녀를 꼭 껴안으며 미안하다는 말을 계속 중얼거렸다. 품에 안겨 있는 그녀의 등을 부드럽게 쓰다듬으며 그녀의 주먹질이 멈추길 기다렸다. 밉다는 말만 반복하며 등을 두드려대던 그녀가 손을 툭 떨어뜨리자 그는 그녀를 더욱 세게 끌어안았다.

"오늘 정민이랑 강진이랑 대영이를 만났는데, 정민이가 그러더라. 질투도 때를 봐가면서 적당히 해야 귀엽다고."

"……."

"이주환이 너에게 만나자는 문자만 보내지 않았어도……."

그가 갑자기 말을 끊었다. 동시에 수정이 몸을 꼼지락거렸지만 현호는 팔을 풀지 않았다.

"김현호."

분노에 찬 목소리가 가슴을 타고 위로 올라왔다.

"일부러 뒤진 건 아니었어. 문자가 왔길래 그냥 얼떨결에 본 거야. 정말이야, 정말."

"김현호."

"그래, 내가 잘못했어. 내가 나쁜 놈이야. 아니지, 정민이 말대로 그때는 정신이 나갔던 거야. 미안해. 이게 다 널 너무 좋아해서 그런 거야. 널 너무 사랑해서. 널 다시는 다른 놈들에게 빼앗기고 싶지 않아서. 널 의심해서도 아니고 네 마음을 가볍게 여겨서도 아니야. 정말이야. 믿어줘, 제발."

동창생

그가 숨도 쉬지 않고 말을 쏟아냈다. 그의 품에 안긴 채 그 말을 다 듣고 있던 수정은 밑으로 떨어져 있던 손을 들어 그의 등을 감쌌다.

"불안해하지 마."

수정이 다정한 목소리로 말했다.

"아니, 불안하게 했다면 미안해. 이젠 제대로 말할게. 수정이는…… 현호가 좋아. 백수정은…… 김현호를 사랑해."

절대 풀리지 않을 것처럼 감겨 있던 그의 팔이 서서히 풀리고 감격스러워하는 그의 얼굴이 시야로 들어왔다. 수정은 손을 들어 그의 얼굴을 살며시 쓰다듬었다. 장난이 심해도 신중하고 생각이 깊던 그가 그렇게까지 불안해했다는 것이 미안했다. 자신의 소심함으로 그 역시 상처를 받았다는 것에 생각이 이르자 마음이 미어질 것처럼 다시금 아파왔다.

"그러니까…… 나 책임져야 돼."

"응!"

그가 고개를 크게 주억거렸다.

"어떻게 책임질 건데?"

"결혼하자."

"못 들은 걸로 할래."

수정이 살며시 그를 밀어내며 몸을 돌리자 그가 다시 돌려 앉혔다.

"왜? 왜?"

"무슨 프러포즈를 이런 식으로 해? 난 못 들었어."

"그럼 일단 가청혼."

"풋. 뭐야. 그런 말이 국어사전에 있어?"

살포시 미소를 짓는 그녀와 달리 그의 얼굴은 심각했다.

"그럼 내가 먼저 찜."

"야아."

"하여튼 수정아, 넌 나랑 결혼하는 거야. 알았어?"

투정 부리는 어린아이처럼 어깨를 잡은 그가 졸라댔다.

"몰라. 안 들려."

수정이 어깨를 흔들어 그의 손을 뿌리치고는 침대에 누워버렸다.

"백수정 씨, 저기요."

"아아아아. 안 들려요."

수정은 그를 뿌리치고 의자에서 일어나 귀를 막으며 드레스 룸을 나갔다.

"수정아. 응?"

"나 잘 거야. 저리 가."

"수정아아."

"꺄아!"

그녀를 따라가던 그가 갑자기 그녀의 겨드랑이를 간질이기 시작했다. 화들짝 놀란 그녀가 비명을 지르며 그를 밀쳐냈지만 놓칠 그가 아니었다. 간지러움을 참지 못해 바닥으로 몸을 낮추며 숨이 넘어갈 듯 웃었다. 그는 깔깔거리며 웃는 그녀의 몸을 위에서부터 눌렀다. 꼼짝없이 손목을 잡힌 그녀가 눈꼬리에 눈물을 매달고 숨을 헐떡였다.

"수정아."

동창생

"응?"

"사랑해."

"알아."

시크한 대답에 그가 피식 웃었다.

"넌?"

"바보. 그것도 몰라? 당연히 사랑하지."

예쁘게 웃는 그녀의 입술 위로 그의 따뜻하고 달콤한 입술이 내려앉았다.

열셋

— 그래서? 현호랑 화해는 했어?

"응."

통화를 하는 수정의 눈앞에 넓게 퍼진 오징어 한 마리가 불쑥 나타났다. 야구 모자를 눌러쓴 현호가 어떻게 하겠냐는 표정으로 바라보았다. 수정은 '쥐포, 쥐포.'라고 입으로 대답했다.

— 지금 어딘데 그렇게 어수선해?

귀도 밝고 눈치도 빠른 최경선이 그냥 넘어갈 리가 없다.

"야구장.

— 야구장? 현호랑?

"응."

— 한 번 싸우더니 아주 그냥 깨가 쏟아지는구나?

"그래, 난 좀 깨가 쏟아지면 안 되냐?"

— 안 될 리가 있나요, 백수정 씨. 데이트 잘하셔요.

경선이 장난스럽게 삐죽이며 전화를 끊었다.

"경선이야?"

"응."

눈치는 김현호도 만만치 않다. 말도 안 해줬는데 경선이라고 맞히는 걸 보면 말이다. 하긴 두 사람 사이를 시시콜콜하게 캐묻고 다니고 사사건건 간섭하는 사람이 경선밖에 없기는 하다.

"다른 거 먹고 싶은 건 없어?"

그녀의 취향에 맞게 바싹 구운 쥐포 두 마리, 땅콩, 음료수를 까만 봉지에 받아 든 그가 물었다. 야구장에 오면 꼭 먹어야 하는 것들을 머릿속으로 헤아려보던 수정이 검지를 치켜세웠다.

"통닭!"

"통닭?"

"응."

수정이 먹고 싶어 죽겠다는 표정으로 천진난만하게 고개를 끄덕였다.

"밥 먹은 지 얼마나 됐다고."

현호가 질렸다는 표정을 지어 보였다.

"응원하다가 중간에 먹으면 되지. 아항, 나 통닭."

수정이 어린아이처럼 팔에 매달려 온몸을 흔들며 졸랐다. 그 모습에 넋을 놓고 있던 현호가 피식 웃더니 그녀가 쓰고 있는 야구 모자를 푹 누르며 알았다고 대답했다. 응원팀의 유니폼을 똑같이 챙겨 입은 두 사람은 손을 맞잡고 치킨을 팔고 있는 곳으로 향했다.

지금은 야구장 주변이 완전히 달라져서 어렸을 적에 보았던 말 그대로 '통닭'은 살 수가 없다. 대신 유명 프랜차이즈 치킨 전문점에서 판매를 하고 있었다. 꽤 여러 곳에서 나와 있었던 탓에 그걸 고르는 데도 꽤 고민을 해야 했다. 한참을 고민하며 이곳저곳을 오가는 수정에게 현호가 말했다.

"그거나 저거나 똑같은 통닭인데 아무거나 사."

"그래두. 맛있는 거 사야지."

"어차피 식으면 맛은 다 똑같아."

참 멋없는 대답이었다. 결국 수정은 툴툴거리며 가장 가까운 곳에 있는 아저씨에게 한 박스를 샀다. 입가심으로 먹어야 하는 무와 소스까지 꼼꼼하게 챙긴 수정이 만족스러운 얼굴로 현호의 팔짱을 꼈다.

"더 필요한 거 없어?"

"응. 없어."

수정이 해맑은 얼굴로 웃었다.

현호는 수정을 데리고 지정석 쪽으로 향했다.

수정은 야구에 대해 잘 몰랐다. 팀이 몇 개인지도 모르고, 서울 연고지 팀이 어디인지는 더더욱 모른다. 야구선수라고는 베이징 올림픽 때 보았던 선수밖에 모른다. 그녀는 알고 있는 몇 안 되는 선수 중 하나가 외야수라며 무조건 외야석에 앉아야 한다고 주장했지만, 그녀가 다른 남자 보는 꼴을 좋아할 그가 아니었다. 그렇지 않다면 명동에서 그런 사고를 쳤을 리가 없다. 그녀가 지정석을 싫다고 주장하는 데는 다른 이유가 또 있었다. 시원스럽게 뻗은 치어리더들 때문이었다. 현호는 야구는 치어리더가 생명이라 우겼고, 수정은 자기가 알고 있는 그 선수가 갑이라고 우겼다.

현호는 지정석으로 가는 대신 그 선수의 유니폼을 사주겠다는

동창생

말로 그녀를 회유했다. 몇 시간을 괴롭혀 지정석에 앉는 것을 쟁취했지만 제일 중요한 표가 문제였다. 경기를 겨우 며칠 남겨놓고 지정석을 구한다는 건 정말 하늘에서 별을 따는 일이었다. 표가 없다는 말을 들으면 수정이 바로 외야로 가자고 할 판이었다. 현호는 모든 인맥과 인터넷을 동원해 겨우 표를 구할 수 있었다. 그것도 웃돈을 더 줘가면서…….

어렵게 구한 자리여서 그런지 위치는 흡족했다. 치어리더도 잘 보이고 말이다.

"외야는 텅텅 비었어."

지정석에 몰려 있는 사람들 사이를 헤치고 들어온 것이 힘들었는지 의자에 늘어지게 앉은 수정이 중얼거렸다.

"야구 후반부로 들어가면 외야도 꽤 많이들 모일 거야."

"그런가?"

야구를 제대로 본 적이 없으니 그녀가 알 리가 없었다. 바리바리 싸들고 온 간식거리들을 챙기며 현호가 물었다.

"야구 좋아하는 건 맞아?"

"좋아한다기보다는……, 싫어한다기보다는…….."

모호한 대답에 현호가 미간을 좁혔다.

"그러면서 지난번에 야구 타령은 왜 했어?"

"봄이 되면 사람들이 야구 타령을 하길래."

"뭐?"

"훗."

수정이 짧게 웃더니 몸을 바로 하고 앉아 비닐봉지를 부스럭거리며 쥐포를 하나 꺼냈다.

"이런 거 먹는 게 좋아. 재밌잖아."

쥐포를 쭉 찢어 현호에게 내밀며 수정이 방긋 웃었다.

"야구도 안 좋아한다면서 그놈은 왜 자꾸 찾아?"

"귀여워서. 야구도 잘하고, 순진하게 생겼잖아. 후후."

수정은 마치 자기 동생 이야기를 하는 누나처럼 다정하게 대답했다. 그 말에 현호는 심기가 또 불편해졌다.

"걔 덩치가 얼마나 큰데 귀여워?"

"치. 커봐야 얼마나 크다고."

현호는 수정이 준 쥐포를 질겅질겅 씹으며 말했다.

"키가 190에 몸무게가 100이라지?"

"헉. 정말? 그렇게 안 보이는데?"

"야구선수들 그렇게 안 보여도 다 크고 덩치 좋아."

현호처럼 쥐포를 씹으며 순진한 얼굴로 수정이 말했다.

"우리 현호는 거기 끼면 **삐쩍** 마른 멸치 같겠다."

"멸치?"

한 번도 자신이 멸치 같다는 생각을 해본 적이 없는 그로서는 충격적인 발언이 아닐 수 없었다. 180을 훌쩍 넘는 키에 몸무게는 77킬로그램 전후를 유지하고 있고, 운동도 꾸준히 해서 몸이 예쁘다는 소리를 자주 들어왔었다. 그런데 멋없이 **삐쩍** 마른 멸치라니. 비쩍도 아니고 **삐쩍**!

"넌 어떻게 내 몸을 다 봐……!"

쥐포를 입에 문 수정이 인상을 구기며 그의 입을 틀어막았다. 일촉즉발의 순간이었다. 수정은 등에 식은땀이 주룩 흘러내리는 걸 느꼈다. 현호는 자신이 무슨 말을 하려다 이 지경이 났는지 모른다는 듯 눈을 깜빡이며 원망스럽게 바라보았다.

"왜? 우리 둘이 잤다고 확성기에 대고 떠들지?"

그의 얼굴에 바짝 붙은 수정이 낮은 목소리로 으르렁거렸다. 현호는 그제야 미안하다는 듯 실눈을 뜨며 웃어 보였다.

삐익!

귀청이 떠나갈 것 같은 호루라기 소리가 허공을 갈랐다. 현호의 입에서 손을 떼던 수정이 너무 놀라 어깨를 흠칫거렸다. 치어리더들이 뛰어나와 신나게 춤을 추며 한바탕 응원의 열기를 쑥 올려놓았다. 수정은 사람들을 따라 응원 막대기를 두드리며 신나게 응원을 따라 했다.

쪽.

손이 아프도록 막대기를 두드리던 수정이 눈을 휘둥그레 뜨고 현호를 바라보았다. 그의 입술이 닿았던 볼이 화끈거렸다. 그 열기는 점점 넓게 퍼져 얼굴이 새빨간 사과가 되어버렸다. 당황한 수정은 들고 있던 막대기로 그의 얼굴을 툭 쳤다. 그러거나 말거나 현호는 제 할 일 다했다는 표정으로 막대기를 두드려댔다.

치어리더들이 내려가면서 관람석이 갑자기 조용해졌다. 방송에서는 아나운서가 야구장에서나 들을 수 있는 특유의 목소리로 타자를 소개하고 있었다. 사람들은 함께 온 일행들과 대화를 나누며 야구를 관람했다. 라디오 중계라도 들을 수 있다면 좋을 텐데 앞에서 펼쳐지는 경기는 무성영화를 보는 것처럼 답답했다.

수정은 야구 룰도 잘 모르면서 열심히 눈을 부릅뜨고 경기를 관람했다. 조금 전 나왔던 타자가 삼진을 당하자 그의 입에서 '에이' 하는 아쉬움의 소리가 흘러나왔다. 경기에 집중하고 있는 그를 힐끔 쳐다보던 수정은 몰래 배시시 미소를 지었다.

어이없는 싸움이 한 번 있기는 했지만 두 사람의 사이는 더 돈독해졌다. 점심시간만 되면 밥 먹기 무섭게 전화통을 붙잡고 있는 그녀를 동료 강사들은 신기한 듯 쳐다보았다. 회사에서도 상대가 그라는 걸 아직 밝힐 수는 없지만 반지도 당당하게 끼고 다니고 틈만 나면 '사랑해.'라는 말을 쏟아냈다. 그 모습을 한동안 지켜보던 채 팀장이 닭살 돋는다며 투정을 부릴 정도였다.

"왜?"

경기는 안 보고 자신을 빤히 쳐다보고 있는 그녀에게 현호가 물었다.

"좋아서."

"훗."

현호는 싱겁다는 듯 픽 웃더니 냉큼 그녀의 입술에 도둑키스를 했다. 그걸 그냥 두고 볼 그녀가 아니었기에 응원 막대기로 한 대 맞는 건 옵션이었다.

"끝난 거야?"

"응. 공수 체인지."

수정은 현호의 설명을 들으며 아까부터 고소한 냄새를 솔솔 풍기는 치킨 상자를 무릎에 올렸다.

"드디어 먹는 거야?"

"응. 이제 배고파."

상자를 열자 치킨 냄새가 진동을 했다. 어찌나 진한지 살짝 민망하기도 하고 주변 사람들에게 미안하기도 했지만, 다들 들고 오는 최고의 간식이니 모르는 척 상자를 뒤졌다. 제일 좋아하는

동창생

닭다리를 찾아야 했다. 현호가 먼저 찾아서 먹어버리기 전에.

"수정아."

"응?"

수정은 닭 검색을 하며 대답했다.

"수정아."

"왜?"

말은 안 하고 왜 자꾸 부르나 싶어 그녀가 고개를 든 순간 그의 커다란 손이 그녀의 얼굴을 꽉 감쌌다.

"뭐……!"

움직이지 못하게 얼굴을 감싼 그의 얼굴이 눈 깜짝할 사이에 내려오더니 입술을 포갰다. 사람들의 '와!' 하는 소리가 주변을 흔들었다. 사과를 베어 물 듯 입술을 훔친 그의 얼굴이 떨어졌다. 수정은 어이가 없다는 표정을 지었고, 현호는 흡족한 미소를 지었다.

"뭐야!"

화가 난 수정이 들고 있던 닭다리 하나를 그의 입 쪽으로 내밀었지만 닭다리 공격을 재빨리 피한 그가 이번에는 어깨와 허리를 감싸 안고는 맹렬하게 입술을 부딪쳐왔다. 다시 터진 사람들의 함성소리가 아득하게 들려왔다. 숨이 막힐 정도로 뜨거운 키스였다. 그와 함께 있는 곳이 야구장이라는 것도 잊을 만큼 강렬하고 열정적이었다. 드높이 올라가는 응원의 함성소리처럼…….

후후후. 후후후.

거실에서 빨래를 개고 있던 수정이 익숙한 음악소리에 고개를 들었다. 지난 야구 경기를 재미있게 편집해서 보여주는 '미스앤나이스'였다. 원래는 '아이러브베이스볼'이라는 프로그램에서 짧게 보여주는데 간혹 한꺼번에 모아서 보여준다. 케이블 TV의 채널까지는 정확히 알지 못하지만 가끔은 이렇게 우연찮게 보게 되기도 한다.

"다 갰니?"

어머니가 주방에서 나오며 물었다.

"조금 남았어요."

"'미스앤나이스' 하네?"

야구를 좋아하는 어머니가 눈을 반짝이며 얼른 TV 앞에 자리를 잡고 앉았다. 신나게 흘러나오는 성우의 설명을 따라 어머니는 깔깔깔거리는 것도 모자라 손뼉까지 치며 재밌게 시청을 했다. 수정 역시 남은 빨래를 정리하며 웃는 얼굴로 TV를 시청했다.

"어머, 부끄러워라."

정리가 끝난 빨래를 들고 자리에서 일어나던 수정이 어머니의 말에 고개를 돌렸다. '키스 타임'이라는 자막과 함께 관람석에 있던 커플들이 키스하는 장면이 비쳤다.

"정말 부끄럽네. 카메라에 다 잡히고."

쯧쯧, 안타깝다는 듯 혀를 차며 막 자리에서 일어나던 수정은 그대로 얼음이 되었다.

"응?"

어디서 많이 본 사람을 발견한 어머니는 엉금엉금 기어 TV 앞에 바짝 붙어 앉았다. 똑같은 야구 모자와 똑같은 유니폼 티셔츠

차림의 다정한 커플이었다. 조금 전 개놓은 빨래에 있던 티셔츠와 같은 것이었다.

카메라가 자신들을 비추고 있다는 걸 눈치 챈 남자가 옆에서 치킨 상자를 뒤지고 있는 여자에게 말을 걸었다. 여자가 별 반응을 보이지 않자 조바심이 난 듯 남자가 여자의 얼굴을 붙잡더니 대뜸 키스를 했다. 놀란 여자가 화를 내며 들고 있던 치킨을 휘둘렀지만 남자는 여자의 얼굴을 붙잡고 다시 키스를 했다. 주변에 있던 사람들이 왁자지껄 웃으며 응원봉을 두드려대고 TV 화면에 커다란 자막이 올라왔다.

[우리 결혼합니다!]

"어머, 어머."

경기 장면으로 화면이 바뀌자 어머니가 놀란 얼굴로 그녀를 돌아보았다.

"저거 너 아니니?"

그녀의 손에 들려 있던 빨래들이 우두두두 바닥으로 떨어졌다. 화들짝 놀란 수정이 떨어진 빨래들을 주섬주섬 챙기며 말했다.

"누가요? 내가 저길 왜 가? 나랑 비슷한 사람인가 보지 뭐."

모자를 푹 눌러썼기 때문에 거짓말이 통할 것이라 생각했지만 게슴츠레해진 어머니의 눈을 보니 전혀 아닌 모양이었다. 탐색하는 어머니의 시선을 피하며 빨래를 정리하고 있는데 전화벨이 시끄럽게 울리기 시작했다.

"하하하하."

수정은 어색한 웃음을 흘리며 소파에 있던 휴대전화를 들었다. 경선이었다. 스치듯 지나가버린 일이 너무도 충격적이라 수정은 손을 부들부들 떨며 통화 버튼을 눌렀다.

"여보……."

— 너네 뭐야! 그런 식으로 이실직고하는 거야? 호호호호!

"뭐, 뭐, 뭐가?"

당황한 수정이 심각하게 말을 더듬었다.

— 뭐뭐뭐긴요. 아주 그냥 전국적으로 광고를 해요, 광고를. 요즘은 청첩장도 미디어 통해서 돌리냐?

"야, 이상한 소리 하려면 끊……."

— 세상에. 김현호 능력도 좋아. 방송국이 알아서 소문 내주잖아. 결혼한다고.

수정은 머리가 어지러워 소파에 몸을 기댔다. 넋이 나갈 만큼 충격적이었지만 그녀도 똑똑히 보았다. '우리 결혼합니다!'라는 자막을. 멍한 눈으로 고개를 돌리자 어머니는 이미 그녀의 거짓말을 믿지 않겠다는 단호한 얼굴로 그녀를 빤히 쳐다보고 있었다.

뚜뚜.

재밌어 죽겠다는 듯 요란하게 웃어대는 경선의 웃음소리를 밀어내며 통화중 대기음이 들렸다. 이번에는 채유라 팀장이었다. 이름을 보는 순간 덜컥 겁이 났다. 야구를 좋아하는 채 팀장이기에 어쩐지 오늘의 '미스앤나이스'도 봤을 것 같다는 불안감이 엄습했다. 연애 중이라는 거야 이미 알고 있었지만, 그의 얼굴을 알고 있는 채 팀장은 카메라에 잡힌 사람이 누구라는 걸 바로 알았을 것이다.

"경선아, 나 지금 전화가……."

동창생

— 호호호호. 전화 오겠지. 호호호호. 알았어. 호호호호.

경선은 불안한 마음이 들게 계속 웃어댔다. 수정은 마른침을 꿀꺽 삼키며 대기 중인 전화를 받았다.

— 백 강사! 어머, 세상에. 혹시…… 어머, 어머.

역시나 그녀도 보고 어머니도 보고 경선도 본 그 프로그램을 본 모양이었다. 채 팀장은 어떻게 말을 꺼내야 할지 몰라 계속 '어머'만 남발하고 있었다.

"팀장님."

수정이 기어들어가는 목소리로 부르자 그제야 정신을 차린 듯 채 팀장이 말했다.

— 백 강사가 만나는 사람이 미푸드 사장님이었어? 김현호 사장? 지난번에 사장 취임식 같이 갔었던, 얼마 전에 지방 교육 다녀왔던…….

"네."

채 팀장의 숨이 꼴까닥 넘어갈 것 같아 수정이 얼른 대답했다.

— 그럼 자기 결혼하는 거네?

도대체 그 자막은 누가 넣었을까! 이미 그가 가청혼이라는 둥, 찜이라는 둥 꺼낸 말이 있으니 아니라는 대답도 할 수 없었다. 이 일이 아니더라도 그와의 결혼을 부정하고 싶은 마음도 없었지만.

수정은 채 팀장이 보지도 않는데 고개를 끄덕이며 '네.'라고 대답했다.

— 어머! 오호호호호. 어머, 어머. 축하해, 백 강사. 세상에 이런 일이 다 있네? 응? 도대체 언제 그렇게 발전한 거야?

"그게요, 그게 말이죠."

수정은 울상을 지으며 당장 실토하라는 듯 쳐다보고 있는 어머니를 훔쳐보았다.

화창한 날씨의 일요일 오후. 넓은 잔디가 펼쳐져 있고, 커다란 나무들이 우거진 올림픽 공원은 가족 단위로 나들이를 나온 사람들로 북적거렸다. 아이들과 캐치볼을 하는 아버지, 넓은 돗자리를 펴놓고 점심 준비를 하는 어머니. 아장아장 걸어 다니는 아이를 따라다니는 젊은 아빠들. 손을 잡고 산책로를 걷는 연인들까지. 공원 전체가 활기차게 움직이고 있었다.

지난 토요일의 키스 타임 사건으로 일주일 내내 시달린 수정을 달래기 위해 그가 소풍을 준비했다. 상의도 없이 저지른 일에 그녀가 삐쳐서 걱정이라고 하자, 미향 본점의 조리장이 커다란 도시락을 준비해주며 소풍을 다녀오라고 한 것이다. 그래도 안 가겠다며 버티면 어쩌냐고 걱정을 하는 그에게 설마 자기의 정성까지 무시하겠냐며 용기를 주었다.

역시 조리장의 예상대로 그녀는 마지못해 집 앞으로 나왔다. 나에겐 뭐 없냐며 묻는 어머니에게도 커다란 찬합을 안겨준 그가 그녀를 데리고 올림픽 공원으로 왔다. 긴 머리카락을 하나로 질끈 묶은 그녀는 하늘색 티셔츠에 청바지 차림이었다.

공원에 들어와 적당한 나무 그늘 아래에 돗자리를 편 그가 찬합을 펼쳐 보였다. 싱싱한 야채와 햄으로 만든 샌드위치와 한입 크기의 주먹밥, 고소하게 튀긴 크로켓과 단내가 물씬 나는 과일까지. 다양한 음식이 찬합 가득 담겨 있었다.

동창생

"본점 조리장님이 널 위해서 특별히 만든 거야. 그러니까 오늘 이거 다 먹고 가야 해."

"네가 만들어달라고 한 건 아니고?"

"어허. 조리장님의 정성을 그렇게 말하면 안 되지."

"치."

토라진 얼굴로 앉아 있는 그녀의 손을 물티슈로 꼼꼼하게 닦아 낸 후 그가 샌드위치를 내밀었다.

"자, 이거 먹어봐."

수정은 못 이기는 척 샌드위치를 받아 한입 베어 물었다. 겉은 바삭하고 속은 부드러운 식빵과 물기를 촉촉하게 먹은 야채, 고소한 계란 샐러드가 슬그머니 미소를 만들었다.

두 사람의 결혼 발표는 강력한 미디어의 도움을 받아 전국적으로 뻗어나갔다. 동창들은 물론이고 미향 지방점 직원들에게까지 널리널리 퍼져 아니라고 발뺌도 할 수 없는 지경이 되었다. 심지어 그녀가 교육을 다녀왔던 업체의 교육 담당자까지 그 프로그램을 보고 연락을 해올 정도였다.

"내가 너 때문에 못 살겠어."

샌드위치 하나를 다 먹고 주스로 입가심을 한 그녀가 볼멘소리로 투덜거렸다.

"창피해서 교육을 어떻게 나가. 너 정말 못된 거 알아?"

"몰라."

뻔뻔한 그의 대답에 수정이 가슴을 두드렸다.

서비스 강사로서 흐트러진 모습을 보이지 않기 위해 평상시에는 청바지도 잘 안 입는 그녀다. 그런 그녀가 그의 간절한 소원에 흔들려 유니폼과 야구 모자로 커플룩을 하고 야구장을 간 건 엄청난 일이었다. 그런데 수많은 관중이 지켜보는 가운데 키스를 한 것도 모자라 방송까지 탔으니 사건도 이런 대사건이 없다.

그날 수정은 그와의 키스 장면이 카메라에 잡히는 줄도 몰랐다. 반면 현호는 철저히 계산을 했던 일이었다. 그는 이미 야구장에 키스 타임 이벤트가 있다는 걸 알고 있었고, 그걸 노려서 기를 쓰고 지정석 좌석을 구한 것이다.

그녀가 응원하는 특별한 팀도 없고, 그저 올림픽 대표 선수였던 누군가가 나오는 경기를 찾으면 되는 일이었다. 다행히도 그 선수가 속한 경기가 잠실구장으로 예정되어 있었고, 그의 계획은 비록 표를 구할 때 고생을 하기는 했지만 별 차질 없이 진행되고 있었다.

문제는 자막이었다. 카메라에 잡히기만 한다면 자막은 별 상관없었지만 그래도 기왕이면 자막도 함께 넣고 싶었다. 그래야 확실한 이벤트가 될 테니까. 그래서 경기 도중 그녀가 화장실에 갔을 때 그는 카메라맨을 찾아갔다.

키스 장면이 화면에 잡혔는데 혹시 케이블 방송을 하게 된다면 자막을 좀 넣어줄 수 없겠냐고 통사정을 했다. 아웅다웅 싸우면서 하는 두 사람의 키스 장면이 재미있었는지 카메라 감독이 못 이기는 척 허락을 해서 자막으로 '우리 결혼합니다!'를 넣을 수 있었다. 청혼은 무슨. 아예 못 무르게 만천하에 발표하면 되는 것을.

"아앙. 몰라, 몰라."

수정이 무릎에 얼굴을 묻으며 발을 동동거렸다. 현호는 긴 팔

동창생

을 뻗어 그녀의 어깨를 토닥거렸다. 성질이 난 수정이 팔을 쳐내자 그는 순순히 물러났다.

"우리 잘 살자."

그녀를 달래는 대신 그가 말했다. 발을 동동동 구르던 그녀가 고개를 빠끔 들었다. 발그레해진 얼굴에 눈꼬리에는 맑은 물방울이 맺혀 있었다.

"우린 너무 오래 떨어져 있었기 때문에 절대 싸우면 안 돼."

"네가 싸움 안 걸면 돼."

토라진 수정이 고개를 옆으로 돌려버렸다.

"삐치지 마."

"뭐?"

수정이 고개를 번쩍 들었다.

"삐치면 놀리고 싶잖아."

"야아! 김현호!"

몸을 일으킨 그녀가 그에게로 주먹을 휘둘렀다. 그의 시원한 웃음소리와 그녀의 기합소리가 공원 전체로 퍼져나갔다.

"으악!"

그녀의 공격을 막겠다고 손을 허우적거리던 그가 그대로 뒤로 넘어졌다. 그 바람에 그녀도 그의 위로 풀썩 쓰러졌다.

"아야……."

떨어지면서 무릎이 바닥에 부딪쳤는지 그녀가 신음을 흘렸다. 잔디가 깔려 있기는 했지만 갑작스러운 충격이 무릎에 무리를 준 모양이었다.

"괜찮아?"

그녀가 다친 건 아닐까 그가 걱정스러운 목소리로 물었다.

"어휴, 몰라."

수정이 인상을 찌푸리며 몸을 일으키려고 하자 현호가 허리를 꽉 끌어안았다.

"뭐야?"

일어나지 못한 수정이 당황한 얼굴로 주변을 두리번거렸다. 사방이 뻥 뚫린 공원 한가운데에서 이 무슨 해괴망측한 장면 연출인가.

스윽.

허둥대는 그녀의 얼굴을 그의 손이 감쌌다. 볼을 쓰다듬던 그의 엄지손가락이 귀를 간질였다. 두 사람의 시선이 따뜻한 봄바람과 함께 살랑거렸다. 그녀의 뒷목을 부드럽게 감싼 그가 제 쪽으로 끌어당기자 그녀의 촉촉한 입술이 그의 입술 위로 내려앉았다.

"사랑해."

"응. 나도, 나도 사랑해."

수정이 고개를 끄덕이자 흡족한 미소를 머금은 그가 그녀의 입술에 부드럽게 입을 맞추었다.

동창생

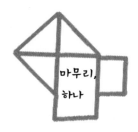

마무리,
하나

"우리 이날 놀러 갈까?"

차가운 커피를 빨대로 쪽쪽 빨아 먹고 있는 수정에게 현호가 휴대전화를 내밀며 물었다. 그가 가리킨 날을 확인한 수정이 시큰둥한 목소리로 대답했다.

"안 돼."

"왜? 약속 있어?"

"그날은 놀러 가는 날이 아니고 투표하는 날이야."

"투표하고 가면 되잖아."

"그래도 안 돼."

시큰둥한 그녀의 반응에 현호는 실망감을 감추지 못했다. 연인인 그녀와 데이트 약속 잡기가 어찌나 어려운지 이제는 눈물까지 날 지경이었다. 토요일이고 일요일이고 다른 약속이 생기면 수정은 그는 나 몰라라 했다. 아무리 항의를 하고 따져도 소용이 없었다. 항상 돌아오는 대답은 '네가 제일 중요하지만 난 내 사생활과 가족과 지인들도 중요해.'였다.

　누가 들으면 그가 그녀를 구속하려는 것처럼 느끼겠지만 전혀 그렇지 않다. 그나마 평일은 그녀와 만나기가 수월하다. 하지만 정작 오랜 시간 함께 지낼 수 있는 주말은 그에게 쉽게 차례가 돌아오질 않았다.

　이날은 부모님과 쇼핑을 가야 해서 만날 수 없고, 이날은 어머니 대신 아버지 식사를 챙겨드려야 해서 만날 수 없고. 이날은 경선이, 저날은 미선이. 같이 만나자고 해도 저들끼리 할 얘기가 많은 법이라며 그를 끼워주지 않았다.

　심심찮게 당하는 거절에 그는 속이 터져버리기 일보 직전이었다. 그런데 법정공휴일인 투표일은 투표를 하는 날이라서 놀러 갈 수 없다고 한다. 투표를 하지 말라고 한 것도 아니고 끝낸 후 놀러 가자는데 어째서 안 된다는 건지 그는 이해를 할 수 없었다.

　"도대체 왜 안 되는데? 왜?"

　"개표방송 봐야지."

　"뭐어? 개표방송?"

　그의 입에서 실소가 터져 나왔다.

　"응. 그거 엄청 박진감 넘쳐. 옛날에는 몰랐는데 요즘엔 방송국에서 기획을 잘해서 그런지 보는 재미가 쏠쏠해."

　"개표방송 저녁때 하잖아."

　"낮에도 특집방송 많이 하잖아."

　"하아."

　"이번 선거방송 광고 보니까 연예인들도 막 나와. 그래서 기대

동창생

중이야."

커피를 다 마신 수정이 어울리지 않게 입맛을 쩝쩝 다셨다.

오늘의 수정은 얼굴이 한결 편안해 보였다. 두 사람의 결혼 사실이 방송으로 나간 후 더 이상 서비스 강사 못할 것 같다고 그렇게 우울해하더니 그녀는 그런 해프닝조차 강의로 승화시킬 줄 아는 사람이었다. 정장을 입고 망신스럽게 바닥에 넘어진 것도 강의에 써먹은 사람이니 충분히 가능한 일이었다.

"난 가끔 네가 사차원에서 온 사람이 아닐까 의심스러워."

"사차원은 뭐 하는 동넬까?"

"허어."

"그래서 뭐? 싫어?"

테이블에 몸을 기대고 앉은 그녀가 턱을 치켜세우며 정색을 하자 그가 얼른 손을 저었다.

"무슨 그런 소릴."

그가 바로 부정하자 게슴츠레한 눈으로 그를 쳐다보던 그녀가 와플로 시선을 돌렸다.

그녀에게 단단히 약점을 잡히고 말았다. 꼼짝 못하게 결혼을 기정사실화시킨 것까지는 좋았는데, 그 방법이 계속 그의 발목을 잡고 있었다. 사람들은 모두 획기적인 방법이었다며 칭찬이었지만 제일 중요한 딱 한 사람은 여전히 마음에 들지 않는 눈치였다.

"부모님은 언제 들어오신다고 했더라?"

와플을 먹던 그녀가 고개를 번쩍 들며 물었다.

"다음 주 상견례에 맞춰서 오시기로 했어."

"얼마나 계시는데?"

"한 일주일 정도?"

"흠……."

그녀가 생각에 잠겼다.

"왜?"

"휴가를 낼까? 다음 주면 한 사흘 정도는 시간을 낼 수 있을 것 같거든."

"휴가는 왜?"

"상견례 끝나고 나면 결혼식 전에는 뵙기 힘들잖아. 식 끝나고 미국 들어가시면 또 한동안 못 뵐 거고. 이번에 나오셨을 때 같이 있어드리고 싶어서."

그녀의 말에 감동을 받은 그의 눈매가 한결 부드러워지고 입가에는 흐뭇한 미소가 번졌다. 어렵다면 어려운 관계인데 그리 선뜻 함께 있겠다고 하니 그런 그녀가 자랑스러웠다.

"우리 부모님 어렵지 않아?"

그녀가 온화하게 웃었다.

"아직 만나 뵙지도 않았는데 알 수 없지. 하지만 널 보면 좋은 분들일 것 같아."

"그래?"

그는 저도 모르게 어깨를 으쓱거렸다.

"재밌고 따뜻한 분들일 거라고 기대하고 있어."

"흐음. 아닐 수도 있는데."

그가 턱을 문지르며 의미심장한 목소리로 말했다.

"아니면 뭐……, 아닌 거지. 만나 뵙고 알아가면서 맞추면 되지. 벌써부터 걱정하고 그러고 싶지는 않아."

"장하네. 우리 수정이."

그가 손을 뻗어 머리를 쓰다듬자 수정이 얼굴을 붉히며 그의 손을 슬그머니 밀쳐냈다.

"너야말로 우리 엄마 아빠한테 잘해. 안 그랬다간 국물도 없어."

수정의 경고에 그가 헤벌쭉 웃으며 고개를 끄덕였다.

"누구 엄명이라고 어기겠습니까. 당연히 잘할 테니 걱정 붙들어 매세요."

"훗. 서로 잘하자."

"알았어, 알았어. 그런데 정말 이날 놀러 안 갈 거야?"

"안 간다니까?"

"너 진짜 매정하다."

그가 볼멘소리를 했다. 수정은 못 본 척 자리에서 일어났다.

"나가자. 아직 봐야 할 게 산더미야."

"어? 수정아. 잠깐만안."

현호는 테이블을 정리하며 빠르게 사라지는 수정을 애처롭게 불러댔다.

수정은 아침 일찍부터 일어나 안방 앞에서 어머니를 불러댔다. 딸의 성화에 못 이겨 자리에서 일어난 어머니가 하품을 하며 안방에서 나왔다.

"넌 무슨 애가 쉬는 날인데 꼭두새벽부터 깨우니?"

"엄마. 오늘은 쉬는 날이 아니고 투표하는 날이에요. 우리 빨리 아침 먹고 투표하러 가요."

"쉬는 날이든 투표하는 날이든 아직 7시밖에 안 됐잖아. 투표를 선착순으로 하는 것도 아닌데 왜 이렇게 서둘러?"

수정은 애교스럽게 어머니의 허리에 팔을 둘렀다.

"빨리 다녀와서 빨리 쉬는 게 좋지 않아요? 나중에 나중에 이러다가는 아예 가기 싫어진다니까?"

"하여튼 유난을 떨어요."

어머니가 얄밉다는 듯 팔꿈치로 딸을 쿡 찔렀다.

"아빠는요?"

"아빠 어제 늦게 오셨잖니. 조금 더 주무시게 깨우지 마."

"알았어요. 아침 준비 도와드릴게요."

"그러시든가요."

어머니의 퉁명스러운 대답에 수정은 혀를 내밀어 웃어 보였다.

아침식사 준비가 거의 끝났을 즈음 세수를 하고 나온 아버지가 하품을 하며 주방으로 들어왔다. 세 사람은 오붓하게 식탁에 둘러앉아 아침식사를 끝내고 다정하게 투표를 하러 갔다. 투표장은 사람들이 꾸준히 찾아왔다. 세 식구가 차례로 투표를 하고 나오니 흐리던 하늘에 아침 해가 쾌청하게 떠 있었다.

"여보, 기왕 나온 거 드라이브도 하고 외식해요."

어머니가 소녀 같은 미소를 지으며 아버지의 팔짱을 끼고 졸랐다. 어머니의 대수롭지 않은 애교에 아버지가 흐뭇하게 웃었다.

"뭐가 먹고 싶은데?"

"주꾸미 어때요? 지금 한창 맛있을 텐데."

"그럴까?"

동창생

어머니가 좋다며 고개를 끄덕이자 아버지는 허허허 웃으며 딸을 돌아보았다.

"너도 갈 거지?"

"전 그냥 집에 갈래요."

부모님의 대화를 잠자코 듣기만 하던 수정이 대답했다. 어머니가 아쉽다는 표정으로 말했다.

"왜? 같이 가지. 너 주꾸미 좋아하잖아."

"전 집에 가서 그냥 TV나 볼래요."

"오늘은 재밌는 것도 안 할 텐데."

"케이블 있잖아요. 그리고 전 선거 방송도 재밌어서⋯⋯."

"아, 맞다. 오늘은 데이트 안 하니?"

어머니가 이제야 생각난 듯 물었다.

"오늘은 그냥 집에서 쉬려구요."

"네 남자친구 서운하겠다."

"왜요?"

"너 연애하는 거 맞니?"

어머니가 기가 차다는 표정으로 되물었다.

"연애하는데?"

"쯧쯧. 연애하는 애가 뭐가 그리 한가해? 데이트는 제대로 하니? 남자친구가 뭐라고 안 해? 넌 남자친구 얼굴도 안 보고 싶니? 결혼하는 거 맞아?"

"아니⋯⋯, 내가 뭘 어쨌다고⋯⋯."

어머니가 한심하다는 듯 혀를 차며 다그치자 수정이 풀이 죽은 목소리로 대답을 얼버무렸다. 수정은 다정하게 차를 타고 떠나는 부모님을 배웅하고는 집으로 돌아왔다. 휴대전화가 잠잠한 것이 어머니 말대로 그가 삐친 건 아닌지 의문이 들었다.

수정은 한숨을 쉬며 소파에 털썩 주저앉았다. 시무룩한 얼굴로 TV를 켜니 각 방송국에서 선거 특집방송을 내보내고 있었다.

집에서 선거방송 보며 쉰다고 했다가 어머니한테 핀잔만 듣고 말았다. 어제 집에 데려다 주는 내내 툴툴거리던 그가 떠올랐다. 그를 서운하게 하려던 것이 아니라 정말 순수하게 선거 방송이 궁금해서이고, 지지하던 후보가 당선이 될지 지켜보고 싶었던 것뿐인데 그런 자신이 정말 엉뚱한 것인가 의문이 들었다. TV를 보며 휴대전화를 만지작거리던 수정은 자리에서 벌떡 일어나 방으로 들어갔다.

야구 모자를 눌러쓰고 청바지에 반팔 후드티를 입은 수정은 고개를 젖혀 쭉 뻗은 빌딩을 올려다보았다. 빌딩 감상을 끝낸 수정은 가벼운 걸음으로 인터폰 앞에 섰다. 막 버튼을 누르려던 수정은 생각을 고쳐먹고 주머니에서 휴대전화를 꺼냈다. 전화벨이 한참을 울리고서야 그가 전화를 받았다.

— 응.

퉁명스럽기 짝이 없는 대꾸였다.

"뭐 해? 바빠?"

— 응.

"아……, 그래?"

의외의 대답에 수정은 순간 당황했다. 놀러 가자고 했던 그였지만 그에게 다른 약속이 있을 수도 있다는 걸 전혀 생각하지 못

동창생

한 실수였다. 자신의 휴일은 그의 것이 아니라면서 정작 그녀가 그의 휴일은 당연히 내 것이라는 생각을 하고 있었던 것이다. 서운한 마음이 슬금슬금 올라오려고 하는데 그가 심드렁한 목소리로 말했다.

— 방바닥에서 뒹구느라 바빠.

"허……."

그녀의 눈은 반쯤 감기고 입은 어이가 없어 반쯤 벌어졌다.

"바쁜데 전화했네. 계속 바빠."

— 여보세요?

정신이 바짝 든 목소리로 그녀를 붙잡았다.

"왜?"

— 백수정, 너 정말…….

"나 정말 뭐?"

— 매정하다.

서운함이 가득한 목소리로 그가 중얼거렸다. 수정은 새침한 표정을 지으며 말했다.

"나 1층이야. 내려와."

— 뭐? 1층?

그 소리와 함께 수화기 너머가 부산스러워졌다.

"응. 장 보러 가자."

— 장?

"그래, 장. 시장. 몰라? 마트 가자고."

— 밥 해줄 거야?

그가 어린아이 같은 목소리로 물었다.

"그래, 해줄게. 그러니까 얼른 준비하고 1층으로 와."

― 오케이! 금방 내려갈게.

그러더니 그가 전화를 먼저 끊었다. 수정은 전화기를 주머니에 다시 넣으며 흐뭇한 미소를 지었다. 그렇게나 좋을까? 하긴 좋은 건 그녀도 마찬가지다. 그를 생각하면 기분이 좋고 그와 함께 있으면 마음이 편하고 행복하다. 그런 기분을 공유할 수 있는 사람이 그래서 새삼 감사하게 느껴졌다.

지잉.

문 열리는 소리에 뒤를 돌아보니 야구 모자를 눌러 쓰고 청바지에 면 티를 받쳐 입은 그가 보였다.

"우리 오늘 마음이 통했나 보다."

그녀의 어깨에 팔을 두르며 그가 들뜬 목소리로 말했다. 그의 말대로 두 사람은 같은 모자에 같은 색깔의 티셔츠, 청바지를 입었다. 그와 눈이 마주친 수정은 무의식적으로 모자의 챙을 눌렀다.

"자꾸 내리지 마. 얼굴이 잘 안 보이잖아."

"나 오늘 화장 하나도 안 했어."

수정이 쑥스러운 목소리로 말했다.

"괜찮아. 예뻐."

그가 상기된 그녀의 뺨에 입을 맞췄다.

마트는 많은 사람들로 북적거렸다. 두 사람은 카트를 끌고 식품 매장으로 들어갔다. 수정이 물건들을 고르고 현호가 카트를 끌었다. 야채를 살피고 있는 수정에게 현호가 물었다.

동창생

"뭐 할 건데?"

"내가 좋아하는 거."

그는 돌아보지도 않고 수정이 무심한 목소리로 대꾸했다. 현호는 그럼 그렇지, 하는 표정으로 씁쓰레하게 웃었다. 고개를 든 수정이 그의 팔짱을 끼며 다정하게 말했다.

"농담이야. 뭐 해줄까?"

"해달라고 하면 다 해줄 거야?"

"미향 생각하고 해달라고 하면 안 돼. 나 할 줄 아는 거 별로 없단 말이야."

"나 아무거나 잘 먹어."

"그래도 한 번 얘기해봐. 내가 해줄 수 있는 거면 해줄게."

그녀와 나란히 걸으며 현호는 생각에 잠겼다. 일 때문에 음식을 좀 까다롭게 평하는 편이긴 하지만 가리는 음식이 있는 것도 아니고 집에서 해주는 음식은 다 잘 먹는다. 그래도 뭐 하나는 말해줘야 할 것 같은 분위기에 그가 잠시 고민을 하다 말했다.

"네가 좋아하는 걸로 해."

"치."

잔뜩 기대에 찬 얼굴로 올려다보던 그녀가 피식 웃었다.

"국을 끓일까?"

"콩나물국."

"생선 구울까?"

"고등어."

"버섯 볶을까?"

"표고버섯."

술술 대답하던 그가 그녀와 눈이 마주치자 활짝 웃었다.

"안 어렵지?"

"그래. 쉬워 죽겠어."

수정이 얼굴을 찡그리자 현호가 그녀의 어깨를 감아 제 쪽으로 끌어당겼다.

"우리 이러고 있으니까 벌써 부부가 된 것 같아."

"난 좀 부끄러운데?"

"왜?"

"우린 아직 결혼을 안 했잖아. 사람들이 우리가 동거하는 거라고 생각하면 어떻게 해?"

"사람들이 그런 거 신경이나 쓰나?"

"내가 너무 동안이라 어린 학생이 결혼도 안 하고 동거하는 거라고 할 수도 있어."

수정이 제 얼굴을 감싸며 근심 가득한 얼굴로 대답하자 현호가 어이없다는 표정을 지으며 실소를 흘렸다.

"너보다 내가 더 동안이거든?"

"유치해."

턱을 치켜세우며 그녀가 토라지자 그가 호탕하게 웃으며 그녀의 허리를 끌어안았다.

"집에 야채 뭐 있어?"

콩나물을 카트에 넣으며 수정이 물었다.

"없어."

그녀를 흐뭇한 얼굴로 지켜보고 있던 현호가 고개를 저었다.

"아무것도? 밑반찬도 없어?"

동창생

"응."

"자기는 집에서 밥 안 해 먹어?"

"뭐라고?"

그가 눈을 동그랗게 뜨고 되물었다.

"집에서 뭐 해 먹고 사냐고."

"아니, 아니. 그거 말고."

"그럼 뭐?"

그녀가 심통 난 얼굴로 톡 쏘았다.

"조금 전 날 뭐라 불렀잖아."

"자기?"

"응, 응."

그가 헤벌쭉 웃으며 고개를 끄덕였다. 수정이 그에게로 바짝 다가서서 물었다.

"좋아?"

"응. 좋아."

"우리 너무 이러고 있으면 사람들이 꼴불견이라고 욕할 거야."

그러며 수정이 조금 뒤로 물러서자 그가 허리를 낚아채듯 감아 당겼다.

"욕하든지 말든지."

"미쳤어, 정말."

얼굴을 새빨갛게 물들인 수정이 팔을 투다닥 때리자 그가 웃으며 선심 쓰듯 팔을 풀었다.

"빨리 장 보고 가자."

"기다려봐. 뭘 사야 가지. 집에 아무것도 없다면서."

"빨리, 빨리. 아무 거나 담아."

그가 손에 들려 있던 파를 빼앗아 카트에 넣더니 주변에 있는 야채들을 하나씩 제멋대로 담기 시작했다.

"어? 그거 필요 없어."

감자며 고구마며 대충 담는 그에게 기겁하며 수정이 말렸지만 그는 들은 척도 하질 않았다. 그는 무작정 담고 그녀는 골라서 빼느라고 분주했다.

"하아, 진짜. 너무 많이 샀어."

식탁에 올라온 커다란 비닐봉투들을 보며 수정이 한숨을 쉬었다.

"두고두고 먹으면 돼."

"뭘 두고두고 먹어. 야채는 금방 먹어야 하는데. 오늘 다 먹을 거야? 그거 아니잖아."

수정이 봉투를 살피며 잔소리를 했다. 그에 비해 현호는 느긋하기만 했다.

"오늘 저녁까지 먹고, 내일 저녁에도……."

"어휴! 말이나 못하면."

그는 결국 수정에게 등을 아프게 맞았다.

"자. 빨리 밥 해줘."

그가 마트에서 산 앞치마를 건네며 졸랐다. 앞치마가 없다고 요리를 못하는 것도 아닌데 그는 한사코 해야 한다고 앞치마를 세 개나 샀다. 앞치마 가격이 만만치 않은데다 자기가 쓸 것도 아니면서 말이다.

동창생

"자기도 해."

"알았어, 알았어."

그는 무엇이 그리도 좋은지 마냥 웃으며 고개를 끄덕였다. 두 사람은 똑같은 디자인에 색상만 다른 앞치마를 두르고서 식사 준비를 했다. 서툰 실력으로 밥과 국, 반찬 몇 가지를 후딱 한 두 사람은 다정하게 식사를 끝내고 거실 소파로 나왔다. 수정은 나오자마자 리모컨을 찾아 TV를 켰다.

"정말 보는 거야?"

공중파 채널을 여기저기 돌리던 그녀가 채널 하나를 선택하고 소파에 앉자 그가 웃으며 놀리듯 말했다.

"그럼 정말 보지, 안 봐? 여기 온다고 못 봤으니까 계속 이것만 볼 거야."

"너처럼 유별나게 선거방송 챙겨 보는 사람도 없을 거다."

"나도 인정해."

수정이 상큼하게 인정하고 몸을 기대자 현호는 기다렸다는 듯 그녀의 어깨에 팔을 둘렀다. 비록 TV는 지루하기만 한 이야기가 줄을 이었지만 그녀와 함께 있다는 사실만으로도 그는 행복하고 좋았다.

"우리 최대한 빨리 결혼하자."

"……."

"너랑 떨어져 있는 거 더는 못 하겠어."

간질간질한 말에 그의 어깨에 기댄 그녀의 얼굴이 더욱 새빨갛게 달아올랐다.

"데이트도 제대로 안 해주니까 차라리 빨리 결혼해서 매일매일 얼굴 보고 살아야겠어.”

“내가 언제 데이트를……!”

그의 주장에 항의를 하기 위해 고개를 들었던 그녀의 입술이 그로 인해 막혀버렸다. 그는 그녀가 도망가지 못하도록 양손으로 얼굴을 꼭 감싸고 깊숙이 입 안으로 침범했다.

그의 저돌적인 방문에 당황한 듯 그녀가 그를 밀어내기 위해 반항했지만 그가 멈출 위인이 아니었다. 그녀의 보드라운 입술을 가른 그의 뜨거운 혀가 입술 안쪽을 농밀하게 어루만졌다.

그의 다급한 손이 그녀의 가슴을 움켜잡았다. 그의 거친 숨소리와 뜨거운 숨결이 입새로 새어나왔다. 그는 놀란 듯 바르작거리는 그녀의 몸을 소파에 눕혔다.

“하아. 현…… 호야……, 잠시…… 흡.”

뜨겁게 달아오른 그를 붙잡고 싶었지만 그의 손길이 닿는 곳마다 신경이 예민하게 일어나고 세포들이 열을 발산하면서 어지러워졌다. 그의 커다란 손은 어느새 그녀의 옷 안으로 들어와 있다. 그가 스치고 지나간 자리에 흥분의 기운이 빽빽하게 자리를 잡았다. 그녀의 얼굴이며 목덜미에 키스를 퍼붓던 그가 그윽해진 눈으로 그녀를 굽어보며 가라앉은 목소리로 말했다.

“설마 내가 순순히 TV를 보게 할 줄 알았던 건 아니지?”

“보게 할 줄 알았지!”

그녀가 거친 숨을 헐떡이며 항의했다.

“날 너무 순진하게 보지 마.”

“김……!”

몸 위로 제 몸을 겹친 그의 입술이 그녀의 입술을 틀어막았다.

동창생

활달한 아나운서의 설명도, 빠르지만 지루하기만 한 숫자 나열
들도 그녀의 귀에 들어오지 않았다. 둘은 서로의 숨을 나누고,
애절한 손길을 교환하며 아득하고 멀게만 느껴지는 절정의 여행
을 떠났다.

마무리,
둘

    파스텔 톤의 자수가 놓인 레몬빛 저고리, 큼지막한 전통 문양이 수놓인 다홍빛 치마를 입히고 고운 자태를 뽐내는 나비 모양의 배씨 머리띠로 마무리를 하자 귀엽고 앙증맞은 꼬마 아씨가 탄생했다.

    "아아, 우리 공주님 너무 예쁘다."

    황홀한 절세미인이라도 본 양 수정이 예쁜 반달눈을 하며 제 딸을 흐뭇하게 바라보았다.

    "이뽀?"

    엄마의 반응에 호기심이 가득한 눈을 반짝이며 아이가 제 몸을 굽어보았다.

    "예뻐. 거울 볼래?"

    "응!"

    아이가 큰 소리로 대답하더니 아장아장 걸어 전신 거울 앞에 섰다. 팔을 양쪽으로 활짝 벌리고 서서 거울에 비친 제 모습을 요리조리 살피더니 제자리에서 빙그르르 돌아 거울로 또 확인했다. 뒤를 보고 싶었는지 다시 돌았다. 그래도 영 성에 안 찬 듯 그렇게 몇 번을 돌더니 어지러운 듯 아이가 털썩 주저앉았다.

"어우."

아이의 입에서 흘러나온 한 마디에 수정이 소리를 내어 가볍게 웃었다.

올해로 네 살이 되는 사랑스러운 딸 예은이를 바라보는 수정의 얼굴에는 화사한 봄이 이미 찾아오고 있었다.

"여보, 다 됐어요?"

짙은 색 정장을 차려입은 현호가 아이 방의 문을 빠끔 열고 물었다.

"오오! 우리 딸 선녀데?"

문을 활짝 열고 안으로 들어온 현호가 아직도 바닥에 주저앉아 있는 아이를 번쩍 들어 품에 안았다.

"선녀."

"그래, 우리 딸 선녀. 어디 못생긴 왕자가 못 채 가게 아빠가 단단히 지켜야겠는걸?"

"꺄르르!"

아이는 정확히 무슨 말인지도 모르면서 아빠가 지켜준다는 말이 마냥 좋아 기분 좋은 소리를 내며 웃었다.

"나는? 나는?"

샘이 난 수정이 힘든 몸짓으로 자리에서 일어나 남편 앞에 섰다. 딸처럼 한복을 입은 그녀는 언뜻 그리 보이지 않지만 만삭인 예비 둘째 엄마다.

"우리 부인은 선녀 엄마?"

"뭐가 그래?"

수정이 뾰로통한 표정을 지어 보이자 아이가 고개를 번쩍 들어 아빠를 쳐다보았다.

"예으니 션녀. 엄마 션녀."

"역시 엄마 편 들어주는 사람은 우리 예은이밖에 없구나. 흑흑."

훌쩍훌쩍 우는 시늉을 하자 아이가 슬픈 표정으로 엄마의 얼굴을 매만졌다.

"우지 마여."

"어어, 여보 그만해요. 예은이 또 울겠어요."

울보 예은이는 엄마가 힘들어하면 울음보를 터뜨린다. 토끼와 거북이 동화책을 읽어주자 내기에서 진 토끼가 불쌍하다며 훌쩍거릴 정도로 감수성이 풍부한 아이다. 수정은 얼른 표정을 풀고 아이의 작은 입술에 짧게 입을 맞추었다.

"우리 예은이가 엄마 얼굴 만져줘서 하나도 슬프지 않아요."

"조아."

엄마의 웃는 모습이 만족스러운 듯 아이가 맑은 목소리로 말했다.

"늦지 않았어요?"

"집에 가는데 늦고 안 늦고가 어딨어요."

수정이 느긋하게 두루마기를 걸치고 아이의 남바위와 작은 두루마기를 챙겨들었다.

"장인장모님이 예은이 많이 기다리실 텐데."

"나도 아는데……, 뻔히 알면서 그래요. 나 몸 무거운 거."

가방까지 챙겨든 수정이 남편을 돌아보며 볼멘소리를 했다.

"아차."

그는 얼른 아이를 내려놓고 아내의 가방과 소지품을 챙겨들었다.

"우리 예은이 옷 마저 입자."

"넹."

아이가 종종걸음으로 제 엄마 앞에 섰다. 수정은 딸에게 두루마기를 입히고 남바위를 씌웠다. 예은이는 아기 때부터 모자만 씌우면 싫다고 울어댔는데 신기하게도 한복을 입을 때는 모자를 잘도 썼다.

수정은 조금 유별난 취미가 생겼는데, 바로 한복 챙겨 입기였다. 결혼식도 한복 웨딩드레스를 입고 치렀고, 그를 따라 참석하게 되는 공식 행사나 집안 행사 때도 꼭 한복으로 멋을 냈다. 여전히 단정한 정장을 입고 서비스 강사로 맹활약하고 있지만 때때마다 한복을 차려입을 때는 그녀의 직업을 잊게 만들었다.

"당신도 올 추석부터는 한복을 입는 게 어때요?"

아이의 손을 잡은 수정이 권했다.

"한복?"

그가 되물으며 아이의 다른 쪽 손을 잡았다.

"내가 입으면 이상하지 않을까요?"

"왜요?"

"난 좀 안 어울리는 것 같더라고."

"안 입어 버릇해서 그렇죠. 한식당 사장이 한복을 왜 안 입을까?"

"흠!"

아내의 질책에 현호는 딴청을 피우며 헛기침을 했다.

아내와 딸을 태운 현호는 처가댁에 가기 전 미향 본점에 들렀다. 장모님이 좋아하는 갈비찜을 챙기러 온 것이다. 최근 미푸드는 조만간 미향 각 점의 조리장들과 오랜 기간 연구한 '미향 갈비찜'의 국내 판매를 시작한다. 더불어 해외 판매에 대한 판로 개척도 순조롭게 진행되고 있는 중이다.

"나듀!"

아빠가 차에서 내리자 예은이도 따라 내리겠다고 졸랐다. 몸이 힘들어 움직이기 불편한 수정은 차에 남고 예은이는 아빠에게 안겨 식당으로 들어갔다.

"어머, 예은이 왔네?"

식당 입구를 지키고 있던 부매니저가 예은이를 보며 반갑게 아는 척을 했다.

"수고가 많습니다."

"별말씀을요. 사모님은요?"

"차에서 기다려요."

현호는 내려가겠다며 몸부림을 치는 예은이를 바닥에 내려놓았다. 예은이는 아빠는 돌아보지도 않고 아장아장 걸어 식당 안으로 들어갔다. 청소를 하던 직원들이 예은이를 보고는 죄다 모여들어 소란한 인사를 주고받았다.

"조만간 출산 아니신가요?"

"오늘 내일 합니다."

동창생

현호가 빙긋 웃으며 대답했다. 예은이가 왔다는 소식은 주방까지 번져 조리장이 그가 주문한 갈비찜을 들고 카운터까지 나왔다.

　"안녕하세요?"

　조리장을 발견한 현호가 꾸벅 인사를 했다. 마찬가지로 그에게 인사를 건넨 조리장이 들고 온 찬합을 그에게 내밀었다.

　"특별히 신경 더 썼습니다."

　조리장은 자신만만한 목소리로 말했다.

　"번거롭게 해드려 죄송합니다."

　"사장님 덕분에 직원들도 모두 갈비찜 챙겨 가는걸요."

　조리장이 비밀이야기라도 하는 것처럼 그의 귀에 손을 대고 소곤거렸다. 그가 본점에 갈비찜을 부탁하며 한우를 넉넉하게 사주었기 때문이었다. 그 소문이 다른 점에도 퍼져 그는 직원들에게 할 추석 선물을 한우 갈비찜으로 결정했다. 주방에서 며칠 고생을 하기는 했지만 직원들의 호응이 워낙 좋아 주방 직원들도 신이 나서 갈비찜을 만들었다.

　"양이 좀 많은 것 같은데요?"

　그가 찬합을 살피며 말했다.

　"장모님 드릴 거랑 댁에서 드실 거랑 같이 담았습니다."

　"하하. 이런. 정말 감사합니다."

　"저희가 감사하죠."

　"오늘 마무리 잘하시고, 짧긴 하지만 추석 연휴도 잘 지내십시오."

　그가 꾸벅 인사를 하자 부매니저와 조리장도 머리를 숙여 인사했다.

"예은아, 가자."

"넹!"

직원들과 재미나게 놀고 있던 예은이는 아빠 목소리를 기가 막히게 알아듣고는 큰 소리로 대답했다.

"안녕히계세요."

아이의 귀여운 배꼽 인사에 직원들이 까무러쳤다. 직원들에게도 짧게 인사를 남긴 그는 예은이와 함께 차로 돌아갔다.

"많이 기다렸지?"

"으응. 괜찮아요."

"엄마. 나…… 이거 바다써여."

차가 출발한 후에야 아이가 엄마에게 작은 꾸러미를 내밀었다.

"그건 또 언제 받았대?

운전을 하던 그가 룸미러를 쳐다보며 물었다.

"그러게요. 이게 뭘까?"

아이도 궁금한 듯 엄마에게 바짝 다가앉아 꾸러미를 물끄러미 바라보았다. 한지 포장지를 벗기자 마찬가지로 한지로 만들어진 고운 빛깔의 작은 상자가 나왔다. 뚜껑을 여니 안에는 어린이용 복주머니가 들어 있었다.

"언니 삼촌들이 예은이 선물 주셨구나."

복주머니 뒤쪽에는 '김예은'이라는 이름이 한글과 한문으로 곱게 수놓여 있었다. 엄마와 마찬가지로 명절과 행사마다 예은이가 한복을 입는다는 걸 잘 알고 있는 직원들의 정성이었다. 직원의 선물은 절대 받지 않는 두 사람을 대신해 아이에게 선물을 한

동창생

것이었다. 직원들이 훈련을 어찌나 잘 시켰는지 받은 것이 무엇인지 궁금하면서도 아이는 꾹꾹 참고 차가 출발한 후에야 엄마에게 내민 것이다.

"예은이 안 따라 들어갔으면 큰일 날 뻔했네."

엄마가 머리를 쓰다듬며 말했지만 아이의 온 신경은 오로지 곱게 반짝거리는 복주머니에 쏠려 있었다.

"하무니! 하부지!"

현관문이 열리기 무섭게 예은이가 큰 소리로 외치며 뛰어 들어갔다.

"우리 예은이 왔구나!"

할아버지와 할머니가 감격스러운 목소리로 손녀를 반겼다.

"잘 지내셨죠?"

"자네는 어째 몇 개월 만에 온 사람처럼 구는가?"

장인이 사위의 어깨를 툭툭 두드렸다.

"엄마. 나도 왔는데."

딸을 안은 어머니가 자신은 거들떠보지도 않자 수정이 심술 난 목소리로 말했다.

"그래, 우리 딸도 왔네."

다가온 어머니가 등을 쓸어내리자 수정이 배시시 웃음을 보였다. 출산이 가까워져서인지 수정은 어머니에게 투정이 많아졌다.

"그런데 너 곧 예정일 아니니?"

어머니가 수정을 소파에 앉히며 물었다.

"오늘 내일 해요."

"그런데 뭐 하러 왔어? 그냥 집에서 쉬지."

"예은이도 할머니 할아버지 보고 싶다고 하고, 예은이 아빠도 오고 싶어 하고……."

"집이 먼 것도 아닌걸요. 괜찮습니다."

그가 예은이와 함께 바닥에 깔린 방석에 앉으며 호기롭게 말했다.

"기미라도 보이면 제가 쏜살같이 달려서 병원으로 가면 됩니다."

"그런 소리 하지도 말게. 정말 그렇게 될라."

현호는 제 딸을 바라보며 하하하 기분 좋게 웃었다.

"예은아, 할아버지 할머니께 세배 드려야지?"

"웅!"

그 말에 예은이가 발딱 일어나 거실 한가운데에 자리를 잡았다.

"우리 손녀 절 좀 받아볼까?"

수정의 부모님이 흐뭇한 미소를 지으며 예은이를 향해 나란히 앉았다.

"새해, 복, 마니, 바드세여."

어제 엄마와 한참 연습한 절을 하느라 예은이는 말을 더듬었다. 작은 머리가 바닥에 닿았다가 금세 벌떡 일어났다.

"예은이도 건강하고 복 많이 받으렴."

할아버지의 덕담에 예은이가 어른스럽게 '고맙습니다'라고 인사를 했다.

동창생

"자, 예은이 세뱃돈."

"와아!"

숫자 개념도 없으면서 돈을 준다고 하니 마냥 좋은 아이는 싱글벙글 웃으며 할머니에게 무릎걸음으로 걸어갔다. 할머니는 예은이의 배씨 머리띠처럼 나비가 그려진 봉투를 내밀었다. 아이는 양손을 내밀고 공손하게 머리를 숙인 채 할머니가 주시는 세뱃돈을 받았다.

"이제 점심들 해야지?"

"장모님, 갈비찜 가져왔습니다."

"내가 괜히 갈비찜 타령을 해서는……."

사위가 내민 보자기 꾸러미를 받으며 어머니가 미안한 목소리로 말했다. 어머니는 곧 시판 될 갈비찜을 시식하러 갔다가 그 맛에 홀딱 반해버렸다. 명절 상에 올리면 좋겠다고 했던 말을 기억하고 있던 그가 준비한 것이었다.

"괜찮습니다. 어머님 덕분에 직원들도 시판될 갈비찜을 미리 맛보게 되었는걸요. 너무 염려하지 마세요."

그가 다정한 목소리로 어머니를 안심시켰다.

"얼른 갈비찜 할 테니 점심부터 드세요."

어머니가 종종걸음 치며 주방으로 들어가자 수정이 현호를 향해 손을 흔들었다.

"나 좀 일으켜줘요."

"뭐 하러 일어나는데?"

예은이를 무릎에 앉힌 아버지가 물었다.

"도와야죠. 여보, 가방에서 내 앞치마 좀."

"그 몸으로 일하려고 앞치마도 챙겼어?"

아버지가 놀리듯 물었다.

"선생님이 나는 좀 움직여도 된다고 했어요."

수정이 현호의 도움을 받으며 자리에서 일어났다.

"여보, 그냥 쉬지?"

"음식은 엄마가 다 하셨고, 난 상만 차리면 되는데 뭘 그래요?"

"그래도."

"당신 부인 안 닮아."

"누가 그래서 그러나?"

수정이 놀리자 그가 가볍게 정색했다.

"그래, 넌 그냥 쉬어라. 만삭으로 돌아다니는 거 아빠도 걱정된다."

"그래두요."

"누가 보면 시댁 온 줄 알겠어. 넌 친정 온 거야. 그냥 쉬어도 돼."

아버지의 말에 수정은 못 이기는 척 소파에 다시 앉았다.

"대신 내가 거들게."

그러더니 가방에서 수정의 앞치마를 찾아 두른 현호가 주방으로 들어갔다. 주방에서 식사 준비를 하는 장모와 사위는 다정한 모자(母子)처럼 보였다. 저도 거들겠다며 예은이까지 들어가자 주방은 금세 북새통이 되었다. 주방에서 신나하는 소리가 나자 아버지도 거기에 끼고 싶었는지 슬그머니 자리에서 일어나 딸의 손에 리모컨을 쥐여주고는 얼른 주방으로 들어가버렸다. 졸지에

동창생

수정 홀로 거실에 덩그러니 남게 되었다.

그렇게 한 5분이 지났을 즈음, TV를 보고 있던 수정도 슬쩍 주방으로 눈길을 돌렸다. 그 좁은 주방에서 무엇을 하길래 연신 웃음이 끊이지 않았다. 문득 궁금해진 수정은 반쯤 기대 있던 몸을 일으키려고 배에 힘을 주었다.

"읍."

말 못할 통증이 갑자기 배 안쪽에서부터 느껴졌다. 순식간에 식은땀이 배어났다. 지그시 아랫입술을 깨물던 수정은 천천히 심호흡을 하고는 몸을 다시 움직여봤다. 그런데 이번에는 더 강한 통증이 넓게 퍼졌다.

"하아. 뭐지?"

아무리 내일 모레라지만 예정일은 아직 남아 있었다. 출산 예정일이야 말 그대로 예정일이지만 천천히 진통이 오던 예은이 때와 확연히 다르다는 걸 느꼈다. 수정은 가빠지는 숨을 천천히 가다듬으며 주방을 쳐다보았다.

"여보."

목소리가 작았는지 주방에서는 아무런 기미도 느껴지지 않았다. 갑작스럽게 찾아온 진통은 좀 나아졌지만 예감이 좋지 못했다. 수정은 목을 가다듬고 한 번 더 그를 크게 불렀다.

"여보!"

잠시 후 예은이의 얼굴이 빠끔 보였다. 그리고 뒤를 이어 그의 모습이 나타났다. 수정은 말도 할 수 없어 얼굴을 찌푸리며 손을 까딱거렸다.

"엄마?"

"여보?"

두 부녀가 앞 다투어 수정에게로 다가왔다.

"괜찮아?"

그의 호들갑에 주방에서 부모님이 뛰어나왔다.

"엄마."

예은이는 겁에 질린 얼굴로 엄마 다리에 매달렸다.

"엄마, 나 병원 가야 할 것 같아요."

아주 짧은 침묵이 이어지더니 순식간에 집 안이 어수선해졌다. 어머니는 옷을 갈아입고 싶다는 딸을 데리고 안방으로 들어갔고, 아버지는 주방으로 들어가 가스레인지를 모두 껐다. 현호는 차에 시동을 걸어놓기 위해 바람처럼 밖으로 나갔다. 이번에는 예은이만 홀로 거실에 남겨졌다.

"우아아앙!"

불안이 가득한 예은이의 울음소리가 거실을 쩌렁쩌렁 울렸다.

수정이 준비가 끝나자 예은이까지 다섯 식구는 현호의 말처럼 정말 쏜살같이 달려 출산을 하기로 한 병원으로 향했다.

분만실로 들어간 수정은 빛과 같은 속도로 둘째를 순산했다. 의사도 놀랍다고 할 정도의 속도였다. 회복실로 옮겨진 수정은 다소 지쳐 보이긴 했지만 큰 탈은 없어 보였다.

"엄마!"

아빠가 달래도 소용없고, 할머니, 할아버지가 달래도 소용없던 예은이는 물기 가득한 목소리로 엄마를 불렀다. 수정은 아직도 울먹이고 있는 아이를 다정하게 품어 다독였다.

동창생

"애를 너무 쉽게 후딱 낳고 나와서 고생 많았다는 말도 못 하겠다."

어머니의 말에 수정이 키득거렸다.

"제 말이요. 예은이 때는 고생을 좀 해서 걱정했는데 이번에는 정말 신기하게 너무 쉽게 낳았어요."

"네가 고생 안 하고 낳은 건 좋은데 나도 좀 어리둥절하기는 하다."

아버지가 딸의 손을 포근하게 감싸며 말했다.

"당신은 왜 아무 말도 안 해요?"

"어?"

멍하니 서 있던 현호가 정신을 차리며 되물었다.

"나도 좀 멍해서. 예은이 때 생각해서 잔뜩 긴장하고 있었는데 너무 쉽게 끝나니까 맥이 빠진 것 같기도 하고. 하하."

그가 머리를 긁적이며 민망한 웃음을 보였다.

"엄마, 우리 아들 봤어요? 예쁘죠?"

"벌써부터 우리 아들 타령이지?"

"헤헤."

얄밉다는 듯 퉁명스럽게 말하면서도 어머니는 애정이 깃든 손으로 딸의 머리를 쓸어 넘겼다.

"아, 맞다. 여보, 미국에 연락 드렸어요?"

"벌써 드렸지요. 다음 주에나 나오신대."

"사돈어른 너무 힘들게 하는 거 아닌가?"

아버지가 걱정스러운 목소리로 말했다.

"아닙니다. 지난번부터 계속 오신다고 했었거든요. 둘째도 낳

앐으니 더 잘됐다고 하시던걸요."

"어휴, 그래. 여보, 우린 이만 가요."

어머니가 자리를 털고 일어났다.

"벌써?"

"뭐가 벌써예요. 난 배가 고파 죽겠는데."

점심 먹으려다 우르르 병원으로 온지라 점심때를 훌쩍 넘어버렸다.

"어머니, 제가 점심 사드릴게요."

"됐어. 난 하다 만 갈비찜 해서 밥 먹을 거야."

붙잡는 사위의 팔을 뿌리치며 어머니가 대답했다.

"푹 쉬어."

아버지가 딸의 손등을 토닥이고는 먼저 나간 어머니의 뒤를 따라 나섰다. 문이 닫히고 입원실이 조용해졌다. 언제 잠들었는지 예은이의 작은 숨소리가 규칙적으로 들려왔다.

"예은이 많이 울었어?"

수정이 오랜만에 편하게 말했다. 침대에 턱을 괴고 앉은 그가 사랑스럽다는 표정으로 아내를 바라보며 고개를 끄덕였다.

"고생 많았어."

"고생은 무슨. 너도 봤잖아. 후딱 낳고 나온 거."

"열 달 동안 고생한 건 고생 아닌가? 그 몸으로 강의도 나가고 나 따라 행사 다니고. 고생 많았지 뭐."

"그런가?"

수정이 멋쩍게 웃었다.

"엄마 편하게 해주려고 후딱 쉽게 나왔나 보다."

동창생

현호의 위로에 수정이 행복한 미소를 지었다.

"네가 내 아내라 행복하고 좋다."

"뭐야, 갑자기 낯간지럽게."

수정이 얼굴을 붉혔다. 그런 그녀를 현호가 다정한 눈길로 바라보았다.

"사랑해."

"……사랑해."

잠시 물끄러미 그를 올려다보던 그녀가 수줍게 웃으며 고백했다. 그가 자리에서 일어나 그녀에게로 상체를 기울였다. 미소가 가득한 두 입술이 맞닿았다. 그 사이의 예은이는 동생과 함께 노란 빛깔의 나비를 따라다니는 꿈을 꾸고 있었다.

— fin.

작가의 말

“애들이 그러는데 네가 나 좋아했었대.”

“나도 그 얘기 들었어. 우리 형도 그 얘기 하더라. 내가 너 좋아했었다고.”

수정과 현호의 대화가 아닌 저와 제 친구의 실제 대화입니다. 이 작품은 이 대화에서 비롯되었습니다. 수년 전에 친구와 나눈 대화인데 문득 그런 동창생의 이야기를 쓰면 어떨까 하는 마음에 작품을 쓰게 되었습니다. 제가 지냈던 시대와 많이 다르지만, 두 사람의 중학교 시절 회상의 대부분은 제 경험이랍니다. 심지어 수정의 실연의 아픔까지도…… 훌쩍. (안 믿으셔도 됩니다. ^^)

제 친구는 언제나 유쾌한 친구입니다. 능청스럽고 장난기 다분한 친구이죠. ‘귀여운 그녀’ 집필 시 주인공 민성의 직업을 정할 때 도움을 준 친구이기도 하고, 홈페이지를 만들고 운영을 해준

동창생

고마운 친구이기도 합니다. 지금도 컴퓨터에 문제가 생기면 붙잡고 늘어져서 도와달라고 합니다.

'귀여운 그녀'의 주민성이라는 캐릭터도 사실 그 친구를 모델로 만들어졌지만 '동창생'의 현호가 좀 더 많이 닮았습니다. 이 사실을 제 친구는 전혀 모르고 있다지요. 제 친구는 그냥 평생 몰라도 됩니다. ^^

여담이지만 이 친구와 오랜만에 통화를 하는데 중학교 동창끼리 결혼을 하게 되었다는 소식을 알려주었습니다. 제가 한창 퇴고를 하는 중이어서 그랬는지 몰라도 참 신기했었습니다.

평상시에는 잘 떠오르지도 않던 추억들이 '동창생'이라는 낚싯대를 빌어 세상에 나왔습니다. 첫사랑이라고 논하기도 모호한 풋사랑의 기억도 떠올랐고, 수정이처럼 바위에서 떨어진 기억, 노래자랑에서 받은 상금으로 사발면을 사 먹었던 기억도 떠올랐습니다. 수정과 현호가 옛일을 떠올릴 때마다 저도 흐려진 추억을 되새기며 행복했습니다. 부족하지만 저처럼 수정과 현호를 만나는 분들이 옛 추억을 떠올리며 행복하시길 바랍니다.

'동창생'을 처음으로 연재한 것이 2011년 4월이고 완결은 1년이 훌쩍 지난 2012년 7월에 되었습니다.

'동창생'은 저에게 여러모로 큰 전환점이 되는 작품입니다. 하지만 그것과는 별개로 작품의 평가는 온전히 독자님들의 몫이겠지요. 부디 즐겁고 재미난 이야기가 되었길 소망하며, '동창생'을 응원하고 기다려주신 분들에게 깊은 감사의 인사를 드립니다.

이제 다음은 언제가 될지 기약 없는 약속을 하며 물러납니다.
다음 작품은 한 뼘 더 성장한 모습으로 만나 뵙도록 노력하겠습
니다.

추운 겨울이 싫은,
주은영 드림.

모든 영광 주님께 드립니다.